石头沟

刘云霞 著

西南师范大学出版社
国家一级出版社 全国百佳图书出版单位

图书在版编目（CIP）数据

石头沟 / 刘云霞著 . -- 重庆 : 西南师范大学出版社 , 2021.6
ISBN 978-7-5697-0904-9

Ⅰ . ①石… Ⅱ . ①刘… Ⅲ . ①长篇小说—中国—当代 Ⅳ . ① I247.5

中国版本图书馆 CIP 数据核字（2021）第 101711 号

石头沟
SHITOU GOU
刘云霞　著

责任编辑	伯古娟
特约编辑	姚良俊
责任校对	王玉竹
装帧设计	双安文化　向加明
出版发行	西南师范大学出版社
经　　销	全国新华书店
印　　刷	重庆市开源印务有限公司
幅面尺寸	170mm×240mm
印　　张	20.25
字　　数	299 千字
版　　次	2021 年 6 月　第 1 版
印　　次	2021 年 6 月　第 1 次印刷
书　　号	ISBN 978-7-5697-0904-9
定　　价	68.00 元

石头沟并不遥远
——《石头沟》序

舒德骑

一

刘云霞的长篇小说《石头沟》即将付梓,嘱我为书写个序言,我迟迟没敢应允。犹豫者,乃为书作序就如同为人作嫁衣裳,一定要新鲜靓丽,不可滥竽充数以次充好。所以大凡作序者,不是名人,就是大腕。我乃一介布衣,既非名人,也非大腕,怕画蛇添足狗尾续貂,让人贻笑大方,降低了本书的品位。

但读完此书,却让人欲罢不能。

去年秋,在为本书作者的散文集《风中的祖母》写跋时,曾去过她家乡"石头沟"。她就在那个地方出生和成长,在那里哭别了苦命的母亲,在那里回望着风中的祖母,在那里与老实巴交的父亲和年幼无助的弟弟相依为命,直至长大成人。树影摇曳,秋蛩低吟,徘徊在那贫瘠的山水之间,那山峦石坝、沟壑溪流、田畴竹林,特别是村民们质朴简单的生存状态,都给我留下极深的印象。

静夜里,读着作者发来的书稿,徜徉在这有着浓郁感情色彩的文字之中,便不知不觉又走进了"石头沟",走进了那安静的乡间小屋和田间小路,走进了书中主人公的生存环境,也走进了作者的心灵领地。随着书中故事情节的推进，随着主人公命运的起伏，渐渐让人心生叹息，乃至有些伤感唏嘘。掩卷之后，不由陷入久久的沉思。

这是一部作者的呕心之作。

也是一本值得一读的好书。

本书以石头沟为典型环境，以白薇和白龙姐弟跌宕的命运为主线，历史与现实交织，家庭与学校交融，城市与乡村交映，以深沉的情感，冷峻的笔调，描写了乡村老人，特别是单亲儿童、留守少年的生存境况和成长历程。看得出，本书的内容大都源自作者自己的人生经历、生活体验和情感积累。若说这是本小说，不如说是本纪实文学，只是作者采用了小说的表现手法而已。

历史的原因，造成了城市和乡村在政治、经济、教育和医疗等方面的巨大差异，特别是造成了边远山区的贫穷和落后。人往高处走，水往低处流。改革开放以来，身强力壮的农民，纷纷离开乡村，奔向城市。但如此一来，在乡村形成大量的留守老人和留守儿童，这些人的生存境况，也成为需要我们社会关注的问题。

关注乡村留守老人，特别是单亲儿童、留守少年的生存境遇，了解他们的生理和心理状况，对他们进行有针对性的教育和疏导，使他们能健康成长，这是摆在每个家庭、学校，乃至社会的一个极其严峻的问题。

作者是小学一线教师，曾长期在乡村工作，作为时代的亲历者和见证人，对单亲儿童和留守少年的生存境况，有很深的感触。

二

曾听作者讲过写作本书的初衷：她母亲早殇，弟弟年幼，从小就生活在单亲家庭里。父亲为了一家人的温饱，长年累月在地里劳作，根本没有更多的时间和精力来照拂两个孩子。在痛失母亲的日子里，在漫漫长夜中，她只能与年幼的弟弟相依相伴,过着孤苦伶仃的日子。他们的童年和少年,塞满了人世的沧桑和人生的苦难。他们姐弟从小相依相伴,有着非常深厚的感情。所幸,聪明好学的她在学校老师和好心人的关怀和鼓励下,凭着自己刻苦努力,跳出了农门,离开了贫穷的"石头沟";而弟弟则缺少应有的照拂和关心,小小年纪便辍学离乡外出打工,在一次偶然的事件中死于非命!

弟弟的猝然离去,令她悲痛欲绝,肝肠欲裂。她远赴他乡,处理完弟弟的后事后,在很长的时间里,神情恍惚,身心俱疲,陷入了深深的自责和抑郁中不能自拔。当她从巨大的悲痛中走出来后,她不停地反思和追问:造成弟弟鲜活的生命戛然而止的原因是什么?是家庭?是学校?是社会?是他人?还是弟弟自身?……

没有一个明确的答案。

孤寂的夜晚,落寞的黄昏。无数个日夜的反思和追问后,她决心用自己和弟弟的成长经历为素材,将这类儿童和少年的生存境况用文学形式表述出来。儿童是祖国的未来,少年是民族的希望。她希望能用自己的作品,唤起家庭的父母、学校的老师,乃至整个社会,对单亲家庭儿童、留守儿童问题的关注,进而采取一定的措施使他们能感受到更多的温暖,能更健康快乐地成长——从这个意义上讲,"石头沟"并不遥远。

忍着难言的伤痛,带着心酸的泪痕,几年来,作者写写停停,停停写写。这一写,一本近30万字的书,她竟然写了整整6年!"写到有些章节,我是痛彻心扉欲哭无泪;特别是写到主人公白龙之死时,我实在不敢面对那凄惨的情景,只好草草收笔。"

此言诚哉!此书写得真实,也写得真诚,不但作者写不下去,就连我这第一读者,也读得心里沉重,时时泪光莹莹。

"……白薇机械地从碗柜里抓起装白糖的瓶子,哪知往上提起的高度不够,手腕一下子带出一叠陶瓷饭碗,哐当哐当,好几个饭碗掉落地上,碎了。

看着白生生的一地碎瓷片,三元一边狠狠骂道'不长记性的脓包',一边气势汹汹走上前,从筷兜里抽出一把筷子就往白薇头上砸去。白薇双手紧紧抱头,蹲在地上,歇斯底里地尖叫着:'你打吧,爸爸,打死我算了,反正我都要死了!'"

"三元猛然将手停住:'你说什么?你去死?再说一遍!'"

"白薇的嘴唇痛苦地抽搐着,好不容易才说出自己流血不止好几天了。"

"三元一把拽起白薇,内心猛地一阵难受:'哎,该死的,娘死早了!'"

"面对惊恐万状的女儿白薇,三元的心是担忧的、心疼的,也是羞涩的、窘迫的。在一个只有小学二年级文化思维的头脑里,男女授受不亲的观念根深蒂固。他认为排解女儿成长路上的忧虑只能是母亲的责任,在一些重要关口,父亲只能识趣识相地靠边站。妻子走了几年,老母亲又去了城里白薇姑妈家,面对女儿月经来潮,这连个商量的地儿都没有。可女儿就是自己的肉,就是自己的心,就是自己的血液。"

"'我怎么能够打她呢?'他懊悔自己对女儿的鲁莽凶残,竟然'啪啪'打了自己两巴掌,在白薇面前蹲下身子抱着头,痛苦、茫然、不知所措。"

"白薇被父亲突然的举动惊吓住了,她两腮挂着泪,睁大惊恐的眼睛看着父亲……"

作者身临其境,与书中的主人翁心有灵犀。这少男少女的形象和心理状态,被她刻画得惟妙惟肖、入木三分。读着这样的文字,让人感同身受,在扼腕长叹之余做如此思考:无论男孩女孩,在每一个成长阶段都应该获取关于自己身体的相关知识,有合适的人以合适的方式给予启迪和引导,从而知道要珍惜生命,保护自我,尊重他人,预防侵害。

"……白薇仰着头,茫然地张望着,仿佛要从中辨认出妈妈的微笑。她疑惑着,但是终于明白:妈妈越去越远了,她已经永远地失去了妈妈。"

"白薇问他:'我们每个人也像妈妈一样,都会死,对吗?'"

"'不用担心,如果没有意外,我们要到很老的时候,才会死。'"

"'我的外公外婆、爷爷奶奶都老了,为什么没有死?我的妈妈却先死了?'"

"'你很老很老的时候……'工人一边叙述一边比画,'那就是,很多年很多年以后,你做出了很多贡献以后,很多人都尊敬你的时候……你已经长成大人了,有了自己的孩子,甚至自己的孙子。那时候,你就不会觉得死亡这么不能接受了。那时候,你对死亡的想法,会不一样的。'"

读着书中这样的情节和细节,岂能不让人心中发颤,感慨唏嘘,产生强烈的共鸣!文学创作的虚构可以窥见隐藏在社会中的真实。作者作为全国优秀班主任、重庆市骨干班主任与知名作家,她不是在简单地追忆、叙述与倾诉,而是始终有一种强烈的生命教育意识,那就是关乎人的生存与生活,关乎人的成长与发展,更关乎人的尊严与价值。如此大胆、理智、坦然的文字表现,不管是不是她历尽艰辛的自我解读,但相信一定融入了作为有良知有担当的教育工作者的所思、所悟、所感。

三

本书延续了作者一贯的写作风格:情感细腻,坦率真诚。她笔下的文字,没有故弄玄虚之嫌,也无哗众取宠之虞。看得出,尽管作者心底含悲,但她依然抑扬有度,不忸怩作态,也不虚张声势——在她散文集《风中的祖母》跋中,我曾这样评价道:"读着这样的作品,一个感情细腻、内心丰富的女孩形象,一个经历世态炎凉、人情冷暖的女孩身影,便会鲜明地浮现在读者眼前——这样的女孩,她成长的经历是悲凉的、凄楚的、冷色的,这就注定了她生命的体验是独特的,心灵的触角是敏锐的,情感世界是丰富的。当她成人之后,笔尖下流泻出来的文字,肯定就不会是那种无病呻吟、矫揉造作、东施效颦的苍白之作。这样的文字,自然会让人产生共鸣。"

此外,本书对时代变迁、社会环境、自然生态、校园生活、少年心理、青春早恋、抑郁自卑、敏感叛逆、人际危机等方面,有比较翔实的展现,以及较为丰满的人物塑造。对涉及诸如杀年猪、打扬尘、猪儿粑、抬轿子等不少乡风民俗，还有老城风貌、绿皮火车、货带客、揽载、盖匠瓦匠等历史印记，以及均衡教育、自信自律、女性成长与精神独立等方面也有清晰且深刻的呈现，从而对其要表达的思想内涵来说，构成了最重要的支撑。相信该书对于家长和教师、青少年学生，乃至整个社会，都有较强的启迪意义，也会让读者有难得的阅读体验。同时，目前社会上对历史变革中的本土教育进行纪实性反思的优秀作品也不多，这也正是本书最大的价值所在。

晨霜暮雨，早晨黄昏。

在作者付出多年艰辛努力后，本书终于问世。这虽是作者的第一部长篇小说，但她创作这部作品的过程，也是对自己生活经历进行深刻反省和反思的历程，相信通过这部长篇小说写作，她能积累更多的创作素材，更能提高自己的思想水准和驾驭文字的能力；同时该书的公开出版，也了却了她多年的一个夙愿，无论对社会和个人来说，其意义也是非同一般的。

2020 年 9 月 5 日于重庆江津四面山

（作者系中国作家协会会员、中国报告文学学会会员，原重庆江津作家协会主席。）

目 录

成仙草…………………………………… 001
妈妈没了………………………………… 009
红高粱…………………………………… 015
杯子坏了………………………………… 025
秘　密…………………………………… 032
孤　独…………………………………… 043
父　爱…………………………………… 058
赶　场…………………………………… 066
七　叔…………………………………… 071
光辉老师………………………………… 076
初　潮…………………………………… 092
别离的意义……………………………… 102
梦………………………………………… 107
想念在飞………………………………… 113
白薇的老师们…………………………… 121
黑麦草风波……………………………… 132

幸福的晚餐……………………………141
快活的小河……………………………155
野　炊…………………………………167
涩涩的苦楝树…………………………178
流火的七月……………………………187
五七中学………………………………204
曾老师的教育理想……………………210
转　学…………………………………226
送　行…………………………………237
津沙师范………………………………250
归宿假…………………………………272
往下坠的结……………………………292
尾　声…………………………………309
后　记…………………………………311

成仙草

"白薇，快来，我要和你一伙。"星期一放学回家路上，正盘腿坐在马路边兴致勃勃抓子儿玩的紫草、玉竹招呼着白薇。

这一阵子，每天放了晚学，白薇喜欢和玉竹、紫草她们一起在路上玩抓子儿。前段时间，她们玩的是跳皮筋儿。再往前，她们学过那些男孩玩跳拱，就是一人弓着腰、埋着头固定姿势不动，另外的人远远跑来，突然纵身一跃两腿分开从他身上跨过去。后来被大人发现，认为那个游戏太危险，容易摔断胳膊腿不说，还有女孩子那样子叉开腿玩，简直是举止粗鲁，有失体统，坚决制止了她们的胡闹。

不管玩什么，放学后有那么一会儿，这一天的学习生活就会更加丰富多彩。要说会玩，乡下的孩子非但一点不比城里的孩子逊色，反倒更有天赋。他们会创造玩具，就地取材捡许多坚硬的小石子把棱角磨平直到滚圆滚圆，如衬衫扣子一般大小，就是最廉价最喜欢的"子儿"了。再高级一点的，去人家户的竹林里、墙角边翻找打烂的细料瓷碗碎片，用铁锤子将碗底一圈敲成差不多大的瓷块儿，再将那些小瓷块儿放到石头上去把扎手的尖角磨去，一颗颗白生生、亮晶晶的"子儿"就成型了。

一个人不少，两个人可以，三五个也不多，不论人多人少，都可以进行抓子儿游戏。一堆子儿先随意撒落地上，如果子儿多就用双手捧着撒下，如果子儿少就用单手撒下。然后挑选一颗子儿做引子,用单手向上抛出引子,再从地上抓起另外的石子儿,同时接住刚才抛出、现正在空中快速落下的子儿。那是一门考验眼疾手快的功夫。有心理学专家说,抓子儿是训练注意力的方法之一。子儿多的话,可以好几个人分成几方参与。抓起的石子儿也很有讲究,要看游戏的双方怎么讲好的规则。如果刚好五个子儿,可以从一颗一颗抓起,接着两颗两颗抓,然后四颗一起抓。四颗抓完了就用抓子儿的那只手翻子儿,一个单元就算完了。翻子儿挺有艺术,把五颗子儿先放在手心,将子儿猛地往上一抛的同时翻过手来,手背向上接着落下来的子儿,如果有一颗子儿掉落地上就算输。

白薇的指关节灵活,手指自然翘,五个手指可以与手背翘成九十度的直角,在翻子儿中特别占优势。不光五颗,就是七颗、九颗,她也能将子儿翻得稳稳当当一个不掉。在多人一起玩分组论输赢的时候,伙伴们都喜欢跟她一伙,因为她能起死回生,包赢不输。为此,哪怕大冬天坐在冷冰冰的露天地板上,白薇也感觉特别快乐。

那一年,白薇九岁。

这晚,白薇破天荒地没有跟伙伴们一起抓子儿。她妈妈心脏病犯了。

白薇妈妈叫万民强,是七星镇绣庄村人。妈妈本姓周,从小病痛多。外婆抱着她去找算命先生。算命先生慢条斯理地把金边眼镜戴上,指尖一掐,语重心长地说:"要过继给姓万的人家。不然不好带哦。"于是外婆多方打听,硬是把妈妈抱去给一户万姓人家的男主人磕了一个头。那户人家就给了她这样一个强悍的名字,意寓身强力壮,健健康康。

磕了头,赐了名,算是遂了外婆心愿。可是妈妈的病痛并没有从此好起来,仍然经常晕倒,经常感冒,累不得急不得气不得,甭说干粗活重活了。虽然妈妈个子高挑,脸庞白净,五官端正,到了婚嫁年龄,邻里亲朋给她说了好多婆家,当男方知道她身体不好,都婉言谢绝。那年月,谁家过生活都不容易,勤扒苦做地够填饱肚子就很了不起了,谁愿意娶个药罐子回家里呀？不能帮衬劳动不说，还得无端地耗掉好多医药费。仅仅是耗掉医药费也就罢了，不能生养断了香火可是对不起列祖列宗的大事。最严重的一次，外婆带着妈妈去相亲，在饭桌上妈妈竟然扑通倒地人事不省，急得男方一家手忙脚乱地把她送到医院去，媒人也因此招来好一阵责备。那时，白薇的爸爸三元已经年过三十还没对象，担心他打一辈子光棍，白薇奶奶焦头烂额了好几年，都成心病了。听见还有这么一个姑娘，巴望还来不及，哪里还敢嫌弃？连忙备了厚礼托媒人去说亲。外婆如释重负般把妈妈嫁到了几十里外的沙园村石头沟。

开始，十里八村，都羡慕三元不知道是前世哪一辈修来的好福气。一个老光棍居然娶了万民强这样一个标致的人儿。渐渐地，大家发现万民强哪怕是在做轻巧的家务、走路、爬坡上坎的时候总是歇歇停停的，更别说割麦、插秧这样重体力的农活儿了。贪生怕死、赔钱货这样的闲言碎语就从不同的村子里冒出来。语言的力量是强大的，尤其是谴责性的语言力量更强大。那些强大的语言直接影响了妈妈在婆家的地位。三个叔叔、三个姑姑，还有白薇爷爷、奶奶都不喜欢只吃饭不做事的白薇妈。

当然，那些都是白薇从外婆那里听来的。她还听说，二叔还出狠手打过妈妈，直把妈妈打得头破血流。为此，伤透心的妈妈极力鼓动爸爸跟大家庭分开过。于是，爸爸和妈妈带着只会牙牙学语的白薇另立门户，搬到了离石头沟几个山头远的苦塘沟水库旁。因为恰好在苦塘沟水库的堤坝下边，水库里的水长年不断哗哗流淌，那个地名就叫苦塘沟。

正是这些从外婆那里零零星星听来的故事，让白薇对妈妈好生心疼。事实上，搬到苦塘沟两年后，也就是白薇三岁的时候，妈妈就生了弟弟。弟弟刚刚两岁，妈妈就跟随她的两位表兄一起进城，开始贩卖水果，后来走南闯北倒腾中药材。不一样的生活让妈妈开阔了眼界，也让她从沙园村这个小山村走了出去，头一回领略到祖国的雄伟广大。妈妈的经商天赋也渐渐崭露，竟然次次都有不少的收获。

几年的时间，想不到病恹恹的妈妈成了家里的顶梁柱，让石头沟的自家人，沙园村的父老乡亲们都刮目相看。家里的经济状况渐有好转，日子过得体面起来。

毕竟是做了母亲的女人，妈妈三两月就要回家一次，她想念一双儿女。她一出现在村口，准会分一些小礼物给各家的小孩子们。沙园村的人们通过她更多地了解了外面的世界。

白薇有一条白色的确良连衣裙，胸膛上有一朵黄艳艳的大大的向日葵花，穿在身上羡慕死整个沙园村的姑娘们。就因为有了那条裙子，在六一节学校挑选少先队员代表到七星镇上去看表演的时候，老师特意点了白薇，还特意叮嘱她要穿那条裙子。冬天里，白薇有一套红色灯草绒外套，还有一双红皮鞋，穿到学校去，连黄校长也驻足开着玩笑赞赏："耶，白薇，满身红啊，仙女下凡到我们学校了。你这一身啊，晚上走夜路厉鬼都要给你让路！"

白龙的衣服就更洋气了，没有扣子带拉链的，有领没领有帽子没帽子的一大堆。三元有一件白色的确良衬衫，平常压在箱子里舍不得穿。沙园村的男人们，不管身材合适不合适，都指使婆娘们来借去穿着走亲戚。那件衬衫还被借给好几个二十几岁的男青年穿着去相亲。

一部由李连杰主演的电影《少林寺》风靡全国的大街小巷，妈妈专程带姐弟俩去城里电影院看，还慷慨地带侄儿侄女们去开眼界。

最难得的是，在外奔波的妈妈知道精神滋养对孩子成长的重要性。除了衣物零食，她给白薇带回来不少少儿读物，有童谣，有故事，有益智游戏。在闭塞的年代，妈妈的做法绝对是开了整个沙园村的先河。

如果不是身体有病，妈妈定能干出一番大事业。连火车是怎么回事都不知道的沙园村人不敢相信，为接洽业务，妈妈坐飞机在天空飞来飞去都好几次了。

每当妈妈的病犯了，她就会回家休息。吃药是当然的，妈妈一年四季好像从来没有停止过吃药。

这些天，妈妈的病又犯了。妈妈总说心疼，妈妈的心疼跟白薇的心疼不一样。妈妈疼得直不起腰，喘不过气，白薇是看着妈妈被心疼折磨心里难过。

春天，玫瑰花开得灿烂的时候，妈妈去大城市表姑工作的大医院里住过院。从医院回来那天，白薇从那个叫熊家堡的村子里摘了好多红艳艳的玫瑰花，老远看见妈妈在家门口站着。

"白薇……"

"妈……"

"把玫瑰花插在土里，它会活的。"

"就怕旁边孟福和梦容两坏孩子会搞破坏的。"

母女俩远远地招呼，商量栽种玫瑰花的亲热情景还在白薇脑海里闪现。

正是那次住院过后，白薇又从别的姑姑那里知道，医院表姑说的，妈妈的心脏都烂掉了三分之二，最多只有半年时间了。什么叫最多只有半年时间了？是半年时间就会好吗？隐隐约约妈妈和爸爸说起换心脏的费用太高，会不会是半年时间过后妈妈要将心脏换掉？如果换掉心脏了，那个妈妈还是妈妈吗？这些问题一直折磨着白薇，睡觉前想，下课后想，有时上课时都在想。那一次，她正想着，数学老师突然一声吆喝"白薇"，白薇冷不丁一激灵猛地从座位上站起来，发现老师和同学都在疑惑不解地看着她。

这些天，妈妈躺在床上，吃饭、解便都在床上。外婆老远赶来，成天守着妈妈。妈妈总叫外婆把弟弟白龙叫到床边，告诉他饿了要吃饭，冷了要知道穿衣服，总是叮嘱他夏天一定不要去水库边玩。每次说完，妈妈都累得上气不接下气，有时还眼泪汪汪的。

好几次，白薇看见外婆的眼睛红红的，白薇好奇地问她："外婆，您眼睛怎么啦？"

外婆总说："没啥的，眼睛进了沙子，一揉就红了。"

星期天，邻居叫白薇一起去为妈妈找草药，说煎点草药汤喝，看能不能好转，还说什么小单方治大病。沙园村的人对命贱的中草药有一种固执的偏爱。哪些草药治疗什么病，大凡上了点岁数都能够如数家珍。杜仲可以缓解疲劳，梧桐叶主治风寒咳嗽，蒲公英和菊花清热解毒再灵验不过，鱼腥草预防小儿肠胃炎……为此，诸如白薇、紫草、玉竹等好多孩子的名字都与草药有关。张家园子里，长着好多"成仙草"，圆圆的叶子，就像圆圆的心脏，粗粗的叶脉，就像连着心脏的血管。人们都说那草是治疗心脏病的良药。听说白薇为妈妈找药，园子里的大人们都来帮忙。他们一边帮忙一边说话，一边说话一边摇头叹息：

"这么小的孩子，丢着蛮可怜的。"

"小的那个还没上学，哎，苦命！"

"她说最大的心愿就是看着小儿背着书包上学，看情形，不可能啰。"

……

小孩子们都满眼同情地看着白薇。

白薇茫然不解。她拔了好多"成仙草"。

晚上，七零八乱的草药煎了好大一锅汤。白薇端了一碗到妈妈床前，用勺子喂给妈妈，只喂了几勺，妈妈就难受地摇着脑袋不喝了。

半夜三更，妈妈暖被窝的热水玻璃瓶炸了一个，垫絮打湿了好大一片。三元把她挪到干的那边，自己就一直坐到凌晨没合眼。第二天早饭时，外婆不安地和三元小声嘀咕："征兆不好啊。"

外婆不安的神色、三元六神无主的神情吓到了白薇，她不敢问怎么了。这一整天，在教室里她都恍恍惚惚的，似乎感觉到了什么，但是又不敢判断，她甚至不知道找谁述说她的困惑、担忧和害怕。

放了学，白薇慌慌张张跑回家里。

柜子上，床头边摆满了棕色、白色、黑色的很多种颜色的玻璃瓶，玻璃瓶里是棕色、白色、黑色的大大小小的药丸子。白薇记不得有多久了，几间屋子里都弥漫着浓烈的药味。

妈妈身子半躺着,外婆在一旁一只手搂着弟弟白龙,一只手把一块白萝卜递到妈妈毫无血色的嘴边。见到白薇,妈妈张张嘴巴想说啥,泪水就流出来了,顺着脸颊滚落在白萝卜片上。外婆扭过头,一把撩起衣袖擦眼睛。白薇不安地看着妈妈,看着外婆。

白龙穿着一件蓝白条纹的新衣服,倚在外婆怀里做着鬼脸,说:"姐姐别怕,有坏人欺负的话我帮你。"说完还举起拳头用力地晃了晃。

妈妈终于说话了,声音弱弱的,断断续续的:"薇儿,给弟弟做了一件衣服……他还小,你是姐,不给他计较……照顾弟弟……"

一会儿,三元回来了,他说:"医生不在啊,出远门走亲戚去了,要好几天才能回来。"顿了顿,像下了好大的决心似的,他接着说:"要不,叫娃儿小姨来料理下,明天还是去娃儿表姑医院吧,万一,万一有奇迹发生呢。"

外婆抹眼泪,三元叹气,没人搭理白薇,她感觉胸口好闷,只想张开嘴巴大口喘气。晚饭桌上,一家人也是闷闷的不说话。外婆不动筷子,看看白薇,看看白龙,眼圈一红,泪水就滴落到饭碗里。三元手里的筷子不停扒饭,不停扒饭,也不见他咀嚼,腮帮子一直鼓鼓囊囊的。白薇怯怯地看着外婆,看着爸爸,小心翼翼地,嘴巴咀嚼会儿,再停会儿,看看,再咀嚼,再停会儿,生怕弄出一点声响。只有白龙一边把饭送进嘴里,一边甩动着吊在凳沿下的双脚,吭哧吭哧扒拉完饭就去泥灶背后捕蟑螂了。

饭后,白薇来到妈妈床前。妈妈躺在床上,背靠着厚厚的被子,闭着眼睛,长头发散落在她肩上、额上,遮住了她半边惨白的脸。白薇突然感到恐怖,心中发怵,忍不住大叫一声"妈妈",然后"哇"的一声大哭起来。妈妈睁开了眼,微微地动了动嘴唇,一只手很费劲地从被子里抽出来,像是在叫"薇儿,过来"。外婆、爸爸、白龙都进来了,外婆一把拥起白薇,号啕大哭:"造孽呀,真是造孽,造的哪门子孽啊!"

在外婆的轻轻拍打中,白薇抽噎着睡了。白龙紧紧挨着白薇也睡了。

第二天早上，白薇醒来，妈妈不见了，外婆不见了，爸爸也不在。白薇一把拽起白龙，胡乱穿起衣服。白龙裤子穿反了，裤裆穿到屁股上去了，棉袄扣子也没扣。白薇头发乱糟糟的，黄黄的眼屎倚在眼旮旯，黏在睫毛上。姐弟俩顾不上洗脸就往马路边奔去。白薇记得爸爸说的话，妈妈要去大城市表姑的医院。

果然，在外婆和爸爸的搀扶下，妈妈正在马路边。她穿着墨绿色的棉袄，用粉红围巾裹住头颈，在寒风中瑟瑟站立。他们在等唯一的一趟去县城的公共汽车。

"妈妈……"白薇和白龙扑过去，妈妈哪里有力气像鸟儿张开翅膀一样张开双臂迎接一双可爱的儿女。她泪眼蒙眬，喉头哽咽着，似有万千条虫子咬噬着她的心。她颤抖着身子，好不容易说出："好好读书，听话，乖，妈妈会回来的。"

白薇牵着白龙，姐弟俩看着妈妈，泪眼汪汪地看着，哭着，哭出了声。公共汽车来了，爸爸把妈妈抱上车，公共汽车颠簸着而去，越去越远。

白薇和白龙依偎着，应和着呼呼的北风，呜呜哭泣。路边，一株"成仙草"在风中瑟瑟招摇。白薇看着它，救星似的呜咽着："妈妈，药……"

妈妈没了

妈妈治病去了。小姨去医院照顾妈妈,把爸爸换了回来。外婆回绣庄了。

白龙的幼儿园是说放假就放假的。读三年级的白薇要期末考试,考试过后要领取成绩通知书,然后才开始正式放寒假。

妈妈走后的第三天就是期末考试时间。那次考试,白薇一辈子都会铭记在心。监考的老师不知从哪个村校调来的,是陌生的男老师。他站在教室里非常严肃地宣告着不准东张西望,不准交头接耳,神情激昂地鼓励大家认真审题、仔细答题,考出好成绩,收头结大瓜,过个欢喜年。白薇仰头望着老师的嘴巴一张一翕,什么念头也没有,木然地握着一支笔头坏了的钢笔。

白薇的心思不在考试上。

白薇的右手臂骨折过,是读一年级的时候猛跑出教室被门槛绊倒造成的。打石膏吊绷带那阵子,妈妈不让她上学,怕她走路冒冒失失再次跌倒,还怕她被其他冒冒失失的小朋友推到撞到。那是她印象里最幸福的时光。小河边洗衣服、竹林里捞柴火,无论到哪儿,妈妈都把她带上。

正是早春,阳光很暖和,照耀着家门对面的山。那些青冈啊、香樟啊、桉树啊,叶子油亮亮的。顶着露珠的青草的香味、水田里扑腾的鸭子的腥味、竹林里冒出来的蘑菇的霉味弥漫在空气里。妈妈穿着苹果绿的一双拖鞋在坝子里织毛衣。白薇眼里，从没有看见过那么漂亮的鞋子，细细的鞋帮带，高高的鞋跟，穿上它妈妈就变得像童话里穿着水晶鞋的灰姑娘一样袅袅婷婷的。

那天，白薇从妈妈脚上脱下那双拖鞋，把自己那双小脚笼进去。她想学着妈妈的样子走几步试试，刚刚迈出脚步，却一下子跌倒了，整个身子倚倒在妈妈怀里。妈妈被吓了一跳，反复查看了确定毛衣针没有扎到白薇，才抚摸着白薇的脑袋笑话说："傻丫头，等你长大了，就可以穿漂亮高跟鞋了。"

白薇扑在妈妈脚边，静静地帮着妈妈托着线团。她看着妈妈拿着毛衣针的右手不停地向前锥着拨着，把左手针上的线一下一下地挑到右手的针上，动作快得无法形容。左手的针空了，妈妈又把空针换到右手上继续织，线团变小了，没有了，一个用完了又换一个。织得累了，妈妈叫白薇："丫头，给妈捏捏肩膀。"白薇于是站起来，绕到妈妈身后，用软绵绵的小手捏着妈妈酸疼的肩膀。她甩甩小手，妈妈就知道她捏得累了，就站起身来，趿拉着苹果绿拖鞋袅袅婷婷地从坝子这边走到那边。

是的，在二十世纪八十年代中期，整个沙园村恐怕都找不到那样一双有着高高的鞋跟的拖鞋。别说高跟拖鞋了，就是高跟皮鞋也找不到一双。大多数农村人，尤其是农村的小孩子，一年只有一双布鞋，不到隆冬时候不穿，其他时节都是光着一双脚板跑来跑去。女人们晴天穿布鞋，雨天穿胶鞋，夏天跟男人一样基本上不穿鞋。乌龟石那湾子里有一个绰号叫"黄精灵"的老头儿，有一双黄黄的笨重的军用翻皮皮鞋，那是因为他是军人家属，他的儿子在离家很远的部队当兵。他们家门口贴着"光荣之家，发扬革命传统，争取更大光荣"的对联。

那双拖鞋是白薇的妈妈去城里大姑家做客，大姑陪她去城里闲逛时在一个地摊上买的，颜色鲜艳，价格相当实惠。那次买回来的还有一种粉红色的叫"海鸥"的洗发膏，洗头时，妈妈用它给白薇抹在头上，揉出许多泡泡,洗完后头发飘溜光顺,一连好多天都飘散着浓郁的让人着迷的芳香。海鸥,海鸥,名字起得真好,那是海边的味道吧?海鸥,海鸥,白薇嗅着芳香,仿佛看到了它们在蔚蓝的海面展翅翱翔。

妈妈对白薇向来话不多。搂搂抱抱的记忆几乎没有。唯一的一次,是给一岁多的白龙断奶,妈妈逗弄白薇说:"弟弟不吃奶了,现在给你吃了。"白薇羞得直摇头。妈妈还打趣说:"恐怕给你吃也不知道怎么个吃法了。"倒是弟弟白龙老不害臊,成天"奶奶、奶奶"地唤个不停,还铆足劲儿不吃专门为他熬制的罐罐米粥。看着白龙身子渐渐消瘦下去,妈妈心疼,忍不住又让白龙吃了几天奶。但是奶水已经不够了,总心疼不断奶也不是办法。于是妈妈狠心撩起衣襟,让白薇从灶膛里取来烟灰涂抹在奶头上。这一招真灵,白龙看见黑黢黢的奶头,脑袋几甩摆,哇哇大哭了一场,后来就开始吃罐罐米羹了。

但是妈妈是爱白薇的,在白薇遭到欺负的时候是第一个帮助她的,绝对值得信赖的。有一次,白薇拿着一张80分的数学测验试卷回家,喜滋滋地递给妈妈。妈妈说:"有得100分的小朋友吗?"白薇眨巴着眼睛说:"还有40分的。"妈妈就扑哧一声笑了,说:"你怎么只看到比你少的,看不到比你多的呢?"恰好邻居高家婶婶路过门口,她跟妈妈打招呼,问妈妈:"你家白薇成绩还行吧?"

妈妈眉毛一扬,回答她:"还好啊,马马虎虎。"

婶婶说:"我见她傻乎乎的,恐怕脑筋有问题吧?"

妈妈微笑着看了白薇一眼,语气依然柔和:"不会吧?我家姑娘不是你想象的那样吧!比她笨的人多着呢。"

正是那句话,让白薇感觉好温暖:我是妈妈的女儿,我妈妈说我不笨。很多年以后,即使白薇受过很多委屈,吃过很多苦头,即将脆弱到要放弃时,妈妈的肯定给了她温暖和坚强。

考试作文题目是写一个熟悉的人。白薇写了妈妈,写了阳光里妈妈织毛衣，连写了三个"妈妈，我不笨"，写着写着她似乎看到了病床上的妈妈，看到寒风中可怜无助地等候汽车的妈妈，白薇心里涌起一阵悲哀。她哭了，呜呜哭出声了。陌生的监考老师不解，全班同学不理解，都回头望着坐在最后一排的白薇。

这晚，白薇红肿着一双眼睛睡下了。

半夜，白薇被一阵"砰砰砰"的敲门声惊醒了。等她灯也没开就猛地跳下床，光着一双脚直愣愣地踩在冷冰冰石头做的踏板上时，小姨和舅舅已经进到屋里了。爸爸开的门，白龙也被惊醒了。寒风灌进屋里来，从暖被窝里起床的父子仨都打着激灵抖索着身子。

小姨还没开口说话就先号啕起来，白薇惶惑着，白龙恐惧着，三元呆愣着。终于，小姨双膝在爸爸面前跪下，"嘭嘭嘭"磕着头，说："姐今早死了啊，我的可怜的姐啊……"

妈妈死了，妈妈死了，妈妈没有了，妈妈没有了。屋子里哭声一片，空气中，那伤心的哀号弥漫在隆冬的一片岑寂中。

小姨拥着九岁的白薇和五岁的白龙，哭泣着，抽噎着，直至天明。

天明了，在去医院的汽车上，白薇把脸靠在冰冷的汽车玻璃窗上，任凭眼泪滴落下来把她的嘴唇弄得又湿又咸。窗外的景物模模糊糊，一段一段地往后退去。那时她触摸到了死别的模样，冰冰冷冷，模糊不清。平常活蹦乱跳的白龙也挂着泪痕木讷着。

同车的人得知两孩子小小年纪就没了妈妈，都同情地掉眼泪。三元静静地坐在两孩子身后，耷拉着脑袋，显然在回忆着什么，痛苦着什么，担忧着什么。

在殡仪馆回归堂，一家人见到了妈妈，直挺挺地睡着了一般，不言不动。周围的人都在叹息着："正值风华，年纪轻轻，人又漂亮，怎么说走就走了呢？"白薇不相信她这个样子就是死了。她大声哭叫着："妈妈，起来，妈妈，起来……"白龙也跟着哭跟着喊："妈妈，起来，妈妈，起来呀！"要不是小姨使出蛮劲把两姐弟拉开，他们定要冲上去把妈妈拉起来。等他们再回到回归堂，妈妈已经被推送进了熊熊燃烧的火化炉膛里。

接下来，不可思议，却是顺理成章。白薇尾随戴着白色帽子、白色口罩和白色手套的殡葬工人，亲眼看见他火化她的妈妈。不时地，殡葬工人打开炉膛的门，用一根长长的钢筋伸进炉膛里拨弄着。

殡葬工人摘下口罩，低头问白薇："告诉叔叔，她是你什么人？"

白薇喉头哽咽着回答："是我妈妈。"

"哦，可怜的小姑娘。"工人放下钢筋，蹲下身子，摘下手套，伸出了他的手臂。他想抱抱白薇。

白薇惊恐万分，摇着头往后退着身子。

"别怕，你看那——"工人拉着她走到门边，指着烟囱里冒出来的浓浓的黑烟说，"你看，那是你的妈妈，她正升向天堂。"

白薇仰着头，茫然地张望着，仿佛要从中辨认出妈妈的微笑。她疑惑着，但是终于明白：妈妈越去越远了，她已经永远地失去了妈妈。

白薇问他："我们每个人也像妈妈一样，都会死，对吗？"

"不用担心，如果没有意外，我们要到很老的时候，才会死。"

"我的外公外婆、爷爷奶奶都老了，为什么没有死？我的妈妈却先死了？"

"这是意外，让你妈妈死在他们前面。你妈妈是'去世'了，小姑娘，用'去世'这个词比'死'更柔和一些。你的妈妈是从这个世界到了另一个世界……"殡葬工人的语气里满是慈爱，关于死人的学问他见得多也听得多。此刻，他很慎重地选择着字眼，似乎这样就能给面前的小姑娘以安慰。

"去世，去世……"白薇念叨了好一会儿，显得越来越伤心，然后哭起来，大喊："妈妈，我不要你去世！"

"我非常理解你。因为你爱妈妈，希望永远和妈妈在一起。"工人搂住她的肩膀，"妈妈也非常非常爱你，她也不希望自己离开你，对不对？我的工作总是跟去世的人打交道，我总是看到他们伤心欲绝的亲人，我也跟着他们心碎，要是所有人都永远不去世，该多好！"

白薇的哭泣减弱了，抬起头。显然她在继续思考，她说："所有动物，包括人类，都会死。有一天，你会死，我也会死？"

"是啊是啊，真是聪明的姑娘！那时候，你的孩子、孙子，也像你今天这样，会非常非常难过。"

"我的孩子？我的孙子？我会很老很老吗？"白薇的脸颊挂着泪痕，但她已经不哭了。

"你很老很老的时候……"工人一边叙述一边比画，"那就是，很多年很多年以后，你做出了很多贡献以后，很多人都尊敬你的时候……你已经长成大人了，有了自己的孩子，甚至自己的孙子。那时候，你就不会觉得死亡这么不能接受了。那时候，你对死亡的想法，会不一样的。"

很久很久，每当想念妈妈的时候，白薇会抱着妈妈穿过的那双苹果绿拖鞋出神。

红高粱

  白薇的家是几间摇摇欲坠的茅草屋，就在苦塘沟水库堤坝下边的苦塘沟旁。那几间茅草屋曾经是沙园村的加工坊。加工坊就是为各家加工稻米呀、麦子面粉呀、玉米面粉的地方。后来，去七星镇鲤鱼石的公路直接经过水库堤坝，加工坊就搬到了堤坝旁的公路边。三元请人将几间颓垣断壁修修补补，盖上茅草，带着白薇母女俩从石头沟搬了过来。

  白薇妈妈很喜欢这个地方。对面是苍翠的山林和碧绿的田野，山鸟啁啾和着小河沟里哗哗的流水，四季歌唱不停息。搬到苦塘沟的第二年，白龙出生了。妈妈说："这个孩子是蛟龙出水，就叫白龙吧。"

  一家四口在茅草屋一住就是很多年。现在，很多人家都换成了高大亮堂的大瓦房，白薇家还是低矮潮湿的茅草屋。那个春节刚刚过，妈妈病情稳定，不见有大碍的时候，曾和爸爸计划要在河沟边建一个小小豆腐加工厂。妈妈在家磨豆腐，爸爸走村串户卖豆腐，赚了钱然后再改造茅草屋。

  妈妈眉飞色舞、兴致勃勃，爸爸啧啧迎合、幸福遐思的神情，至今白薇都记得。而今，且不说豆腐加工厂，单单换房的计划只有爸爸一人来完成了。失去一个人，并不只是数量上少了一个数字，并不是简单地少了一个母亲、一个妻子，而是其余部分全部乱套了。这样乱糟糟的状态，是处在家庭健全中的人根本无法预料到的。

农历三月初九,就是妈妈阴生三十。这一方的人管死去的人过生叫阴生。说来也怪,妈妈还在的时候,亲戚们就嚷着要妈妈办酒庆生。妈妈总笑笑说:"我过三十不办酒,我自己清清静静地过生日,想吃啥就吃啥。"

灶沿上熏着的香肠是妈妈在世时装的。抽屉桌面上摆着的那盆冰糖腌制广柑是妈妈尚在病中做的。那天,暮色降临,三元煮了两截香肠,兑了一盅浓浓的广柑水,带着白薇和白龙,来到妈妈坟前。

在燃烧着的红红的烛光里,三元双手合十,强忍住内心的悲痛,对着坟头祭奠:"娃儿娘啊,香肠你没吃到,冰糖腌广柑你也没吃到,今天你三十了,好好尝尝啊。我会把草房换成大瓦房,你好生瞧着,保佑啊!"终于哽咽着说完,三元把广柑水泼洒在坟头,再把香肠均匀摆放在坟墓四周,围了一圈。

小河哗哗流淌,鸟儿拍打着翅膀,相亲相爱地呼唤着飞回林中歇息了。四野炊烟袅袅,坟墓上茂盛的蕨草锯齿样的叶片在风中疯狂地招摇。尽管不能用准确的言语形容,那时候匍匐跪地的白薇白龙真的感觉到了:爸爸的祭奠好悲壮。

整整一年,三元起早贪黑,像个辘轳一般忙着换房规划。俩娃的吃喝拉撒、农事和喂养牲口都是少不了的,永远有事做,做不完的事。他打算以最少的钱换得大瓦房,只有从力气和时间上做功夫。屋檐下是一块荒地,他挑来一担一担的荒石和泥土,一寸一寸填起,填了一米多厚,硬是填出来一块三四百平方米的坝子。外公慷慨地赠送了一根结实的柏木作为堂屋大梁。三元邀约上二弟白仲,就是白薇的二叔一起,跋山涉水,步行往返三十多公里路,竟然把那根柏木抬回了家。备房梁、备格子板,买瓦,预约匠人,一切准备就绪,然后将茅屋顶拆下,原土泥墙筑高。他似乎要把他人生的伟大梦想,不,还有妻子生前未能实现的夙愿,都筑进那一寸一寸渐渐增高的土墙里。在大瓦房终于竣工那一天,一大塆人聚在一起祝贺。城里白薇的两个姑姑也赶回来了。三元叉着腰站在坝子中间,像欣赏一件精雕细琢的艺术品一样，他自豪地说："终于了却了一桩大事。"

后来，在《平凡的世界》里，白薇读孙少平家箍的那口新窑洞，想到了父亲三元的大瓦房，虽然只是筑了半截新泥墙，换个房盖，但在当时绝非易事。三元，跟三元一样的村里人，跟黄土高坡上的孙少平们一样，咬紧牙关累死累活，为的就是有间能遮风挡雨的房子。

四月，是江南农民最喜爱的季节。山坡田野间草木茂盛，欣欣向荣；层层的稻田波光粼粼，生机勃勃；天空中烟雨蒙蒙，杜鹃声声，广袤大地充满绿色的希望。

撒在小河沟边种子地里的高粱有一阵子了，此时长出了半尺来高的苗儿，已经到了从种子地里匀出栽种的时候。好多人家的高粱苗儿因为缺水，叶子起了黄卷儿，就是移种，收成也会受到影响了。

四月雨，好动锄。三元起早贪黑松土刨窝，只盼着老天下一场肥雨。眼见着一日阳光一日长、一阵风一阵长的高粱苗儿，逐渐失去嫩绿的光泽，雨还下不来，三元的眉头蹙得紧紧的。

一天夜晚，一场春雨终于姗姗而来。睡眼蒙眬中，白薇被三元急急叫醒："白薇，起来插好门闩。我要去地里守着高粱，好不容易下雨了，高粱明天可以移种了，可不能叫哪个贼娃子趁黑偷了去。"

白薇一骨碌从床上爬起来。"隆隆"的雷声从窗户滚进来，"哗哗"的流水声从门缝挤进来，密集的雨点落到芭蕉叶上的滴答声送来寒意。白薇正惊愕时，在昏黄的灯光下，只见三元戴着斗笠，披着蓑衣，穿着胶靴，握着手电筒，来到她的床前："起来插好门闩。我要去地里守着高粱苗儿，好不容易下雨了，白天就可以移种了。今年种苗不多，种满两分地可能都不够，可不能叫哪个贼娃子趁机偷去了。"三元的担忧不是不可能。鸡鸭都有整窝被盗的，别说在人家地里挪百十根高粱苗儿了！那是贫瘠的年代，贫穷、嫉妒、狭隘充斥在农村。一日三餐都能吃上白米干饭，就是人们对美好生活的追求。

已经完全从睡梦中清醒过来的白薇赶紧下床，跟在三元身后，看着他打开门，大步流星走进黑黑的雨幕中。

在三月的细雨里，白薇见过爸爸头戴斗笠，身披蓑衣，一只手握着耙子，一只手拿着鞭子，在冬水田里赶着牛犁田时不紧不慢的样子。在五月的稻田里，她见过爸爸埋着头弯着腰插秧，蓑衣紧紧地贴在他的脊背，汗水淌在他的额上，雨水打湿了裤腿也毫不在乎的样子。但是，他从来没看见过在漆黑的夜雨里，爸爸身披蓑衣的背影，就像丛林部落的铠甲勇士一样，模糊中透着毅然决然的勇气。

雨越下越大，"啪啦啪啦"落在房顶瓦片上，好像在演奏惊心动魄的夜半交响。透过门缝，白薇看见了一束电筒光，在乡间小路上艰难地摇摆着，渐行渐远，直到消失在拐角处。白薇情不自禁想起了那首诗：孤舟蓑笠翁，独钓寒江雪。隐约觉得那个垂钓的老人跟爸爸比起来，爸爸更不幸，更让人怜悯。她突然想起了什么，心中猛然害怕起来，禁不住泪眼蒙眬，双手合十，向着三元守护高粱苗儿的方向跪下，一遍遍默念着：菩萨啊，保佑我可怜的爸爸！妈妈，你要保佑爸爸！

寒灯孤影雨潇潇，冷笠残蓑夜廖寥。自此，白薇的心里一直埋着一个谜。那一晚爸爸独自一人是如何守护着他心爱的高粱苗儿挨过漫漫雨夜的呢？是在青杠林里蹲下身子打着手电眯着双眼，将双手插进怀里欣赏着他的庄稼吗？还是仗着胆儿大，索性关了电筒将蓑衣既当棉被又当板凳，坐在坟堆上缩着脖子打着盹儿呢？随着年龄越大，她越想问爸爸。但是爸爸夜半三更起床打着手电筒背着蓑衣到地里浇水、割稻、收麦，挑着菜蔬鱼篓去集市，次数太多了！她该怎么描述才让他记起是哪一宿的事呢？

自此，白薇的心里一直藏着一个秘密。那一晚，她在昏黄的电灯下，从爸爸的电筒光在小路尽头消失，向着爸爸守护高粱苗儿的方向跪下，含泪默默祈祷，一直到她的膝盖僵硬手脚冰凉。后来她禁不住寒冷爬上床，数着"啪啦啪啦"的雨滴声，任凭哗哗的流水声撞击心房，眼睛没敢闭一下。

只一夜之间，白薇似乎长大了。

转眼，秋天到了。多明媚的秋天哪，那是漫山遍野都披着盛装的旺盛的土地。高粱涨红了脸，玉米举着红缨，稻田金浪翻滚。白鸽时而傲立在高高的山岩上，时而在稻田里觅食飞翔。

收获是欣喜的，收获是忙碌的。尤其是收稻子，每一户人家都去别人家帮忙，每一户人家都接受别人的帮忙，每一户人家都买肉买酒，人们互相帮衬着，庆贺着一年一度的大丰收。

三元说，他勤劳一点，节俭一点，三年再建一间大瓦房没问题。毕竟儿女渐渐长大，得各自有一间自己的房间才好。但是再怎么节约，凭借他一个人的劳力真没法把稻子抢收回来。成熟的稻谷金灿灿的，不及时收割，一刮风谷粒就会脱落，收成就会大打折扣。如果误了农时，再遇到接连几个阴雨天，收割的稻谷还会发芽，那就有泪也流不出。为此，三元要去石头沟跟兄弟们换活路儿，天不见亮他就把白龙带去了，留下白薇一个人看家。

家里有好多活物要吃东西。猪圈里半大不小两头猪，河沟里几只大麻鸭子，竹林里还有一群鸡。三元交代了，鸭子饿了会回来要吃的，把玉米撒在盆里；鸡仔会去拣鸭子吃剩下的，拣不饱会去找虫子吃，不要再单独喂它们。最麻烦的是喂猪，要将煮熟的干苕藤在潲水缸里兑成不要太干、也不要太稀、和上米糠和玉米面粉的杂饲料。对于不满十岁的白薇来说，每次提小半桶猪食都会累得气喘吁吁，而喂一顿要从厨房到猪圈往返六次才够两头猪的量。仅仅提六次还好，把笨重的潲桶提到猪圈还要把猪食倒在猪槽里不是简单的事。她先要站在矮凳上，然后将桶提到猪圈石栏上，再对准猪食槽将饲料倒下。家庭主妇能做到井井有条的事，小小的白薇手忙脚乱，非常艰难。但是白薇想不到这些，她记得爸爸承诺晚上回家，给她包好吃的回家来。她的心思在好吃的肉啦、糖啦、瓜子、花生上面了。

夜终于来了。

晶莹的星星在无际的天宇上闪烁着动人的光芒，对面黑黢黢的山林在静穆中沉睡了。传入白薇耳畔的是草丛中蝈蝈的鸣叫、屋角蟋蟀的轻轻歌唱，田野里没有睡觉的青蛙在呱呱吵闹，小河沟在潺潺流动。

这些在爱生活懂情调的城里人看来，这是夏夜乡村独有的宁静的美。

白薇倚在门边，一动不动，看着树的影儿在门口晃动，望着那从门口弯曲的伸展在夜色中的土道，嗅着那从田野散发出的稻香气味。夜很静，她听到墙角有蛐蛐在唱歌了。她顾不得这些，眼睛死死地盯着门口，只盼望爸爸和弟弟赶紧回家。

听同村人说起，有人在深夜看见过妈妈坟墓上摇曳着蓝幽幽的光。那是什么样的光？为什么会发光？有人说是鬼火，有人说是没有烧尽的骨头发出的磷光。妈妈的坟墓就在对面小山头上。奶奶讲过那么多故事，强盗的故事，鬼怪的故事，都一股脑儿跑到了白薇跟前。她紧张着神经，睁大着眼睛，越来越害怕。

天越来越晚，爸爸和弟弟还没回来。夏天的暑气还没褪去，可是白薇清楚地感觉到牙齿在打架，上牙和下牙发出清脆的碰触声。她控制不住地肢体颤抖着，她的心一阵阵发紧。她慌不迭地把几个房间的灯全开亮了。她不敢倚在门边，她担心蓝幽幽的光会出现。她不敢关门，她觉得门一关，所有的妖魔强盗都在屋里乱窜。她就缩紧身子坐在屋子中间电灯底下，一动不动。她试过，只要身子一动，板凳底下、身子后边立即就有一种古怪的声音发出来，令人毛骨悚然。她试过四处张望，一扭头就会看到被烟火熏得黑乎乎的墙上全是黑影。她不敢朝开着的屋门外看看，哪怕一眼，她担心黑黝黝的阴影里会站着一个青面獠牙的怪物。想解便了，她连站起来的勇气都没有，哪里敢挪动脚步到茅厕边去？她知道她一走，后边就是一串脚步声跟着。她憋着尿，害怕得不敢动不敢哭，就一动不动地盯着对着光的那面墙。

过度的紧张导致过度的疲惫，不知什么时候，可怜的白薇倒在地上睡着了。

三元回来，摇醒她。他没有带回好吃的东西，他忘记了。粗心的汉子让白薇失望不要紧，竟然还狠狠地骂白薇开那么几盏灯浪费电，还说这么晚了不洗澡，躺在地上睡觉，满身冒着汗酸味，像个小叫花子，女孩子家就不知道害臊。

这晚，弟弟没有回家，他在石头沟在奶奶的照料下睡了。

苦塘沟有好几户人家，除了白薇一家是从石头沟移居过来的，其他几户人家都是高姓家族的几兄弟，都是苦塘沟的原住民。他们几兄弟各自分庭立户，一串房子在一个斜坡上不紧不密一溜排开。因为小河沟上架着一座小石桥，高姓兄弟所住的地方通称桥坡头。那条历史不长的去鲤鱼石场镇的公路就横穿过桥坡头。

高老大有两个孩子，大的是儿子，叫孟福，跟白薇一般大。小的是姑娘，叫梦容，比白薇小，比白龙大。高老大的婆娘姓王，形象粗野，举止蛮横。尤其那两颗焦黄突出的龅门牙，让人弄不明白她到底是闭着嘴巴还是张着嘴巴。背地里，白薇听人叫她"泼妇王"。

泼妇王有个典故，叫"桥坡头车阵"，在方圆几十里流传，经久不息。

那年，泼妇王和高老大的娘婆媳俩不知为何闹起来了。高老大高声武气地吆喝了泼妇王几句，她立即跑到屋子后边的公路中间横着躺下，闭了眼，两颗焦黄的龅牙越发凸出，不哭不闹，好像死人一般让人害怕。

公路很窄，她这一横躺，公共汽车、拖拉机、货车、小轿车，这边过不去，那边过不来，排了好长一条龙。后边的车子以为前边出了车祸死了人，耐着性子等待清理现场。但是始终不见有人认领尸体，也不见有人出面调解。

有个老大爷忍不住好奇，拿着拐杖去戳泼妇王的胸膛，惊得他差点跌倒："哎呀，是活的，心脏还在跳哎！"

一语惊醒车阵人，消息流传很快，从距离泼妇王最近的两辆车分别向两头扩散，所有的喇叭都发怒般鸣叫起来。围观群众越来越多，幸亏泼妇王娘家兄弟及时赶到，七手八脚将泼妇王抬回家去，车阵才陆续散去。

那时，白薇还小，弟弟还在妈妈肚子里。那长龙一般的车阵那么深刻地印在白薇脑海里。村里婆婆、媳妇间还流传着泼妇王在人家屋檐下拾了内裤自己穿上，或捡了鞋垫塞在自己的鞋里，不小心被人发现，还反口骂人家诬陷。

这个泼妇王曾经为了鸡啄菜叶、鸭窜稻田之类的芝麻小事和白薇妈妈打过架。病恹恹的白薇妈哪是她的对手！她把白薇妈妈摁在地上，用拳头狠狠地捶打白薇妈妈的脑袋，还拼命拉扯白薇妈的头发。为此，德高望重的村主任专门出面调解，义正词严地指责泼妇王的不是。但是泼妇王并没有因此收敛，白薇妈走了以后，反而变本加厉，从白薇家坝子边路过，顺手牵羊捡拾个鸡蛋、摘个嫩南瓜、拿把洗衣刷之类的恶劣行径越发多了起来。有一次，白龙放学回家，爸爸在坡上，家门锁着进不了屋。白龙躲在家门对面的竹林里拉屎，看见泼妇王从坝子里急匆匆经过，将屋檐下的半包兰香洗衣粉顺走了。白龙气愤地对白薇说时，白薇怕惹着三元上火，着急地阻止白龙："拿去就拿去了，千万千万不要跟爸讲。"白薇还逼着白龙拉钩起誓："拉钩上吊一百年不会变——我是瞎子，什么也没看见——拉钩上吊一百年不会变。"

那晚三元打谷子回来，原本带回了水煮花生的。那是白薇奶奶用报纸包好，塞到三元衣兜里的。不过一个既里当家、又外当家的男人，一个既当爹又当妈的父亲回家就忙着清点鸭群回笼没有，鸡仔是不是少了一只，加上白天劳累疲惫，竟然把这件唯一能够安慰无比艰难、无限惧怕的女儿的事情忘记了。

等他第二天想起来时，已经是晌午时分了。他把东西取出来，扔给白薇说："能吃就吃，不能吃就算了。"就再也不过问花生的去向。

白薇打开报纸看花生都腻了，不能吃了。小孩子家捧着那一包花生，吃又不能吃，扔又舍不得扔，就干脆把它塞到屋角边的泥墙缝里。偏偏泼妇王家的梦容发现了，居然宝贝似的捧回家去了。

这还了得。那天傍晚,夕阳的余晖还没完全撤出白薇家晒坝边沿。三元从石头沟挑着一捆木柴回家。白龙回家了,蹦蹦跳跳跟在爸爸身后。泼妇王拿着那包花生找上门来,破口大骂白薇三元下毒药害她女儿。

可怜的白薇,既不知道申辩,也不知道怀疑,真以为自己做了一件恶毒的事。当着泼妇王的面,被三元罚跪在灶门边。少不更事的白龙也被那阵势吓住了,战战兢兢跟着姐姐跪下。泼妇王毫不解恨,陈芝麻烂谷子的事情也翻出来,越发惹得三元生气。他抽出一根高粱秆,狠命抽在白薇和白龙的头上、背上、腿上。白龙双手抱着头,在地上滚着,哭着,声嘶力竭地叫着:"爸爸,不要打,爸爸,不要打……"

泼妇王撒野够了,什么时候走的,白薇都不知道。很久,三元在灶门前坐着,深埋着头,自责着,心疼着说:"有什么办法,这是你们的命啊……"白薇和白龙身上,那被高粱秆抽打的红印灼烧一般疼痛。

第二天,白薇拿着镰刀,白龙背着小背篼,跟着爸爸到大塝上的庄稼地里割高粱。三元盘算着,高粱收割了,自家稻子差不多也熟了。错开时间收割,晒坝也不拥挤,高粱好价钱啊。

可是,大塝上那块庄稼地里,哪里还有什么高粱啊?秋天阳光下,枯黄的高粱叶子窸窣作响,叙说着三元满心的苍凉和凄怆。

三元不语,嘴巴嗫嚅着好像要说话却说不出来。白薇想起了她跪地祈祷的那个雨夜,父亲披着蓑衣戴着斗笠怀着一片火火红红的丰收期望,泥一脚水一脚义无反顾走进坟地的那一幕针扎一样在心上跳来跳去。即使栽种下地以后除草、施肥付出的辛苦劳力不算,还有节衣缩食购买化肥农药的投入呢?此刻,白薇眼里的高粱叶子都是挥舞着大刀片子一样狰狞的魔鬼,在她心上拉出一道道血红的口子。

有人说得活灵活现,那块地的高粱不见了,就是泼妇王干的。

"姐,给我!"白龙夺过白薇手上的镰刀,"咔嚓咔嚓"接连砍断几根高粱秆,就气愤地嚷着:"我去找泼妇王算账!"

"你敢去，我打断你的狗腿！"三元厉声喝住了白龙，"别做丢人的事！丢了高粱没丢人，你去了就丢人了！疯狗咬你一口，你也要反咬回去？况且没凭没据的，不要瞎闹！"

白薇怔怔地站着，若有所思，她好像重新认识了父亲。原来，三元脾气虽然暴躁，但是在教育这件事上一点不糊涂。

杯子坏了

"坐船啰，进城啰！"这年正月，白薇和白龙姐弟俩随奶奶一起坐船到县城里大姑妈家去。从来没有坐过揽载（巴渝人对在陆路交通不太发达年代的水上交通工具的称呼）的白龙踮起脚尖，撩起遮挡风雨的塑料篷布，趴在实木船舷上看着浩浩江水欢喜得大叫大嚷。

揽载的螺旋桨翻起层层白浪，在长江里留下一条长长的波纹，在冬日的阳光下雪一般明亮，哗哗作响。江面上一艘货轮在向着上游方向笃笃加足马力，泛起朵朵浪花。一条白色的带子在它的后边飞舞，好欢快啊！马达声惊起了江面上群群水鸟，它们张开双翅，无比惊吓似的掠过水面，然后向远处飞去，像一片飘然而上的灰云，煞是好看。

姐姐白薇安静地坐在奶奶身旁，一双手搭在奶奶膝上。七十多岁的奶奶虽然满头银发，瘪着没有一颗牙齿的嘴，但无病无痛，健康矍铄。如果不是因为小时候缠脚，脚趾骨都断掉了，走路不灵便，随时拐杖不离手以外，那副身子骨平常不咳不喘真叫难得的硬朗。奶奶鼻孔下人中那个地方长着圆圆的一颗黑痣，软软的，像贴上去的黑葡萄一样。认识她的人都称赞说老太太一脸福相，是个福气老婆婆。

奶奶读过私塾，会读书看报，会吟诗，会做刺绣，喜欢川剧。白薇的名字就是她吟诵着《诗经》取出来的。白龙，云中飞龙，这个霸气的名字虽说是妈妈取的,也是征得奶奶同意的。奶奶会讲故事,会把勤俭持家、待人接物的常识编成故事绘声绘色地讲给儿孙们听。

此刻,奶奶正在给白薇讲故事:"我有个堂嫂子,你们该叫她舅婆,没见识没文化。有一次从南家沱坐船回双溪,下船还没到家就一路哭起:'那该死的男人不来接我,我找不到在哪里下船。万一那船把我装到重庆去了哪个办哦?'哭得那是一把鼻涕一把泪啊,委屈得很啦。我那塌鼻子堂兄——就是你们的大舅公,坐在门槛上,就知道吧嗒吧嗒抽叶子烟,吧嗒吧嗒往地上吐口痰。我和你们小舅公、四姨婆几个在一边笑得不敢出声却直不起腰。我家幺妹,就是你们幺姨婆是索性蹲下一屁股坐在地上喊:'肚皮笑痛了,肚皮笑痛了,要笑出人命了啊!'从南家沱到双溪沟,明明是上水,重庆在下水方向,哪个会走到重庆去嘛?真是没见识闹笑话。"

奶奶一边讲一边笑,不时侧过头看看白薇。对白薇,奶奶是满心怜悯,疼得看着她就想流泪。自从白薇娘病去了以后,都一年时间了,就没见白薇开心疯玩过。每次白薇到奶奶那里去,如果奶奶在灶后烧火,白薇就坐在奶奶身边的柴垛上,不言不动地看着灶膛里的火苗儿疯狂地跳起舞来,蹿出灶膛来,蹿出老高。如果奶奶在喂猪,白薇就不声不响跟在提着猪食桶的奶奶屁股后面,看着奶奶倒猪食在石槽里,跟着奶奶一起看着大花猪哼哼地吃着食。才十岁的孩子,好像一下子长大了,又好像一下子变沉闷了。奶奶很是心疼。此时,讲完故事的奶奶见白薇只是应付式地浅浅笑着,看不出她听懂还是没听懂,奶奶叹息一声:"苦命的孩子!"随即陷入了深深的忧虑。

那句"苦命的孩子"白薇听得多了,她其实不知道什么叫苦命,也不知道为什么那么多人都这么说她和弟弟,她还不知道把妈妈的死和苦命联系起来想。她只知道有奶奶在就好了,在奶奶身边就好了。晚上和奶奶一个被窝里躺着,奶奶会轻轻柔柔地在她背上挠痒痒,挠得她舒舒服服不想睡觉。她还知道奶奶那个放着石灰的马脚杆坛子里,就是两头小中间大肚子的瓦缸子，是专门用来储存逢年过节亲戚们送的糖果的。坛子底部装着石灰，报纸包着麻绳裹着的白糖啊、冰糖啊、水果糖啊、米花糖啊，就一包一包地塞在坛子里。每次从奶奶那里依依不舍离开回到爸爸身边，奶奶总要弓着身子从坛子里抓出几颗糖来给她放荷包里，或者拿出一坨晶亮的冰糖在菜板上用砍刀锤碎了，塞一把冰糖末子到她手里。

奶奶走人户，人家酒席上摆盘子的糖啊、花生瓜子啊，都要抓一点放在荷包里头给白薇姐弟包回来。好几次，白薇掖着拿着糖的手，都没躲过周三娘那双利剑一样厉害的眼睛。为此，周三娘逢人便说奶奶不公平，厚此薄彼，就对长房长孙好，亏待了她的女儿。奶奶听到这些撒泼的话语，冤屈得跺脚咒骂："人家没娘啊！她死了试试看哪！"

白龙更小，更不知事。他似乎从来没有比较过自己跟其他人有什么不同。他或者以为，做错事就挨打就是生活的全部内容。是不是这样以为的呢？谁也不知道。不过，他的姑姑们都说，这一对没娘的啊，男孩子调皮，女孩子文静。于是，也不知道是不是在脑子里有丝毫恻隐的过滤，都不约而同表示出对女孩儿的欢喜，对男孩儿的厌恶。那一次，二叔娘家的两个哥哥，周三娘家的妹妹，还有白薇和白龙五兄妹一起在三姑家玩耍。白龙吃了午饭以后立即拿起一根甘蔗啃起来，三姑看白龙眼神的嫌恶白薇都看在眼里。白薇不知道是怎么回事，她年幼的心灵猜想可能是三姑心疼她的甘蔗吧，一着急就直喊："白龙，赶紧把甘蔗放下。"白龙觉得姐姐的吆喝莫名其妙，还不服气地大声嚷嚷："为什么呢？管得真宽！"

汽笛一声长鸣，快到东门码头了，揽载就要靠岸了。冬天的夜晚来得早，虽然不到六点钟，在乡下还是赶鸡鸭归笼、割猪草回家、找柴火进灶房准备生火做晚饭的时间。城里已经是灯火辉煌一片了。揽载上的白炽灯亮起来了，乘客们一边忙着整理好自己的行李、包裹，背的背，扛的扛，一边忙着招呼自家的老人、小孩团到一处来，叮嘱着别走散了。从来没有看见过这么闹嚷的场面，白薇和弟弟傻呆呆地紧紧靠在奶奶身边。奶奶要挂拐杖不方便牵拉姐弟俩。白薇一手牵着奶奶衣角,一手牵着弟弟的手,惊乍乍地随着人流下了船。

大姑的家在西门口部队旁。从东门到西门,整整一个通城,有好长一段路。奶奶叮嘱姐弟俩:"白薇、白龙跟紧点儿哈,城里不比乡下,车多人多的,不小心就会走丢。"她担心姐弟俩没听明白,尤其是不放心生性活泼的白龙,又目光严厉看着白龙加重语气近似威胁地说了一句:"城里还有专门拐小孩卖的人贩子!被他们逮到了,就卖到外地去,剁去你的手脚,扔你到大街上去讨饭要钱。你怎么都没办法回来!也就见不到爸爸和姐姐了,见不到奶奶了!"

"到大姑家后一定要记得叫人,知道吗?这是礼节。"奶奶侧头看看白薇,再侧头看看白龙,同时把牵着白薇的那只手紧了紧。

"嗯!知道。"白薇抿嘴一笑,城市的霓虹灯映照着她灿若星辰的眼睛。

白薇走中间,她一手牵着奶奶衣角,一手牵着弟弟的手,祖孙仨朝大姑家走去。想着即将见到一年不见的大姑娘和大女婿,还有大姑娘家一群嘴巴甜出蜜的外孙女、外孙子,拄着拐杖的奶奶禁不住加快脚步,龙头斑竹拐杖在青石板街道上笃笃作响。街上玉兰花形的白炽路灯下,行色匆匆的人流,喇叭嘟嘟叫不停的汽车、三轮车都直在姐弟俩眼前晃荡。那些房子好高啊,每个窗户都透出灯光来。

"他们怎么爬上楼去的呢?"白龙抬头望着那些高楼,有一种说不出的好奇。没人回答白龙的话。他们路过一家餐厅,里边的每张桌子上都有一个热气腾腾的锅,锅里咕噜咕噜,围坐桌边的人们猜拳喝酒的,热闹非凡。"城里人家都是那么多客人?"白龙咽咽口水,侧着脑袋很不理解地问姐姐。

白薇的心思可不在街上,她害怕像在三姑家一样,弟弟不懂规矩遭大姑家嫌,她又不知道如何警告弟弟,如果真发生了那样的事情,她还害怕没法保护弟弟。不过,她想着这次有奶奶一起,奶奶有办法的。

经过大姑家附近的驻军部队了。门口站岗的士兵一身戎装,笔挺挺的姿势，目不斜视，好不威风。白龙禁不住欢喜地叫嚷："长大了我也要当解放军。"白薇被弟弟的活泼逗乐了，使劲拽了一把弟弟："好好，我家白龙长大了一定是解放军。"奶奶也被逗得乐呵呵的，可听着白薇说着小大人似的话，开心瞬间变成了忧虑。

祖孙仨走得热汗涔涔，终于到了大姑家了。四姑和表弟表妹也在。来不及更多的寒暄，做好的饭菜上桌了。大姑家并不宽敞，一间厨房，两间卧室，一个客厅兼饭厅。春节期间，吃饭的人多。客厅里一张饭桌坐不下，还在厨房里加了一张桌子。受大姑安排，白薇和白龙坐到厨房里小桌子上去，和表哥、表姐、表弟、表妹们坐在一起。奶奶理所当然坐在客厅上座。白薇腼腆，没人拉一下是不会主动坐上桌子的。白龙可不管这些，他肚子早就饿得咕咕叫了，何况这么多好吃的。他迫不及待爬上凳子，拿起筷子就朝着面前的一盘白斩鸡下手。

"嘿，嘿，慢一点嘛，抢魂儿啊！"一声吆喝从白龙头顶响起，他抬头看到了一张陌生的面孔。来不及阻止弟弟的白薇打了一个寒噤，担忧地看着已经成年的表哥那张严肃的脸。弟弟被震慑住了，怯怯地放下了筷子，再扭头怯怯地看着姐姐。

白薇不敢坐上桌子去，但是没人理她。表哥表姐们都坐好了，动筷子了。白薇背靠着墙壁，双手背在背后，扭捏地想过去又害怕。她记得爸爸的叮咛，女孩子家要矜持，尤其是吃东西，不要几百年没吃过的鲁莽样子，饿死鬼投胎一样讨人嫌的。她就那样扭捏着，直到大姑到厨房盛汤时发现了，才把她拉到白龙旁边坐下。大姑没忘记教训那几个没长心眼的表哥表姐。

经过刚才那一吓，白龙再不敢轻易动筷子了。好几次他把筷子伸出去，一看到表哥那双令人恐吓的眼睛，又慌忙把筷子缩回来。虽然同坐一张桌子，事实上，白龙是没有吃上一口菜的。白薇看在眼里，但是她也是拈一筷子马上放下，她害怕被指责"抢嘴"而遭人嫌。

四姑不停进厨房来关照表弟和表妹。每次进来，都要给表弟表妹的碗里夹上满满一碗好东西，并且叮咛一声"幺儿，慢慢吃"才出去。白薇眼巴巴地看着他们很享受地大口嚼着，看着同样眼巴巴地看着他们的弟弟，感觉自己和弟弟是被遗弃了，心里酸酸的不是滋味。

四姑再一次进厨房来，这次她是来添米饭的。看到两小姐弟碗里空空的，好奇地责怪了一声："吃饭可不能犯傻啊，犯傻就会饿肚子的。"说着，给他们碗里各添了一勺饭。白薇和白龙赶紧低下头只管扒饭吃，一顿晚餐就这样打发过去了。

当大人们忙着收拾碗筷的时候，白龙还在看着那些色香味俱全的残羹剩汤咽口水。他悄悄拽拽姐姐，姐姐低下头，他撇撇嘴巴，捂在姐姐耳边很不满意地说："姐姐，它们一定很好吃，可惜我没有吃到。"白薇瞪了他一眼，说："四姑说叫你别犯傻，你怪谁呢？"说完话自己却眼圈一红，她竭力控制住不让眼泪流下来。

饭后，奶奶和姑姑、姑父们围坐在客厅唠嗑开了。白薇搬张小板凳，双手放在奶奶膝上，紧靠在奶奶身边。不管在哪个场合，她依恋的只有奶奶。

弟弟和表弟、表妹们一起玩开了。他们捉起迷藏来。

大人的说笑声一阵接一阵，小孩的呐喊声此起彼伏，屋子里热闹极了。

大姑家每间屋子都是亮堂堂的，捉迷藏只有找桌子底下、柜子里头这些稍微隐蔽和阴暗的地方。

突然，从一间卧室里传来哐当一声，随即是表姐一声尖叫："妈，讨厌的白龙又把杯子打烂了！"大姑看着奶奶，满脸无奈且意味深长："你看嘛，就是这样……"话还没说完，卧室里白龙刺耳的哭声传来："不是我！"白薇赶紧跑过去，杯子摔到了地上。弟弟指着表弟抽抽噎噎着说："不是……不是我……明明……明明是……是他……他撞下去的。"拄着拐杖跟过来的奶奶一把拉起白龙和白薇："我们不是来讨饭的。走，我们走，我们吃得起饭！"

屋外，灯火通明，街道如同白昼一样明亮。在乡下，该上床睡觉了。任凭大家怎么劝阻，奶奶收拾起布包执意要走。

那晚奶奶牵着白龙，白薇牵着奶奶衣角，在街上委屈而怯怯。大过年的，大街上能去的地方，除了大姑家，除了四姑家，还能去哪儿呢？商铺都关着门，要强的奶奶又不愿去住旅店。她知道温顺的四姑不会不管她的，一边牵着孙儿孙女，一边频频回头顾望。

果然，还没走出一里路，四姑一家子就追上来了。

深夜，白薇被噩梦惊醒。她看见昏黄的路灯照射进屋子，奶奶把头斜靠在枕头上，不时微微地叹息。

在大姑家里，婆孙仨离开以后，成年的表哥在慷慨陈词："大舅家的姑娘还好，小的男娃真不懂事，真是娘死早了呀。外婆还要如此宠溺，怕要学坏了。"先前发出尖叫的表姐附和着说："就是嘛。这样宠着，怕是舅老爷永远也管教不好了。"

秘 密

寒假总是很短暂，不等到元宵节，新学期就开学了。

白薇的学校是一所村小，叫沙园村小学，有一到六年级六个班。新学期，她读四年级下期了，弟弟白龙才上一年级。

哪怕放学时间已经到了，班上的同学都像归巢的倦鸟背着书包回家去了，白薇仍然在学校磨磨蹭蹭。要么，做值日卫生的同学不负责任溜走了，她自觉留下来重新打扫。小小围墙里那棵香樟树，一到春天总是落下满地叶子。打扫的时候，那些干枯的灰褐色落叶会打着卷儿飘飘悠悠地飞舞一圈，回落到地上时窸窣窸窣地响着。她会出神地看着、听着自己用劳动制造的落叶舞步和舞曲，要不，就仰脸望着香樟树冠上那些新冒出来的红红的嫩叶片发呆。

住在学校的老师总催促她赶紧回家去，说用不着打扫得那么干净，一个夜晚又会掉下好多叶子来，风一吹，就又会满校园都是，第二天早上督促值日同学三下五除二就做好了。

不知为什么，放学以后，白薇不爱回家，宁愿这样磨磨叽叽在学校找点事情做，哪怕是很多余的讨好卖乖。一下一下，唰、唰，打扫完了以后再慢腾腾地背着书包离开学校。

离开学校的白薇可不是回家里去。她走出家门望不到学校，走出校门也看不到苦塘沟的家，虽然的的确确她家离学校很近。她的家在坡底，学校在山腰。她家通往学校有两条路。一条翻过桥坡头，走过一截马路，再往上走过几条田埂就到了。另一条是不经过马路，直接从桥坡头再往上，穿过一片青冈林，再穿过一片松树林，也可以到学校。春夏，又是太阳又是雨的季节里，那片青冈林里有许许多多的蘑菇，五颜六色的，一簇簇，一朵朵，散发着新鲜好闻的味道。白薇和妈妈去采过蘑菇，还请了罗家湾兰姑一家子来吃新鲜。这么久了，蘑菇的味道还残留在嘴巴里，但是白薇害怕独自经过那片松树林。当风从林子里穿过，似鬼哭，似狼嚎，让人胆战心惊。

白薇爱走经过马路那一条，那是唯一一条通往石头沟奶奶家的路。

奶奶家就在跟学校遥遥相望的一个小山堡下边的山坳里，地名叫石头沟。那座勺子一样的小山堡好醒目啊，站在校门口就能望见。竹林里有几丛什么样的竹子、池塘里有几块光滑的石头铺成的搓衣板、庄稼地里有哪几样作物，白薇都很熟悉。她每天都渴望着从勺子一样的小山堡经过，到石头沟奶奶家里去。

二叔一家、七叔一家都住在石头沟。

爷爷、奶奶和三十好几还没成家的五叔住在一起。

奶奶房间里有两张床，一张是奶奶最珍贵的陪嫁物品，宽大结实，乌黑发亮，带柜带榻，雕有龙凤，龙和凤之间还雕刻有象征富贵的牡丹。爷爷和奶奶就睡在那张龙凤床上。一张是普通的架子床。有白薇在的时候，奶奶总和白薇一起睡在那张架子床上。奶奶总爱一边给白薇讲故事，一边给白薇挠背。听着听着，挠着挠着，白薇就睡着了，睡着了再醒来时就是天明了。

在家里就完全不一样了。

三元成天忙着种庄稼，照顾牲畜都来不及，一个人忙里忙外难免火气特别大，动辄冲着白薇吼天震地。白薇吓得大气都不敢出。三元的发火很有规律，先是骂，破口大骂，连珠炮似的骂，也不管文明不文明，粗粗横横地张口就来。他骂着骂着就动手，巴掌扇过来，或者扯根柴棍就往头上抽下来。好心的人们常常提醒他,要打不要打胳膊腿,更不要扇耳光打脑袋,万一失手打到要害了,打折了胳膊打断了腿,打聋了耳朵打憨了脑子,后悔来不及啊。可是三元发火时哪里记得那些劝告啊,仍然发怒的时候只管劈头盖脸往痛里打,打得白薇抱着脑袋不敢大声哭,只是默默地啜泣着,眼泪啊,汹涌澎湃往外汩汩直淌。

有一次,三元从坡上给庄稼施肥回来,把粪桶放下,直叫:"口渴死了。不光口渴,还饿。白薇,给兑一杯白糖水来喝。"

"哎!"白薇应声照办,提起瓶盖准备把装白糖的玻璃瓶从碗柜里拿出来,哪里知道瓶盖没有拧紧。这下,瓶子"当"的一声掉在地上摔坏了,白糖散落一地不要紧,偏偏盖在一坨鸡粪上。三元"不中用的东西"刚出口,一个狠狠的耳光就扇过来。"啪"的一声,白薇猝不及防,一个趔趄倒在地上。三元还不解气,一个脚头紧接着踢在白薇肩上。白薇捂着红肿的脸,躺在地上,泪眼汪汪地看着三元,不敢有任何言语申辩。

白薇怕爸爸。

家里也有两张床,弟弟和爸爸睡一张床,白薇睡一张床。她常常在半夜从梦中醒来,睁着眼睛看着黑黢黢的屋子,听着三元的鼾声和白龙均匀的呼吸声,听着屋门外哗哗的流水声,引发很多很多的联想。脑子里会莫名其妙地把妈妈和死人联系在一起,一会儿想到穿着高跟水晶凉鞋织着毛衣的妈妈,那是多么开心多么温暖;一会儿想到殡仪馆里闭着眼睛浑身冰冰凉的妈妈,又是多么可怕多么恐惧。然后脑袋嗡的一下就像炸开了似的,感觉屋子里的任何东西似乎都附着妈妈的音容笑貌,害怕是有生命的东西立即从四面八方袭来。白薇害怕了就缩在被子里发抖,害怕发抖了就会梦魇似的大吼一声。每当她吼叫时,熟睡的三元就会被惊醒,就会急急地呼唤:"白薇,白薇!""嗯,爸爸!"此时爸爸的呼唤就是救星,白薇赶紧伸出脑袋来喘着气回答着。她清楚自己是故意大声吼叫的,虽然白天她害怕爸爸发脾气,夜晚这样的时刻却多么希望听见爸爸的声音,那样就会踏实地再度进入到睡梦里。

有一次,她半夜肚子疼,胸口直冒酸水想呕吐。她不敢独自一人起床到茅厕里去吐,她也不敢独自探出头来吐在蚊帐外床前的石头踏板上。隔壁爸爸的打鼾声清晰响亮,她也不敢叫爸爸,就直接蒙住被子吐在了枕头边。然后把脑袋调换到另一个床头,拉上被子蒙住头流着眼泪在心里呼唤,一边呼唤一边诅咒,奶奶啊,奶奶怎么不在啊?狠心的奶奶怎么那么狠心不管我呢?

毕竟是孩子,怕被责骂,白薇呕吐了也不敢声张。很多天以后,在被子上、枕头上的那些黏糊糊的呕吐物干透了,是一些硬邦邦的面条节儿,逗来老鼠半夜三更也跳到床上。它们在白薇头上放肆地跳来跳去,还用尖尖的爪子拨弄着白薇凉在被子外边的手指头。被惊醒的白薇一动不动,在黑暗里瞪大眼睛大气都不敢出。那时候,白薇就想奶奶,有奶奶在就好了,奶奶不会让白薇这么被老鼠欺负的。

去奶奶家的次数越来越频繁了。

寒假里白薇三天两头往石头沟跑,每天早上起床的第一件事就是思索今天如何找个借口去奶奶家。能找什么借口呢?

对了,奶奶不是常常到苦塘沟来给他们爷儿几个缝缝补补吗?就对三元说裤子屁股上破了一个洞,拿去给奶奶补上。这一招真灵,三元同意了,还说赶紧去,女孩子家可不能光着屁股出门,男孩子屁股腚都在外边白花花露着也没人笑话。

白薇还真把一条花格子布裤屁股上的接缝撕开了,拉着白龙乐颠颠地一路飞跑往石头沟去。只要是往石头沟去,往奶奶身边去,白薇就浑身是劲儿。见姐姐高兴,白龙也浑身是劲儿。

跨过小河沟,爬过家门对面的小山堡,经过妈妈的坟头,再走过一截不规则的石板铺成的小路,如果能够顺利穿过竹林掩映的熊家堡,翻过几十米高的陡坡就到坪上,那边的山坳里就是石头沟了。白薇就能见到魂牵梦萦的奶奶了。

可是熊家堡不是张家园子,不是桥坡头,想走过就能走过。在两个孩子心里,那是一个魔方,里面暗设重重机关,经过它需要非凡的胆量。

去奶奶家的路就从熊家堡穿过。那是迷宫一样的熊家堡,肃穆阴森的熊家堡,恶狗成群的熊家堡。

熊家堡为什么叫熊家堡?张家园子叫张家园子是因为姓张的人家多,郑家湾叫郑家湾是那个湾头全是郑姓人家,熊家堡可是一户姓熊的人家都没有。白薇问过爸爸,白龙也问过爸爸,爸爸瓮声瓮气地回答:"熊家堡就是熊家堡。"

熊家堡竹子很多,一律是密集、高大的楠竹,一根根楠竹直向云霄去。有好多户人家,都被竹林掩映着。不走进竹林里,是不知道里边的秘密的。到底有多少户人家?白薇和白龙掰着指头计算过,不过总也算不清。最东边那户人家姓邓,门朝南边开。紧挨着邓家的是姓黄的一户人家,从来看到的就是神奇的泥巴围墙,里面究竟怎么样,怎么也猜不到。不过里边有一个患羊儿风的男孩儿,会突然从围墙门缝里钻出来"咩咩"叫唤着。西边有三户人家,以房屋后背对着泥巴围墙。南边是吴家,是熊家堡最霸气的一户,因为那家里有一个男儿在大城市里做武警。北边的屋子里住着几个五保户老头。白薇不会忘记,过年的时候,奶奶领着一群孙儿孙女给几个五保户老头送冰糖白糖的事。

白薇当奶奶的跟班,奶奶走到哪儿,她就跟到哪儿。过年时,白薇、白龙,七叔家的兰姑,还有二叔家的两个堂哥,一群调皮捣蛋的孙儿孙女围在那个宝贝坛子前,看着奶奶弯腰揭开盖子,从里边摸出一个个裹着白糖、冰糖、水果糖的纸包来,拿到堂屋摆得满满一饭桌。她小心解开麻绳,吩咐小孩子们捧着双手,分给每人两颗水果糖和一小块薄荷糖。然后奶奶拿出几张早就裁剪得四四方方的牛皮纸铺在桌子上,用小勺子将白糖、冰糖和水果糖均匀地分成三份,小心地包起来捆扎好放在竹篮子里说:"好吃狗们跟我一起到熊家堡,看望几个五保户老爷爷,回来再奖励你们。"

于是,一群孩子叽叽喳喳地跟着白家奶奶浩浩荡荡地往熊家堡走去。

奶奶说的五保户爷爷,住在熊家堡的北边的房子里,都七八十岁了,没有家室,无儿无女。一个姓蒋,视力不好,好喝酒,人称蒋瞎子;一个姓代,平常不多言不多语,大家尊称他代大爷;还有一个不知道姓什么,他的上嘴唇上有很大一颗黑痣,大家都叫他黑嘴。

奶奶跟几位五保户爷爷问候寒暄过后,吩咐孙孩们:"把糖包捧在手上,用双手恭恭敬敬地送给爷爷,还要礼貌地说'给爷爷拜年'。"

几个孩子缩着肩膀往后退。

"白薇,你先来。"奶奶命令着。

白薇照奶奶的吩咐站在蒋瞎子爷爷的面前,羞涩地小声地念着:"给爷爷拜年。"从来没有这么做过,她感觉浑身鸡痱子直冒。

二叔家的堂哥站在一旁埋着脑袋捂着嘴巴哧哧直笑。奶奶在他抖动着的肩膀上拍着巴掌说:"不懂礼节、没得见识的野娃娃,该笑不该笑?"

那些房前屋后,有好些座坟。有的是土坟,有的是用石头戕着,还立着高大的石碑,上面写着什么"故祖考""故祖妣"的字样。

最让人恐惧的是家家户户都养着狗,冷不丁地从哪个角落里突然窜出一条来,只昂着脑袋汪汪两声,呼朋唤友一般,立即从四面八方射过来很多条狗,黑狗、白狗、花狗、高大壮实的公狗、瘦弱凶猛的母狗一窝蜂地围着路人狂吠。任凭路人捡起石头猛砸,拿起棍子使劲晃,那些狗都不会退缩,反倒会越追越紧。那次,白薇大白天胆战心惊地从熊家堡穿过,一个大人喝散了那些冲白薇狂叫的狗。白薇慌慌张张赶紧跑,却引来一条半大不小的白狗猛着劲儿追。白薇越跑越快,白狗越追越快。白薇尖叫着跑到陡坡底下,实在跑不动了,心想糟了糟了,死定了,要被狗撕成碎块了。待她绝望地停下脚步,回头喘着气惊慌失措地看着那条狂叫着穷追不舍的白狗时,那条狗却突然哀嚎着转身夹着尾巴逃走了。

自那以后，白薇知道了狗有狗的性情，看人弱就追就咬，看人强就退。狗总归是狗，到底是怕人的。

开学了，从学校往石头沟去的路可以不经过熊家堡了。那条路宽敞，走的人多，没有坟堆啊、恶狗啊，白薇觉得好快乐。她天天背着书包蹦蹦跳跳往石头沟跑，石头沟有奶奶呀，家里没有奶奶。

第一周的星期天，奶奶将白薇送回苦塘沟，吃了午饭急着赶回石头沟去喂猪。白薇眼巴巴看着她拿起拐杖离开，又亦步亦趋地跟在奶奶身后。奶奶一边走一边叮咛："不要这么天天去石头沟了，在家里陪着爸爸和白龙吧，你看爸爸好辛苦好可怜哦，头发都磨白了。"奶奶说完了又停下来，下巴搁在拐棍上，幽幽地看着远方叹息，瞬间又转头看着白薇，眼睛里慈爱与无奈交织在一起。

白薇颔颔应着，奶奶说什么她都听得很认真，都会答应，她怕奶奶不高兴。

奶奶絮絮叨叨，走走停停，那个小山堡，不过几十米的距离，祖孙俩却走了好半天。看着埋着妈妈的那座坟山，奶奶突然诅咒着，好像妈妈就隐身在身边能听到似的："狠心短命的鬼，就这么丢下两娃蹬腿走了，怎么不换成是我这把老骨头躺里边啊？"走过石板路了，快到熊家堡了，奶奶叫白薇："回去吧，别送了……白薇乖，记住奶奶说的话啊。"

白薇就站住了，奶奶回头看见白薇的眼泪像断线的珠子似的滚落。奶奶赶紧狠心转过身，头也不回地往前去，越走越快，钉了铁钉子的拐杖在石板路上当当作响。

眼看奶奶就要从路的尽头消失，白薇突然大叫一声："奶奶！"奶奶站定身子，转头，白薇已经跑到跟前来，满头大汗，满眼泪痕。白薇破涕笑着，从衣兜里掏出两个糖果递给奶奶："奶奶，你给我的软糖，还是你吃吧。"奶奶长满老茧的手接过糖果，满是愧疚，有些不忍。白薇满怀希望等着奶奶改变主意发话："跟我走吧。"以前奶奶经常这样说的，只要奶奶这样发话，白薇就又欢天喜地地跟着奶奶回到石头沟。

"乖,回去吧。"意想不到的是奶奶竟然铁石心肠般又转身离去了,当、当、当,拐棍戳地的声音很是清脆,渐渐弱小,直至消失。

白薇发疯般往回跑,奶奶走了,奶奶丢下她走了。她要奶奶,她要跟着奶奶,她要多看会儿奶奶,看着奶奶也满足。她知道站在屋子一侧的田埂上,可以一直目送奶奶从熊家堡走出,上完陡坡,走到坪上,直到从视线里消失。

顾不得擦去腮边的泪水,白薇赶紧跑回家去,就站在那条田埂上,看着远处奶奶的身影蹒跚着,直到无影无踪。

星期一放学,白薇习惯性地往石头沟去。

远远地,奶奶看见了白薇,她早从石灰坛子里报纸包着的冰糖里,挑了一颗最大的拿在手里,朝着白薇迎面而来。

"孙蛮儿(方言,是祖辈对孙辈的爱称),回家去,奶奶送你。"白薇只好拿过冰糖,低着头,背着书包,随奶奶往回家的路走。

奶奶一路走,一路生气地责备:"叫你别往这边来了,回到爸爸身边去。怎么不听话?"白薇想,是啊,我怎么就不听话,怎么就要奶奶呢,怎么别人都不像我这样不喜欢回家呢?

把白薇送到坪上,奶奶说:"我看着你走,自己回家,乖啊。"白薇犹豫着,看着奶奶丝毫不见挽留的坚定眼神,只好不情愿地走下坡,一边走一边回头,走一步回一次头,每回头一次都担心会看不见奶奶,但是每次回头奶奶都站在那里,石雕一般看着白薇的方向。祖孙俩就这样一次次对望。

天色已经麻黑,要进熊家堡了,白薇站住了,她害怕。白薇回头看着奶奶,不敢朝前走了。奶奶站在坪上,看着白薇,白薇站在坪下坡底下,看着奶奶,祖孙俩一老一少,就这样互望着,对峙着。

终于,奶奶大声呼唤白薇:"白薇,回来吧,今天不回去了,跟奶奶回去。"

害怕没有了,怨恨没有了,欢欢喜喜爬上坡,祖孙俩又回到石头沟。

看见白薇,爷爷好奇地问奶奶:"耶,明明看见你送回去了,怎么又送回来了?"奶奶说:"她怕熊家堡的狗。"

第二天,白薇又往石头沟去,奶奶又叫白薇回去。白薇当然不愿意,有了头一天的教训,她暗忖着奶奶不会撵她走。哪里知道,奶奶不怕坡陡路长直接把白薇送出熊家堡,送到石板路的尽头,送到妈妈坟头,送到爸爸跟前。

忙忙碌碌的庄稼汉子正在喂猪,不懂得老母亲铁石心肠的苦衷,拉过白薇劈头盖脸一顿臭骂,越骂越生气,将潲水桶放下,巴掌旋即扇过来。白薇顾不得火辣辣疼痛的脸,仍然回头泪汪汪看着蹒跚离去的奶奶。

一晚上,白薇睡得不安稳。她害怕,她伤心,她想奶奶。她不明白奶奶为什么总要撵她回家。

半夜,白薇梦中抽噎着,哭喊着"奶奶别走!等等我!"被三元叫醒后训斥一顿:"没出息的死瘟丫头片子!"

骂完了,那个粗野的庄稼汉却辗转反侧,长吁短叹到天明。

每天放了晚学,白薇开始自觉留下来打扫落叶。她不是为了表示她有多么爱劳动,尽管很多同学都认为她是为了争表现赢得老师的夸奖才那么做的。她的行为却带动了班上一大批好少年,尤其是爱表现的女同学们。但是男生们就遭罪了,老师总对比着拿他们说事:"看看你们,不弄断桌腿就打翻墨水瓶的,学学白薇,做点正事!"

班上的胡军代表不爱劳动的男生们向她提出五次抗议了:"喂,我说你这样做不是故意衬托出我们品德低劣、境界不高吗?存心让我们不好过是吧?你要做可以扫大马路去,非要在老师眼皮子底下晃来晃去呀?"

个子最矮小的"乌蚌儿"罗山娃还砸出书包挡在她的面前,威胁她说:"敢动一下我的书包试试?"

可白薇依然我行我素,内心对被疼爱的渴望让她再大的委屈也能忍受。她只是在磨蹭时间,她心坎里有个小九九:慢腾腾打扫完落叶,慢一点,再慢一点，夜色已经朦胧了，再跑到奶奶家，谁也没办法撵我走了。

这个办法很奏效。住在石头沟的二叔、七叔、五叔没人愿意在辛苦劳作了一天以后，翻山越岭送白薇回家再翻山越岭折返回来。叔娘们胆小怕走夜路也没人招惹这事。只是谁也不愿意搭理厚脸皮的、好说歹说、屡教不改、打骂失效的白薇。爷爷总是站在门口跺着脚，指着白薇气势汹汹地吼叫："今天就不要你进屋，让你站在外边被野狼叼去！"

白薇就站在石头沟院坝中央，站在桃子树下，看着没关严实的房门透出的橘红色的灯光里，奶奶操持晚饭的身影，听竹林的风鬼哭一般嚎叫。

乡村的晚饭总是很迟，四野很寂静，她害怕着，她坚持着，她希望着，她心甘情愿。

也不知道站了多久，白薇听到"啪"的一声响，那是竹筷扔在红漆木桌上的声音。她还听到了瓷碗搁在桌子上清脆的微响。终于，奶奶走出门来，牵起白薇，替她解下书包搁好，拉她到饭桌前，不停给她碗里夹菜。

爷爷在抱怨："也不知道心疼她老子，没心没肺的娃！"

"我说白薇就是不理事，也不知道回家去帮忙做做家务，老汉那么忙。"端着饭碗来串门的周三娘接过话茬儿。

奶奶拉下脸，没好气地回话："多大的娃呀，犯得着给她压这么大的担子吗？"

七叔正好放下饭碗走过来，他拍拍白薇的肩头，呵呵笑着说："我说，干脆叫大汉把白薇的口粮拨过来算啦。"

奶奶就以这样矛盾的方式接纳着白薇，憎恨着白薇，宠爱着白薇。

晚饭后已经很晚了，庄稼人忙累了一天，该睡觉了。

虽然耗费了时间和精力才得以留在奶奶家，但是躺在奶奶身边的白薇总是心满意足。在奶奶的被窝里，她不会做噩梦，她的嘴角总是挂着最幸福的微笑。

乡下的大人们都忙于做农活，对孩子的照顾仅限于吃饱穿暖。还有家家户户几乎都养着猫呀狗呀，那些猫狗不像宠物店里的猫狗那么尊贵，就是看家的狗和逮老鼠的猫。乡下人想不到也没那么多时间跟逮老鼠的猫折腾，长时间不洗澡，从来不洗澡，猫又爱四处乱窜，身上难免会长虱子，就是那种寄生在人体、其他哺乳动物和鸟类身上的寄生虫，会咬人吸血，还会传播流行性斑疹、伤风、虱传回归热及战壕热等疾病。孩子天生爱运动爱出汗，如果懒于洗头洗澡，还爱把猫当活着的玩具抱着逗着玩，由于接触而传染上虱子是必然的。染上虱子的与没染上虱子的孩子又成天在一起上课在一起玩耍，互相传染就更容易。往往，学校留长发的女老师也容易被传染上。

学校里很多女同学头上都有虱子。有一次，白薇头皮发痒厉害，奶奶拨开她的头发，发现了好多细小的白色的虫卵，找到好多个躲在头发深处的大虱子。奶奶总是"咔嚓"一声，用指甲盖将它们挤死。白薇很喜欢奶奶的手拨弄她的头发，可舒服了，那是最亲的关怀，最亲的爱。

后来，奶奶不知道哪儿打听来的灭虱神方。她用煤油淋在白薇的头上，使劲揉搓使头发湿透，再用毛巾把头发捂半个小时，解开后用篦子将她的头发仔细篦过，直到肉眼看不到一只虫卵，再用大量的清水冲洗干净。之后白薇头上就干干净净了。

渐渐长大的白薇，后来又有好几次乐颠颠跑到石头沟，乐颠颠对奶奶说头上长虱子了。奶奶总是在忙碌完家务活之后，也不细看，只管如法炮制消灭虱子。一边用煤油淋在白薇头上，一边自言自语："如果没有我这个奶奶，看你怎么办。"

没有人知道，那是有了自尊的白薇仅有的几次堂而皇之留在奶奶家的理由。有没有虱子，白薇也不知道。

孤 独

　　三年级开始就有作文课了。白薇的学习成绩非常棒，尤其作文更是写得情真意切、感人肺腑。在学校，从一年级到六年级共有六个班，各班老师都喜欢将白薇的作文拿到自己的班级里念给学生们听。这份荣耀太重要了，让一向低眉顺眼的三元赢得了骄傲，赢得了希望。由此，他的性情也似乎温和了许多，越来越少冲白薇发火了。

　　学校里有六个老师，一个老师带一个班。有一个老师姓郑，他的家就住在离苦塘沟不远的郑家湾。早上，郑老师要经过苦塘沟去学校，碰见三元，总忍不住夸奖："姑娘会读书，好生培养，将来会有出息的。"

　　下午放学，郑老师又经过苦塘沟回到郑家湾，碰见白薇爸爸，又免不了寒暄："姑娘的作文《怀念我的妈妈》句句深情，催人泪下。我都忍不住老泪纵横啊！不光我掉眼泪，整个办公室的老师读了都忍不住红了眼睛。"

　　临近期末，郑老师会把关于白薇的考试成绩预期名次跟白薇爸爸预告："结果不用说了，明摆在那里，这第一名非白薇莫属啊。"

　　最初，三元并没放在心上，以为那不过是郑老师随口夸奖罢了。几次三番，他相信了，在空闲时会想起从白薇书包里翻找出作文和试卷来看。

　　三元眼睛不好，看人要伸长脖子眯缝着眼睛仔细瞅，一直瞅到人的面前，几乎贴到人的脸颊才能识别出是谁来。整个沙园村里眼睛近视的人不多，三元是最严重的那一个。男人和婆娘们都叫他瞎子。他看白薇的考试卷子和作文更要仔细瞅，一直将脸贴到试卷和作文纸上，读起来也相当费力。为此，他到七星镇上一个眼镜铺子去测度数配眼镜，穿白大褂的眼科医生直摇头说："度数太高了，都找不到匹配的镜片呢。如果专门定制的话，恐怕你戴着不适应引起头晕，走路干活摔坏了身子骨反而会更麻烦。"三元只好作罢，不过并没有影响他从白薇试卷和作文中得到慰藉、看到希望的念头。

屋门旁的小河沟，四季哗哗流淌。早在搬到苦塘沟那一年，三元就在土壤肥沃的坡沿上栽种了好多楠竹、斑竹。竹子繁殖特别快，几年的时间，河沟两岸已然长满成林了，葱葱茏茏。夏天，竹林为小河沟遮挡着太阳，水清清凉凉。几湾子几坡头的婆子、媳妇、姑娘们就会提的提、背的背，把一家老老小小的衣服都拿到苦塘沟洗。一拨人走了，另一拨人又来了，女人们来来去去，络绎不绝。大人一边浣洗一边拉家常，跟着大人来的小孩子就在浅浅的河沟里兴高采烈地踩着水，大惊小怪地掀开小石头找螃蟹，或者折一根斑竹枝做水枪……苦塘沟洋溢着欢声笑语，趣味无穷。

三元在挑了一担粪的间隙，会在出稻的田里拔一会儿稗草，会在太阳晒得受不了收工回家的时候，把白薇的考试卷子拿到河沟边给婆子媳妇姑娘们看，故意大声高气地让她们帮忙看看分数栏上都写着啥。他让搬螃蟹的孩子大声念白薇写的作文，如果谁忍不住赞叹一声："白薇写得真好啊！"他的眉毛就会扬起来，然后把郑老师的寒暄重复好几遍，直羞得白薇躲在屋里不敢出门来。

在邻里间炫耀炫耀还不过瘾，逢到哪户人家娶亲、办寿宴，熟识的亲友聚在一起的时候，三元也要不由自主地把话题扯到白薇身上，似乎一定要听到别人的夸奖他才安心一样。有一次过年，三元在外婆家也对白薇夸奖不停。小姨忍不住说他："三元哥，你这样惯着白薇不好！小孩子家这样无遮无拦地夸奖，会让她骄傲自满的。"三元偃旗息鼓当了几天闷葫芦，终于又忍不住兴致勃勃故技重演。

在学校,老师并没有告诉白薇,她的作文在三到六年级各班流转示范。三元到处乐不可支地宣传,反而让白薇知道了真相。她由此找到了自信,在她幼稚的、狭隘的、只有奶奶疼爱的成长天空以外,似乎燃起了一片带粉的霞光。

那一年,白薇十二岁,读五年级。那些感人肺腑的作文、那非第一名莫属的成绩让她在小小的沙园村名声大噪。

会写作文的白薇深得老师的喜爱。

有老师撑腰,那些体育课上故意将篮球砸在白薇背上的男同学再也不敢放肆了。那些下课的时候搞恶作剧,趁白薇不防备一把拽下她的臭胶鞋扔到教室门外的女同学也收敛了。

班上有一个男生叫罗山娃,个子很高,脑袋很小,但是特灵活,课堂爱接嘴,油嘴滑舌,绰号"乌蚌儿",意思就是鱼塘里钻黑泥的乌鱼。秋天的时候,校园操场边花台里还只有一朵菊花爆开,丝状的花瓣儿在阳光下傲然地拧着劲儿,金光灿灿地打着卷儿。体育课排队,女生站成两排在前面,男生站成两排在后面,白薇个子高站第二排最后,罗山娃站在第三排白薇身后。老师叫练习运球,白薇正盯着那朵骄傲的孤零零的菊花凝望着,忽然一个篮球砸在了白薇的头颈上,砸得她生疼生疼的。白薇还没回过神来,一个篮球又"咚"地一声砸在了她的背上。接着,罗山娃一次又一次把篮球砸在白薇后背上,距离近,每一下都是蓄意地砸得很重,白薇疼了哭了,跑着躲着。

哪知见她哭着躲着,乌蚌儿反而变本加厉了,他索性抱着篮球追着白薇,幸灾乐祸地叫着说:"别跑,那是我的篮球场!叫你扫地,叫你净做好事,叫你作文写得好,叫你让我们受批评,砸你这晦气的臭芍药……"

惹得一群淘气的男孩子也追着拍手笑着:

"乌蚌儿加油!乌蚌儿加油!加油!"

"砸中了,加一分,耶!"

有的男生乐得打着滚儿笑翻了天。

体育老师叫周祥坤，是男老师，是其他班的班主任。农村小学的教师严重欠缺，往往要求多能一专。一个老师教一个班，就要负责教这个班的语文、数学、音乐、体育、美术等全部课程。但是"多能一专"也只能是一个美好的愿望而已。擅长体育的老师不一定擅长美术，擅长美术的老师不一定擅长音乐。有六个班级的沙园村小学已经是比较大的村学校了。在课程安排上，六位老师完全可以统筹整合，取长补短。周祥坤老师从师范学校毕业不久，照理说刚出校门他也有一番抱负的。他也曾经自编草垫子做器材，教同学们练习前滚翻后滚翻，引来学校周围的村民们好奇地围观。但是自从他在运输公司上班的女朋友嫌弃他是乡巴佬与他告吹以后，他整个人就颓废了似的，老打不起精神来。看吧，操场上一群孩子明显带着欺负地疯狂追逐白薇，他也不知道，只管蹲在操场角落里读小说，他整个心思似乎完全沉浸在小说里了。

白薇抹着眼泪抽噎着告状："周老师……乌蚌儿欺负人……呜呜……"他哪里知道白薇此时的愤恨，头也不抬只"诺诺"点头。见白薇告状，乌蚌儿和那群男生开始还有点心虚，见老师并没有理睬，乌蚌儿更是肆意妄为。他吐着舌头做起了鬼脸，双手叉腰扭起了腰肢，甚至把球举过头顶急速走到白薇跟前，将球冲白薇脑门子猛砸下去，同时提起右腿往白薇膝关节猛地一蹬。白薇扑通一声重重倒在地上摔了一个嘴啃泥。围观的男生再一次幸灾乐祸地哄堂大笑。

这样的挑逗真是超越了白薇的承受极限，她感觉自己被侮辱了。她咬着牙，弯腰抓起一把沙子奋力朝那帮男同学扔去。不料，那帮男同学飞也似的躲开了，山枣和橘红两个女同学肩并肩地过来了，一把沙子撒在了她们的头上。

白薇傻眼了，知道惹事了。她惹的可不是一般的角儿，她惹的可是山枣和橘红。这两位女同学不光是让全班最搞怪的乌蚌儿都要惧怕三分，连老师对待她们都是谨小慎微的。

山枣是与熊家堡相隔一条小河沟的向家湾向天福的宝贝女儿。向天福身材瘦小，背微微有点驼，右腿微微有点跛，是小时候爬树掏鸟窝摔了后留下的残疾。一张窄窄的脸上嵌着一双小小的眼睛，更衬托出他的面黄肌瘦与猥琐不堪。向天福的成长经历也是不幸的。父亲早亡，母亲改嫁，跟着贫穷的爷爷长大。爷爷离世以后，他没有亲近的人。身体的残疾和成长的不幸注定他是人生的失败者，他过于关注自己的冷暖，体会不到生活的乐趣与意义所在。

他只有一个宝贝女儿山枣，父女相依为命。据说山枣的娘有病，有疯病，不知道跑哪儿去了。据说山枣娘看着好模好样的，刚嫁到向家来的时候除了爱独自傻笑以外也看不出不正常来，怀上了山枣后渐渐就不正常了，成天闹着要喝白蛇许仙的传说故事里白蛇喝的那种雄黄酒。但是没人看出她的不正常。向天福哄着她，整个向家湾的人都一起哄着她，说把孩子生下来就买上好的雄黄酒给她喝。

十月怀胎一朝分娩，好不容易山枣生下来了。向天福果然信守诺言，特意去百货商店买了二两雄黄酒。他以为山枣娘喝了雄黄酒后就会安分守己不吵不闹了。哪知生了孩子才三天，她就光着身子出门到处走，身上还在淌血，走一路鲜血淌一路，走一路她的嘴巴乐颠颠地唱一路。

向家湾的人惊讶地发现这个人疯了。

向天福又羞又恼地把妻子拽回家，妻子却凶神恶煞地抱着山枣要把她扔到家门旁的池塘里。向天福夺过山枣，妻子却号啕着跑了。至于跑到哪里去了，沙园村有很多种说法。有的说跑到几十里外的长江里淹死了，有的说被哪个单身汉拐去做老婆了，反正自此以后山枣娘再也没回来过。

那阵子，向天福几乎是崩溃了，刚出生的女儿嗷嗷待哺，妻子娘家人时不时来耍横要人。他去七星镇上找过，也去相邻的红旗村找过。只要有人说好像在哪里有消息他就去找。差不多一年以后，妻子娘家人也接受现实了，不来闹了。他也心灰意冷，不想找了。

不光向家湾，整个沙园村恐怕都要算向天福家最穷了，只有三间茅草屋。一间做饭的灶房，从墙壁上挖开的三角形口子可以看到墙壁被柴烟熏得黢黑。一间是猪圈加茅厕，没有窗户，没有电灯，黑咕隆咚的。猪圈里没有猪，只有一个石猪槽。石猪槽上布满了厚厚的霉苔、米糠、苕藤等猪食老茧，表明这家人喂猪已经是好久以前的历史了。猪圈外面的泥地上用乱石头围起的蹲便器里不断地有粪便的臭气冒上来。

连接灶房和猪圈的是堂屋，堂屋一角放着一张桌子，一角放着一张床，还有一角的木制搭斗里用苇席圈起来的就是粮食。其他人家的粮食都有粮仓，他们家的粮食就这样敞放着。玉米、大豆、稻谷用塑料袋、麻布口袋分类装，除了人吃，还有老鼠也共享着吃。床头放着一根破竹棍子，那是向天福夜晚睡觉的时候追赶偷吃粮食的老鼠用的。

堂屋的门正对着向家湾一两百平方米的石灰坝子。向家湾四户人家的高堂大屋都对着这块石灰坝子。说是向家湾，其实只有向天福一家姓向，其他几户都是姓刘，刘家三兄弟老大是石匠，老二是木匠，老三是屠宰牲畜的刀儿匠，个个有手艺，日子过得红红火火。

无论从宗族角度，还是贫富悬殊，向天福一家在整个向家湾显得极不协调。

如果说以前向天福只是外貌不受看，做事情没多大头绪，理不起多大的事来，他跟邻里的交往虽说不上非常融洽，但见面打招呼，简单的交流还是有的。自从山枣妈离家出走以后，向天福就变成了一个神经质的怪人。他只进出自己家的门，不与山枣以外的任何人交流，见人就拉下脸低下头。家庭的不幸，加上自身能力的缺乏，他觉得所有人都看不起他。他对山枣百般疼爱，对别人的关心和帮助从不信任，处处设防。他对任何人都不放心。

白薇的奶奶从城里搜罗来好些半新旧的衣裤，专门送到他家里，他却不领情。山枣妈疯病发作失踪不久，刘家几个媳妇儿也特可怜山枣，偶尔煮一个鸡蛋买几个糖果或者将锅里熬的酸梅汤加了白砂糖装了一碗，特意送过去。他闷声闷气地，毫无表情，也没半句感谢的言语。

起先，当山枣馋涎欲滴地要把大家给的食物塞进嘴巴里的时候，他却一把夺过来扔到灶膛里去，倒到屋檐沟里。后来，山枣不让他知道偷偷吃掉过几次邻居送来的好东西，向天福就开始恨他的邻居们了。他觉得他们简直是居心叵测。他会等人家一转身，就啪嗒一声将鸡蛋或者糖果扔出门外去，还尖刻地指责他们："想下毒害死我的姑娘，通通都是坏人！"

如果山枣独自在坝子里玩耍，或者趴在哪家门口，他一定会铁青着脸吭哧吭哧地把山枣拉回家。

私底下，向天福还不断给山枣灌输："不要相信他们，不要吃他们的东西。你妈就是被他们祸害了才成疯子的。"

这些举动显然表明向天福也是病了，生活的打击让他渐渐透露出迁怒他人的不平之鸣。尽管村委会年年把他家列为重点扶持对象，学校也年年对向山枣减免了学费。他却过分看到了别人家的幸福和开心，过分夸大了自己的不幸，缺乏了改善生活的上进心。

几次三番，大家都习惯了，也就不搭理他们父女俩了。到后来，只要向天福父女俩从这扇门走出去，被嫌弃的神情，立即就充满整个湾子。早年，山枣还很小一些的时候，有一次偷偷溜到坝子里怯巴巴地看着刘家谈笑风生，刘家的大人们逗弄着自家娃儿们，就是没人理她，甚至连正眼都不瞧她。比她还小几岁的刘老三的幺女儿嫌恶地推开她，奶声奶气地说："你走开，你很脏！你像臭水沟里的臭虫一样臭熏熏的！"

长期处于优越生活的对比环境下，导致山枣从小就生活在自卑里。她越来越长成与向天福一样的意志消沉，表情冷漠，内心充满敌意。随着青春期的来临，这种敌意又转化成一种影响他人的破坏性。她常常用卑鄙的手段陷害其他同学，比如在老师办公室偷了一支红笔，悄悄放在其他同学的抽屉里，或者在其他班教室里偷来书本，放在自己同桌的书包里。她用这样的恶作剧来害他们受到老师的惩罚。

夏天，校园后山的枣树叶子、李子树叶子上喜欢长一种叫八角丁的虫子，翠绿翠绿的，颜色非常好看。但是它身上的毛发毒性很强，人被刺了后，皮肤会火辣辣地疼。山枣会用棍子夹在作业纸上包好，放在某位同学的书包里。她不露声色地以这样的方式来羞辱其他人，证明他们都是卑鄙下流的，她自己则从中找到报复的乐趣。她做作业动作缓慢，其实不是缓慢，是做作业时总惦记着其他东西，比如一根毛线，或者那个蓝色的烂钢笔笔头，她总沉浸在自己的世界里。

有一次老师批评她："向山枣，你做作业就不能快一点，看你磨磨蹭蹭的老半天下不了笔，我都着急死了你却不着急！"山枣表面上立即动笔写字，却趁老师转过身时将蓝色钢笔水甩了老师一身。

为此，老师请家长到学校，向天福听老师说完，竟然瓮声瓮气地叫山枣背着书包回家："走，回去，我们不读书了！"

这还了得？她流失了以后会被上级追责的，全校老师吓得赶紧集体出动，连哄带劝地把她拉回来。

说起那个橘红，也是让人摇头。她是个女孩，却没有一点女孩的特性，言行举止粗鲁暴躁。她的问题除了不爱学习，还要想方设法攻击别人，不光在班上就是在整个学校都极具破坏性。

有一次，老师叫默写《早发白帝城》和《草》这两首诗。同桌紫草以为她会默写，所以就没太在意，没想到她在弯腰捡掉落地上的橡皮擦的时候看见橘红的眼睛一直在盯着她的作业看。紫草赶紧一下子把作业本关上。老师不是说学习要诚实，来不得半点欺骗半点虚伪，怎么能够允许她这样的偷觑呢？紫草默写时就拿书本挡着作业本，自己在默写时还要注意橘红是不是偷看，弄得筋疲力尽，真够累的。

老师叫收作业时，她装作努力地回忆的样子，老师说："得了吧，这怪不了谁。要怪就怪你自己不好好背诵默写，要知道天下没有免费的午餐，不劳而获是不好的。"她先是若无其事地说:"要你管!"后来干脆冲上去夺过老师手里的本子撒了一地,还蹦跳着在本子上乱踩,歇斯底里地吼着:"你们都瞧不起我,谁叫你们都瞧不起我!"弄得全班同学目瞪口呆。

还有一次,大家在做数学作业时,紫草发现她又在抄作业,就故意把错误的答案写在上面。等她把错误的答案抄下去时,紫草再偷偷地把正确的答案改过来。就这样,作业发下来时,橘红看见他的作业错了,而紫草的却是对的,她想也没想就打了紫草一拳头说:"你居然骗我!我明明是抄的你的作业。你都对了,而我却错了,你竟敢骗我!"紫草大声地对她说:"你终于承认你是抄了我的作业了?"她一下子反应过来,说:"抄你作业怎么了?你个贱人!"要不是其他同学将紫草拉开,估计两个女生会有一场恶战。

其实老师知道,这一切缘于橘红非常的身世,有过非常的经历。

橘红姓石名橘红,妈妈杜长莲,邻近的五台村的人,长得很漂亮,真如莲花一般,方圆数十里都算一枝花,人称"莲仙姑"。说媒的,身边围着打转的男人多的是。但是她那体弱多病的老母亲就想找个金龟婿,让自己晚年有依靠,后半生有福可享。有这想法也不奇怪,杜长莲的父亲几年前患胃癌不幸离世。她中年丧夫,还欠了一身债。悲痛加劳苦,让她的身体渐渐不好起来,常年都在找医生开药方。

橘红爸爸石韦人长得帅,还聪明,嘴巴特别能讲,偏偏人很渣,脾气不好,喜欢勾三搭四,还有打牌赌博的不良嗜好。

在一次赶集的时候,一场大雨突然来袭,电闪雷鸣,风雨交加。着一身白衬衣的石韦在一间杂货店里避雨,披着一头秀发的杜长莲抱着脑袋惊慌失措跑进来,雨水顺着她的发梢滴落在石韦的衣襟上。石韦也不避让,夸张地打了个喷嚏,竟然怪腔怪调地唱起了歌:"让你的雨落在我的胸膛……"

避雨的人很多,大家不约而同地哄堂大笑,原本局促的氛围一下子轻松起来。杜长莲抬眼一望,目光对视的刹那,莫名其妙的爱情就这样发生了。

因为石韦名声在外,橘红的外婆说什么也不同意他们恋爱。橘红妈态

度坚决,后来又怀上了橘红,她外婆才咒骂着认命。在婚礼酒席上,橘红外婆给石韦没好脸色地下了不该下的命令:

"我一个好姑娘嫁给你,可不能让她受苦。结了婚,生了孩子,你再不能像以前一样吊儿郎当,要活出个人模狗样来。俗话说,一个女婿半个儿,今后你不光要挣钱养家,你还要养我。"

本是丈母娘的实在话,但是当着男方女方众亲友说实在话等于是在给女婿添堵,给女婿添堵就是给女儿添乱。婚礼过后,石韦就离家出走了,他说要出去挣大钱,要活出个人模狗样给丈母娘看看。他离家时,橘红还在杜长莲肚子里没出生。

而今,橘红都十一岁了,却从来不曾看见过爸爸的影子。外婆家里幽暗的卧室床头挂着杜长莲和石韦的结婚照。外婆指着那个身着白衣的男子对橘红说过:"那是你该死的爹!"完了,也不知是骂石韦还是骂橘红,再恶狠狠加一句:"狗杂种!"

爸爸,在橘红心里,就是一个概念。有人说,石韦在贵州一个偏远的地方又娶了女人,又有了孩子。有人说他在广州打工,挣钱勉强够自己日常吃喝花销,入不敷出,没有实现当初的诺言,不好意思回来面对妻女。总之,他这一走,就人也不人,钱也不钱了,从地球上消失了一般。

哺乳期之后,杜长莲迫于生计,咬牙把橘红交给娘,也外出打工去了。这个莲仙姑,为了不理智的爱情,到头来赔了青春丢了爱,还要独自抚养橘红成人。

想到自己漂漂亮亮的女儿受这般境遇,橘红外婆一边带着橘红,一边将牢骚和怨恨发泄在橘红身上。刚断奶那会儿,橘红恋母,成天哭。外婆将她高高举过头顶再抛在床上,狮吼道:

"哭!哭!哭!就知道哭,你这个孽债鬼,找你龟孙子爸哭去!"

开始学走路了,邻家有亲戚在城里,送了他孩子一辆学步车。他家的孩子坐在三个轮子的学步车里,脚一蹬,车子溜出老远。橘红好奇地看着那个小家伙呵呵地开心笑。橘红外婆就瞪着她的好奇表情说：

"作践作践！谁叫你没遇到争气的老子呢？"

长这么大，橘红从来不敢在外婆面前提要求。有时候学校要求买三角板、直尺之类的文具，她宁愿挨老师责备也不对外婆说。如果有感冒头疼发烧，她也小心翼翼地能忍着就尽量忍着。实在严重了，烧得眉眼都睁不开了，扁桃体化脓了，这才会引起外婆的慌张。外婆会一边咒骂着石韦一边带她看医生，也不怕麻烦到野坡上找草药熬汤给她喝。她自小与外婆不亲近，心灵上的距离随着年龄的增长也在加大，现在，她觉得外婆完全是小心眼势利眼。

橘红妈妈呢，在南方一个城市里进了一个玩具厂打工，管住不管吃，工资不高，剩不了几个钱。真是男怕入错行女怕嫁错郎，夜深人静的时候她躺在拥挤的职工宿舍小床上，责怪自己不争气摊上这种男人，悔恨瞎眼一时毁了自己一辈子！加上橘红外婆长期对男人的谴责和抱怨，长期伸手向她要橘红的生活费，让她习惯把不幸的命运归咎于外部环境，如驴子掉进井里不能自救只是痛苦地哀号。这样的自怨自艾让身边的工友讨厌她。工友的讨厌又加剧了她的消沉，她竟然学会了抽烟喝酒。后来，厂里一位来自穷乡僻壤的大龄单身男人对她示好，孤独无助的她像遇到救星一般，与那个男人好上了。一年以后，又稀里糊涂地生了一个男孩。

从此橘红更像被抛弃了一般，她不知道爱是什么东西。外婆的冷漠、周围人的揶揄，加深了她的自卑感。

父亲的缺失、母爱的错位，在一个孩子的成长过程中，尤其是重要的孩童时代，产生的负面影响是深远的。而橘红，错过了就永远错过了。

橘红心底也有被重视被疼爱的渴望，但是她不知道能用让别人喜欢的言行来赢取感情，比如对功课产生兴趣，像白薇一样使劲背书，将课文倒背如流，由此换来老师的青睐。她做不到，她不愿意去做。她总是不能在老师规定的期限背完一首古诗，背诵一篇课文。她不知道在学习上动脑筋是怎么回事，她只知道抄别人的答案。她怀疑别人，也完全不相信自己。她只愿意做自己一时头脑发热想做的事情，像她外婆突然神经质地怨恨她一样。

教室一侧墙上的光荣榜上，贴满了全班同学的照片。一天早上，同学们惊讶地发现，墙上的白薇变样了，身子还是白薇的身子，可脑袋变成了乌蚌儿的脑袋，男不男女不女的。乌蚌儿的脑袋却变成了白薇的脑袋，不男不女，鬼不鬼人不人的，有点儿像《我是搞晕大使》这本书里的张翠花。同学们对那玩意儿产生了兴趣，七嘴八舌地议论着会是谁的杰作。白薇无地自容，乌蚌儿恼羞成怒，唯独橘红幸灾乐祸地坐在一边，眉眼神情与看猴戏没什么两样。当有人质问她的时候，她先是耸耸肩膀，然后火冒三丈："凭啥脏帽子都往我头上扣？"第二天，大家发现光荣榜上的所有人都变得面目全非了，只有橘红自己是干干净净的。这下不打自招，老师很容易就识破了她的伎俩，特意找她谈话，她却撇着脑袋满不在乎地说："我这是喜欢他们啦，我就想给大家制造一点点新鲜和快乐。"

山枣的座位在橘红的前面，山枣可没少挨她的恶作剧。教室里都是四脚窄木凳，她会趁山枣在悄悄写作业的时候，像个野孩子一样用蛮力使劲朝着山枣的一只凳脚朝前一蹬，山枣的凳子就猛然按逆时针方向旋转起来，山枣也随着旋转的凳子突然一百八十度转过身子，面对着橘红。这时，橘红会故作大惊失色地吼叫着说：

"哎呀，你发神经的样子那么恐怖！"

冬天，她会趁紫草聚精会神看着黑板的时候，一只冰冷的手冷不防伸进紫草的后脖颈里。紫草受到突如其来的刺激必定会发出惊叫，她一惊叫定然转移大家的注意力，课堂秩序由此乱了不说，老师为树立正气弄清原委还得费一番精力。

橘红还有过一次惊人之举。春天的一个下午，她不知道从哪儿弄来一只还没有满月的小麻猫，就在校园里，她在众目睽睽之下把猫尾巴踩住用脚跺，还逼着一个男生脱下外套把小猫捂到半死。看着小猫痛苦呻吟的样子，她却表现出兴奋满足的神情。她还有一次非常特殊的经历，有一次在外婆家屋后的麦田里,她被村里一位外公年纪的五保户老人摸过臀部,还威胁她不要说出去。之后,她会趁人不注意的时候猛地脱下女生的裤子还不知羞耻地嗷嗷大叫……

她的野蛮行径让她越来越受孤立,只有懦弱的山枣摆脱不了她的指使。她故意装作蛮横无理的样子,以此来掩饰她内心的孤寂。她认真写过一篇日记,那是她咬着指头淌着泪写的:

老师,我很孤独

亲爱的老师:

您好!

向您吐吐心声。其实,我一直以来都很孤独。

您工作忙,事情多,我知道。但我希望您能认真地读一读这篇日记。您有没有想过一个年仅十岁的小孩,开着灯,坐在一间阔大,但空荡荡的房子里是什么感觉。那种孤独,是您所不能想到的。

每次放学回家,家里几乎都是空荡荡的,就像一个山洞,黑漆漆的让人恐惧。您知不知道,在每次进门的一刹那间,我想了好多话,想和外婆亲近。但是开门进屋以后,总会失望。外婆事情很多,总有做不完的事,没事的时候又喜欢串门,天不黑她不回家的。即便外婆在家,她也不搭理我。她总是一副冷若冰霜的面孔,她恨我爸爸,他认为是我爸爸的作孽才让我成了她摆脱不了的负担。老师,我想跟您说几句话,谈一谈心,却又害怕被您冷冷地拒绝,毕竟我在班上制造了那么多麻烦。您知不知道,每次我控制不住地制造麻烦过后,我的心有多痛。

外婆回来了,我兴奋不已,因为可以跟外婆说说话了。我也有一肚子的心里话,我有一肚子的疑惑不解,但是一坐上饭桌,我的心又凉了。外婆要不只顾埋头自己吃,要不催促我赶紧吃。在这样的饭桌上我想说句话都难。我也尝试过主动要帮外婆洗碗,也好让外婆喜欢我,我也好趁机和外婆说说话。但她总是觉得我碍事添乱,粗暴地拒绝我。老师啊,您知不知道，就在那时，我的心有多痛啊！

有时晚上我想挨着外婆一起看电视，想和她肩并肩，一起讨论，有多开心。但时间一到，她就会生硬地将我赶上床。我只是想跟她说几句话，我只是想跟她说几句话啊。我心里无时不蕴藏着这句话，但我却不敢说出口。我真是既委屈又孤独。我的爸爸抛弃我，我的妈妈也不要我了，这个世上的人都不愿意和我说话，都很讨厌我，这是为什么？

老师，我很孤独，我需要您的爱。您正眼看我一眼，耐心听我说说话，这将是我一生最大的礼物。

世界上最可怕的就是孤独，特别是孩子的孤独。孤独的大人可以通过各种途径寻求慰藉，排遣孤独。而一个孤独的孩子，当外界和她之间有深深的隔膜的时候，她的心灵就是一口被抛弃的枯井。

橘红通过日记用心的求助，指望老师关注她，同情她。但是恰逢那天老师被通知去镇上听课，那篇日记成了一封没人阅读的心灵告白。

在悄悄撕掉那一页过后，橘红变本加厉地以恶作剧式的凶悍和蛮横来达成她内心的需求，哪怕她并不因为达到了让别人憎恨的目的就感到快活或者满足。一方面，她用这样的方式在放大她的不幸；另一方面，只有在对跟她一样不幸的人颐指气使的时候，她内心的焦虑才会暂时得以"休息"。

此刻，被撒了一头沙子的橘红像一头发怒的狮子，她恶狠狠地上前一只手抓住白薇的胳膊，一只手掐住她的脖子，叫嚣着："你也敢惹我，是不是？山枣，扇她耳光！"

山枣果然一个耳光对着白薇扇了过去，顿时白薇脸上就浮现了五个鲜红的手指印。

橘红双手使劲掐住白薇的脖子，直吼："掐死你！掐死你！"然后猛然松开双手，白薇一屁股坐在地上，脸色煞白，急促地喘着粗气。橘红似乎依然不解恨，上前一脚踹在白薇胸脯上，然后说着难听的粗话拉着山枣离开了。

白薇捏紧拳头咬紧牙不让自己哭出来。那群恶作剧的男生早已不见了踪影。她怒视着橘红和山枣的背影，然后爬起身子，发疯般往石头沟奔去。她要去找奶奶，此时，只有奶奶会帮助她。

因为跑得快，又是在弯弯拐拐的山路上，白薇摔了好几个跟头，摔倒了她又爬起来，快到石头沟的坪上，还差点儿掉进了蓄满水的堰塘里。

果然，奶奶见了鼻青脸肿的白薇，气得立即放下猪食桶，一边解围裙，一边心疼地抚摸着白薇的头脸，大骂："滚他妈的狗杂种，没娘的娃就好欺负吗？我豁出老命去找他龟儿子算账！"

那天，奶奶在操场上，扬起拐杖就要砸到一群肇事者的头上去。要不是周老师不停检讨，全校老师出面，劝说的劝说，把肇事的橘红、山枣，以及一伙男生找来该批评的批评，该道歉的道歉，奶奶非要闹到乌蚌儿家里去，找橘红外婆和山枣爹向天福要说法去。

倒是沙园村小学的黄校长，这个总是冷峻着面孔有着《射雕英雄传》中"黄药师"称号的校长开始忧心忡忡。孩子总是以懒惰、捣乱、欺负他人来吸引老师注意，让大家烦心，这显然不是学校教育的目的。在教给学生知识与技能的同时，还应该有别的东西该纳入教育目的的范畴。那别的东西是什么呢？

父 爱

  由于入学年龄不一样的缘故，班上有的女孩子年龄很大了，五年级就已经是十六七岁的大姑娘了。白薇五年级十二岁属于正常入学的孩子。那些大姑娘很爱美，每天都穿得整洁而光鲜。白薇对于穿着很迟钝，一方面没了妈妈，缺乏着装引导；另一方面，爸爸舍不得花钱买衣服，他认为穿那么好干吗，只要屁股腔不露出来就好了。

  有一回体检，说是体检，不过是量量身高，称称体重。老师在墙上画好刻度，让大家脱了鞋量身高。白薇亲眼看见桂珍粉红娇嫩的小脚装在凉鞋里边，老师也忍不住叫她别脱了，就穿着鞋量身高好了。白薇一双光脚板裹满了泥灰，她用左脚蹬右脚，再用右脚蹬左脚，想把脚擦得干净一点儿。哪知沾满泥灰的脚板经那么一蹬，丝毫不见干净的起色，还越擦越黑。这些动作都被老师看到了。白薇羞红着脸看着老师那张毫无表情的脸。

  冬天，白薇和白龙都只有一双胶鞋，白天穿，晚上洗脚的时候，就把鞋铺在灶沿上烘烤。两姐弟爱跑动，脚自然肯出汗，只要一把脚脱出来，臭味满屋子都是。有一次下课了，白薇也学着其他女同学爬上课桌上坐着，她的一双脚在桌沿下晃荡着，冷不丁被橘红一下子就把鞋脱去，还没等白薇回过神来，那双臭鞋已经被扔出了教室门外好几米远。有跳着起哄的，有捏着鼻子大笑的，让白薇无地自容。

现在好了，没人那样捉弄她了。她日记写得好，有时老师布置写日记，玉竹、紫草就把日记本装在白薇书包里，让白薇帮忙。白薇也不推辞，她能一天写几个不同的日记，几个不同样的日记都能得到老师批注的红红大大的"上"，她觉得体面极了。

单元测验的时候，坐在白薇后面的玉竹会趁老师不注意，用脚尖悄悄地踢白薇的凳子腿要看答案。白薇心底里讨厌，却觉得很光荣。

白薇终于扬眉吐气起来。她越发努力，她更用心读书，不光语文课文倒背如流，她还想方设法到处找课外书来读。沙园村里有书的人家不多，无非是年龄比她大的中学生家里有。那些小说啊，作文啊，历史啊，不管什么书，只要一捧起书来，她就沉醉其中忘却周围的一切。她越发轻松地一天应付几个不同的日记了，由此同学们对她简直是刮目相看。

白龙正读二年级。

白龙班新来了一位代课老师，姓田，是个男老师。田老师三十多岁年纪，个子不高，皮肤黝黑，特别壮实。田老师就是邻村黄家庄的人，他的姐姐是学校正式编制的老师。田老师初中毕业，也算是有学问的人，于是就被推荐到村办学校代课。

田老师的样子长得很奇怪，肩胛骨往上高高耸起，把脖颈衬托得很短很短，乍看去，就好像那颗脑袋直接放在肩膀上一样。高高耸起的肩胛骨、短颈子、直腰身，村里人都说田老师是筲箕。对筲箕这个名字，背地里白龙和同学琢磨很久，一致认为是从背后看，田老师的后背就像挂在墙上会移动的一个筲箕。

田老师真名叫田中能。不过这个筲箕背的来历不是白龙和同学们研究的那样。大人们说的情况是闹饥荒时期，有一次集体吃伙食，尚且年幼的田老师从来没有见过这么多好吃的东西，挥动着筷子还嫌慢，干脆用手抓，左右开弓，五抢六夺，囫囵吞枣，直往肠胃里灌。结果撑得肚子都快破了，澄亮澄亮的，大人抱不能抱，背不能背，最后用公家的筲箕把田老师抬起回家了。筲箕这个名字因此而来。有这么个传奇，筲箕的别号直接替代了那个气派亮堂的"田中能"了。

因为好奇而研究，因为研究加深了印象，筲箕就是田老师，背地里全班同学都是这么叫田老师的。但是田老师对这个称谓讳莫如深，他最恼怒的就是学校周边种田的泥脚杆村民，也不管有没有学生同行，只要看见田老师，便会扯声放炮地招呼：

"筲箕这么早？"

"筲箕放学了？"

跟随在田老师身后的学生们逮住机会连声重复："筲箕，呵呵筲箕。"

弄得田老师答应不是，不答应也不是。有一次白龙发现，田老师板着脸讪讪地从鼻孔里哼出一声"嗯"算作回应。

有时候，田老师不在场，那些农民伯伯逗弄背着书包的孩子们：

"你们的筲箕老师呢？"

"什么时候筲箕老师能给你们带回来个筲箕师母？"

"那不是可以吃的'烧鸡'哦？哈哈哈……"

白龙对筲箕老师的名字特别感兴趣，一回到家就筲箕长筲箕短地说个不停。

"生气的时候，筲箕老师的脸会变色，黑色变成红色，通红通红的，像鸡冠子那样的红色。"

"筲箕老师还叫舔嘴老师，他一边讲课一边伸出舌头舔嘴皮。"

"李龙果认真数过了，筲箕老师一节课舔嘴皮三十二次。"

村小学有六个班，一个班一个老师，班主任兼任语文、数学学科老师，自然、美术、音乐、体育等其他学科则是全校六个老师根据各人特长统筹安排。田老师教音乐，说是音乐，其实也不过是教唱几支歌而已。田中能的父亲是村里作祭文的高手，哪家办丧事，都少不了他的笔墨。从小耳濡目染，田老师会不会作祭文不知道，习得一门哭灵唱腔倒是人尽皆知。有时，他还会自觉不自觉地把那门独门哭灵绝技搬到语文课文的朗读上,弄得班上的同学虎眉瞪眼的。

这天,田老师站在讲台上手捧着课本,正在一本正经地卖弄他只有阴平的哭灵般的朗读:"天放晴了,阳光露出来。小燕子更活泼了。它斜飞在瓦蓝洁净的天空中,自由自在。瞬间,'唧'的一声,身子像个小黑点窜下来,掠过明镜般的水面,又轻身一跃,射入云中。这时,水面上撒落一朵小浪花,浪花绽开,荡漾出一圈一圈的波纹。"刚读了一段,坐在后排的白龙突然"呀"的一声尖叫起来,全班同学扭过头,看着白龙。田老师放下课本,伸出舌头舔着嘴唇,看着气得咬牙切齿的白龙。

原来,是跟白龙同桌的林峰放了一个屁,他生怕事情弄不大,本来撅起屁股想放一个幽怨绵长的响屁,跟田老师的特色朗读争争风头,哪知那股恶臭不争气,竟然没声没息就出来了。林峰灵机一动,赶紧伸出手去抓住那团浊气,然后一把捂住白龙的口鼻,白龙被熏得难受,自然惊叫起来。

"说,怎么回事?"双手插在裤袋里驮着筲箕背踱着方步走过来的田老师漫不经心地问道。

此时,那股浊气已经蔓延散开去,白龙说不出所以然,只生气地指着林峰,说:"他……"

"他怎么了?他怎么了!你这个有娘养没娘教的家伙,故意捣乱不是!"白龙刚一开口,田老师就劈头盖脸一顿臭骂。

委屈的泪水顿时从白龙脸上滚落下来,他哭叫着:"我没有,我没有故意捣乱,真是他……"

"哭,哭什么哭,就知道哭,哭丧啊,要哭丧到外边哭去!"不耐烦的田老师一把拽起白龙的胳膊,像老鹰捉小鸡一样把他提到教室外边,然后转身砰的一声把门关上,嘟囔一句:"敢跟老子斗嘴,真是有娘生无娘养!"

恶作剧的林峰被唬得趴在桌子上大气都不敢出,哪里还敢承认自己是罪魁祸首。

白龙站在教室门外，一阵秋风正卷起片片香樟树叶，打在白龙脸上、头上，裹进他的裤腿里，飒飒作响。

下课了。白薇正在做作业，上厕所回来的紫草喘着粗气告诉她："不好了，你们家白龙被罚站在教室门口了！"

白薇放下笔，赶紧跟着紫草跑到教室外边。

村小学校园不大，合上两个花台，总面积比一个篮球场大不了多少。但是人很多。从一年级到六年级六个班一共有两百多人。此时，从六间教室里跑到外边准备上厕所的、疯玩的、追打的都停止了预期的计划，围在了白龙的身边，里三层外三层，水泄不通。

白薇费了好大的劲才挤进去。白龙光着一双黑不溜秋的脚板，一条单裤早已不合身，刚刚没过膝盖，露出一大截秧鸡脚杆。因为生气和羞辱，那双秧鸡脚杆正瑟瑟发抖，他用脏手抹眼泪早把脸抹成了大花脸，那双眼睛含冤带屈，含恨带怒，似要喷出火来。见此情形，白薇不禁一阵寒噤。

围观的同学有人酸酸地冒出一句："这不是作文高手、考试第一的学习尖子白薇的兄弟吗？"

白薇顿时觉得受到了羞辱，弟弟这不是在丢自己的脸面吗？她走上前去，不由分说拉起白龙就往教室里边走：

"什么事啊？在这里丢人现眼？赶紧进去坐着！"

见是姐姐，白龙屁股往后撅着，身体拼命往后退，哇啦一声大哭起来，"姐，筲箕……舔嘴……"那一声"姐"似乎要把所有的委屈吐尽。

白薇拉着白龙的手不住地抖索着，她的心里堵着千言万语："我可怜的弟弟……"但是她说不出来。有那么一瞬间，她情不自禁地想伸出手来擦干弟弟脸上的泪水，擦干净弟弟的脸庞。但是众目睽睽下的校园考验着白薇尚未成型的自尊和无意识的母爱，当然她也只是孩子。最终，自尊和心虚占了上风，她不由白龙辩解，一耳光扇在白龙脸上："嘴贱！活该！有这么说老师的吗？"

姐弟俩正在孩子群里拉扯着，白龙那一声"笤箕"，早有人报告了田老师。田老师气势汹汹从办公室出来，同学们自然闪开一条道。喧哗声没有了。只见田老师三步并作一步来到姐弟俩面前，一脚踢在白龙的腿上，尖尖的皮鞋立即在白龙的光脚杆上留下了鲜红的血印。

"叫啊，我让你叫！狗娘生的！"田老师又一把抓起白龙的胳膊，再用力向前一推，白龙磕碰在花台边沿，鼻血汩汩地冒出来了。

白薇半跪着，撩起衣角擦拭着白龙的鼻血。

白龙一把掀开白薇，索性躺在地上，嗷嗷大叫："笤箕打死人了，笤箕打死人了！"田老师再次伸出的腿被闻讯赶来的他姐姐呵斥住了，他一只腿停在半空，身子趔趄着后仰，像在练金鸡独立。

不知不觉，白薇的眼泪流出来了。她感觉，那一脚踢在她的腿上，火辣辣地，疼出泪来，疼出血来。弟弟的鼻血流进了她的心里，冰凉冰凉。

一天课后，白薇正在校园墙角里跳皮筋，看见白龙从厕所里出来，吸拉着鼻涕，裤裆敞开着，扣子没扣好，愤恨地追着一个高年级的男生，骂骂咧咧，口出秽言，一直追到人家教室里去。

到底什么事情，白薇不知道。

一天中午，白龙和同学在操场玩陀螺，听到上课铃响，飞奔回教室。在操场通向教室的廊檐上，碰上泼妇王的儿子孟福班的同学出来上体育课。见白龙跑过来，孟福向前探出一只脚去，白龙一个嘴啃泥扑通摔倒在地上。孟福猪八戒过河倒打一钉耙："奔命了？把老子都差点儿绊倒啦！"那群同学哄堂大笑着去了。白龙好不容易爬起来，一瘸一拐地进到教室里。笤箕老师站在讲台上，不分青红皂白皮笑肉不笑地说："看那副鼻青脸肿的熊样！只知道惹是生非的家什，大家都不要跟他玩耍了，下课后角落里站着去！"

下课后一群好事的男生故意逗弄着被罚站的白龙，朝着他做鬼脸，将绳子套在白龙衣角上拽他，用粉笔在黑板上画着一条龇牙咧嘴的长尾巴龙，用扫把在檐沟里沾了污水甩在白龙头上。忍无可忍的白龙对着那群男生一阵拳打脚踢，早有人跑到筲箕老师那里通风报信："不好了，白龙发疯了，乱打人了！"

不明就里的筲箕老师气红了脸气歪了嘴，连筲箕背也气得笔挺笔挺的。他背着手踱着方步到教室，不容分说，对着白龙就是一脚，还不忘骂人："你吃了豹子胆，看你还敢跟老子对着干！"白龙趔趄着站起来，咬着牙，对着筲箕怒目而视。

这些是白薇听熊家堡的大敏说的，她跟白龙一个班。说的时候，大敏诅咒着那些可恶的男生，激动得比手画脚，唾沫星子乱溅。白薇眼前晃动着筲箕发紫咆哮的嘴唇，男生们幸灾乐祸的捉弄，白龙桀骜不驯的神情，满脑子满身子满脏腑都是说不出的难受。

后来，白龙的那些光荣事迹被田老师添油加醋告状给三元。是在一个阴雨天的下午放学后，头上顶着书包的白薇和白龙走到家门口正跺着脚上的泥，阴沉着脸的三元坐在灶门柴火堆里，呵斥着白龙跪下。白薇还没回过神来，三元一边咒骂着："跟老子在学校做的好事，连你姐一根手指头都不如，老子生你就是多余！"一边手里的斑竹耙子就雨点般落到白龙头上、身上，白龙捂着脑袋，在地上狂叫着打着滚："不要打了，爸爸不要打了啊！"

白薇看着暴怒的控制不住情绪的三元和可怜的白龙，害怕着，心疼着，眼泪成串成串地扑簌簌往下流。她猛地跪下，一把抱住爸爸的双腿哀求着："爸，不要打了呀！"

三元突然愣住了。他鼻子一酸，眼眶不争气地发热。不由自主地，他丢下斑竹耙子，伸出他那宽大、粗糙的手拉起白龙，拉起白薇，再笨拙地抹去挂在一双儿女脸上的泪花。

做晚饭时，三元放了两个鸡蛋进米锅里去煮。他要让米汤里面的营养都煮进鸡蛋里面去。他计划着白薇白龙一人一个。父亲，就是那个刚才还心狠无情，却是把浓烈的爱隐藏在心头，无比疼爱儿女的人！白龙八岁生日那天，他这样煮过鸡蛋给俩孩子。剥开鸡蛋，看着白白嫩嫩的蛋白，白龙舍不得吃,不停地伸出舌头舔一舔的。三元还乐呵呵地说:"吃了米锅蛋,这一年就像蛋一样,团团圆圆,顺顺当当,一滚就过去了。"那晚,他希望看到一双儿女乐滋滋吃米锅蛋的样子。打过白龙以后,他分外懊悔,想以这样的方式弥补自己的过失。

赶　场

石头沟奶奶家的墙上挂着十二幅画，画上是喜鹊、黄鹂、斑鸠、画眉、鹦鹉等不同种类的鸟。奶奶常常抱着刚满周岁的兰姑站在画前指认念叨。兰姑是白薇的堂妹，是白薇周三娘的宝贝女儿。周三娘就是白薇七叔的老婆，就是七叔娘。石头沟有一个不知从哪辈起沿袭下来的规矩，称呼嫁过来的媳妇不是依夫家，而是依媳妇娘家的姓氏和排序。周三娘姓周，在娘家排行老三，本来是嫁给白薇的七叔，本该叫七叔娘的偏偏要叫周三娘，同辈的称呼她周三妹、周三姐或者周三嫂。奶奶指着念喜鹊，兰姑也跟着口齿不清地念喜鹊，奶奶念鹦鹉不叫鹦鹉，叫鹦哥，兰姑也跟着念鹦哥。每当这时，白薇也会安静地目不转睛地盯着那幅画，随着奶奶的节奏转移视线。

白薇最喜欢的是那只叫白头翁的鸟，样子挺逗，额部至头顶黑色，两眼上方至后枕有一缕白色，那模样就像《射雕英雄传》里的老顽童周伯通。

学校一学期发一次奖状，就是按期末考试成绩发班级第一名、第二名、第三名。从一年级到五年级，每一学期，白薇都是第一名。往往是还没到领取考试通知书，奶奶就得到消息，白薇又是考试头名，状元啦。接到消息的奶奶也就会裂开一颗牙齿也没有的嘴巴笑起来，笑得紫红紫红的牙床不停地打战。

那些第一名的奖状就贴在那幅画的上边，十一个学期共十一张奖状，每排四张贴成三排,第三排还有一张空缺,还差一个学期白薇就小学毕业啦。

在念完那些鸟儿以后,奶奶会指着那些奖状跟兰姑说:"姐姐好厉害,期期都是头名,头名就是状元。兰姑将来跟姐姐学,也当状元。"白薇最爱听奶奶的夸奖,她会仰着脸看着奶奶充满感激、充满幸福。如果这话恰好被周三娘听到,周三娘就会阴阳怪气地打断奶奶:"女孩子家越读越笨的,显摆还早了点儿吧?"奶奶就马上扫兴地闭口,祖孙俩的兴致就会一落千丈去。

有一次奶奶忍不住质问周三娘:"凭什么女孩子就越读越笨了?"周三娘连珠炮似的声音一下子提高十六度:"女孩子要受月经影响,记忆力注意力理解力都会下降。女孩子丁大一点儿就知道耍朋友,女孩子头发长见识短,心思冗杂,不像男孩思想单纯……"奶奶沉下脸来说道:"别把丑话都说尽了,自家也是女孩,人说欺老莫欺少!"奶奶的语气近乎严正警告。

这下了得,周三娘跟奶奶没完没了地大闹一场,她哭着骂:"同样是孙女是不是?你当奶奶的偏心眼一碗水不端平,厚此薄彼亏待我家兰姑,天老爷有眼睛,你会不得好死的!白薇会是现世报悔瞎你一双眼,到时候找后悔药只有到阴曹地府去……"

从此以后,周三娘逢人便说白老太老不死的偏心眼,眼里只有瞎老大家的白薇,独独刻薄兰姑,还非常执拗地下结论说:"就凭白薇憨痴痴笨呆呆的样子,将来也不会有多大的出息,不过矮子林中充霸王,他瞎大汉显摆还早了点儿。小的那条龙已经在学校搞得乌烟瘴气的了。不信?会看得到现世报一样的笑话的。"

周三娘把那些话对白薇大姑三姑六姑说,对村子里的三姑五婆说,生怕信息传不到白薇瞎眼爸爸耳朵边,还要变尽法子转弯抹角地说给三元听。

清明时节,奶奶作为石头沟主当家的,组织一大家子老小上坟。在众多传统节日当中,清明节是一个特别富有人情味的节日。古往今来,祭祀祖先早已成为习惯,铲除坟上的杂草,坟前放上精心筹备的供品,烧香磕头,以最虔诚的方式寄托对先人的思念。为此,家家都要提早安排。每一年这一天，白老太都要买菜买鱼，杀鸡割肉，热热闹闹地排场一回。

偏偏白老太确定祭祖的那天是清明节前一天，老师布置了一大堆作业。三元到地里除草去了，走的时候嘱咐白薇白龙早点儿到石头沟去。白薇盘算上坟是中午饭过后的事情了，不如先把作业做完了再脱脱甩甩地去吃去玩多好啊。于是，两姐弟果真就在苦塘沟家里做作业，他们打算做完了作业再去石头沟。

姐弟俩脚步好欢快啊，平常要去奶奶家都是找不完的借口，这天是理直气壮地去，谁也不会被责骂被当小罪犯一样"遭返"。翻过坪上，刚刚从石头沟对面的洋槐丛里钻出活蹦乱跳的身子来，在坝子边磨刀的周三娘就扯声卖气地吆喝开了："老太婆，你那两个乖客人孙子孙女来了哦，还不出来迎接吗？"

正在切肉的奶奶赶紧把刀放下，撩起围裙把一双油腻的手擦干，走出厨房冲着两姐弟就是一通责骂："你们一家人还真是客人呢？要圆坟培土、做供品、写香纸，做不完的事情。我说你们，早点儿来做做下手打打杂也好啊？"

白薇和白龙都在坝子边站住了，白龙看着白薇，满心的欢喜就这样被破坏了，比受委屈本身更难受。白薇噙着泪嗫嚅着说："我们做作业了。"

"哦，人家做作业了，怎么就把小孩子当作大人了？懂得发奋也是对得起列祖列宗。"奶奶像是自责，更像是说给周三娘听的。周三娘没料到是这个结局，也不看两姐弟，悻悻然进屋去了。

兰姑在正屋门槛边的小竹椅上坐着，仰着脸念着："斑鸠、喜鹊、鹦哥……"

村里人爱赶场。有的是利用赶场天做点儿小生意，卖点儿姜、葱、蒜苗、萝卜、青菜、谷子、白米、鸡蛋、牲口，卖得的钱再用来买盐买糖买肥料交电费，乡下人所谓的养家糊口就是如此，更像是劳动者与小商贩的交换。有的则是为了请匠人，找村主任打证明或断家务，或去邮局寄汇款取包裹，或到农村信用社零存整取……总之赶场天易找人好办事。更多的人是为了买柴米油盐酱醋茶之类的东西，赶场天货源齐，品种多，有选择的余地，讨价还价后，能够满足自家需要。有些人则是赶耍场，图个热闹，或进馆打牌，或喝酒茶聊。因此，很多人有事无事都爱赶场，赶了这场赶那场，乐此不疲。

周三娘也爱赶场，或者说赶场是她的最爱。逢二、五、八赶庙垭口，逢一、四、七赶滕芳坝，逢三、六、九赶大堰塘，几个场都离石头沟不远。庙垭口最近，五六里路，大堰塘最远，也不过十来里，走路来回一趟也就是一个半小时。周三娘赶场可不是赶耍场，她都有名正言顺的由头。买瓶酱油要赶场，买瓶醋要赶场，兰姑没糖吃了要赶场买，鸡蛋凑了整十个赶紧拿去卖，今天这场去看过的布料子，明天那场再做一下比较。

最重要的，是周三娘人年轻，生得一个好脸蛋长得一副好身材。村里人都喜欢开她玩笑说是乖乖媳妇。这样的乖乖脸蛋乖乖身材窝在那个石头沟不是白白糟蹋了。周三娘收收拾拾，穿得花花绿绿的，就是把赶场当作了展示自己乖乖形象的大舞台。

那天周三娘有点儿感冒，又逢赶大堰塘，她就想趁赶场去诊所拿点药。兰姑哭着闹着要背要抱跟着去，周三娘头重脚轻的，背不动，抱不起。恰巧那天是星期天，白薇和白龙一大早就背着猪草背篼过石头沟来了。周三娘就把姐弟俩叫上一起赶场去。白薇犹犹豫豫的，奶奶怂恿着："去嘛，成天窝在沟里头，去场上开开眼。周三娘还会买零嘴给你们吃。"

于是，周三娘把兰姑放在猪草背篼里，白薇和白龙轮流背着兰姑，走走停停往大堰塘去。

大堰塘场很小，从街头走到街尾才百十米的距离。第一趟周三娘买了几包头痛粉，第二趟她去看了种苗市场，啥也没买就是问问价。白薇白龙背着兰姑跟着周三娘又反反复复走了好几个来回，听了几十遍开周三娘玩笑的荤话子，看到商店里、路边摊上包装得花花绿绿的吃的喝的，眼巴巴地一直咽着口水。终于，周三娘在一个小贩摊前停了下来，问兰姑："想要吃点儿什么？"兰姑指着葫芦塑料瓶的橘子水，撒着娇说："要，这个，要。"周三娘看了看白薇白龙，揣在裤袋里的手迟疑了一下。终于，她掏出五毛钱买了一瓶。

兰姑捧着橘子水在白薇的猪草背篼里好不快活。白龙焦虑而又企盼地望着那瓶橘子水咽了咽口水。白薇埋着头，不知是累着倦了还是其他原因，喘着气，脸蛋涨得通红通红的。

走到半路，兰姑闹着要喝橘子水。周三娘将葫芦嘴拧开，递给兰姑，又像想起什么似的，又从兰姑的手里夺过葫芦瓶，说："哥哥、姐姐背了你半天，也该让他们尝尝味道吧。"

于是，周三娘叫白薇："仰头张开嘴巴，尝一口吧？"

"我不喝。"白薇倔强地扭过通红的脖子。

周三娘竭力用盈盈的微笑看着白薇说："姐姐就是姐姐，真是大气谦让。白龙，你尝尝。"说着拿着葫芦瓶子，又叫白龙张开嘴仰起头。

"白龙！"白薇的一声吆喝分明含着阻止。但是心急火燎的白龙早已张开了嘴巴，周三娘已经喂了他一小口，然后就把宝贝葫芦瓶递给了兰姑。兰姑咕咚咕咚喝着水，白薇使劲白了白龙一眼，脸上挂着某种义正词严的神情。周三娘偏过头假装没看见。不知事的白龙像被太阳晒得过了头的高粱，耷拉着脑袋心里却有说不出的难受。

七　叔

在二十世纪八十年代中后期，南下打工还没成浪潮。广东逐渐成为打工者的乐园、发财者的天堂是在九十年代初期。对于七星镇这样的贫困地区来说，人们发财致富的梦想特别强烈，那时就喊出了"东西南北中，发财到广东"，还喊出了"输出一人，脱贫一户""输出一批，带富沙园村"的响亮口号。

他们敏感的嗅觉来自白薇的七叔。

七叔在整个沙园村算有经济头脑的。他栽种过叫杜仲的药材秧苗，可是由于土壤条件、销售渠道等原因，亏得血本无归。周三娘娘家人埋怨他不知天高地厚，乡邻们议论纷纷，周三娘生气了就骂他败家子，做啥亏啥。得知广州捡垃圾都能发财的消息以后，他与周三娘说出了只身去广州、东莞闯荡的想法。还赌咒发誓不发大财就是王八。坐汽车坐火车的费用还是周三娘红着脸向娘家人借的："妈，相信他这一次。万一该他走红运了呢？"

七叔到达广州下火车时身上只有十几块钱，一天除了吃两顿稀饭馒头，根本就不敢多花掉一分钱。夜间只能睡马路、住桥洞，有时趁人不注意还捡拾垃圾桶里的剩饭吃。他在餐厅里刷过盘子，在工地上挑过灰桶。机缘巧合，后来他遇到一位六十多岁的山东大叔"砰砰"敲击着塑料桶，推着手推车扯着嗓子吆喝："收废品啦！书本报纸废家电！"机灵的七叔跟着山东大叔，帮着他吆喝，手脚勤快地帮他称秤，推车，捆扎搬运废家电旧书报。熟络以后，山东大叔毫无保留地传授给他行当的经验："当破烂王这行当没啥诀窍，就是勤快。手勤脚勤嘴勤，还有就是要放得下脸皮。脸皮薄的人不适合。"

"我能行，我能行！"七叔对山东大叔感激不尽，也敲起塑料桶走街串巷当起了"破烂王"。

他每天纯收入二三十元，运气好的时候能赚三五十块。一年下来，除去必要的房租和饭钱，一万块纯收入不在话下，这比在家种地喂猪，一家人全年收入不到两千元，实在是强多了！靠收废品，七叔家成了七星镇上第一个"万元户"。七星镇有十多个自然行政村，人口上千户，除了个别有家底的"能人"，数七叔家最富裕。为此，七叔和周三娘都很风光。周三娘赶场再不用为买一瓶橘子水纠结半天了，兰姑的零食越来越高档。周三娘的衣物也越来越多了。每当她走出家门，在集镇上走上一圈，定会收获一箩筐男人的荤玩笑和一箩筐女人带着羡慕和嫉妒的眼光。

那时候，农民进城务工，一般以体力劳动为主，技术含量较低，要么在建筑工地上担灰桶，要么在码头做搬运工，或者一根扁担两根绳子做棒棒军，普遍在工资不高的行业较多。不管干哪一行，都带有浓厚的"家族性"与"同乡性"。往往是一个乡一个村有人在某个城市站稳了脚跟，整个家族的主要劳动力，甚至整个村里嗅觉灵敏的乡亲都会跟随而来。

得知七叔在广州发家致富之后，沙园村几十户人家都想方设法讨好周三娘，表达着要跟随白老七南下闯荡的意愿。他们所有讨好的方法不是趋炎附势，只是直接地表达一种淳朴的想过上好日子的愿望。七叔回家过春节，是扛着满满一尼龙口袋村里人叫不出名字的高档水果气宇轩昂地走进村子的。知道他待不了几天时间，人们更是慌慌忙忙携家带口把大包小包的礼物提上门来拜年。今天这个叫去家里吃饭，明天那个喊去家里喝酒，简直是应接不暇。正月初二，为了表示酬谢，七叔豪气地置办酒席回请那些送礼上门的乡亲，竟然坐了整整十桌。

老话说"七不出门，八不归家"，七叔一般选择在大年初六出发。他完全没想到，那天早晨，拎着铺盖卷在车站等着跟他一起南下闯荡的本家的哥兄子侄，本村的、邻村的青年壮年就有三十六人。他无可奈何地说道："不就是走街串巷收废品，全中国那么大，云南、贵州、安徽、福建，大胆分散去闯嘛，扎在一堆怎么行啊？"

岂是七叔说的那么简单？那是一个封闭的年代，生活在狭窄山沟沟的乡下人，从来没有接受过高级的教育培训和才艺的训练，从来没有参加过任何才艺展示的活动，接触新鲜事物的机会渺小而可怜。他们的眼界很窄，只能看到摆放在眼前的人和事。他们的胆量很小，对于陌生的环境充满畏惧，甚至在想象中无限夸大其中的凶险。

当然，村民们的畏惧也不是完全没有道理。一天，七叔喝醉了酒后，淌着泪说起过背后的心酸："他妈的，在外挣钱并不像你们想象的那样简单啊！拾破烂的成天穿着脏兮兮的衣服，遭受不完的屈辱、白眼和蔑视，有时候还要被欺负。当我独立门户敲着塑料桶在街巷中喊出第一声'收废品'的时候，便被一顿闷棍打晕。我侵占了外省同行的'地盘'，进入了他们的'占领区'，抢夺了他们用血汗占有的饭碗，他们怎么会对我客气啊？那一次，我付出了沉重的代价，他们除了给我一顿暴打，还强迫我交出身上仅有的两百元现金……"

七叔说的是事实，即使收破烂，赚钱也并不容易。收一公斤报纸六毛，卖给回收站一元；纸壳收五毛，卖六毛。差价百分之二十，这已经是最高利润了。其他则等而下之，易拉罐两个赚三分，而矿泉水瓶子，两个只能赚一分钱。赚钱这事对于没知识没文化的流动人口来说，除了舍得下苦力，只能是聚沙成塔，集腋成裘。

难处远不止这些。

有一个维多丽园小区的新建楼还只是一些地基深坑，周围大量老房子里的拆迁住户还未搬走。机灵的七叔知道一旦搬迁开始后，必然会产生大量的废品。新楼盖成了，住户会翻好几倍，那时，就守着这一个小区，决不愁"货源滚滚"。他在那里搭了个简易工棚，盘算着如何放长线钓大鱼，磨刀不误砍柴工。

问题在于，有这种先见之明的，并不只有七叔一个。一群来自其他省份的不同地方的收废品的人，都有着与他同样精明的思维。于是，争地盘之战硝烟滚滚。

那是一场斗智斗勇的"战争"。

七叔见人就打招呼，"叔叔""阿姨""兄弟""老姐""小朋友"不离嘴。他还一边收废品，一边主动帮小区居民指路找人，干这干那，比物业、保安还跑得快跑得勤。有的人家要卖废品只支使孩子来招呼一声，他立即上门去取，丝毫不让卖家费劲儿。他很懂规矩，知道城里人嫌自己脏，担心自己手脚不干净顺手牵羊，没经人家允许，他绝不进卖主的家，称秤、算账、付钱、捆扎，一切都在楼道里办，走时还要把楼道收拾得干干净净。过秤时，如果人家说已经称过了，他便绝不再称。有时凭经验一掂，明知卖主说高了，也不争辩，还含着笑连说"谢谢"，心想只要不赔钱就行。居民们最讨厌外地人偷鸡摸狗，他也遇到过，但是从不染指。他以自己的心计和诚信，把自有的优势发挥到了极致，使他的"无本生意"在小区的同业竞争中脱颖而出，进而占据优势。最后，居民们只认七叔，其他来收废品的人，统统没戏。整个小区的废品，就铁定"肥水不流外人田"了。

城里人不爱串门，做邻居数载，往往彼此不知姓甚名谁。但维多丽园小区没有不认识七叔的。他窝棚里的所有生活用品，几乎全是废物利用。连身上穿的，也多是来自居民淘汰的。能不花钱就不花钱，能省多少就算多少，是七叔闯荡江湖的原则。

每天晚上，七叔还要蹬着载重超过半吨的三轮车，从住处往附近的回收站送废品。回收站并不是样样都收，他要把纸壳报纸、废金属、塑料瓶易拉罐分类送往不同的地点。回到窝棚，一般都是晚上八九点了。如果赶上送废品的人排队,还要更晚一些。有时回来途中赶上大雨,那滋味就像驮着棉花过河,三轮车沉得如同一座大山!他每天早上煮一次稀饭,煮一次吃一天,每晚就扒拉点儿冷稀饭然后就睡觉。

但不管多苦多累,也不管炎炎夏日、数九寒天,站在露天地里有多难熬,七叔从不愿意歇上一天。为了心中那个多挣钱过上好日子的目标,活苦点儿活脏点儿活累点儿怕啥呢?

七叔越说得多,越是激发起大家拿出"开弓没有回头箭"的决心。人们看到的是他家里逐渐富裕起来的事实。他们向往在城市迷离的霓虹灯和恢宏的高架桥下,在华丽的广场和商品琳琅满目的超市门前寻找生计和未来。至于离乡背井找不到归属感的跋涉和迷茫,吃苦受累,以及可能遭受的屈辱、白眼和蔑视,在美丽的梦想面前又算什么呢?

在三十六人中,有一对还是夫妻,就是玉竹的爸妈,他们把玉竹托付给已经出嫁的大女儿红竹,夫妻双双南下做发财梦去了。 他们认为,玉竹都十五岁了,可以照顾好自己了。况且红竹刚刚生了小孩子,玉竹还可以在放学后和周末帮助姐姐带带孩子。

光辉老师

改革开放的春风已经吹拂到七星镇这个穷乡僻壤里，这个穷乡僻壤在勇敢地走出去做第一批吃螃蟹的人们的带动下，已经开始出现了美好生活在殷勤地招手的苗头。

一个刚刚从师范学校毕业的小伙子，正值青春年华、充满活力的曾光辉老师，带着理想和憧憬走进七星镇沙园村小学。

曾老师到校那天正是新学期报名的日子。还未完全褪去炎暑的阳光照耀着满墙茂盛的爬山虎，一团团红红的叶片像燃烧的火焰。沙园村村支书、学校黄校长和几位老师一起，提着为曾老师准备的温水瓶、木桶、瓷盆等见面礼，站在校门口朝着一个方向盼啊等啊。终于从田埂尽头的小路上冒出一个脑袋，接着冒出一个白上衣蓝下装的身子来。很快，那个脑袋下眉清目秀、笑吟吟的面孔清晰可见，像阳光，像爬山虎红红的火焰般的叶片。黄校长乐呵呵地对站在身后的那帮大大小小的娃儿们吼道："还傻愣着干啥？快去接你们的曾老师！"

于是，白薇和一大帮男孩子女孩子雀跃着冲向小路，叽叽喳喳地簇拥着曾老师走向校门，在满墙火焰般红火的爬山虎面前进行了别样的见面。

"这些孩子都是村里的，都是你班的。"握手问好过后，黄校长给曾老师介绍着。

"谢谢校长，我知道。"曾老师环视了一遍围在身边的孩子，腼腆地回答着。

"他们都出生在老实人家……不过老实人家的孩子也有麻烦的。怕你受委屈……"像是见到了救星一般，黄校长犹豫着说出他的顾虑。

"有麻烦说明教育有价值。这是校长对我的重用！"曾老师爽朗地笑着，蹦出了一句很有哲理的话。

黄校长说什么就有什么，说麻烦真麻烦。

开学第一天下午，橘红就给了曾老师一个下马威。

那天午饭过后，班上的几个孩子慌慌张张地跑来说："曾老师，橘红咬人了！"话音刚落，玉竹哭哭啼啼跑进来，她挽起衣袖，露出被咬的手臂给曾老师看："她说我爱哭狗，我就说她流尿狗，老流尿不害臊，她抓住我的胳膊就咬。"曾老师拉起玉竹的胳膊查看着，呀，咬得真不轻：红红的齿印深深地嵌在她的胳膊里，咬破了皮不说，还有很深的鲜红的血印子。曾老师一边拿过搁在办公桌上的棉签，蘸了红药水轻轻敷在她的胳膊上，一边生气地盼咐其他孩子："去把橘红叫下来！"

一群孩子似钦差大臣般"哄"的一声跑去教室了。这边刚给玉竹处理完咬伤，一群孩子叽叽喳喳又来报告了："老师，橘红又咬人了！这回咬了四年级的一个同学。"

曾老师生气了，挂在脖子上的哨子用力一吹，大手一挥："叫全体同学马上进教室！"

他走进教室，同学们已经屏息静气坐好了，大家看看曾老师，再看看橘红，全都是期待看一出好戏的样子。

曾老师拿起讲台上的教鞭，一把拽起坐在第一排的橘红，一边举起教鞭要打人的架势，一边生气地训斥："好啊，这个班上还有你这个恶人，我就不信制服不了你，咬一个又一个，这是什么性情啊！"

全班孩子鸦雀无声，只有橘红在伤心哭泣。曾老师厉声说："马上认错，先向玉竹道歉，完了再去四年级教室里当众道歉！"

橘红倔强地偏着头，不看曾老师，也不看任何一位同学。突然，她哭了，哭出声了，并且越哭越厉害，从嘤嘤啜泣到号啕大哭，好像被咬的是她，受伤的是她。

这是曾老师始料不及的，教室的空气瞬间沉闷了。可能是孩子们太不适应了，或许是受曾老师的惊诧表情的误导，孩子们又一声盖过一声地数落起橘红的不是来了：

"老师，橘红还抓过我！"

"她还打过我！"

"其他年级的好多同学都被她欺负过。"

…………

橘红却越发哭得伤心，说不出话。

这时，两个看着很能干的孩子自告奋勇地站起来说："老师，我俩去橘红家找她外婆吧。"

在确定了路程不远且安全的前提下，曾老师同意了。

半小时后，两位孩子回来了，他们没有找着橘红的外婆。

曾老师再次把橘红叫到办公室，语重心长讲了半天："要团结同学，要做文明学生，要尊重别人才能赢得别人的尊重，女孩子要文雅，你这样做会让人讨厌的知道吗？这样子你会没有朋友的。"

橘红没有像先前一样哭泣，可是仍然倔强地昂着头，一副不理睬不服气的样子。

曾老师没辙了。他决定放学后亲自去她家看看。

下午放学后，橘红一溜烟跑了，她可不会带着老师去找外婆告状。曾老师打听着路线独自去的。乡下的路不难找，只要方向正确，顶多多穿一片树林，多走几条田埂，总会绕到目的地的。到了橘红家门口，刚好碰到橘红外婆，她正一手杵着拐棍，一手提着半篓花生。

这是曾老师的第一次家访，他控制好情绪，牵了牵衣襟，清了清嗓子，上前端端正正站好，微微笑着用最温和的男中音说："您是橘红外婆吧？我是橘红的老师。"

橘红外婆一听说是老师来了，扭头冲屋里大声吼着："死丫头片子，是不是又在学校惹麻烦了，看我不打断你的腿！"吼完，一边放下花生篓子，一边就要去拉干柴棍子。

曾老师连忙拉住她："不是不是，哪里惹麻烦，就是家访，例行家访，呵呵。"

"那访吧，好好访访！家里就是这个样子。你说我前世做了什么孽呀，今生要这么个丫头片子来折磨我，管她吃管她穿，伺候她这么大了，经常晚上还要尿床。哎，真是作孽呀！呸呸！"叹了口气，吐了两口口水，橘红外婆指着门口竹竿上晾着的一床黑黑的褥子说，"这就是昨晚尿床给我打湿的，好好一床棉被，现在好了，全是她的尿味。鬼丫头片子，早晨吃饭时没忍住，还被我打了两筷头……"

"她还尿床？十几岁了还尿床？"曾老师感到吃惊。

"是啊，从她娘把她交给我起就开始尿床。骂也骂过，打也打过，她就是成心的，成心折磨我的，白天她从来不这样，回到家就这样，隔三岔五地就要夜尿一次……我这都是半条命的人了，迟早要被她折磨死……橘红，死丫头片子，快出来！跟你说，再流尿我把你撵出去了……"

虽然听说橘红外婆不好打交道，也知道她家比较贫困，但是当曾老师走进这个家，见到凶神恶煞的橘红外婆还是感到很意外，听到橘红还有尿床的毛病，他更感到意外了。

曾老师跟随橘红外婆的脚步走进三间土坯瓦房。他看到屋里杂乱不堪，没有一件像样的家具。当他转到厨房看时，眼前的一幕让他吃惊。橘红已经听到外婆和曾老师的对话了，她正羞愧万分、惊恐万状地坐在灶膛前，灶台上的盆里盛着刚淘好的米。穷苦儿女早当家，多可怜的孩子！曾老师心里涌现出阵阵莫名的酸楚。他摸摸橘红的脑袋，连说："没事，没事，我就是来看看你的。"

跟曾老师交谈了一阵过后，曾老师返回到学校。

一路上，曾老师反反复复地想：橘红太苦了，我要怎么帮助这个孩子呢？她怎么这么大了还尿床呢？晚上睡觉时，曾老师躺在床上翻来覆去还在想，他失眠了。

他想起从橘红外婆的交谈中，得知橘红去看过医生，从小到大，吃过很多中药，吃过很多西药，还相信过很多民间单方，但是从来不起作用。她怀疑橘红是故意这样干的。

曾老师想搞清楚到底是不是橘红外婆说的那样。

第二天上课的时候，曾老师安排同学们做作业，然后把橘红叫到校园外那棵茂盛的黄葛树下。他要与橘红谈谈，他不希望橘红感受到压力，故意没有把谈话的环境放在办公室。

"橘红，昨天老师到你家里，没吓到你吧？"

橘红不知道曾老师葫芦里卖的什么药，她仰起头漠然地看着他，摇摇头。

"别紧张，我不会批评你。小时候我也跟你一样，总是尿床，总是挨打挨骂……"

呜呜，曾老师轻声细语地提到了橘红的伤心事，橘红低下头哭了起来。突然，她抬起头来，一双泪眼看着曾老师。

"我也很烦很恨我自己，外婆总把我尿湿的褥子晒到外面去，在外人面前数落我，老师您不知道有多丢人。

"她总拿起棍子打着我的屁股说'有再一再二，没有再三，这两次尿床我原谅你了，再尿床我可对你不客气了！'

"有时晚上惩罚我不能吃饭不能喝水。

"夜晚我总是害怕得不敢睡觉，直到困得坚持不住，再沉沉睡去。睡得太香，结果早上醒来，就又尿床了。"

橘红一口气几乎是吼出了她心底积压了很久的屈辱和愤恨,她哭得更厉害了。教室里有人从窗户探出头来伸着舌头。

曾老师明白了。一个孩子表现出冷酷和残忍,一定是他在生活中体会了太多的冷酷无情。难怪橘红要咬人,那是她自尊的底线。她的生活里满是湿漉漉的裤子、充满尿味的床,还有外婆的责骂,这些都是烙进她原本绚烂童年生命的耻辱印记。原来橘红尿床的习惯不是身体出了问题,根源在她的心理上。造成这个的根源在橘红外婆的恶劣的态度上。外婆虽然表面看来想让橘红克服自己的毛病,但是处理方式太过急躁却事与愿违。

豁然开朗以后,曾老师再一次去找了橘红外婆。这一次,他是以心理医生的身份去的,他牢牢记住师范学校受到的教诲:教师不仅仅是人类文化的传递者,还应该是学生心灵的塑造者,是学生心理健康的维护者。

曾老师坐在外婆的身边,语气尽量比前一天更柔软更体贴:

"外婆啊,我知道您疼橘红,关于她夜晚尿床的问题,您的打骂、惩罚,真的解决不了任何问题……"

"自古黄荆棍下出好人!不打不骂,那曾老师,你是有学问的人,讲道理我说不过你。你说怎么办吧?我一个半死老太婆没文化人那么会说话……"不等曾老师说完,外婆就连珠炮似的发泄开了。

"橘红,过来。"曾老师拉过站在身后的橘红,"把你那天冲我说的话再说一遍,那天怎么说的,当着外婆就怎么说。"

在曾老师的鼓励下,橘红的情绪再一次暴发,疯狂地向外婆喊出了她淤积于心的屈辱,并像以往老师逼迫她认错道歉一样逼迫外婆向她认错。

"你嫌弃我!你就是嫌弃我!你们都嫌弃我……"橘红号啕大哭起来,哭声中既有宣泄后的舒畅,又有报复后的快感。

外婆惊讶了,她似乎从来不认识面前这个外孙女。以前都是任其打骂,从来不吱声不反驳的,原来她的反驳都是积压在心底的呀。外婆站起身来,步履蹒跚地走到号啕哭泣的橘红面前。只听"咚"的一声响,外婆将拐杖扔到了地下，她粗糙的手擦着橘红两腮的泪水，两行泪也从她满是皱纹的脸颊落下来。

曾老师含着眼泪笑了。他在心里说：对啦，外婆啊，放下吧，放下手中的棍棒，更要放下心中的棍棒，对您的外孙女，心中无棍棒是件比手中无棍棒更重要的事啊。

自此以后，橘红尿床这个毛病居然奇迹般地好了。橘红外婆逢人便说曾老师是活菩萨转世，会教书，还会治病。

为让橘红认识到自己乱发脾气的错误，改变粗暴极端的方式对待他人的态度，曾老师也没少费心思。

又一天早晨，曾老师一脸严肃地拎着一个空玻璃酒瓶走进教室。当值日生刚响亮地呼完"起立"，曾老师随手一扬，那个玻璃酒瓶"哐当"一声掉落在讲台的石头地面上，玻璃碴子四溅开来，撒得满地都是。有的同学还没来得及起身，呆呆坐在位置上，不知道曾老师葫芦里卖的什么药。

"橘红，到讲台前面来，麻烦你想办法把这些玻璃碴还原成完好无损的瓶子。"曾老师漫不经心地说着。

橘红踯躅着走上前，看看地上，看看曾老师，不解地摇头。

"没法还原是吧？你仔细看看，同学们也仔细看看，瓶子摔碎了，再也不会是原来的样子了。当你向别人发过脾气之后，你与别人的关系就像这破碎的玻璃瓶，再也回不到以前的样子了。"

曾老师顿了一下，继续轻言细语地说：

"有些伤害，永远无法弥补。图一时口舌之快，的确能给人造成那么大的伤害。掌控好自己的情绪，就赢得了朋友，就赢得了人生，就赢得了生命。学会控制自己的情绪，学会尊重他人，尊重自己，好运就会向你走来。今天，我要请大家原谅，因为开学第一天老师冲橘红发了火，我向橘红保证，向全班同学保证，老师就这样生气发火，那是第一次，也是最后一次。老师生气，一时气急，说的话可能严厉了些，狠了些，伤了橘红的心。老师生气，一时糊涂,做的事可能鲁莽了些,甚至凶了一点儿,让大家失望,伤了大家的心。这里,老师要真诚地道歉,说一声:请原谅!其实,老师生气后,一直很后悔。因为我知道生气不但不能解决问题,还会伤害别人。同学们也要从老师这里吸取教训,遇到事情不要生气发火,要学会冷静!"

曾老师发现,橘红这孩子的眼睛红了。这时,乌蚌儿罗山娃站起来大声说:"橘红,老师都道歉了,你还坐着干什么?"

橘红连忙站起身来,直愣愣地看着曾老师,却嗫嚅着嘴巴说不出话来。她怎么也没想到,这个新来的曾老师会这样真诚这样细心。

那个罗山娃,别看他在别人的事情上指手画脚,其实他也亲自炮制过一个下马威事件。

一天早晨上第一节课以前,曾老师安排大家默写课文后,就转身去隔壁办公室倒水喝。他前脚刚进办公室,陆续就有人急匆匆跑来报告:"曾老师,乌蚌儿和乌龙山打起来了!"

"什么乌蚌儿不乌蚌儿的?还乌龙山!叫名字。"曾老师一边板起面孔责备着,一边急忙进教室,"战争"已经停止,不过"战场"还是"硝烟弥漫"。胡军趴在桌子上把头深深埋在两臂之间,一副严重受伤、无地自容的样子。罗山娃铁青着脸正在翻开默写本,见曾老师进来,眼皮也不抬一下,好像也很无辜。其他同学有的在座位上站着看着他们,有的在过道上见曾老师进来赶紧往自己的座位上跑,有的正在窃窃私语:"横行霸道的乌蚌儿不好意思了。"

更多的同学是在老师的脸上寻找暴风雨来临前的黑云翻墨的预兆。

曾老师环视了一下战场,断定这么快就平息的"战争",一定没有多大的矛盾。在同学们好奇的目光中,他漫步来到"肇事"的两位同学面前,面带微笑地说:

"说吧,就这么瞬间,什么深仇大恨的事情?怎么说打就打起来了呢?"

两位同学都不理睬。胡军依旧趴在桌上不动也不吱声;罗山娃只是低头默写仍然不出声。一旁的白薇举手了,曾老师示意她说:"是罗山娃大声跟胡军说话,胡军不理他,乌蚌儿,不,罗山娃就端起凳子挑衅要打他。胡军就动了真格,一个拳头冲过去。他们就这样打起来了。"说到最后,白薇还用拳头往前冲了冲。

曾老师示意白薇坐下,他什么都明白了。

"丁零零……"一阵清脆的上课铃声响起来了,和着雨点疏密有致的节拍,奏着和谐的秋之声交响曲。新一天的序幕就以这样特别的方式拉开了。

那天的上课依然是由讲故事开始的,曾老师饱含激情地讲了一个关于养成好习惯的故事。

一个农村青年大学毕业来到城市,不久因为工作勤奋,得到公司老总特别关注。一天,老总邀请他共进晚餐,晚餐很简单,几个盘子都吃得干干净净,只剩下两个小笼包子。青年对服务小姐说:"请把这两个包子装进食品袋里,我带走。"老板轻声问他:"你受过什么教育?"他说:"我家很穷,父母不识字,他们对我的教育是从一粒米、一根线开始的。父亲去世后,母亲辛辛苦苦地供我上学。她说:'我不指望你高人一等,你能做好你自己的事就中'。"在一旁的老总眼里渗出亮亮的液体,端起酒杯激动地说:"我提议敬她老人家一杯——你受过人生最好的教育!"老总当即表示把一个小公司交给他打点。之后,青年没有让老总失望,将这个小公司管理得井井有条,业绩直线上升。

故事讲完了,曾老师借机送给了孩子们三句话:播种好的行为,可以收获习惯;播种好的习惯,可以收获好的性格;播种好的性格,可以改变命运。然后话锋一转,说到了早晨刚刚发生的打架这件事上。

他说:"其实今天早晨我们班上发生的不愉快的事也跟习惯有关。两位同学都没有恶意要教训对方一顿或故意扰乱秩序影响大家。罗山娃是太活泼热情,想以特殊的方式与胡军亲近。大家知道他一贯都是这样子的。"说到这里,他故意停下了。这时很多同学连声附和:"对,对,就是这样的。""就是这样的，平常他也这样对待我的。"

"可是，"曾老师接着说下去，"罗山娃你一贯的亲近人的方式并不是所有的人都能理解。尤其是今天这样的时间、地点与对象。你看，大家都在抓紧时间默写，你打扰了别人；胡军不喜欢说笑，向来一本正经，他才想不到你是在开玩笑呢！这套近乎的事啊也得看天时地利人和……"话还没有说完，孩子们就哈哈大笑个不停。胡军也不好意思地笑了。曾老师"趁火打劫"："胡军也要吸取教训了，别动不动就来真格的。我明白了大家为什么叫你乌龙山。你的冲动也许会伤害你真诚的朋友。当然，想来罗山娃宽宏大量不会和你计较的。"

说到这里，同学们又是一阵大笑。笑声中蕴含着理解、释然和宽容。

在笑声中，不知什么时候罗山娃已悄悄抬起了头，虽然仍难为情地用右手掩着脸。当曾老师说"谁去办公室帮我把书拿来？我们要上课，是不是？"时，罗山娃抢在值日生前头第一个冲了出去……

就这样，同学谁惹是生非犯错了，曾老师在思想上一定坚信每个孩子都有一种或隐或显的向善的愿望。他还主动走近学生，用一颗敏感的心和一双善于发现的眼睛，去捕捉大家身上细微的"闪光点"。理解和关爱就在他与大家的目光交流中，在他对大家关切的表情里，在师生间彼此会心的微笑中，在他与大家貌似不正经谈话的语气语调中……

一切看起来都在向着曾老师期望的美好方向发展。

山枣却辍学了。

第一天山枣没来，有同学告诉曾老师："她生病了，前一天她说头疼来着。"

其实同学们也许是随心所欲的信口开河，山枣在班上除了畏畏缩缩地当橘红的跟班，受橘红指使做些荒诞不经的让人生厌的事情外，很多时候班集体里是有她不多无她不少的。

第二天山枣没来，曾老师猜想："也许她的头疼还没好吧？我把教学进度放慢一点儿,她耽误两三天后面也能补上。"

一直到第五天山枣都没来,曾老师焦急不安,他坐不住了,亲自跑了一趟向家湾。

原来,向天福患了肝炎,正在承受病痛的折磨,生存的艰难和对明天不可测的惶恐,让他感到生活无希望。他觉得自己没救了,他又太爱女儿了,希望在生命最后的日子里跟女儿完完全全在一起,至于今后女儿身心能不能健康地成长,他考虑不了那么多。

面对做出极端举止的向天福,曾老师思绪万千:"我的教育理想是让每一个孩子快乐成长,让他们成为最好的自己。然而在我眼皮底下还有这样需要帮助的学生。"于是,曾老师下定决心要好好帮帮她。

在曾老师的劝说下,向天福同意山枣返回学校读书。

曾老师对山枣多留了个心眼。一方面他结合平常的观察对症下药。他发现山枣虽然比较木讷呆滞,但劳动时积极性高。以此为突破口,在一次大扫除劳动后,他当着全班同学的面表扬了她:"山枣干劲可足了,大家向她好好学习哦。"与此同时,课堂上他经常点她回答问题,都是山枣能够回答出来的问题,答对了就大力表扬。这个方法很奏效,山枣走路都高昂着头了,背也挺直了。

后来曾老师又发现了新的突破点,那就是随时关注她,随时在意她,让她充满自信心,让她感觉到自己在老师心目中是很重要的存在。慢慢地,山枣愿意主动跟曾老师说话了。

有一次,曾老师特意让山枣到办公室改全班同学的听写本。然后告诉其余同学山枣的遭遇,引起大家的一致同情后,他鼓励大家都配合他一起鼓励她、关爱她。曾老师特别点到了橘红,做关爱山枣小队的队长,经常跟她聊天,课间做游戏时叫着她。

经过一段时间,橘红脱胎换骨好像变了一个人,各种行为习惯变好了,作业也认真了。由此,曾老师从实践中又总结出一个育人道理:有爱的地方,就有希望。

另一方面，曾老师把山枣的情况跟老师们都介绍了。学校不是每年都有对困难学生的帮扶吗？他建议把山枣作为重点帮扶对象，恳请学校的老师们也联合起来多给她一些关爱。山枣变得越发活泼开朗起来，学习成绩也在稳步上升。

想到向天福的病情，曾老师还广开门路，联系自己的亲友、同学，积极为他寻求社会捐助。通过努力，为他筹集到一笔不菲的医药费，给他减轻了一些经济压力。

曾老师就这样走进了大家的心灵。他的到来为沙园村小学带来了活力，他讲的一个个故事更为白薇所在的五年级学生打开了一扇通向理想的大门，让十二岁的白薇开始思索努力读书改变命运的含义。

每个夜晚，白薇除了完成曾老师布置的家庭作业外，还要自己苦苦求解数学思考题。到了六年级最后一学期，不管是工程问题、比例问题、相遇问题，还是列方程、溶液浓度等问题，或者四步应用题，对于白薇都是小菜一碟，五步、六步应用题也不在话下，她甚至敢于在课堂上质疑曾老师的七步、八步应用题的解法了。

有一次放学后，曾老师受邀到郑老师家去喝酒做客，路过苦塘沟，正巧看见白薇在洗衣服。惊讶不已的曾老师得知白薇没有了妈妈，要承担洗衣、做饭、割猪草、喂猪等大部分家务事后，第二天在课堂上就当着全班宣布："白薇可以不做我布置的家庭作业。"

白薇可以不做曾老师布置的家庭作业？没错，那是二十世纪九十年代，一个优秀乡村教师敢于突破常规的因材施教。此举非但没有磨灭白薇的意志，反而促进了她孜孜不倦的上进心。

矛盾就在曾老师宣布白薇可以不做家庭作业后开始了。这不是明目张胆地给白薇不同凡响的偏爱吗？曾老师是大家都喜欢的老师，白薇怎么能独享老师的恩宠呢？

白薇班上有四十个同学,男女对半开,男同学二十个,女同学二十个。七星镇沙园村重男轻女思想特别严重,如果不是"普及义务教育"被列入《宪法》,估计二十个女孩子有十八个都不能进学堂读书。强制普及教育的结果是入学年龄参差不齐,白薇才十三岁,在班上属于名副其实的小妹妹,好多女同学已经十五六岁、十七八岁了。

大女孩们开始对曾老师的宣布窃窃私语:"不好了,曾老师喜欢白薇了,心疼得作业都不让她做了。"

恰恰这时候发生了一件震惊七星镇的事,那就是在一天深夜,住在姐姐家的玉竹突然肚子疼。姐夫一家人连夜忙手忙脚将她送到七星镇医院。结果玉竹在医院里顺产生下一个三斤半的男婴。医生和护士再三询问,玉竹却怎么也不说出孩子的父亲是谁。

原来,事情早在姐姐怀孕临产的时候,在玉竹爸妈出门打工之前就发生了。玉竹的个子不高,一直比较胖,不爱说话,性格木讷。自从到了姐姐家,肚子渐渐大起来。但是熟识的人都以为是姐姐家伙食开得好,她是越发长胖了。根本没人往其他方面去想。

为此,玉竹爸妈气急败坏地火速从东莞赶回。这让玉竹爸妈很不是滋味,他们心里难受至极,还对大女儿及女婿一家破口大骂,怪他们没有照看好玉竹。

骂归骂,毕竟手心手背都是肉,看到无助的玉竹和无辜的玉竹姐,除了选择原谅,还能说什么呢?

于是,在医护人员的张罗下,玉竹的那个婴孩被远方的人抱养,到底多远,没人知道。

乡下人特别看重贞操,对伦理道德的看法很直接,至于背后的根源少有去寻究。那些日子里,玉竹独自承受了多大的压力,也没有人知道。从医院里出来以后,迎接她的就是厌恶、鄙夷的眼神,还有人不怀好意地呸呸吐完口水还来一句:"不要脸!"没有人关心她,没有人愿意接近她。有女孩的人家都以她为反面教材，教训自家女孩要学好学乖，不要跟玉竹来往。

在这样的情况下玉竹爸妈自然也在村人面前抬不起头，说不起话。不等玉竹坐满月子，他们就带着玉竹离家走了。

这一次，他们不是去的东莞，那里老乡太多，无脸见人。这一走，他们再也没有回过沙园村来。有人说，后来玉竹早早嫁了人，但是不能生孩子婚姻不幸福。

关于白薇的闲言碎语恰恰就在这个事件刚刚发生之后，传进大人耳朵里，沙园村的婆婆大娘们疑疑惑惑、似信非信地，反正把这个新闻不停放大扩散开去了，传到了石头沟，传到了苦塘沟。总之，白薇家里人都知道了白薇和曾老师好上啦。

三元正担粪在路上歇息，一听到熊家堡吴二坨婆娘跟他呱啦这件事就火冒三丈，两脚将粪桶踢倒，路上粪水横流，臭气冲天。他咚咚咚跑到沙园子学校拽起白薇就扇巴掌，一边扇一边骂："不要脸的死丫头，叫你勾引男人？老子累死累活的，你就不能叫老子省省心，白龙没有你麻烦！"

闻讯赶来的黄校长、郑老师、田中能老师把三元拉到办公室，倒了一杯开水给他，仔细问明缘由后，轻言细语地开导他说："怎么思想那么封建不开窍，人家曾老师是看你家白薇是块读书的料，刻苦，自觉，想到你家里情况特殊，反正那些普通作业她也会做，就不让她在那上面浪费时间。这叫因材施教，因材施教，懂不懂？"

听得似是而非、云里雾里的白薇爸又跑到石头沟，把情况跟一大家族婆姨们摆谈。周三娘义愤填膺，拍桌而起："这还了得，我就说过女儿家没出息，小小年纪就知道找男人耍朋友，我看就不读书了！"

白薇奶奶白了周三娘一眼，倔强地说："说到哪里去了？哪里有叔娘胳膊肘往外拐的？咱家白薇没有那么不要脸吧？我就相信老师说的是大实话。"周三娘嘿嘿笑着冷言冷语地说："哼，那些教书匠，读过几天书的，哪样理由找不到啊？我看不如趁早离开学堂，不然到时候吃大亏了找谁哭去。"

像是念着符咒，周三娘的暗示含蓄而明确，显然是指如果不横加制止，白薇就要从危险的悬崖边缘跌落下去。

周三娘的一本正经，与其说是好心肠的提醒，不如说是幸灾乐祸的故弄玄虚。白薇爸竟然找不到一句贴切的话来反击。他铁青着一张脸，心里无比怨恨，嘴上也只是呃呃直叹气。

白薇奶奶看三元无助绝望的样子，把拐杖往地上狠命一戳："哪个敢让白薇断学，我这条老命都不要了！"

白薇终究没有失学，但是那场莫须有的可畏的人言造就的风波给她上了扎扎实实的一堂课。似乎在一夜之间，她长大了，变得沉默了。当然，学习上她更加刻苦了。她知道老师心疼她，奶奶心疼她，爸爸爱她才不放心她。她不能让他们失望。

最后一学期，白薇又捧回一张奖状。奶奶喜不自禁，神情庄重地把它张贴在墙上第三排空缺的位置上，无比光荣地依序将三排奖状一一打量。白薇看着奶奶，看着白鸟图，泪光里，老顽童似的白头翁恍惚朦胧。

此时的白薇在思索这样几个与她的年龄极不相称的问题："这个世上最爱我的人是谁？我的爸爸为何跟别人的爸爸不一样？我的妈妈为什么那么早就去世了？"

像童话里的故事一样，她假定妈妈是天使的化身，下到凡间是为了拯救……拯救什么呢？她想不出答案。但她清楚奶奶是这个世上最爱她的人，是她最亲的人，奶奶的爱是最无私的最伟大的，奶奶的爱是无人可以取代的。奶奶值得她竭尽全力去珍惜，她要坚定不移地感激奶奶一辈子。

她想："至于妈妈，对不起，哪怕您是天使，您像天使一般爱我。但是不得已，您撇下我太早了。我的爸爸，也对不起，您也排在了奶奶之后，您不知道怎么爱我，导致我判断不了您到底爱我还是不爱我。我真诚地向你们道歉……"想到此，她竟然不由自主地朝着那只白头翁双手合十，似乎那只白头翁能看透她的心思一样。

后来经曾老师调查，制造事端、泼出脏水的罪魁祸首是一直在学习上跟白薇较劲的青梅。当曾老师问她为什么要这么说时，她竟然理直气壮地说："谁让她比我优秀？谁让她总是考第一名？"

曾老师没想到自己对优秀学生的特别关爱，会引起其他同学这么强烈的嫉妒和报复，让白薇遭到难以想象的伤害。原本他只是单纯善良一厢情愿地认为，学校各个班级都有几个尖子，像白薇一样感悟力强且用功，在很多人都认为枯燥乏味的学业之路上是可塑之才。作为他们的老师，有义务多给予这少数孩子鼓励、表扬和必要的辅导。现在，他懊悔自己竟然不能在关注一些孩子的时候，对另一些孩子没有洞若观火、明察秋毫。他也在思考，如何让被嫉妒蒙蔽心灵的山村孩子敞开胸怀，学会欣赏，变得纯净、自信、热情、大度。同时，他在白薇的毕业鉴定上一笔一画写着：宰相肚内能撑船。他将美丽的祈愿倾注到他正直的师心与诚挚的笔端，希望这个聪明坚毅的女孩在充满荆棘的人生旅途中，像沙园村漫山遍野的坚韧的铁线草，被人践踏仍吐蕊露芳，缺乏营养仍倔强生长，向着一片光明，飞得更高，走得更远！

初　潮

　　文化不多的三元似乎从来没有考虑过白薇今后的人生会因为努力读书而发生翻天覆地的变化。乡下农民简单朴实的意识里，认为农村姑娘的宿命无非就是寻个婆家，尔后生儿育女，相夫教子，煮饭喂猪，成天围着锅边转。既然闺女终究是要嫁出去的，是别人家的人，读过小学认得男女厕所、会简单的买卖计算应付生活已绰绰有余，在此之后继续读很多书完全没有必要。他甚至跟聚集在苦塘沟洗衣服的三姑六婆们故意漫不经心地说过好多次："我们家白薇读书不读书没关系，她姑姑在城里开酒楼，生意红火着呢，正差帮手，迟早要把她接进城去。"余下的话他没说，不言而喻，到了合适的年龄就在城里找个好人家嫁了，三元也就尽到家长职责了。

　　没有人反驳三元，甚至他还为此赢得了婆姨们的目光灼灼的羡慕与宽厚殷勤的赞叹。在沙园村拥有三元这样观点的不在少数。为人父母嘛，一生操劳不就是为让儿女衣食无忧。儿女的儿女长大成人以后，又子承父业，将父辈的历史重新经历一遍。至于女儿家，所期望的不外乎嫁个好人家有个好归宿。毕竟对于大多数乡村女孩而言，婚姻就是灰姑娘变成白雪公主的最后一根救命稻草。虽然女人们在浣洗时喜欢亮着嗓子唱："这一边，那一边，男女各占半边天。"但是唱归唱，毫无争议的，在偏僻的乡村，女孩的教育与成长是处在被动和劣势的状态。

每天做早晨、中午、晚上一日三餐饭，到河沟边洗干净父子三人的脏衣服，此外还要割猪草、切猪草、煮猪草、喂猪。自从上六年级以后，白薇的家务事似乎越来越多了，完全能够用起早贪黑来形容。"勤奋"两个字在白薇身上就有特别不一样的意义。好多次，邻居高家二媳妇高二娘打门前过，看到白薇一边烧柴火煮饭一边手捧着书本大声朗读，总是忍不住说给她的宝贝独生女儿高英听："看看隔壁白薇，没娘爱没娘疼的，老汉也不见管，人家咋就晓得努力呢？"

除了少得不能再少的机会能够进城到姑妈家去一趟以外，白薇的乡下生活几乎是与世隔绝。五年级的时候，白薇从城里的表哥那里得到过一本《朝阳花》，她欣喜若狂、手不释卷、废寝忘食地读过之后，她知道自己最缺乏、最期盼的是什么了，就像鱼儿对水源的依赖，从此语文课本以外的阅读是必不可少的了。通过文字走进丰富多彩的广博世界，看到沙园村以外的旖旎风光和世情渺渺，是多么难得、多么奇妙的体验。

舅妈有亲戚在城里，每次从城里回来都带回一些纸张泛黄的报纸和被翻旧的连环画。在她看来那些不值钱的东西既然白薇喜欢，就送个顺水人情，并且从城里拿回旧书辗转送给白薇渐渐成了常有之事。白薇的连环画越集越多，都八十多本了。她把它们当作奇珍异宝，心怀虔诚地把它们叠放得整整齐齐，珍藏在床前妈妈从娘家陪嫁来的梳妆台的两个抽屉里，十天八月的，再拉开抽屉重新整理叠放一次。

在能够兼顾做家务和读书的时候，白薇是愉快的。其他同龄的伙伴还在现实世界里疯玩闹腾，明清鼎革之际的传奇人物吴三桂的骁勇善战、陈圆圆的美貌夺人就这样走进了白薇的脑海里。《伤逝》里的涓生和子君的悲惨结局让白薇百思不得其解。还有那些抗日救亡故事里无数英雄的面孔经她的想象加工，徐徐上升为让她钦佩不已的光辉形象。她还把从那些旧书里读到的闪烁着各色光泽的故事带到学校去，绘声绘色地说给同学听。阅读是一种快乐，与同学们分享也是一种快乐，这种快乐让她精力充沛、活力四射。

一边烧火煮饭一边被连环画吸引更是再平常不过了，这样的直接后果是米饭经常被煮糊了。家里唯一煮饭、烧水用的锑锅底总是黑黢黢的。当然对于视力不好的三元来说，那不是问题，他反正看不到。至于煮煳的饭不能吃了，可以倒在潲水缸里喂猪，把锑锅刷干净再掺水下米烧火重新煮过就是了。白龙知道爸爸发起脾气的厉害，自然也不会不识时务地告状。反反复复折腾几次后，锅底竟然漏水了。锑锅不能煮饭了，想神不知鬼不觉不行了，毕竟那是家里唯一煮饭的锅。白薇战战兢兢跟三元说锅底怎么就坏了。

一次坏了补好就行了，补好又被烧坏，几次三番的，竟然不能补了。三元终于发现了锅底总是漏水的秘密。他气不打一处来，狠骂着："败家子，叫你读这些没用的破书！"骂了还不解恨，他不能自制地从抽屉里抓起那些连环画劈头盖脸就朝白薇脸上砸去，砸完了还不算完，又气急败坏地从地上把连环画捡起来气势汹汹地塞进灶膛里。

白薇看着那些书在被烧得通红的灶膛里，在一阵灰色烟雾里忽明忽暗之后，"轰"地燃起，那些她读懂的还是读不懂的故事都随着熊熊的火光付之一炬。

妈妈在世的时候，买过一套《红楼梦》藏在抽屉里。白薇翻出来，半文半白的正文后面还有很多小字注释。即便如此，她读起来也很费劲，正文里边很多内容完全不能懂得，即使对照着注释也往往是一知半解。但是白薇仍然读得孜孜不倦。宝黛钗的爱情尚是读不懂的，倒惊讶林黛玉"落花满地鸟惊飞"的美貌和才情。她还被王熙凤协理宁国府的才干所吸引。当她读到贾琏偷娶尤二姐，又惊叹酸凤姐借剑巧杀人的险恶和毒辣。当读到"王熙凤毒设相思局，贾天祥命丧风月鉴"，她完全被故事的惊心动魄给吸引了去。她惊叹世间竟有这样集毒、辣、美貌与才能于一体的女子。她的脑海里清晰地模拟着王熙凤初出场的画面：粉面含春威不露，丹唇未启笑先闻。

一个傍晚，又是在烧火煮饭的时候，白薇一边看着《红楼梦》第六回《贾宝玉初试云雨情，刘姥姥一进荣国府》，至于什么叫"云雨情"，白薇其实是一无所知。在残缺母亲的家庭里，自然也残缺了她能够在这个年龄里学到些什么的通道，何况是在没有网络、电话、连电视也尚未普及的信息闭塞的穷乡僻壤里。她文化不高的父亲不仅仅是眼睛有疾患，育女知识的盲点让他基本上不在白薇面前提及婚恋之类的话题，当然在封闭的年代和环境里要有那样开明的通道实际上也是天方夜谭。随着白薇年龄渐长，他的惴惴不安也通过那件剪发风波明白无误地暴露无遗。

有一次，在苦塘沟的竹林里，白薇看着一条黄狗和一条黑狗尾巴对尾巴汪汪直叫，白薇惊乍乍地叫嚷："快看呐，那狗尾巴怎么粘起了？"正扛着锄头在芋头田里忙活的三元立即直起身子，转头朝向白薇的方向厉声呵斥："哼唷，那是你看的吗？不知害臊的东西，进屋去！"然后抡起锄头就冲进竹林，一会儿就传来两条狗凄厉的叫声。此后，他不允许白薇像从前那样蹦蹦跳跳地走路，不允许她浑身打着战儿地大笑，他会说姑娘家不要疯疯癫癫的。他不允许白薇学其他女孩将碎花布扎在马尾上，说那是有娘养没娘教的体现。甚至白薇多照几眼那面破镜子，他都会连嘲带讽地说不要学那些花里胡哨的行当。其实白薇穿着已经够朴素了，最好的时候就是身上的衣服没打一个补丁。

班上那些大女孩儿将一些红红绿绿的碎花绸送给白薇扎头发，在三元眼里，那完全是心思变坏的开始。他的担忧变本加厉，在未征得石头沟族人的同意下，他硬是拉着白薇到村里那个剃头匠家里，要求将白薇的头发剪成不用每天照镜梳妆的男滑头。剃头匠只会剪农村大爷大爹们的平头，最擅长剃光头。一个女孩儿拉到他面前，他噘着嘴嘘着口哨琢磨了半天三元的意图，结果头发是剪短了，不过左边长右边短，不成比例，凌乱不堪，他还美其名曰那是最流行的发型"不等式"。

好长一段时间里，放学后一群男生跟在白薇身后追着吆喝"假儿子、假儿子、假儿子……"白薇尽管委屈，但是丧母多年的诸多经历已经让她养成了把委屈吞进肚子里的习惯。奶奶看到白薇那个奇奇怪怪的发型，只管平添心事唉声叹气。还是郑家湾郑幺婆到苦塘沟洗衣裳听到那些媳妇大娘摆了这个龙门阵，气得不过洗完衣服都不走，硬是等到三元从坡上回家来，用棒槌指着三元的鼻子数落了他半天："没了娘疼的女儿家本来就造孽，哪家闺女不是打扮得花枝招展的？你倒好，哪里是亲爹的样子？哪个亲爹把自己姑娘头发剪成男不男女不女的鬼样子？哪里有这样作践自家闺女的？"

三元自感愧悔无地，但已经是这样挽救不回的难看了，头发要长长至少要好几个月。他弥补的方式再简单不过，扛了一把锄头守在白薇放学必经的道口。当他听到一大群淘气的男孩吼着"假儿子"走过来的时候，随即凶神恶煞地挥舞着锄头猛追过去，嘴里还不停地骂骂咧咧："他妈的吃了豹子胆，信不信老子一锄头灭了你们！"吓得那群男生呼爹喊娘四散夺路而逃。

按照惯例吃了一个煮鸡蛋，过完第十三个生日之后，白薇小学毕业了。她以全村第一、全乡第一名的好成绩被七星镇最好的初中鲤鱼石中学录取。

经历过很多善良和不善良遭遇的白薇隐隐感觉，努力学习是挣脱不幸命运的唯一途径，通过努力学习取得好成绩带来的美妙感受，是其他任何事情都比不了的。奶奶被七姑接到城里去带表弟了。她不能像以往一样想方设法往石头沟去。奶奶不在，即使去了也是没有心灵依靠的地方。在石头沟，慈爱的奶奶是她的唯一。至于爷爷，那是一个百事不劳神的老头。他弓腰驼背，像一只蚕蛹把自己裹在越来越蜷曲的身体中。虽然也偷偷哭泣，她也只有增强意志克服对付孤独和思念的痛苦，把对奶奶的强烈依恋转移到憧憬新学校新学期的学习生活中去。她也不想坐船去城里的姑姑们家了。除了杯子的事情她耿耿于怀以外，还有姑姑们早就放出话来，说白龙太淘气，就不要到他们家里去折腾了，以免惹得姑爷们不高兴，要去也只允许白薇去。尽管去一趟能得到一套新衣服，至少得到一双新凉鞋，但是白薇一丝一毫的热情也没有，她认为这样做对白龙不公平。无娘的孩子早当家，才上三年级的白龙也不提这样的非分之想。

当季节进入头伏，真正的暑天开始了。白薇发现自己的内裤上出现了淡淡的红棕色的污迹。过两天后没有了。她寻思那是粪便污迹丝毫没有在意。

六周过后，她的内裤上出现了很明显的咖啡样的血迹。

她惶恐不安。她偷偷换下内裤，把脏内裤塞到床铺凉席下，没人的时候再偷偷拿到河沟里抹上很厚的肥皂搓洗掉。她想到了学校厕所最里格的蹲坑里经常见到一些带红棕色血迹的卫生纸带。那些带血迹的卫生纸带被水一冲顺着便槽滑落到粪坑里。她听到过两个男生头碰头窃窃私语说，那些粪坑里的卫生纸带是结婚生孩子的女人才有的脏东西。自己没有结婚没有生孩子，怎么也会有那些脏东西呢？

白薇在大人面前一直口齿木讷，她羞于跟人打交道。村里的妇女聚集到河沟边洗衣服，任凭她们多欢喜多热闹，白薇也躲在屋里屏息静气，更别说把她自以为见不得人的肮脏拿去请教她们。

但是那个问题确实困扰着白薇，她迫切需要有人告诉她怎么回事。那天只有田二婶一个人洗衣服的时候，白薇鼓起勇气找借口蹲在二婶对面。她太迫切想知道缘由，竟然不由自主地弯下身子仔细看人家裤裆是不是有血渍。弄得二婶好生好奇，也埋头查看说："白薇，我……哪里不对头吗？"她赶紧面红耳赤、语无伦次地搪塞着说："没有……真没有……我以为有只山蚊子在叮您。"

问题的严峻程度超过了白薇的想象力。一天过后，血迹没有消失的迹象，反而更加严重地汹涌地往外流出。有时站着站着就顺着裤腿流到脚背，坐久了就会湿了板凳，躺在床上必定把凉席染红一片。她不想让人知道，偷偷地把一些破烂衣服撕碎贴身绑在内裤里。可是无济于事，血仍然从破布里渗透出来，浸透了整个裤裆。幸好城里的姑姑们经常拿回一些旧衣服，她就把那些破衣服剪碎开来，她需要不停更换破布。

她认为自己得了不治之症。她想起奶奶跟爸爸聊天时谈到的喉癌，她认为那是最严重的夺命之症。她下意识地反反复复按压着自己脖子上的喉结，以为自己定是得了喉癌，正在经受病痛的折磨。她想起那些洗衣服的媳妇们嘀咕的妇女病是不道德的、遭人耻笑的下身疾病。白薇流汗不止，并且感觉有某种臭虫类的东西在啃噬着她的下身，在吞噬着她的五脏六腑，她觉得自己很快就要死掉了。

白薇对死亡的理解是直观的形象的清晰的，直挺挺躺着的妈妈冰冷的尸体、熊熊燃烧的火化炉膛、用一根长长的钢筋伸进炉膛里拨弄妈妈的殡葬工人、她和白龙的号啕大哭……白薇对死亡的概念还是抽象的模糊的，连环画《血溅美人图》的红娘子为了营救闯王，抢回陈圆圆，不幸被清兵射中倒地身亡。《伤逝》里的子君离开涓生后也死了。还有那些无数为国捐躯的英雄的鲜血……那些悲惨场景混乱不堪地挤进她的脑海里，扰得她片刻不得安宁。

恍兮惚兮中，她明明是准备生火煮饭，偏偏拿起扫帚扫地，要不就是忘记下米烧了一锅滚烫的开水。爸爸突然一声喊叫，呆愣愣的她会吓得心惊肉跳。她总是倚在门边看着对面的山堡上妈妈的土坟，她想着如果真有阴间，自己会不会就要看到妈妈。

更离奇的是这天家里突然来了一只瘦骨嶙峋的麻猫，弓着身子蹭着白薇的双腿咕噜咕噜招魂似的叫。白薇烦躁不已，一脚把它踢开，那猫竟然直挺挺地不动了。白薇想会不会是传闻中所说的妈妈现身安慰她来了。她惊出一身冷汗，赶紧双手抱起那只看似死了的麻猫面向妈妈坟墓的方向扑通跪下，不停地祈祷着："妈妈原谅我，妈妈原谅我……"这一幕恰恰被突然闯进屋的白龙看见，他捂着肚子咯咯笑得直不起腰来。恼羞成怒的白薇"啪"的一声扇了白龙一巴掌，白龙捂着印着五个红指印的脸，惊愕不解地看着白薇。

姐弟俩都惶恐不安中，那只猫站起身来，颤颤巍巍地走出门去了。

入秋以后，田野忙碌起来，晒坝忙碌起来，大人孩子忙碌起来。苞谷从地里一个个掰回来，一粒粒苞谷米掰下来还没晒干进仓，又开始张罗着收稻谷了。三元视力本就不好，哪里看得出来白薇整个人都焉了，更何况他进进出出都是汗淋淋的，常常是进屋里来从水缸里匆匆舀瓢冷水咕咚咕咚喝下去，又踏着咚咚的脚步出去了。

出血已经是第三天了，扔在茅房便池里的破布都是一大堆了。这天，三元在坝子里晒苞谷，他用耙子繁无遗漏地翻晒了一遍过后，一边跨进屋里一边叹着："好热！好渴！白薇，兑一杯白糖水给我喝。"

白薇机械地从碗柜里抓起装白糖的瓶子，哪知往上提起的高度不够，手腕一下子带出一叠陶瓷饭碗，哐当哐当，好几个饭碗掉落地上，碎了。看着白生生的一地碎瓷片，三元一边狠狠骂道"不长记性的脓包"，一边气势汹汹走上前，从筷兜里抽出一把筷子就往白薇头上砸去。白薇双手紧紧抱头，蹲在地上，歇斯底里地尖叫着："你打吧，爸爸，打死我算了，反正我都要死了！"

三元猛然将手停住："你说什么？你去死？再说一遍！"

白薇的嘴唇痛苦地抽搐着，好不容易才说出自己流血不止好几天了。

三元一把拽起白薇，内心猛地一阵难受："哎，该死的，娘死早了！"

面对惊恐万状的女儿白薇，三元的心是担忧的、心疼的，也是羞涩的、窘迫的。在一个只有小学二年级文化思维的头脑里，男女授受不亲的观念根深蒂固。他认为排解女儿成长路上的忧虑只能是母亲的责任，在一些重要关口，父亲只能识趣识相地靠边站。妻子走了几年，老母亲又去了城里白薇姑妈家，面对女儿月经来潮，这连个商量的地儿都没有。可女儿就是自己的肉，就是自己的心，就是自己的血液。

"我怎么能够打她呢？"他懊悔自己对女儿的鲁莽凶残，竟然"啪啪"打了自己两巴掌，在白薇面前蹲下身子抱着头，痛苦、茫然、不知所措。

白薇被父亲突然的举动惊吓住了，她两腮挂着泪，睁大惊恐的眼睛看着父亲。她恍惚看到了类似于死亡的东西。

稍顿，三元抬起头来，一脸愧疚，满是心疼，语气极为柔和，对白薇说："你怎么不早说？不要怕，哪里轻易就死了？这不是病，不过爸帮不了你，去石头沟找三娘吧,她会教你怎么办。"

虽然有几个兄弟媳妇,乡村风俗里,作为大伯子的三元自然不好意思向她们开口,他只是支使白薇去找周三娘,他说周三娘知道怎么办。

"那有什么?哪个姑娘家不是这样过来的?"

在周三娘见惯不惊的表情中,困扰了白薇好几天的煎熬终于释然了。

周三娘带白薇到商店里买了专门的月经带、卫生巾等女性用品,回家教给白薇一些处理办法,还一板一眼地告诫她:"不要吃辣,不要吃生的冷的……身体要保暖,不要受凉,住在河沟边也沾不得生水啊。"

听周三娘郑重利索地交代完毕,白薇如释重负般回家去了。

晚上睡觉,在枕头边上,她发现了一本没有封面的书。说是书,不过是一本只有二三十页的小册子。大概是保管不当吧,已经好久没有翻过,发黄的纸张都有了一股难闻的霉腐味。但是书页字体肥大粗黑个个都认得,所有的人体图像和箭头标识都清清楚楚。

白薇很纳闷,家里的书并不少,妈妈买的《红楼梦》、各种杂志,舅妈送的故事会、连环画她都翻遍了,唯独从来没有见过这样一本小书。虽然疑虑重重,她依然在昏黄的灯光下好奇地翻看起来。

那是一本关于生物知识启蒙的书籍,书中有男性和女性的赤裸裸的"露骨"的图片和文字。白薇看得面红耳赤,书中有男女身体的差异,女人成长不同阶段身体与心理的变化,青春期有月经,以及怀孕之类的话题。

不得不说,那是白薇第一次接触到的关于"性"的启蒙教育。事实证明,那本书很及时也很有必要,是真正意义上的性教育的启蒙与引导。白薇知道了自己不是从"垃圾桶捡来的",也不是"从路边抱来的"。她一边读一边开始思考在特殊的生理期该如何保护好自己。这是爱护自我的教育。

关于青春期,关于性教育,六七十年代出生的人都知道,向来羞羞答答是源于被扣上了耻辱肮脏的帽子。不管城里还是乡下,尤其是文化知识欠缺的家庭里,那简直是一个难以启齿的尴尬话题。父母们不会特意去正确引导孩子，普遍认为船到桥头自然直，即使孩子们眼睛看不到耳朵听不到，等到长到一定年纪自然就会知道了。尤其是在贫瘠落后的乡村，更是不会公开探讨女孩生理期这方面的话题。好像不用大人讲，只要是女孩，长大以后，初潮光临就都知道怎么处理，都以为那跟人生下来就会哭笑、就会吃奶一样是自然而然天生就会的事，不会引起强烈的惊慌失措的反应。其实，像白薇一样，何止会惊慌，又哪里知道怎么去处理？那是胆战心惊、是生不如死的折磨啊！

后来，白薇知道，那本书叫《新婚必读》，是当年三元和妈妈领结婚证的时候，乡公所的婚姻登记处发的。那本小册子一直压在红木箱子的底层，白薇妈妈去世以后，三元整理她的遗物时翻过。而今，作为父亲，无法面对姑娘那难言之隐，他想起了这本书。于是，他趁白薇去石头沟找周三娘去了，从箱底翻出来，把大红色的表皮撕掉后悄悄放在了白薇的枕头上。

很庆幸，在白薇困惑迷茫时，有这样一本书。时隔很多年后白薇想，如果当初玉竹也读过这本书，或许她受到的伤害就没那么大。

别离的意义

还没容许白薇细细憧憬即将到来的初中生活，暑假就要过去了。

高粱、大豆、稻谷都收进仓了，还有四五天就开始一种完全不同于小学的学校生活了。像筹划白薇的出嫁一样，三元开始紧锣密鼓地张罗着白薇的入学。削一根楠竹，划成一块块竹条捆好，挑选上好的新鲜金黄的稻草，铺床的就有了。凉席是白薇在镇上的表姨拍着胸脯担保提供的，不用再花钱买了。蚊帐还得要，带一床旧的去，估计学校的单人床挂起有点儿兜顶，不过反正是遮蚊虫，用不着那么讲究。棉絮、被单有旧的也将就可以用，他寻思着只要花钱置一床被面就可以了。

三元准备去赶一趟庙垭口扯花布做被面，在颜色问题上，他不忘记征求白薇的意见："是要红的还是要绿的？"在三元眼里，太阳是红的，庄稼是绿的，天底下就只有红和绿两种颜色最好看不过了。白薇想了想，说要红的。三元就答应买一床红被面。

果然，不到晌午，三元顶着太阳回来了。他从背篓里掏出用报纸包好的被面，叫白薇帮忙一起牵开，红红的牡丹、绿绿的孔雀颜色鲜亮得仿佛要立即从布面上跳出来、飞起来，向父女俩传递着独特又温馨的乐趣。

白薇也不闲着，她开始整理书啊、文具啊、餐具啊，还有把换洗的衣物塞进妈妈陪嫁的那口红木箱子里。

三元的心悬得紧紧的。他无法料知把女儿这么一送出去，初中三年啊，三年后女儿会长很高一截，三年后女儿十六岁了，那时候会是什么样子呢？还有，她会不会像一些女孩子一样学坏？

白薇的心是忐忑不安的，她不知道即将去就读的学校里，老师对学生会怎么样。周三娘告诉她女孩子的月经是正常的，但是又是隐秘的，不能够张扬，月经垫洗了也不能见光晾晒的，否则就会被人辱骂缺乏教养。她还担忧一些问题，那是周三娘没有告诉她的。班上的女孩子都来月经了吗？更换月经纸的时候会不会被她们撞见？她们会不会嘲笑自己？万一坐着坐着出血量太大湿红了裤子怎么办呢？总之，这个没娘的孩子，在临近开学这节骨眼上，无知的忧虑大过美好的向往。

白龙好歹知晓了一些事理，知道姐姐要去读住校了，心里舍不得，也不成天光溜着身子在河沟里不是洗澡，就是捉鱼摸虾地折腾了。多数时间他就待在家里眼巴巴地看着三元和白薇忙这忙那。他问白薇："带那么多东西，是不是不回来了？"

三元打断他的话说："呸呸，要回来，怎么就不回来了？通知书上明明写着每个月一次归宿假，会不回来了？"

白龙也就不再说话，他还不能深刻体会一个月回来一次到底是什么情形。他只知道姐姐要去很远的地方读书，不再和他在同一个学校了。其实，三元也是不舍的，妻子过世这几年里，洗爷仨的衣服、煮爷仨一日三餐的饭、每年两头肥猪的喂食、三天两头的打扫几乎都是白薇包了。白薇这一去，俨然家里少了一个独当一面的女主人。

白龙沉静而不安。

妈妈离世时白龙只有六岁，那时只是知道跟着姐姐哭，其实不知道妈妈死亡的真正含义。

这个夏天，白龙都十岁了。他已经长成一个少年，经常在野外疯玩，浑身皮肤被太阳晒得乌黑，透着一股桀骜不驯的野性。隔壁罗二娘屋角边有一棵七歪八拐的枣树,没有月亮的夜晚,他曾爬到树顶上摘还没成熟的枣子吃。罗二娘出门抱柴火,感觉到枣树上有一团乌黢黢的东西,以为是白天晾晒的衣服挂在丫枝上,仰头抱着枣树使劲摇。白龙机警地屏住呼吸双手紧紧抱住树干。罗二娘只感觉沉甸甸的一团东西在上面摇来晃去。她操起一根晾衣服的竹竿朝着那东西戳去,白龙腾出一只手反把竹竿紧紧抓住。吓得罗二娘大叫一声"有鬼啊",撒手就往屋里跑。白龙趁机从树上跳下,一溜烟跑了。

家门口哗哗流淌的小河总是让白龙激动不安。夏天,他泥鳅一样光溜着身子钻进冰凉的河水里,他天生会游泳。有一次,白薇站在岸边,看白龙跳进深水区里,河水冒着泡泡,就是不见人的影子。白薇急得大叫,白龙却在几米开外一边甩着蒙在眼睛上的河水,一边咯咯大笑。游够了,他就光溜着身子在浅水里蹚着,随意掀开那些紫红色、浅灰色的石头,总是能逮着黑红黑红的张着硬硬钳子的螃蟹。他会一只手抓住螃蟹的两个钳子,让螃蟹乖乖不得动弹,另一只手掰下螃蟹的一只脚放进嘴里嚼着,享受过那种咸津津的味道,然后"呸"的一口吐出碎渣,看着它们打着旋儿被水冲走。他最后嚼两只大脚,把螃蟹瞪着眼睛的身子扔到岸上。三元嘱咐过,螃蟹喂猪好,猪吃了螃蟹不会患软腿病。

三元总是很得意地跟村里人说,自家儿子就是一条泥鳅。

这条泥鳅不光会水性,会生吃螃蟹,还有一双好巧手。他对编竹筐竹篓这些活计反应灵活极了。三元砍了竹子,削割成竹条在坝子里编背篼,白龙就撅着屁股在旁边跟着做。三元把两根长竹板摆成"十字形",他也把两根长竹板摆成"十字形"。三元用若干条长竹条互相交叉与竹板编绕在一起,他也用若干条长竹条互相交叉与竹板编绕在一起。有人路过,看着白龙一本正经的样子,总要乐呵呵地逗弄一阵,走时,不忘撂下一句:"三元,你那鬼儿子聪明。"那时候,三元会眯缝着眼睛瞅着白龙,很知足,很憧憬。白龙也就更卖力地把屁股撅得更高,像朝向天空的发射炮。

白薇大白龙四岁。但是在白龙眼里，白薇哪里只是大三岁的姐姐？照顾一日三餐的是姐姐，衣服脏了叫换洗的是姐姐，被舔嘴老师狠狠教训，拼命保护他的是姐姐。正是因为有姐姐在，他不觉得自己跟别人不一样。

姐姐要离家去读书了，白龙像个大人一样沉默了。

即使入秋的太阳仍像火球一样吐着毒舌，白龙也不到河里闹腾了。姐姐煮饭，他默不作声地帮着烧火，姐姐喂猪，他抢着提潲桶。

高二娘屋角边的枣子成熟了，白龙提不起精神爬树去摘。

夜晚，月明星稀，白龙躺在坝子边，呆呆听着蛐蛐们在草丛里此起彼伏地奏鸣。

白龙，前所未有地感觉到无处依靠的孤独。妈妈走时，白龙幼不知事，这一次，是白龙生命里真正意义的第一次别离。

满脑海的念头是姐姐要走了，不跟他在一个学校了，不天天在这个家里吃饭睡觉了，一个月才回来一次。他反复掂量着一个月的长度，整整三十天啊，三十个白天和三十个黑夜，三十个白天黑夜里将只有他和爸爸两人了。白天里，隔壁高二娘还叫他掰着指头计算，一日三餐，三十天乘以三就是九十餐饭没人煮了，一周七天，三十天时间比四周时间都要长，脏衣服也没人洗了。除了寒暑假，三年时间里有多少个三十天呢？

寂静的天空，好像闪烁着姐姐在家里做家务的身影，好像闪烁着姐姐被爸爸扇耳光后的啜泣，又好像闪烁着姐姐考试获得第一名后喜不自禁的笑容。

这个男孩，越来越惴惴不安，他的鼻头越来越喜欢发酸，他还从来没有过这样抑制不住地难过。

白薇坐在旁边，双手支着下巴，仰脸望着星空，她说：

"明天，我就要到新学校了。"

白龙咬着唇不说话。

"不要跟同学生事，不要惹老师生气，爸爸辛苦，多帮爸爸做点儿事。"

白龙默然不语，他侧过头去，冰凉的泪珠像虫子一样爬向耳根。他攥紧拳头，咬紧嘴唇，努力把哭声压在喉咙里。

三元送白薇去开学了。

白龙紧紧跟在后面，默默无言地一直走一直送。

"叫你回去，鸡鸭该放出门去了！"三元第四次呵斥白龙，白龙才终于停住脚步，咬着嘴唇噙着泪看着爸爸和姐姐远去。

"爸,白龙淘气,不要动不动就打他。"白薇回头几次，看到白龙泪眼婆娑，一动不动。她哽咽着，少女正在发育的胸脯起伏着，把憋了好久的话壮着胆子跟三元说。

"黄金棍下出好人，不打怎成器？各人管好自己，好生读书。"三元眼睛不好，看不见姐弟俩流着泪的分别，似乎也感觉不到白龙的难舍、白薇的担忧。

不知从哪儿窜出一条没有一丝杂毛的小黑狗，摇着尾巴跟在神情落寞的白龙身后。毕竟是孩子，他早就想要养一只狗了。此时的白龙喜上眉梢，先前那郁郁寡欢的样子不见了。

"乌龙，对，你就叫乌龙。"白龙不假思索地给小黑狗取了名字，心怀怜悯地把它抱回了家。

梦

秋天是以一场沙啦啦的雨开始的，到处湿漉漉的，空气中掺杂着润润的泥土和金黄稻草的味道。

毕竟是男孩子，白龙很快不再为白薇去读住校而伤感了。此时，他站在自家屋后，呆呆地看着水沟里干净的石滩上，小瀑布一样飞溅着的水花里，扭曲着几根黄黄粗粗的夹杂着黑斑点的蛇一样的东西，他知道那是黄鳝。

男孩冒险的天性让白龙忍不住想伸手去摸摸它们。当他一只手刚刚触摸到最大的一条黄鳝黑黄黑黄的背脊时，他试图把它捉起来。黄鳝黏黏滑滑的立即从他拳头里溜了出去。他不相信制服不了它，索性裤腿也不挽起来就蹚进水里，弯下腰的同时伸出双手把黄鳝紧紧捏住，大拇指的指甲深深嵌进它的身体里。一股鲜血顺着黄鳝的背脊流出来。白龙不敢松手，嗷嗷大叫着把它擒回家丢在一只瓦缸里。

往返几趟过后，那几条黄鳝都被白龙捉回家了。三元拿秤称了，共有一斤半多。他趁赶集拿到庙垭口去卖了两块三角钱，回到家不无兴奋地说："偏财运来了，几条黄鳝卖得的钱至少够白薇两天的生活费了。"

言者无心，听者有意：捉黄鳝能挣钱？捉黄鳝还能为姐姐提供生活费？白龙好不快活。白薇是姐姐，始终是他学习的楷模，大人们也总拿他与姐姐比较。即使他使出浑身解数，依然没法迎头赶上。这下可好，他竟然有能力为姐姐、为家庭尽一分力量。他怎么不快活呢？

自此，白龙有事可做了。每天下午放学后，他就迫不及待地跑回家放下书包，别上笆篓，嘘着口哨，光着脚丫捉黄鳝去了。

在收获后的稻田里，四周是金黄的稻草，一簇簇步兵似的立在田埂、谷桩上。一群群鸭子找食着散落的剩谷，时而抬起头来嘎嘎嘎叫唱一回，时而把头插到田里的稀泥中、谷茬间，哗哗哗地边觅食边朝前走。水田里的蛙声断续地在周围的群山里回荡着，夕阳柔柔地照在水田里，秋风飒飒，稻草香味四溢。

只见裤腿撸到老高的白龙，沿田埂恶作剧地大声喊叫着一路朝正在觅食的鸭群飞快冲去，鸭子吓得嘎嘎叫着张开翅膀四散逃去，而他却幸灾乐祸地大笑不已。只见他光着脚踩到水田里，任冰凉凉的稀泥浆从脚趾间咕咕冒上，盖了脚面、漫上膝盖。他只管专心地寻找着泥浆里、田埂边冒气泡的小洞眼，然后猛然伸手下去，一直把胳膊淹没到泥浆里，等到那只手再拉出来，指间上多出了一条黏黏滑滑的、扭动着身体的裹满黑乎乎的泥浆的黄鳝。他骄傲地把头一偏，黄鳝就被扔进了腰间的笆篓里。

瓦缸里，一天几条，一天几条，渐渐地集聚，三五几天就是几十条粗细不等、长短不均、吐着泥沫的黄鳝。三元将一大缸子黄鳝又装回到笆篓里，满脸希冀拿到庙垭口去卖。庙垭口有小学有中学，吃皇粮的老师多，老师们嘴馋，总能卖到好价钱。

这天，莽子眨着眼神秘兮兮地对白龙说："鳅二，放学那点儿时间能捉好多嘛？晚上我带你去抓，保管一晚上比你一星期抓的都多。"

莽子是高家的老幺，本名高忠孝，二十八九，个子不高，在男人中属身材矮小的一类。因为好吃懒做，身体肥胖，做事不用脑子，都叫他莽子。时间长了，真名高忠孝没人叫了。

莽子写得一手好字，也跟随白薇七叔到东莞去晃过一趟，吃不了那份苦，也就赚不了几个钱。加之年龄老大不小了，家里催促他回家相亲娶媳妇，他干脆就以此为借口回来了。他有事没事喜欢到三元家唠嗑。那天他正跟三元兴致勃勃地说头一天的相亲经历："媒人把我一介绍给女方，我立即从中山装口袋里取出钢笔，把早就准备好的烟盒纸摊开在膝头上就写起字来……"

不等他说完，三元就哈哈哈哈大笑不已，说：

"莽子，保准你这次又没门了。说你莽，你也莽得也太没水准了。"

正在这时，白龙提着湿淋淋的笆篓进屋来。

白龙听了莽子叔的话心动了。

那真是惊心动魄、永生难忘。那晚没有星星没有月亮，周围一片漆黑，凉风呜啦呜啦作响，竹筒火把在风中摇曳，映照着莽子肥腻腻、油亮亮的脸膛。水从一块田流向另一块田，又从另一块田再流向另一块田，都在哗啦哗啦吼叫。白龙光着脚，踩在田埂上，踩在干硬的泥土上，踩在收获满笆篓黄鳝的憧憬中。

白龙看到了火光下黄鳝蜷缩在稻田里，其样子懒散而可怕。他一想到它们能变成钱给姐姐做生活费，转而喜不自禁，一下子踏进凉冽冽的水田里。只见他右手握成拳头，只将食指半伸着，"嗖"的一声插下去，黄鳝立即被钳得死死的。白龙钳着黄鳝，冲着田埂上的莽子大叫："晚上的黄鳝好懒，太好捉啦！"

莽子表情怪怪的，一股恶念在他心头掠过。

"鳅二，到水田中间去，田中间黄鳝与天上的星星一样多。"

沉浸在兴奋中的白龙果然就吧唧吧唧深一脚浅一脚踩着稀泥到田中央去了。那可是全村最大的一块稻田，田埂上的火把无法照射到田中间，光影模糊下，是无法看清楚田里的情况。只管抓黄鳝的白龙顾不得想那么多，等他什么都看不清了，只感觉周围黑咕隆咚的，一下子惊得大叫："莽子叔，莽子叔！"

哪里还有莽子的回音,他早趁白龙专心致志走向田中间的时候,带着报复三元的快感擎着火把回去了。

白龙惊得一身冷汗,他用沾着黄鳝腥味的黏糊糊的手狠命揉揉眼睛,还是什么也看不见。他赶紧踩着稀泥蹚着水折回田埂。呼啦啦的凉风,哗啦哗啦的流水声,吧唧吧唧的脚踩稀泥的声响,都是白龙恐惧不安的心跳。他扯开嗓子嗷嗷大叫着为自己壮胆,希望能让附近人家听见。岂料,那块稻田背靠着山远离村庄,没有人能够知道一幕人为制造的现实恐怖片正在上演。

突然,白龙一个趔趄脸朝下摔倒在水田里,泥水灌进了他的嘴巴和鼻子里,呛得他缓不过气来。他赶紧用手肘撑起身子站起来。一阵猛烈的咳嗽过后,他擤出鼻孔里的稀泥,吐出嘴巴里的稀泥,大口大口地喘着气。他下意识地摸摸腰间的笆篓,里边空空的,黄鳝已经没了。他啪啦一声一屁股坐在水田里,双手愤愤地拍打着水田,长长的一声"姐——",继而是幽幽的一声"妈——"。毕竟是孩子,伤心也是很单纯,刚才惊恐万状,现在因为黄鳝丢了,甚至还在埋怨自己一无是处,或许他自己也不知道这样难过到底缘何说起。

一个激灵,白龙连打了几个喷嚏,他猛然想起已经出来好久了,爸爸在家里会坐卧不安。他直起湿淋淋的身子,深一脚浅一脚,艰难地挪到田埂边。

四周黑黢黢的,白龙找不到方向了。他想往东边去,似乎记得是从西边过来的。他掉头想往西边走,又觉得方向不是这样的。

秋天的夜晚越来越凉,浑身透湿加上深深的黑暗,白龙伫立在田埂上瑟瑟发抖,他睁大眼睛惊恐万分,背脊上的水滴到田埂上,发出清脆的音色来,蟋蟀求偶的吱吱声从田埂下的草丛中持续不断地传来。白龙浑身毛孔收紧,他似乎感觉自己处在完全黑暗的洞窟里,四周是看不见、数不清的异形怪兽，都张牙舞爪向他跑过来，一只只青面獠牙、凶神恶煞，有的还跳上半空中狂笑着转着圈圈。

白龙惊慌失措地嗷嗷大叫着，顾不得辨别方向，在坑坑洼洼的田埂上奔跑起来。突然，他的右脚掌被坚硬的瓦砾刺破。一阵钻心疼痛，白龙昏厥在田埂上。

白龙苏醒过来，已经是鸡叫三遍了。他头脑昏沉沉的，浑身滚烫，四肢被酸软无力的感觉折磨着，右脚还被什么东西扎扎实实地捆着。喝下三元兑来的一碗糖水后，好不容易集中心思回想起了夜间的一切经历。他奇怪自己明明是在黑咕隆咚的田埂上，怎么会躺在自家床上，额头上还叠着一张湿毛巾？他突然想起了莽子叔丢下他不管不顾，他一个人在荒野里感受到的莫大恐惧。他撑起身子，对三元说："爸，那个莽子叔……"

"再不要傻里吧唧黑更半夜捉黄鳝去了。昨晚要不是莽子叔在，你这条命早就喂野狼去了。"三元埋怨着打断他的话说，"莽子叔忙了一晚上，才刚走不多时，现在恐怕都还没睡落觉。"

原来，莽子把火把独自拿走，只想出出一肚子的白天被三元洗涮笑话的怨气。他回家后躺在床上抽了一支烟，心头总不是滋味，到底于心不安，又起床点燃火把找回来了。他发现了躺倒在田埂上的白龙一动不动，倒抽了一口凉气。他屏息凝神，把耳朵贴在白龙胸膛，把手指探到白龙鼻子下，发现心跳和呼吸都还均匀，确定没有大碍，赶紧把他背回了苦塘沟，含糊其词地对三元说："白龙先是摔倒，然后右脚被什么东西刺伤，估计是踩到碎玻璃碎铁皮之类的，反正不是蛇咬的……他昏倒了，我被吓死了，都来不及看到底是什么恶毒玩意儿。"说完这些，他还跑前跑后帮着烧水给白龙擦洗身子，换上干爽的衣服。安顿好白龙，莽子临走还再三嘱咐三元，如果不见好转，天亮了就把白龙背到医院去。

"难道这是一个梦，一个可怕的噩梦？"白龙自言自语着。跟昨晚站在田埂上辨不清东西一样,此刻的白龙也着实分不清南北。明明是莽子叔不可理喻地抛下了他,但是刚才莽子叔又那么细致入微地关心他。他想不明白其中的奥秘,张牙舞爪的异形怪兽时而从脑海里跳出来,跳上半空中露出狰狞的笑容转着圈圈。白龙发着烧,浑身发抖,又昏昏沉沉地睡去。

想念在飞

新学期白龙班上新来了一位陈老师。陈老师就是本村的人，早年当过老师，不知为什么回家种了二十多年庄稼，又返回学校做老师了。

在全校校会上，黄校长隆重介绍陈老师上台。陈老师激动得一步跨到讲台前，脸上光彩奕奕。他挥舞着手臂，用洪亮的声音感激涕零地说："我衷心谢谢党的政策好，从年龄上说再过两年半就要退休了，但是我白发红颜，定会珍惜这来之不易的机会，认真教书育人，回报党的恩情。"

因为都是同村人，不到一个月时间，陈老师对班上孩子的家庭背景了如指掌。他对白龙深深同情。

一次组织班会，在排练中，陈老师要大家一个一个上台做一分钟演讲。轮到白龙了，他光着脚丫子兴冲冲跑上讲台，想对全班同学说他前天晚上做的梦："我叫白龙，我梦到飞马了，我骑在飞马的背上一会儿在空中跑，一会跃过一条大河，一会儿跨过一座大山。"哪知他的舌头笨得好像打了结，嗫嚅着嘴巴半天挤不出一个字来。同学们等不及了，开始闹嚷嚷起来：

"讲不出来就别讲了，浪费时间。"

"真糟糕，白龙嘴皮太厚了，说话费劲。"

"岂止嘴皮厚啊，他一张开嘴满口龅牙会吓死人的。"

……

白龙更加紧张，脸一直红到脖子根。陈老师赶紧把他拉回到座位上，并且大声斥责那些讥笑他的同学："你们尽拣别人的伤疤戳，有没有良心啊？"

像被利剑截断双翅的小鸟，白龙趴在座位上，深埋着头。凌乱的头发倔强地挺立着，掩饰着他心底深刻的自卑和怨恨。

陈老师非常用力地拍拍白龙的肩膀，大声说："小伙子，勇敢地抬起头来，你没有做错什么，不用无地自容。"他站在白龙身边，环顾着全班，严肃地说："该低头的是你们！在我带领的这个集体里，不容许有歧视和嘲讽，我们要友爱互助。我们大家被一件重要的事情联系着，那就是好好学习，争做栋梁！记住：栋梁是不以貌取人的！"

教室里静悄悄的，弥漫着神秘的妙不可言的气息。伏在课桌上的白龙肩膀微微颤抖着，他从来没有听到过这么有力量的声音，况且是为他白龙辩护的声音。分明有泪珠滴落到桌上了，他伸出舌头舔了舔，咸咸的，苦苦的，涩涩的，说不出的滋味。

白龙变得不爱说话了，也不在同学跟前笑，即使笑了，也会情绪骤变一下子抿紧嘴唇，要不就是突然惊慌失措用手臂遮住嘴巴，让人觉得很别扭。

在家里，他经常对着镜子看着自己的脸，看一次苦恼一次。鼻子太大了，眼睛特别小，嘴唇特别厚。怪不得同学们给他取了"一线天"和"猪八戒"两个绰号。陈老师说过有一种神奇的七色花，只要拥有一片花瓣就可以满足人的一个愿望。他想着只要两片花瓣就够了，一片用来改变他的眼睛，不要总那么眯缝着，睁着闭着一个样。还有一片用来改变厚嘴唇，也让他能无论对谁说话都巧舌如簧而不是笨嘴笨舌。

白薇读住校去了，家里经常乱糟糟的。鸡鸭经常不进到圈里歇息，猪圈门槛上、竹子编的鸡圈顶上、门后边到处都是鸡屎鸭屎，一天一天堆积，越来越多。吃饭的桌子上满是灰尘，堆满了随手放上去的秤砣、撮箕、镰刀、肥料。三元和白龙爷俩图省事，干脆将一张宽宽的条凳用来做饭桌。饭做好了，把条凳往外一拉，饭菜端上去，坐在小板凳上呼哧呼哧几下就吃完了。

生产队长孔安全有事找三元，恰巧看见两爷子在吃饭，当即哈哈笑着说："这哪是在吃饭啊？明明就是在办家家酒。"

三元囫囵吞咽了一口米饭，闷声闷气地说："反正是吃，我们这样的人家也用不着讲究。"

队长讨个没趣儿，也就打着哈哈看着白龙说："现在苦点儿，将来儿女有出息了，就出头了。白龙要发奋读书，将来让你们家大变样。那时候不只是吃饱饭的问题，你孔叔我啊，也指望你们啰！"

三元立即打起精神来说："不是我说大话，我这辈子穷，受人欺负，我的下一代肯定会为我争气。姑娘不说了，学习成绩顶呱呱。陈老师说了，这白龙也有前途，聪明得很啦。我想着将来白薇读高中，白龙读初中，这蛮力够使的啰！"

第一次从三元嘴巴里得知陈老师说过自己有前途，白龙不胜惊讶。他停止了咀嚼，直愣愣地看着三元说："爸，陈老师真那么说吗？陈老师说我有前途？"

没等三元说话，孔队长立即乐呵呵地接嘴道："白龙，看你这熊样，哄你乐呢。陈老师就是会说话，对哪个家长都说孩子有前途，我就不当真。三元你把瞎眼睁大看，白龙就是不能跟大闺女白薇比吧？"犹如当头一棒，白龙昂着的头一下子低下去了，一直低到碗底里。

夜晚，爷俩跋着拖鞋到河沟里洗脚。一年三百六十五天，除了数九寒冬，爷俩都是在河沟里洗脚。节约柴火不说，关键是省事，不需要把水在锅里烧热，再从锅里把水倒在洗脚桶里，本来清清亮亮的水只洗一只脚就搅得浑浑的，满是泥浆，何况是两个人四只脚呢！最麻烦的是洗完脚把水往茅厕里倒掉后，还要再用清水把桶涮洗干净。如果不及时涮洗，第二天早晨桶底沉积的泥灰准保有两寸厚。

天气晴朗，皓月向大地洒下清辉，星星一闪一闪的特别明亮。这是坝子边的夜来香散发香味的好日子，楠竹丛里蟋蟀们提高嗓子尽情地歌唱，河沟的水静静地散发出哗啦啦的声响，声音流畅、轻快、悦耳，不用眼睛，仅凭耳朵听也感觉得到清澈的水波在月光下荡漾。

三元挽起裤腿蹚进清凉的水里，再弯下腰，双手捧起一把把水洒在油腻的脸上抹着，鼻孔里还发出轻轻的哼哼声，抹完脸膛再抹手臂、腿肚、脚趾，在三元看来，这是一天中最清爽最享受最惬意的时候。

白龙愣愣地看着夜色朦胧中的三元，他没有下水。他想起了白薇还没长大时在家的日子，这时候一定还有姐姐流水般的歌声，还有他打趣姐姐唱得难听死了的搅和声。多开心啊！那时没人说他不如白薇没出息，那时没人嫌弃他嘴唇厚眼睛小，那时他会恶作剧地将一双湿淋淋的手冷不丁地伸进姐姐的后颈脖里，姐姐缩着脖子叫着："爸，看白龙又捣乱啦！"三元也就装作呵斥一声："学正经！"其实谁的心里都是掩饰不住的乐呵。

白龙想姐姐了，姐姐云彩般轻柔的面孔浮现在他脑际。

三元洗完脸脚心满意足地上岸时一脚踩在了发愣的白龙的脚上。白龙不由地"哎哟"一声，三元一个趔趄差点儿摔倒。

"你这个杂种，不下水去洗臭脚发什么神经，鬼魂附身了？老子差点儿摔倒了！"三元生气地骂道。这个父亲的快乐与气恼，许多迥然不同的情绪都是突然爆发。

白龙赶紧一边淌下水去，一边小声地说："爸，姐什么时候回来啊？"

三元的气恼瞬间转移，他默不出声地呆立了好几秒。当他转身往坝子边挪动脚步的时候，像是自言自语，又像在对白龙说："你姐，白薇不是喜欢吃红苕吗？明天恰好赶场天，给她送几个红苕去。"

白龙高兴得差点儿叫出来。他的两只脚在水里交叉搅动着，再猛然踢起一只脚，撩起的水花洒落在暗黑的竹叶丛里一阵窸窸窣窣地响，为寂静的夜色增添了一丝活力。白龙的心里已经萌生出和三元一起出现在姐姐面前的情形。

当晚，白龙翻来覆去，很久都睡不着。他想着被筲箕老师扇耳光拳打脚踢时，姐姐像母鸡张开羽翼一般护着他。还有姐姐从石头沟回来，荷包里总有两颗甜甜的糖果。他幼小的心灵里隐约觉得姐姐就这么离开家里了，不会再像以前那样爱护他了。而他又是那么企盼姐姐的爱，这样的企盼与姐姐企盼奶奶的爱是一样的，一样的说不出理由。

不知什么时候，白龙迷迷糊糊睡着了。一觉醒来，立即想起要去给姐姐送红苕。他赶紧起床，一边擦着眼屎一边叫着"爸"，屋里屋外都叫遍了，哪里有三元的影子。

三元天不见亮就走了。这个老实巴交的庄稼汉哪里知道白龙的心思，况且这天是星期三，白龙要上学。他把饭菜热在锅里，精挑细选了好几个紫红皮的大红苕，用丝网兜着天不见亮就去白薇学校了。白龙一屁股坐在坝子边的磨刀石上，好不沮丧。他使劲儿蹭着，跺着脚，终于像受莫大委屈似的大声哭了起来。

三元光着脚板走在石子铺成的马路上。乡下人就喜欢这样用肌肤触摸大地的体温，察觉着四季的更迭。即便是今天，在远离钢筋混凝土的故乡，乡亲们的那双脚啊，与四季的节奏步调一致，也仍然是带着质朴的泥土和自然的气息。

他一边走着一边笑着，一边笑着一边想着："你想想，沙园村小学里考上七星镇鲤鱼石中学的才四个人，四个人中就我家白薇是女娃子。嘿，你别不信，我家白薇还考的是第一名。"自从白薇得到镇中学的录取通知书以后，他常常一边扬起粪勺给蔬菜施肥一边大声高气地跟洗衣服的人家说，或者一边在山腰自留地里挖红苕一边跟山对面也挖着红苕的人家吼着说。总之，一说起白薇他就激动得浑身有使不完的劲儿。

白薇开学那天，三元挑着稻草、竹篾、凉席、被盖两大篓铺床的家什站在教室里，直愣愣地看着一堆大人和小孩围在讲台旁报名。戴着金框眼镜的中年女班主任表情严肃，慢条斯理地问一些问题。有些是问大人的，比如读住校还是走读，有的是问孩子的，比如暑假里都做了些什么，有没有预习初中的功课等。大人和孩子都毕恭毕敬地回答。好不容易轮到白薇，班主任接过录取通知书，低头从抽屉里拿出成绩单仔细比对着。三元伸长脖子瞅着她，紧张得双手趴在讲台上，大气也不敢出，汗水只管吧嗒吧嗒往下掉。终于，班主任说话了："成绩还可以。"虽然说话的人仍然面无表情，但是在三元看来，这一句话足以让他兴奋得抓狂。这之后，他在干活的时候，像话剧演员粉墨上台，他又多了一句经典台词："老师都承认，我们家白薇就是不错。她说成绩还可以。"

现在，三元的头脑都被那些骄傲的想法填满了，被太阳晒得滚烫的石子烙在他长满干茧的光脚板上。他不觉得疼痛，还很享受。这个实在的庄稼汉，他甚至不曾想起都开学快一个月了，也不知道白薇在学校习惯不习惯，学习是否跟得上，同学关系是不是融洽。

三元到学校的时候，第一节课刚刚下课。学校有两栋教学楼，一栋五层，一栋只有两层，坐南向北，并排成一字列开。三元记得白薇的教室在两层教学楼的楼下。至于哪间教室，他犯糊涂了，确实没记清楚。他从东边走廊一直走到西边走廊，每间教室的门都是开着的，但是他不敢探头往一间间教室里张望，更别说大声呼唤了。如果说此刻的三元从骄傲的心田里拔出来多少有一点儿清醒的话，他担心的是自己一身邋遢会不会给白薇丢脸。越这样想着，他越是表现出一个庄稼汉鳏夫的自卑来。他竟然反复在那条单面有六间教室的走廊上反反复复走了好几遍。

上课铃声急促地响了起来，三元的心也跟着急促起来，他慌不迭地喊出了声："白薇！"恰好他此时正站在白薇的教室门口，像被人突然戳了一针，刚收拾好语文书正在摆放数学书的白薇清楚地听到了爸爸的声音。她赶紧跑出教室，见父亲正小心谨慎地站在过道里张望着。白薇看着突然出现在面前的三元，竟然不知所措，轻轻地叫了一声"爸"，就木然着不知道说什么好了。三元舒缓着气息眯缝着眼打量着这么久不见的女儿，把装着紫红皮大红苕的网兜递给白薇。不远处腋下夹着教本的班主任，也是教数学的梅老师表情严肃地走过来了。白薇赶忙提着红苕进到教室，三元看着白薇匆匆离去的背影，躬身避让着迎面而来的梅老师，心中既骄傲又酸涩，既满足又失望。

那一整天，白龙闷闷不乐，他无心上课。

上数学课的时候，老师正在形神专注地讲着关于射线的知识："像手电筒、汽车灯和太阳等射出来的光线，都可以近似地看成是射线。射线只有一个端点，可以向一端无限延伸……"白龙就想着那光线一直向前延伸，延伸到姐姐的学校去。他乘坐在金灿灿的光线最前端，轻飘飘的，像闪电般一路噼里啪啦噼里啪啦，看见姐姐白薇了，姐姐老远就举着双臂笑着向他跑来。他稍稍蹦跳一下就抓住了姐姐朝向天空挥舞的手掌。姐弟俩兴致盎然，咯咯欢笑着又乘着射线向前飘去，越过高山，掠过大海，穿过森林，飘向天空……

不知什么时候，陈老师踱着步子来到白龙面前。他弯下腰饶有趣味地瞅着神情发呆的白龙，还把两个手掌张开像耍魔术一般在白龙面前晃了晃。全班同学等着看白龙耳朵被拎起的好戏，见如此光景，不禁哄堂大笑起来。白龙猛地一激灵，尖叫了一声"姐"后回过神来，见所有的目光都注视着自己，羞愧的姿态表露无遗。他连忙起立，慌不迭地张口就说："射线，射线在飞。"同学们笑得更厉害了，有的前仰后合，有的趴着脑袋用拳头使劲锤打着桌子，有的控制不住地狠狠跺着双脚。他的同桌竟然趁老师没注意，弯腰脱下白龙的一只胶鞋向教室后角落的垃圾堆掷去，还夸张地捏着鼻子说："飞吧，射线在飞！"坐在后几排的同学也就笑得更放肆了。

陈老师没有笑，他知道白龙的心思。前一天白龙的日记里，画了一个扎着羊角辫的女孩，弓着腰背着一背篓大红苕。那幅画的旁边就一句话："姐姐爱吃红苕，去年姐姐在家背红苕。"

看着一教室幸灾乐祸得失控的学生，陈老师突然觉得这样的嘲笑对这个苦孩子不公平。"咳咳，"他站直了身子，冲着那些肆无忌惮撒欢的孩子喝了一声，"停！"一个字的命令是最威严的，陈老师这样的厉声呵斥与其说是在整顿纪律，不如说是在帮助此时受孤立的白龙一臂之力。顿时，教室里鸦雀无声，孩子们张牙舞爪的表情凝固成惊讶和惶恐贴在脸上。

陈老师没有挪动脚步，他用怒不可遏的目光扫射了一下全班同学，连珠炮似的说："你们这样笑话是对白龙的伤害，这是雪上加霜，一点儿同情心也没有！知道刚才你们没有表现出一点儿同情心吗？"白龙于一教室惊愕的目光注视中埋下了头，他感觉到眼睛发热，但他终于控制住不让眼泪掉下来。

下课了，陈老师将白龙叫到办公室，他柔声对白龙说："老师想请你用五分钟时间将语文书第十课《美丽的小兴安岭》背出来，行吗？我相信你一定行的！"

白龙内心是很感激陈老师的，但是他仍然毫无表情地看着陈老师，似乎要以这样的无动于衷来表示他不屑一顾的强大。他缺爱的心灵那么孤寂，为了避免受到伤害，他只能将自己封闭。他在人群中，但是他不活跃，不快乐。陈老师的褒善贬恶并没有唤起他的热情。这个在六岁时就没了妈妈的孩子，只有姐姐疼爱的孩子，人们的冷眼和嘲讽让这一个有着强烈自尊的孩子变成了一块不易融化的坚冰。

白薇的老师们

白薇是以全乡第一名的高分进入鲤鱼石中学的，因为那个高分，因为那个第一名，她在报名的第一天就被班主任梅老师记住了。

学校就在七星镇镇政府旁边，背后是奔腾不息的壮丽的长江，校门外是一个宽阔的土操场，校门内又是一个宽阔的土操场。两块操场一到连绵的雨天就泥泞不堪。一栋红砖黑瓦的两层建筑和一栋白墙黑瓦的五层建筑一字排列在校门内操场一侧。教学楼前长着一排塔柏，像一支支整装待发的绿色火箭，雄伟苍劲，蔚然可观。它们为校园陡然增添了超凡脱俗的灵气。

白薇就在那栋红砖黑瓦的两层建筑内上课。报名那天，带着乡下孩子的新奇和胆怯，白薇和父亲走进教室。此时，已经有好多从四面八方赶来的家长和新同学拿着录取通知书，围在讲台边上登记报名。因未褪尽的暑热、连续赶路二十几里和对陌生环境的紧张，白薇急促地喘着气站在门边不敢靠前。三元将草帽从头上摘下，拿在手里当扇子扇着，急不可耐地往人堆凑拢。

家长们都穿得干干净净，互相默默地对上一眼就算打招呼。新同学们跟白薇一样都是胆怯而新奇的。呼吸最平静最均匀的要算坐在讲台上的班主任梅老师了。她身材微胖，从容不迫地细声细气地问着话，用慈祥的目光迎接着每一个被家长推送到面前来的孩子，恰到好处地鼓励着每一位同学好好努力。

三元光着一双脚，五个脚趾头枯树枝一般张开，眯缝着眼睛老实巴交地趴在讲台一角，在在场的家长们中间显得格格不入。白薇看着心里五味杂陈，她敏感地捕捉到了自己此刻的情绪，主要是因自卑而产生的心潮澎湃。

终于轮到白薇报名了，她诚惶诚恐地递过录取通知书。梅老师扶了扶鼻梁上的眼镜，从白薇手里接过录取通知书，说了那句三元经常引用的"成绩还可以"的经典台词后，不由得"哎哟"一声，把白薇从头打量到脚，然后点点头微微一笑说："你就是分到咱班上那个尖子？不光学习是尖子，个子长得高也是一个尖儿啊。"说着，就把一串银闪闪的钥匙交给白薇保管，特意指给她看哪一把钥匙是开教室门的，叮嘱她："每天早操后你就负责开教室门。"

白薇接过钥匙，如同电视里的王公大臣接过皇帝的圣旨一般受宠若惊。一直提心吊胆的三元咧开嘴傻呆呆地笑了。他新剃过的光溜溜的脑袋，像涂了油一般闪亮。他解开腰间拴着的擦汗用的帕子，好像一对翅膀舒展开，翩翩舞动起来。

那一整夜，白薇把钥匙用红毛线拴起挂在脖子上，想着第二天早上能像小学语文课本里的柯利亚一样"咔嚓"一声光荣地打开教室的锁，她美得睡不着觉。躺在有二十多人住宿的宿舍单人床上，每翻一个身，钥匙就窸窣作响，好像是故意跟室友炫耀初来乍到就被委以重任的风光。

第二天早上六点，值周老师一阵火急火燎的口哨声把一群彼此陌生的同学们吹起床。白薇懵懵懂懂的，跟着喧喧嚷嚷的人流走向晨曦朦胧的操场。喇叭里的男高音喊操口令富有节奏、令人振奋，她如痴似醉地看着初二、初三的哥哥姐姐们转身、弯腰、蹲起，完全忘记了要开教室门的重任在肩。

等到早操解散，同学们反应迅速飞奔似箭地涌向教室，白薇慢条斯理走在最后。待她猛然想起要开门，连忙惊慌失色地费了九牛二虎之力挤到门口，众目睽睽之下憋红了脸，在胸前抓起钥匙胡乱捻起一个就插进锁孔。哪知，折腾得浑身上下衣裤湿透，门没打开，钥匙断在了锁孔里。她一时六神无主，着急得额头上汗珠如豆。聚集在门口的同学们大都是如她一样来自乡土旮旯没见过世面的农村娃儿。大家都看着她的窘态，不声不响，不言不动，谁也没有主张。

其他班教室里都传出了朗朗的读书声。梅老师挤到了白薇的面前，默不作声地翻起门锁一看，抛下一句"枉自那么高的分数"，就直眉怒目地转身搬救兵去了。现场滞留着一股安静得让人难熬的空气。

这件事对白薇造成的后遗症是对自己四肢发达、头脑简单的判断。此后，教室钥匙还在她脖子上，教室门依然由她打开。梅老师教数学，尽管半期考试以前的每一次测验她都名列前茅，但是梅老师在念完全班同学的成绩后总是要求六十分以下的人站起来，总是把威严的目光透过厚厚的镜片把这些站着的同学扫射一遍，然后白薇总是固执地认为那目光已然不偏不倚地定格在坐在最后一排的自己的脸上。有一次她听到梅老师"有的人不老实"的言语提醒，她更是不由自主地对号入座，从而面红耳赤、如坐针毡。

开学第一天的开门事件差点儿把白薇引向自轻自贱的漩涡。所幸，那样的状况仅仅持续了半学期而已。有一次晚自习，梅老师把英语老师拉到白薇的座位面前。白薇正迷惑不解，梅老师用手轻轻抚摸着她的脑袋漫不经心地说："发现没有？这个孩子很聪明很能干哪。"那一瞬，白薇的自卑被冰释了，内心的快乐如霞光万道，飞出教室窗外，融化在塔柏苍翠的树尖上，融化在蔚蓝如洗的天空里。

还有中学语文老师，白薇一辈子都会铭记。

那天是九月一日，是开门事件之后的第二堂课。白薇坐在教室左侧靠近窗边的位置上，正出神地看着楼下苍翠的塔柏树。秋日的阳光斜射在一棵棵利剑一样的绿色上，再悄悄地从那鱼鳞般的枝叶间渗透出来，透着不安，洒着神秘。

白薇正默念着不知从哪儿看到的"朝华之草，戒旦零落；松柏之茂，隆冬不衰"，一个身段高而修长，五官清秀帅气，身着浅蓝细格衬衣的男老师走了进来。

"我是你们的语文老师。我的姓氏与中国第一个统一的封建王朝名称相同，如果不清楚就在历史课上好好研究。我的名字叫史清，历史的史，清白的清。我对你们寄予的希望是好好学习，然后离开七星镇。"在同学们满怀狐疑的面面相觑中，语文老师又接着说，"这节课的任务是写一篇作文，名字是《初识》，如果一节课完不成，最迟晚自习以前交了。"然后语文老师就静静地站在讲台上，身材挺秀高颀，塔柏一样的眉毛浓密又骄傲。

多奇怪的老师！不光姓名让人费解，连开课形式也是出人意料，别具一格。思想封闭的白薇，从来没有自己独立思想的白薇，以前一直接触到的都是被锁定在一定范围内的规规矩矩的教育，读书、背诵、做题、考试，一直被别人牵着鼻子走，如同那拉磨的驴子，眼睛被遮住，四蹄只管盲目地前行。此刻，十三岁的白薇，有一种从来没有过的超然和轻松。

白薇想起了开学报名缴费后，三元将东西扔到女生宿舍后匆匆离去。宿舍里忙着打理的人很多，有家长，有同学。白薇窘迫不安地寻找着自己的床铺，一张天使般清秀的面孔出现在她面前："刚来还没找到吧？我叫紫玲，我来帮你。"白薇的心中便油然而生一股热情，那是新同学紫玲感染给她的。

白薇觉得，紫玲的美那么不平凡，她的笑是静静的，撼人心魄。唇角微微勾起，漾出好看的弧度，黑曜石一般的眼睛里有着柔柔的光，仿佛不是这个世界上的。她一定来自无边无际的银河边，来自美丽的月宫旁的桂花树下，来自夜空中闪烁的繁星。紫玲给予了彷徨无助的白薇力量和希望。

看看史清老师英俊的脸庞，看看窗外挺拔的塔柏，白薇回头在教室里搜寻了一圈。没错，就是坐在教室第三排左数第五的那个同学，在刚刚的开门尴尬中，白薇还似乎看到紫玲给了她一个爱莫能助的眼神。白薇若有所思、满怀感激地看了她一眼，提笔在作文纸上写起来：

"她的笑那么真诚、自然，暖人心窝。这是上天安排给我的缘分，让我和她成为朋友。"

后来知道，语文老师姓秦，他教两个班的语文。

一周以后，那个作文，被秦史清老师拿到他教课的两个班上去念。秦老师说，白薇的《初识》是两个班中的最高分。

自信很奇怪，像小鸟一样长着翅膀会飞。通过《初识》，白薇赢得了友情，赢得了羡慕的微笑，赢得了无限的希望。

塔柏郁郁葱葱，威严挺拔，无时无刻不在白薇眼前晃动。白薇觉得，自己也是其中的一棵。

英语老师姓曹，很年轻，娇娇小小、眉清目秀的，是所有学科女老师中长得最漂亮的一个。她脑后的马尾乌黑、浓密，在微风中调皮地翘起，一缕缕、一丝丝散发着清香，吸引着同学们的眼睛，挑逗着同学们灵敏的嗅觉。

同学们都很喜欢曹老师，努力在她的课上表现自己。不管男生还是女生都争着读单词，争着上台表演，以得到她的点名为荣。不管是谁被抽读，她都跷起大拇指赞扬：

"Very good!"

"Excellent! Great!"

"Wonderful!"

然后被赞扬的同学就会一脸骄傲、心满意足地坐下。

但是，英语课上白薇总是很紧张。

这紧张是有由来的。班上很多同学利用暑假时间去读过英语衔接班，二十六个字母已经倒背如流，课本上的单词能够熟练认读不说，每次听写都是满分。他们用很优美的节奏很响亮地记诵着：

"Bag——啵唉奇拜个。"

"Dog——迪偶奇刹哥。"

从乡下来的白薇之前只知道二十六个字母的拼音读法，从来不知道还有英语的读音。好不容易读准了字母的发音，记单词又是一个挑战。担心会忘记，白薇想了一个笨办法，就是把英语的读音翻译成汉语的读音记在书上，比如包"bag"，她就在单词旁边写上"白鸽"，小猪的英文"pig"，她就记上"屁个"。不料她的小聪明笨办法被绰号叫"满丘妹"的同桌发现了。

"满丘妹"本姓黄，他一共有三个哥哥、六个姐姐，他排行老十，他憨厚的父亲就给他取了个单名叫"满"。"满丘妹"是长江南岸七星镇这一带对满舅妈，也就是排行老十的舅舅的媳妇的称呼。那个"满"和"妹"字在方言里都是读一声的。在鲤鱼石中学，差不多稍微活跃一点儿的同学都有一个绰号。黄满是从上一级留级下来的，学校的地皮早已踩得烂熟。"满丘妹"是什么时候有的，白薇不知道，反正大家都这么叫。

在一个下着雨的午自习课上，满丘妹把作业本撕成一页一页的，折成小老鼠在课桌上蹦蹦跳跳。白薇手捧英语书却全神贯注地看着他的快乐神情，禁不住咯咯笑起来。冷不防地，满丘妹一把夺过白薇的英语课本，大声念着"屁屁屁屁个"，"砍——爱——嘿儿蒲——哟"，引得全班同学哄堂大笑。

白薇急得跳起来去抓课本，可是满丘妹早有防备，腰身一扭，快速移步到了教室过道中央，更加拿腔拿调地读起来。白薇心中的羞愧变成一个火球在胸膛里乱滚，然后一下子蹿上天灵盖，脸上腾地红起来。她怒气冲冲去夺课本。满丘妹干脆抱着课本扭着腰肢跑到讲台上，挑逗着白薇说："来呀，来拿呀！"男同学跟着起哄："白鸽，屁个！白鸽，屁个！"女同学帮着白薇："不怕他，打他！"白薇追着满丘妹在讲台上绕了两圈，教室里乱成一锅粥。或许嫌教室里适合追逐的地儿太窄了，满丘妹干脆拿着白薇的英语课本一溜烟儿跑出了教室。

细雨丝丝穿入白薇的脖颈，塔柏的颜色被雨洗得更加苍翠了，只有最边上一棵桂花树懒懒地垂着头。满丘妹站在一棵塔柏树下，举着课本朝着白薇扬了扬。等到白薇跑到跟前，他早已抓住树枝的手摇晃着，水珠扑簌簌地纷纷落下。下课铃声清脆地响起来，第一个跑出教室的女同学嚷叫起来：

"好好玩啊!"

她的叫嚷把所有同学都引出来了。每一棵塔柏树下都站着同学,摇晃着,开心地嗷叫着,全然不顾被雨水淋湿了头发和衣衫。

白薇看得出了神。停了半晌,她跑到桂花树下摇了几下,细细的花瓣和晶亮亮的水珠一起落下来,落在她的头发上、衣服上、地上,煞是好看。一群女同学围过来,一起摇着,仰着脸欢叫着接着桂花雨。

所有的难为情,都随着欢快的桂花雨,飘飘然去了。

就这样,白薇以她特有的方式,融入了她曾经向往又畏惧的新学校里。

最特别的是教生理卫生的老师。

生理卫生老师姓许,叫美玉。许美玉老师真是一块美玉。她是南方人,皮肤白皙,身材窈窕,说话细声细气的。她的表情严肃又和蔼,讲述生理知识时条理清晰让人很容易就明白。她的美丽不张扬,但是她是最善诱导、最受大家欢迎的一位老师。

刚上中学,很多女孩子进入懵懵懂懂的青春期。与三元一样,乡村家长往往对性知识讳莫如深,乳房发育、月经来潮往往被蒙上了羞耻的外衣。

少年时期的想象力是丰富的,尤其是男孩子,对异性的未知的领域,更能联想到一些阴暗的,且他们自己也尚未清楚含义的词汇。那样的联想越是神秘,越是兴奋。

发育得早又发育得好的女孩子就遭难了,就这样防不胜防,突然成了众矢之的,成为所有男生偷偷关注和讨论的热点。

当很多女生都在穿小背心,体型微胖的含月却穿起了胸罩,是姐姐穿旧了淘汰的,纯棉布的,大小也不合适的胸罩。不合适的胸衣无法固定和承托她发育很好的胸部,走起路来胸前颤颤悠悠。她的臀部也开始长圆了,不过还好,穿宽大的衣服就能够遮挡。

女生们开始取笑她:

"你妈给你吃什么了,怎么长那么大?"

"胸罩穿着多羞啊？"

不一样的体态，女生的取笑，让她很自卑。

体育课更成了她每周都要遭受的劫难。班上的男生，大多调皮得很。在体育课上训练50米短跑的时候，含月弓着背双手环抱护在胸前跑步的姿态自然就成了他们取笑的对象。

"大奶牛"的绰号就这样成了公开的秘密。

身处于观念相对闭塞的七星镇，发育时期的"大胸"几乎就是一场灾难。明明没有做错什么的白薇，终日惶恐不安，为此含胸驼背，听到哪怕是小声嘀咕"大奶牛"，也会觉得是在叫自己而羞耻脸红，甚至开始变得敏感内向。最难过的是在大澡堂里洗澡，有人无意地在她身子上一瞥，她也会觉得浑身不自在。悄悄地，她将自己的紧身胸衣的扣子剪下来，往里边挪了一点点，重新钉过。发育的胸脯被勒得生疼生疼的，脖子也不舒服，呼吸也吃力，她也不在乎。这点儿苦跟含月一样被羞辱比起来，那算什么呢？

含月都不住读了，卷着被盖回家去。她宁愿每天往返十多里山路到学校。她就想着每天回去束胸，不让它们蹦得那么高。

美玉老师不愧是有经验的老师。

半学期后的一堂生理卫生课上，她在黑板上写了几个字"青春的萌动"。

"呀，青春的萌动！"一些男生夸张地怪笑起来，女生也在交头接耳，窃窃私语。

"许老师！"有人忍不住举起了手，"你现在就给我们上这样的课，是不是早了点儿？我们还是小男孩呢！"

"哈哈！"

男生们故意笑得放肆。

"现在给你们上这样的课正是时候。"许老师说，"我记得这学期开学第一天，男生们不是说自己都是小矮人，女生都服了'猪儿肥'，患了'巨人症'，你们知道女生为什么在这个时期长得特别快吗？那是因为十三四岁的女孩子已经开始发育,进入了青春期。青春期是女性发育过程中变化最大的阶段,也是生长发育的关键时期。而在这个关键时期,女孩子要面临的关键问题是月经来潮。"

许老师说到这里的时候,女生们的脸都微微发红,把头低了下去。而男生们有的东张西望,若无其事,做出并没有在听的样子;有的难为情地缩着脖子,用手指塞住了自己的耳朵。

另一位男生忍不住又高举起手来。

许老师努努嘴:"有什么话吗?"

"许老师,你讲的都是女生的事,我是男生,可以申请回避吗?"

"先不忙!你们暂时不回避,适当的时候我会请你们回避的。"许老师很坚决地摇了摇头,"我讲的跟你们都有关系。"

"哈哈哈!"男生们笑得前仰后合,"不会吧?跟我们有什么关系?"

许老师板起面孔厉声说:"不准笑,又不是笑话!你们谁不是妈妈所生?"

男生们止住了笑,哑口无言了。

"因为你们的妈妈是女性,你们的亲人里有女性,所以肯定与你们有关系。你们不仅要听,而且要好好地听。还有,我希望女生都把头大大方方抬起来,这没什么丢人的,这是每一个女孩子都要经历的,我也经历过,你们每一位同学的妈妈也经历过。"

男生们渐渐地安静下来,女生们也把头抬起来了。

许老师接着讲道:"女孩子一般从十一二岁到十五六岁这期间月经来潮。月经是女性一种正常的生理现象,还有一种说法叫例假,民间最通俗的有叫大姨妈的。它是有周期的。大多数女性月经周期是二十八到三十五天,每次月经持续三到五天。在月经期间,会出现各种各样不舒服的症状,比如:精神紧张,容易生气,疲倦乏困,头痛脑涨,腰痛腿软,乳房胀痛……如果不影响学习与生活,都属于正常的生理现象,大家不要紧张。"

这时,白薇听见有人在悄悄议论。

一个声音说:"原来做女人还有这么多痛苦。"

另一个声音说:"幸好我不是女的。"

"你们在说什么?"许老师盯住了他们。

一个男生反应挺快,大大咧咧地说:"不是我,是他在说,做女的还有这么多痛苦。"说完了又觉不妥,赶紧吐着舌头低下了头。

"是的,这就是我为什么要把女生的'秘密'讲给你们听的用意。我希望你们知道了这些秘密之后,能够更加尊重女同学,更加爱护你们的妈妈,更加关心和体贴女同学。如果她们的脾气突然变得很大,就不要跟她们硬碰硬,多让着她们点儿。"

顿了顿,许老师接着说:

"胸部发育和来月经是一样的,是身体走向成熟的过程。有的发育要早一点儿,有的发育要晚一点儿。不管是哪种情况,不管是男生女生,都不要排挤、不要耻笑早发育的同学,因为这样就是在耻笑你们自己,耻笑你们的妈妈。"

"现在,我有些悄悄话要对女孩子们单独说。男同胞,绅士们,回避一下,请先离开教室——"说到这里,许老师很优雅地伸出右手,指向教室门外,微笑着做了一个"请"的手势。

男生们肃然起立,纷纷走出教室。走在最后的男生还体贴地将门关上了。许老师冲着他竖了一个大拇指。

许老师接着说:"现在就是女孩子的天下了。我想知道,大家都穿着什么样的胸衣?我跟你们一样大的时候,保守的母亲为我缝制的胸衣又小又紧,将我的身体缚得紧匝匝的,很疼很疼。那时候的大人真是愚昧,家家都是这样,似乎姑娘家不把胸部束平,任其发育隆起就是不正经。对于正长身体的女孩子来说,束胸是有很多危害的,对姑娘们的发育和健康有很多害处。不知道现在还有没有这样愚昧的家长?还有穿那种紧身胸衣的吗?"

白薇低着头不敢看许老师,因为她就是穿着这样的胸衣。她倒不是家长强迫她穿的,是在苦塘沟来洗衣服的热心大妈为她做的。曾经被初潮折磨得要死,还没有谁过问过她的胸衣问题。没娘的孩子真是让人疼。

"好吧,女孩子们,你们正处于青春发育期,能不戴胸罩就尽量不要戴。胸罩选择的不合适或者佩戴方法不当,就会给我们的健康带来一系列问题。乳房上分布着丰富的血管、腺管、淋巴管及神经,如果胸罩过小,会对正在发育的乳房造成挤压,影响血液循环,会导致很多疾病。一般情况下,在十五岁左右乳房发育定型后就可以戴胸罩了。发育较早的女孩子,确实要戴,也建议选用宽松的棉质胸罩较好。

还有补充一下,月经期间要保持外阴清洁,勤用温开水冲洗,不要坐浴;要选用合格的卫生巾,千万不要贪图便宜去买劣质的三无产品;保持精神愉快,适当参加文娱活动,可转移由于经期内分泌变化引起的烦躁、郁闷的心情……"

那天中午,白薇、含月和紫玲邀约着一起出校门,到街上去买了两件宽松的棉质胸罩。

在商店里,她们第一次知道了乳房还有尺寸,比如 A 罩杯、B 罩杯、C 罩杯。当然最后,负责任的售货阿姨还是建议她们买纯棉质的无骨胸衣,考虑到正是发育期,不能让胸有压迫,还特意给她们选择了大一号的。

黑麦草风波

  村野一片寂静。白龙优哉游哉地穿过几块稻田，默不作声地跨过一座小桥，哼哼唧唧地翻过一片小山，就这么漫无目的地走着。

  他在一块坟地上看到两个椭圆形的南瓜头挨头长在一根藤上。他想：这是一对双胞胎，奇怪了，谁家天王种的？怎么长出来的呢？它们会长成一模一样的老南瓜吗？他出神地凝望着，怎么也想象不出其中的奥秘来。一旁有一棵结着一撮一撮青绿色果子的花椒树。他摘了一粒青花椒放到嘴里嚼着，不由皱起眉，为什么是淡淡咸咸的不是麻麻的味道？看着花椒枝上那些硬硬的尖刺，突然，他立即有了主意。他小心地折下了一根刺，尽管很小心还是被扎着了手背，淡淡的疼，而且掺杂着一种麻麻的感觉。

  "呸！"他往伤口处吐着口水，轻轻揉了几下。然后他拨开毛茸茸的南瓜叶子，用那根尖尖的花椒小刺在南瓜身上练习起雕刻来。刻什么呢？对了，刻上错综复杂的面孔，最好是青面獠牙，让南瓜的主人看到了头发都会被惊吓得立起来的那种表情。于是，他撅着屁股，把脸埋在南瓜叶丛中，专心地工作起来。脸蛋、脖颈被南瓜叶上的绒毛摩擦得痒痒的不舒服，不由得用指甲掐断了那几片碍事的叶子，扔得老远并吐了一口唾沫狠骂了一声："呸！"

  一群鸭子在刚收割完稻子的水田里兴致勃勃地撒着欢，见到有生人，一只只昂着脖子鱼贯前行着，水面上闹麻麻一片。一会儿鸭群四散开去，有的悠闲自在地浮着水,有的把头沉入水底,有的甩着脖子吞食着,有的用嘴撩水洗擦羽毛……一只白色的公鸭追逐着一只灰麻的母鸭,嘎嘎嘎,嘎嘎嘎,在稻田里谈笑风生。一旁的田埂上,支着一个竹子撑起来的简易帐篷,那是邻村放鸭客四毛的家。

呆望了很久,不见四毛的身影,一股恶念在白龙心头暗暗升起。他弯腰拾起一团泥块,身子慢慢后仰,然后猛地向前一扑,随着响亮的一声"呸",一道迅疾的弧线划过空中,那泥块稳稳地落在了那只白公鸭的背上。白公鸭和灰麻母鸭受到惊吓,拍着翅膀响亮地嘎嘎地惊叫。整个鸭群都受到惊吓,嘎嘎惊叫着拍着翅膀迅速地四下逃窜。白龙心中一阵莫名的兴奋,他接连不断地往水田里扔起泥块来,速度越来越快。稻田里完全疯狂了,往左边逃窜的鸭群惊恐万状地飞奔到右边,往右边逃窜的鸭群惊慌失措地涌向左边来。有一支队伍骤然越过田埂,跑到另一块稻田里去了。等他拾起第五团泥块站起身时,穿着白布褂子、蓝布便裤,腰间扎着汗帕子,嘴里咬着长烟筒的四毛幽灵一般站在了白龙的面前。他似笑非笑地伸手拧住白龙的耳朵想趁机打发一下无聊的放鸭时光。白龙身子机灵地一矮,撒腿从四毛的臂下逃走了,留下四毛在那里捶胸顿足地怒骂。

白龙一气跑过两条田埂,气喘吁吁地在小土坡上种满黑麦草的地里站定,转过身子,抬起下巴,双手叉腰,眼睛直瞪瞪地看着气势汹汹的四毛。

"你来抓我呀!"白龙挑衅的声音大胆无礼。

以他奔跑的速度,他完全可以瞬间翻过那个小土坡,一下子消失得无影无踪。除了敏捷灵活的背影,甚至不给四毛看清正脸的机会。不过,就在他刚才肆意奔跑的时候,一种夹杂着恐惧和快乐的奇特感觉在他身体里突然萌发。这种感觉逼迫他停下了脚步。

四毛的自尊受到严重的挑战。他四肢激动地颤抖着,胸口起伏不停,喉咙里就像挑着重担的庄稼汉一样发出吭哧吭哧的声音。"狗杂种!"他捏了捏拳头,跺着脚狠狠地骂了一声,然后猛地扔下长烟筒,弯腰拾起一团

黑麦草风波 | 133

泥块，愤愤地骂了一声："去你娘的！"四毛把泥块用力向白龙掷去。

这一掷不要紧，泥块落在了水田中央，溅起几尺高的大浪花。一股惊魂未定的鸭群再次受到惊吓嘎嘎扑腾。有一只鸭子惊恐地飞起来，又惊恐地落进鸭群里。一脸傲视的白龙大笑起来。他弯着腰，捧着肚子，双脚交替着在地里跺着，嘴里还"哎哟""哎哟"地号叫着。如此夸张，他还嫌不过瘾，冲着四毛伸出舌头绕了一圈做了一个鬼脸后，"啊"的一声，然后僵尸一般仰面躺在地里，嗷嗷叫着滚过来滚过去。那些绿茵茵的腰杆挺直的黑麦草倒下去，又慢腾腾地直起来。

在四毛捞起竹竿子气势汹汹追过田埂的时候，白龙一骨碌爬起来，放着趟儿跑了（当地方言，意为跑得很快）。

三元在邻村帮人家捡瓦去了。他十四岁开始学盖匠。年少时觉得这手艺是个体力活，不需动什么脑筋，也不需要投入多少本钱，只要能吃苦，肯卖力，胆大心细就能混碗饱饭。

早年农村的茅草房多，每年都需要翻盖房顶，否则就会漏雨。一把箕刀，用竹筒做个刀鞘，别在腰上，扛着一把长梯就可上工。一般天不见亮从自家出发，去到主家吃早饭。主家翻盖所需的稻草和竹篾条是早就准备好的，吃完早饭就能上房开工。

一天翻盖一间房的正反两面轻轻松松，晚饭后扛着长梯回家，洗洗睡觉。假如主家房多，梯子就不带回了，只别一把箕刀就走。三元不抽烟不喝酒，请的人家自然就多，到谁家去盖房，都会被待如上宾。

一晃，这手艺竟混了整整三十年。后来，茅草房渐渐不多了，剩下的要么是家里穷得叮当响的盖不起大瓦房，要不就是主人家换了大瓦房或是修了石砖房，故意留下的偏房侧屋做猪圈鸡舍的。谁家翻盖猪圈鸡舍还要请匠人？眼看盖匠的活儿越来越少了。但是土瓦房和瓦盖顶的石砖房虽然不用年年翻盖，瓦片经过年长日久的风吹、雨打、曝晒，难免滑动错位，甚至断裂破损，露出檩条与椽皮，又漏雨又漏风的，需要隔三岔五地检修。

很多人胆小不敢上屋顶，年轻人嫌脏还吃不得苦不爱学那玩意儿。三元无师自通地学会了捡瓦，他能够继续靠上房的手艺混饭吃。

九月的天性情不定，说变就变。刚才还晴空万里的天穹，突然掉落了几颗硕大的雨珠，打在瓦片上，发出清脆的啪啪响声。

这是要下暴雨了。

正在屋顶捡瓦的三元，赶紧戴上他那顶破草帽。黑黢黢的草帽，帽顶用蓝布补了好几处，乍看还像特意做上去的点缀。他戴稳帽子，抬头看看天，乌云一大朵一大朵地移过来，不一会儿就连成了很大一片。天空一下子就灰蒙蒙的，似大幕布一般遮着天空，并且迅疾地压下来，压下来……今天这活是干不成了。三元骂了句："这鬼天气！"于是在主人家的招呼下攀着长木梯子下了屋顶。

捡瓦匠这活路看起来比做盖匠简单。工具简单实用：锤子，敲击过梁、檩条，上房前只需要检查是否结实；扫帚，清扫瓦沟、瓦缝间的落叶灰尘，翻一层扫一层，保证屋顶干净整洁；一把锯子以及一条插满钉子的稻草辫，用来加固或更换檩条与橡皮。那些都做好了，主人家仰着头一间屋一间屋地查看。见什么地方的瓦缝有亮光，就站在房间地上用长竹棍将那片瓦戳戳，房顶上的三元也就知道那片瓦要换新瓦了。

这活路比盖匠危险多了。南方潮湿，遇到房屋年久失修，难免会有过梁腐败或檩条被虫蚁蛀空，如果一脚踏去，房顶坍塌人也会摔落。瓦片翻动，缝隙间灰尘很厚，随风四处飘散，吸多了到肺里去，就会患尘肺病。不过，三元自己的家务事和伺候庄稼的事多，捡瓦的事不是脱不过情面的再三邀请，他也不是一宗接一宗。

白龙在张家院、熊家堡、郑家湾都去逛了一圈，傍晚，终于嘘着口哨裹着一身泥回家了。路过河沟边的竹林，他还扯了一把绿油油的青草，把一大一小两只白鹅逗弄得引吭大叫。

"爸帮人去捡瓦也该回来了。"他一面想着，一面丢下白鹅加快脚步，"星

黑麦草风波 | 135

期天真好。不用背诵课文,不用听那帮家伙的冷嘲热讽。"想到前一天有个恶作剧的同学竟然脱下他的臭鞋堂而皇之地放在老师的讲桌上,他又由不得"呸"了一声,似乎那个家伙就在面前,他恨不得吐他一脸唾沫。他低头想着,已经到家门口了。

门前坝子当中站着四毛、泼妇王和三元,看他们红眉毛绿眼睛、脸红脖子粗的像是刚刚吵过架的样子。原来,四毛正手忙脚乱地把四处奔窜的鸭子归拢一处时,泼妇王也提着一桶小便到了菜地里,看到好端端的黑麦草蔫头耷脑的,又得知都是白龙干的,一男一女隔着水汪汪的稻田吭哧吭哧地骂了一通,气不过都来找三元要说法好几次了。三元原本被白龙五叔叫到店子村去帮人翻盖房子,说好歹挣几个盐巴钱。要下雨了,三元惦记着家里的一堆牲畜,这不,下午只做了半个活儿就回来了。

白龙见如此糟糕的阵势,忙闪着头弓着身子往门里走。他当然知道四毛怒气冲冲找上门来的原因,不过他并不怕他,也就是扔了几团泥块而已,没偷没抢的。他怕的是阴郁着脸庞的泼妇王。一想起那包水煮花生的事情,白龙就不寒而栗。

才刚一抬脚,三元两步并做一步跨过来,一把揪住他的耳朵往坝子当中拖,厉声呵斥道:"你积点儿德做点儿好事行不行?人家鸭子被你砸丢了两只,人家的黑麦草被你滚得死快快的,真是哪辈子造的孽!"

三元嘴都气歪了,口水唾沫随着歪嘴巴往脖子根流。说着说着,他抬起一巴掌就扇到了白龙脸上。白龙不及躲闪,一个趔趄坐到地上,鼻血流出来了。他抬起手臂一揩,立即弄得满脸满嘴都是红的。粗暴的三元还不解恨,抬起结实有力的右脚就要朝着白龙的胸膛踹去。四毛眼疾手快,用力拉过三元胳膊说:"算了算了,哪有这样教训娃儿的?凶神恶煞地看着都吓人,这出了人命还了得?让他长记性不做傻事就得了!"

泼妇王鼻子里哼了一声,一脚把坝子里装鸡食的瓷盆踢翻,抬起下巴扯声卖气地说:"哦哟,我说怪不得娃儿教育不好,这不是不满我和四毛吗?

男子汉大丈夫赔不出钱明说啊，还没有跟你算种植的人工费、牛犊子断粮的损失费，叫你赔偿一两块钱的种子钱而已！"

"你……"三元眉头紧锁，尽力克制着不让握成拳头的粗糙有力的双手抬起来。此时的气氛特别压抑，空气仿佛凝固了一般。白龙惴惴不安，他比谁都清楚三元的脾气。他不知道怒火中的爸爸，将要把拳头对谁砸去。

还是四毛，如迅雷一般冲到了三元和泼妇王之间，边推着三元往后退边说："别跟女人一般见识！我是闹着玩的，就吓唬吓唬小孩，让他别为你惹事。她的那个牛吃草我来赔就是了……"

"我赔，我赔钱就是！"三元一字一顿地说，"你欺负得了我，但是欺负不了我的下一代！"

打发走泼妇王和四毛，三元捉住白龙的胳膊。"完了，完了！"看到他扬起的巴掌，白龙惶惶如坐针毡。他屏住呼吸，等待一场疾风骤雨。但是三元只是拽着他的肩膀把他从地上提起来，说："白龙，你要长记性，跟老子记住，人穷被人欺啊！"

那天，三元倾筐倒箧，硬是把四毛和泼妇王所说的损失赔偿了，那可是他帮好几户人家盖房子的收获。当然，于心不忍的四毛后来把钱送回来了，他说三元又当爹又当妈不容易。

如果说之前白龙尚且年幼，不清楚他们家和泼妇王以前发生的那些不愉快，那这件事虽然白龙说不出道理在哪儿，但是他看得明白，爸爸被欺负了，并且是被抓着小辫子欺负了，而自己就是那小辫子。或许是三元那句"人穷被人欺"的作用，白龙找到了他们班那帮调皮捣蛋的家伙有做得更出格的事，都没有遭到上门算账，顶多就是被告状的原因。比如，在春天里，松鸽和田甜趁人不注意到地里偷吃嫩胡豆嫩豌豆，两个人吃撑了不说，还把衣兜裤袋都塞得胀鼓鼓的，带到学校来分给全班同学当玩具。有的用竹签穿起做金鱼，有的用圆珠笔画脸谱，有的做成了小玩偶，一直玩了好几天。庄稼地的主人找到学校里来。老师把松鸽和田甜拉到办公室，几个大

黑麦草风波 | 137

人板着脸骂一顿，忍不住又笑一阵，似乎觉得当着小孩子面失态不妥，又赶紧装模作样教训起来。那次事故以松鸽和田甜站上讲台当全班面背诵"锄禾日当午"那首古诗结束的。田甜蚊子嗡嗡似的只背得"锄禾日当午"一句，翻来覆去好几遍也糊弄过关了。

其实三元之所以说那句话，是因为他在店子村站在人家屋檐下用竹竿戳着稻草把子递给房顶上的白龙五叔时，房子男主人龚老弯一边用耙子捞着乱草，一边跟三元唠唠嗑嗑："民间流传甚广的一句古训是'穷养儿子富养女'，古训知道不？古训就是老祖先定下的规矩，不能小看！这规矩说啊男孩放养猛如虎，女孩富养秀如花。听说你家女孩会读书定然有出息。哎，但是我说姑娘家终归是要嫁人的。男孩呢是泥土身，将来得成长为撑起你家屋脊的男人，得经摔经得起打磨。你可要分清内外轻重，不要惯着养啊！"

言者闲聊，听者有心。虽然文化不多，不过对于已经鳏夫好多年，把所有的希望都寄托在一双儿女身上的三元来说，那样有分量的话他还是第一次听到。他对孩子的教育总是力不从心，他面临了太多的困难，不仅是贫穷，也不单是单亲，是他本身的教育见识不足以帮助成长变化中的孩子。他拿泼妇王索赔没辙，也不能赔了就赔了，龚老弯的一席话成了他阿Q第二的救星。显然，他更希望白龙记住这些教训，长大了发愤图强，做个有出息的人，为自己这张郁憋的老脸争口气。

还是小孩子的白龙可不这么想，他固执地认为这些大人跟教室里的那帮家伙一样，满脑子都是取笑他、捉弄他的坏心思。

夕阳的余温在大地上一点点地消散，亲吻着西山，慢慢消失。村庄里升起了袅袅的炊烟，远处呼儿唤女的声音此起彼伏，又渐渐弱下去，直到完全沉静得无声无息。

河沟里游玩了一整天的八只鸭子摇摇摆摆地归来了，在坝子里围着那个被泼妇王踢翻的瓷盆嘎嘎嘎乱叫。圈里睡醒了的两头黑猪也在踱着步哼哼吵嚷。

"龙崽，给鸭子舀一碗苞谷子去！"

三元怒气冲冲吩咐着。他把早上就宰好的红苕藤放进大铁锅里，再倒入一桶潲水，坐到灶门前，抓起一把稻草，开始生火煮猪食了。平常他是大铁锅和小锑锅同时开工，一边煮猪食，一边喂鸭子，一边做饭。今天晚上，他破例没想着应付爷俩的肚子，只顾着安顿好这一群畜生。

三元沉思着，熊熊的火苗映红了他绛紫色的脸膛，他的眉头似乎随着欢快跳跃的火舌越蹙越紧。屋子里没有人，三元不知道。

突然，一群鸭子的嘎嘎叫嚷惊扰了他的沉思。原来，那些鸭子等了半天也没等到吃食，统一到门口表示愤恨，集体请愿来了。

三元一愣，他记得刚刚明明叫白龙舀了苞谷子，白龙呢？黑灯瞎火的，白龙哪里去了？一出门就是河沟，再往上走就是水库，该不会……这一惊不打紧，三元浑身冷汗都出来了。他"腾"地起身，吓得鸭子们惊慌失措四散逃去，圈里的黑猪还在不耐烦地嚎叫。他可顾不了这些了，眼下搞清楚白龙在哪儿更要紧。

"白龙，白龙……"

"白龙，白龙……"

三元站在坝子里，戚声呼喊，在寂静的夜空撞出了回声，悲哀婉转，很久才消失。

此时的白龙，正在泼妇王的黑麦田里，拿着镰刀一阵猛挥乱戳。那些黑麦草被拦腰截断，立刻像投降的敌人一样，七零八落倒下一大片。原来，四毛和泼妇王离开以后，窝着一肚子气的白龙没法排解心中的郁闷，从门背后抓起一把镰刀就出门直奔这块黑麦地里。以他目前能够达到的思维构想："一人做事一人当，骂我一顿，打我一顿就够了，还要欺负我的爸爸！割倒吧，统统割倒吧！"他想不出比这更好的方法替老实巴交的父亲出口怨气。三下五除二，他终于做出了他的父亲三元一辈子都想不到的报复行为，更体验到一个男孩原始的野蛮的快感。

白龙听到了三元的呼喊，他借着满天星星发出的光辉，气喘吁吁地赶回家。就在坝子里，白龙轻轻地、怯怯地叫了一声"爸"，听到白龙的叫声，三元抡起手掌，想给白龙一记耳光。他忽然忍住了，巴掌停留在半空中，突然"啪"地一下子打在他自己的脸上，随即蹲下身子，重重地叹息着说："你咋就不像你姐一样让人省心哪！"

白薇的确天资聪颖，但手心手背都是肉，三元不知道这样的话对白龙是多大的伤害。他就不能巧妙地避免这样的偏爱。

那一幕，刀子一样深深割在白龙的心上。

当然，黑麦草风波是村支书出面协调，以两分地的红苕藤作为补偿代价才平息的。

幸福的晚餐

穷人的孩子早当家,这话用在白薇身上再恰当不过。

平常,她舍不得买肉吃,尽量节省,早餐一两稀饭、一个馒头共一毛五,午餐三两米饭一份素菜总共两毛钱,晚餐和午餐一样,一天下来也就五毛五。三元给他每学月二十元生活费。四周放一次归宿假,一个学月实际上只有二十六天。伙食费十五元,女孩子每月例假需要的卫生巾一块钱,从家到学校往返一次车费两块,还剩下两元钱,都是从牙缝里节约出来的。

白薇归宿假回家从来不会空手,有时给白龙买一个面包,有时买二两糖果。他知道白龙喜欢收藏花花绿绿的糖纸,就跑好几家副食店去比较、挑选。常常惹得老板娘挤眉弄眼地对另外的顾客说:"瞧吧,萝卜,一只酸萝卜。"酸萝卜是当地人送给爱计较的人贬斥的外号。白薇也曾为那些白眼脸红过,可她想到白龙捧着糖果激动不已的样子,她也顾不得这些了。渐渐地,她习惯了那些白眼与嘲讽,习惯了镇上的人对乡下人的轻蔑。

即使在学校宿舍里,同学之间也有贫富贵贱之分的。穿戴好的同学扎一个堆,穿戴穷酸的同学又扎一个堆,这个堆与那个堆互不妨碍。偏偏白薇在两个堆中都能受到欢迎。究其原因不外乎白薇的成绩总是在班级里名列前茅。学生时代成绩名列前茅就是最大的资本,老师打心眼儿里喜欢,同学的眼神里是透亮的艳羡。

当然，也不是说同学们都对白薇没有任何芥蒂，梦媛就是例外。梦媛是七星镇镇政府文书的独生女儿，个子高挑，皮肤白净，穿着漂亮，各个学科的成绩都好，主持了一台新年文娱晚会就赚得全校的男生为之倾倒。如此才貌双全、秀外慧中自然深得老师们的特别宠爱。就梦媛和白薇的出生而言，老师对梦媛才叫宠爱，对白薇顶多只能算怜爱，因为怜悯而生爱。

全班同学都是男女生同桌，就梦媛是自己挑选的最要好的姐妹同桌，而且她俩一直占据着第三排正中间的黄金位置。不光学科老师，连所有的同学都认为她们享有特殊是理所当然。那次物理课上，梦媛认为解老师是在重复前一天的简单课程，就自顾自地跟同桌说起笑话来。年轻的物理老师走下讲台到她们身边轻敲桌子暗示了两次，她装作不知道，反而越加放肆。物理老师发火了，瞪着梦媛严厉正色道："我说梦媛，你不要太放肆！"梦媛当即起身又哭又闹，说老师伤了她的自尊。解老师猝不及防，局促不安。梦媛掩面号哭着冲出了教室。急得获悉情况的班主任梅老师后脚跟着来到她家，跟文书再三道歉，把梦媛哄回学校后，臭骂物理老师不识好歹不识相。

梦媛爱捉弄白薇。梦媛是走读生，但是天性活泼的她从来不在家里午休，常常吃过午饭就跑到学校女生宿舍来玩。她见紫玲在盆子里既洗毛巾又洗袜子还洗内裤，瞪大眼睛嚷道："这样多不卫生，得分开洗，不然会感染细菌的！"羞得紫玲无地自容。平常大家为了节约时间节约用水，都是这样用盆子的。不过一旁听到梦媛话的女生也跟着附和："是啊，是啊，要分开洗的，真不注意卫生。" 不过这样的大惊小怪也是一种帮助，从此以后不管是为着自尊还是避免感染，有心计的白薇与所有的住读生都知道了毛巾、袜子、内裤分开洗。

校外有一个精明的小媳妇喜欢把烙好的金灿灿的面饼放在盆里，午休的时候端到宿舍来卖，两毛钱一个。梦媛趁她补钱递送烙饼的时候，悄悄捡起一个烙饼塞到白薇的被子里。等到晚上不知情的白薇钻进被窝躺下，弄得背上、布毯子上、被子上全是油腻腻、黏糊糊的。她发现了也猜到了是梦媛在搞鬼,却担心大家不会指责梦媛,反而会给自己留下笑柄,虽然生气却丝毫不敢声张。

学校新来了一位团委书记,是刚刚从师范院校毕业分配到学校来的,叫马勃,人长得眉清目秀的,擅长音乐,书法也很好。马老师教白薇班上的音乐课。

一次音乐欣赏课上,马老师用录音机放了一段二胡名曲《二泉映月》,然后提问:"同学们,刚才那段曲子表达了什么感情?"接连叫到好几个同学,大家磨磨唧唧极不情愿,站起来除了抓耳挠腮就是沉默不语。当问到白薇的时候,白薇沉稳地说:"我感受到了如泣如诉、如悲似怒的凄清和寂寞。"

她那双看着马老师的眼睛原本是自卑的、怯懦的,但是在马老师看来,是带着乡下少女独有的忧郁气质的。自此,马老师对白薇刮目相看,似乎把她当成了学生中的知音了。一直独占老师宠爱鳌头的梦媛不服气地开始较劲了。在"红五月"歌咏会前一天,主持人梦媛被叫去彩排,回来在教室门口碰到白薇,她一本正经地说:"马老师叫你抓紧准备明天歌咏会上优秀学生代表的发言稿,明天由你发言。"

白薇惊得想都来不及想,激动忐忑地用了一节晚自习课写好发言稿,就连忙喜形于色地拿去找马老师指导。看到眼神满是惊喜、满是感激的白薇,马老师疑惑不解。他接过稿子,得知白薇是受梦媛支使时,他愤然作色,立即去教室里把梦媛叫出来带到尴尬的白薇面前,义正词严地说:"你得跟她道歉。你这是欺负人知道吗?"虽然梦媛连连鞠躬,口中念念有词:"对不起,对不起,对不起。"白薇依然从马老师欲言又止的神情中看出了被宠坏的梦媛的不以为然,而马老师则从抿紧嘴唇、浑身微微发颤的白薇脸上看到了被捉弄过后的无地自容。

不过,马老师终归是马老师,他真的就把优秀学生代表发言的机会给了白薇。白薇第一次站在主席台上,她激动得声音打战,双腿打战,但终归是昂首挺胸、声音洪亮地讲完了,终究是在热烈的掌声中走下讲台的。飘扬的红旗把她的脸庞映得绯红,像晴朗的早春傍晚天空的一片红霞。

白龙盼着白薇回家,有姐姐在家的日子不知道有多快活。平常就他和三元爷俩还有那条黄狗在一起。三元总是闷声吭气地烧着火煮饭煮猪草,闷声吭气地扒拉着碗里的大米稠稀饭。很多人家煮的稀饭是米汤多饭少,吃稀饭不叫吃稀饭,叫喝稀饭。三元煮的稀饭很稠,他说这样的大米稀饭才耐饿,煮一顿吃一天,能够节省好多时间。煮干白饭第二顿太难热,热些干锅巴不说,还不好办下饭菜。大米稀饭就简单多了,几颗黑豆豉、一坨臭豆腐、一块泡萝卜就能就着过一顿。那些家常菜天生就是为他俩爷子发明的。

白龙吃饭时喜欢把一双筷子竖着插在碗里。如果奶奶看到,定会不允许,有时还会责备:"真是憨包娃,你撞鬼了吗?"白龙一直不明白其中的奥秘。直到有一次,他和姐姐在桥坡头的何家凑热闹,看到观花婆做法时通过竖筷子念咒语来驱除病害才恍然大悟。不过正当他们穷根究底地问询奶奶时,白老太却一脸不屑地说:"你们是读书人,不要相信那些鬼烂东西!"

姐姐白薇就要回来了,她回来家里的伙食就不一样。三元会早早盘算着闺女放归宿假的日子,然后取下墙上的腊猪肉,长火钳夹着伸进灶膛里烧干净皮上的毛。白龙最喜欢看父亲烧猪毛。在熊熊的明火中,猪肉滋滋地响,猪油一滴滴落到火上。灶膛的火呼哧呼哧地燃得更旺了,像三元眼睛里跳跃着的父爱,像白龙眼睛里热切的等待。等到猪肉完全被烧得皮开肉绽,三元就把它放到潲水缸里泡着。沙园村那一带的人都说,腊肉放到潲水缸里泡一晚过后好清洗,外面那层黑油烟只需用刀子轻轻一刮,就露出焦黄色的肉来了。还有一个好处,为防止腊肉腐烂长虫,当初浸的盐多,潲水缸里浸泡过后的腊肉就不会那么咸,味道要好很多。至于为什么一定要放到潲水缸里浸泡,而不是用专门的清水浸泡,白龙问过三元,三元闷声吭气地沉默了一阵,也想不出什么道道来,就啥也没说。

仅仅吃腊猪肉会腻口的。每次腊猪肉丢在潲水缸里泡好了,三元会支使白龙去石头沟讨点儿蒜苗、芹菜或者青葱。五叔半年前娶了邻村的一个寡妇，也成家了。几位叔叔分庭立户，各住各的，家里都有男人、女人和孩子，家里也就经常来七大姑八大婆母娘舅那样的客人，就都爱利用土地的边角或者垦荒专种这些作料，也就种一点儿，十多株、二十多株就够了。

光溜溜的大石坝下边的小路旁，有一小块用小石头围起来的三角形的菜地。土壤很薄，却种着葱、蒜、芹菜和香菜，每样一点点，都不超过十株。那是五叔开垦的荒地。平常，乡下人喜欢把撒的尿囤在粪桶里，囤满半桶一桶的，就拿到菜地里去泼淋。五叔那块三角形的菜地比较远，都是爷爷和奶奶颤颤巍巍地抬着粪桶去，一瓢一瓢地泼淋。那些苗儿被精心侍弄，都长得绿油油的。蒜苗的叶片特别宽大，青葱的叶子肥硕挺拔，芹菜的茎白白嫩嫩的。人从那儿经过都能闻到各种香。蒜苗儿的香，青葱的香，芹菜的香，还有它们混合在一起的香。晴天有晴天的香，带着露水和太阳的香气。雨天有雨天的香，雨水湿透了泥土，泥土的香气裹在不同的菜叶子里，就像饺子包了不同的馅儿，各有各的味儿。

淋过尿的蔬菜要过几天，最好是下过雨以后才能吃。那次，白龙去石头沟讨菜，爷爷、奶奶种的那块地就刚刚泼过尿。奶奶踮着小脚拄着拐杖领着白龙在周三娘的菜地里摘了几片蒜苗，掐了几根青葱和几根芹菜，用干稻草小心捆好。周三娘气势汹汹从路边走过，扯高声音说：

"自己不种就不要吃，省得东讨西找地惹人厌。人家的劳动就该白白享受？"

奶奶也不看她，说："白薇读书辛苦，难得回家来，当叔娘的拿脸拿色地不好吧？"

"我不说话你说我不赏脸，我说话你又不高兴，哪有祖母一碗水不端平的？除了白薇，还有其他孙儿孙女呢？"周三娘噌噌噌脚踩炸弹似的过去了。

"甭理她，少教养！"奶奶瞪着周三娘的背影去远了，把白龙带回家，从里屋床上枕头下摸出一方裹着的手帕来，一层一层打开，里边全是五角、两角、一角的零钱，那是奶奶平常买针线油盐省下来的。她来来回回数了好几次，拣了叠得整整齐齐的十元钱，悄悄塞给白龙裤兜里，说是拿回家去给爸爸，补贴白薇生活费用的。目送白龙快要翻过石头沟对面那座小山了，奶奶失落地想着白薇长大了，到石头沟来的次数是越来越少了。小时候不是要拿着棒子追么？现在长大了，转眼就长大了，长大了就不来了。突然她又想起了什么，急忙冲着白龙的背影大声喊起来：

"白龙，回来！回来拿糖！"

叫声在空荡荡的沟里撞出了回声，颤巍巍的，似乎越来越弱地往返了几个来回。回声消失，白龙已经汗淋淋、笑吟吟地站在面前了。听说有糖吃，白龙还不由自主地咽咽口水，舔舔嘴巴。

"看我这记性！姐姐难得回家，拿糖回去和姐姐一起吃。"

祖孙俩又返回到石头沟。这次，奶奶从床头的瓦坛子里摸出了一个裹得方方正正的黄纸包。祖母小心翼翼地把黄纸包放在床上，解开套在外面的红线绳，说："还是过年的时候你四姑给我买的呢，一直没舍得吃。"

里边包着的是薄荷糖。奶奶没牙齿，喜欢吃薄荷糖，不软不硬，含在嘴里慢慢溶化，甜津津的，清清凉凉的。白薇喜欢，白龙喜欢，奶奶的孙儿孙女们没有不喜欢的，总也吃不够。奶奶舍不得吃，难得的一大家子聚拢在一起的好日子不多，况且奶奶每次就像喂鸟雀儿一样掰一小块塞到他们嘴里，哪里能够吃够呢？

"龙，张嘴。"奶奶依然掰了一小块薄荷糖熟练地放到白龙张着的嘴巴里，然后找来一块黄草纸，捡了很大一块薄荷糖包起来，放在白龙荷包里。白龙看得仔细，每排六小方块，四排，至少也有二十四块。他的嘴里含着糖，压在舌头上，舍不得嚼，怕很快化开了，就朝着回家的方向，冲着奶奶指了指，嘴里哑巴一样呜呜几声。奶奶挥挥手，慈爱地笑着，说："快回去吧。"

白薇也到家了。她还刚刚走到家门口，装着糖果和作业的书包还没来得及放下，三元端着盆子正准备出门到河沟里去洗腊肉，看见白薇，赶紧把盆子递过去了。白薇很自然地伸手接住，那情形不像是书生放假，倒像久不在家的家庭主妇风尘仆仆从远方归来了。

白薇主厨，三元烧着火，白龙就回来了。

"姐。"他站在菜板旁边看着白薇熟练地切肉切菜，就像阔别已久的儿子依恋着突然回家的妈妈。

"傻站着干吗呢？把菜择出来洗干净吧。"白薇真像妈妈一样吩咐道。

幸福地呆愣了会儿，白龙赶紧把石头沟拿回来的蔬菜解开，懂事地掐着蒜苗的黄叶尖儿。突然，他又想起了荷包里的薄荷糖，又把蒜苗放下，从荷包里抓出黄纸包着的薄荷糖来。

"姐，好大一块薄荷糖，二十四块呢，奶奶大方呢。"他打开黄纸，用沾着蔬菜黄的手小心掰着，掰了好几块。

"爸，给。"

"姐，张嘴。"

他也像奶奶喂他一样喂给爸爸，喂给姐姐。

"你呢？"白薇看着弟弟，明亮的眸子扑闪着快活。白龙也就把头仰得好高，张大嘴巴，捏着糖的手伸得好远，再一松手，糖稳稳地落进了他的嘴巴里。这是特别开心的时刻,他用这样夸张的开心方式喂了一块糖给自己。

白薇咯咯咯笑起来，白龙也哈哈跳着笑起来。三元也在笑，不过没出声，是看着两孩子发自内心的满足的笑。

三爷子的话匣子就打开了，都有说不完的话，屋子里好不热闹。

三元说："罗道士满八十要办酒席，整整要办三十桌，据说是全鸡全鸭，要花点本钱呢。"

白薇切着腊肉说："哦，爸，我上台发言了，代表优秀学生当着全校老师、同学的面发言了……"

"我们家也要去凑份子吧？"白龙接过三元的话题打着岔。

"不要捣乱，听你姐说。"三元制止着白龙说话。

"我说错什么了吗？"白龙撇着嘴。

"叫你别说话，听你姐说。"三元提高了声调。

一时家里没人说话了。沉默了一会儿，白薇继续着说：

"哎，开始紧张，全身发抖，后来就不抖了。我以为多大的事儿呢。"

三元想象不到当着全校老师同学发言是什么样子，只是从白薇的自豪的语调里，他感觉那不是一件简单的事。他跷着二郎腿，一只手摸着下巴上的胡子楂说："我就说嘛，他们能够欺负我，却不能欺负我的下一代。"说完，嘴角还要扬起一股得意扬扬的微笑，似乎他不是坐在自己灶台前，而是对着泼妇王在说话。暂时的沉醉还让他忘记了白薇下个月的生活费还没着落呢。

白龙不明白为什么被三元噤声，撇了撇嘴表示不满，不过只是一瞬间的事。此刻他抬头看着姐姐，也难怪，姐姐那么优秀，哪样都表现得出类拔萃。他看着姐姐，像看着母亲的眼神，满是崇拜、亲切、依恋。

那晚，白薇把腊肉做成了两份。瘦点儿的腊肉用来蒸黑豆豉，蒸熟了在面上撒一层葱花。三元常常这样做，既开了荤打了牙祭，豆豉下饭还耐吃，一家人可以端好几天。肥一点儿的加上芹菜、蒜苗儿炒，亮堂堂的肥肉片和上新鲜蔬菜，色泽好看，吃起来肥而不腻，清香爽口。灶台鼎锅里炖着刚收获的豌豆，泛着清香的热气扑哧扑哧地冲撞着锅盖。锑锅里焖锅饭已经做好了，都已经闻到了米饭的香甜软糯。三元眯缝着眼沉醉在长成大姑娘的白薇井井有条的忙碌里。

如果之前奶奶没有给过白龙十元钱，那该是一顿丰盛而幸福的晚餐。比平常讲究的饭菜，有蒸肉有炒肉，还有汤，还有白薇带回来的电光火石一般的消息：能够站上主席台当着全校一千多人的面发言是多么风光啊，多么了不起的事啊！三元甚至想到了他在河沟边不经意说起这事，洗衣服的婆婆媳妇们夹杂着惊讶、赞赏、羡慕的表情。呵，不是说我瞎子吗？我瞎子可有一个比你们强百倍的闺女呢。

天黑了，对面的小山黑黝黝的，看不清楚一棵棵绿树了。鸟儿归巢了，在黑压压的林子里偶尔扑腾着翅膀，河水在黑暗里哗哗地流淌。白龙蹦跳着关门，蹦跳着收拾起小桌子来。说是小桌子，其实是一张长条木凳子，据说是从白薇的曾祖父那儿传下来的，一共有四张，曾祖父有四个儿子，一个儿子分得一张。三元从石头沟搬出来独立门户，奶奶做主把那张宽木凳子给了三元。爷爷舍不得，因为那张凳子最大的好处是可以用来杀年猪。一般的长条木凳子至少要并排靠两张才能躺下一头猪，并且还要人在一旁用力摁住凳子。那张宽木凳子不光是宽，还很结实，一条大肥猪躺下也稳稳当当的。所以，为图方便，三元一家人就干脆把那张凳子作为饭桌。妈妈在世的时候总开玩笑，说在那凳子上吃饭就看到很多头猪在挣扎，不知道那条凳子到底帮助过多少血淋淋的屠刀。

地上坑坑洼洼，凹凸不平。白龙左拉一下，右拉一下，小桌子怎么都摆放不平，总是跛子一样高一边低一边。他用门边一只破拖鞋塞住矮下去的一只凳脚，另一边又矮下去了。他把破拖鞋取出来，重新塞进从灶后干柴堆里找来的竹块，再双手趴在桌面上用力摇一摇，平了，稳稳当当的了。白龙满意地笑起来，想着即将到来的晚餐，他就是开心。晚餐没有到，他也开心。姐姐在学校里受到的欺负啊，黑麦草风波啦，所有的委屈都没了。

矮凳子摆好了。三元的位置在条凳一边，白龙和姐姐的矮凳子并排在另一边。三副碗筷摆好了，豌豆汤上桌了，黑豆豉蒸腊肉上桌了，蒜苗儿炒腊肉也上桌了。白龙把鼻子凑拢碗边夸张地嗅着，不住嚷着："好香！好香！"

米饭舀好了，父子仨围坐在饭桌旁开始了难得的幸福晚餐。

"爸，老师说要交资料费……"在要钱这个问题上，懂事的白薇总是战战兢兢。

"要交多少？"对这个让他充满希望，让他在村人面前扬眉吐气的闺女，三元不再动不动就有怨愤之气，而今表现出超乎寻常的大度。他把姑娘的声音、语调、姿势当成奇珍异宝来察看，他觉得那些都是能光耀门楣的征兆，并从中得到无与伦比的快乐。

此时，白龙突然想起来了，祖母给了他十元钱，叫他给姐姐的。他连忙放下饭碗，惊叫着站起来，裤兜里，衣服荷包里手忙脚乱地翻找着："哦，钱……我明明放在荷包里的。"但是找了好几遍都没有找到。白龙额上淌着汗水了，十元钱可不是小事，他意识到自己是闯祸了。

当弄明白事情的缘由后，三元吃不下饭了。十元钱真不是小事，足够白薇一周的生活费呢。白薇也放下了碗筷，害怕又担心地看看三元，看看白龙。她知道三元的脾气，她担心弟弟挨打，她甚至不由自主地挡在了白龙的面前。

"再好生想想，你确定钱放在衣服荷包里？"三元很着急。

"是的。"白龙犯了大错一般，害怕地望着三元。

"想想，你在哪儿停留了没有？"三元太了解他的淘气儿子了，盘问的语气明显增强了。

像猛然被重锤敲了脑勺一般，白龙惊叫起来："啊，我去看了大塄上坟地里的南瓜。"

大塄上就在苦塘沟对面山堡背面。三元勤劳，包产地都用来种粮食了，坟地里是他开荒种的南瓜。白龙从石头沟回来，顺路去看了看结的南瓜长大没有。他前几天去看过，有一个饭碗一般大了，有两个刚刚掉了瓜蒂。三元说嫩南瓜摘了吃不划算，等长大了，长成了大南瓜老南瓜，炖绿豆汤吃清热泻火，一家人可以吃好几顿呢。

"怎么就不小心？走，去找，白龙跟我一起，白薇守着屋。"有希望找回钱来，三元忍住火气，一边说着，一边从柴火堆上扯了一个稻草把子夹在腋下，拿了火柴就出门了。白龙赶紧跟在三元身后。

白薇趴在门口，看着草把子的火光映着三元急匆匆的身影，映着白龙忐忑不安的身影。一个火把很快灭了，又一个火把燃起来了。或熄灭，或燃起，就像她此时的心烦意乱，就像此时白龙的惊恐紧张，就像此时三元的局促不安。她还看见三元脚下似乎踢着了什么硬东西，他一个趔趄差点跌倒了，整个脸都扑在了燃着的火把上。换作是梦媛，经常新衣服穿一身换一套，她会有这样的遭遇吗？换作是班上其他同学，也极少有这样的遭遇吧？对面上铺的紫玲回一次家就拿来一大瓷盅瘦肉鲜菇酱，盖子一揭开，满寝室都香。她哪里会像我这样？白薇自怨自艾着，眼泪禁不住流下来了。贫穷的压力，让她在学校的风光和自信荡然无存。除了刻苦勤奋换来的优异成绩让她获得自信，她心头的压力有谁能知？是啊，她不像小学时候那样黏着祖母，总惦记着往石头沟去。她知道再苦再累，父亲咬紧牙关也会给她继续学业的支撑。随着年龄的增长，她怀念祖母的抚摸，但她的需求在向着理性的超乎现实的方向发展。那是什么呢？她说不清楚。

所幸，那十块钱找回来了，就在坟地里的南瓜丛里，躺在那个正在长大的青南瓜旁边。白薇趴在门口一动不动，看着三元、白龙脚步轻快地回来了。他们悄无声息，没有风，稻草燃烧的火舌忽地随风蹿得好高。

还没到家，白龙就冲着家门口喊："姐！"

"找到没？"白薇已经有了大致的判断，不过仍然心中忐忑。

"找到了……"白龙的脚步蹦了两下，语气轻松而快活。

"找到了就好，哪里能轻松得到十块钱？幸好在南瓜叶子下面遮掩起的，不然洗衣服的、割猪草的，过路的人一眼看到了捡去，谁会傻子一样卖乖吼'谁丢了钱'？下回长记性啊。"不等白龙说完，三元接过话茬子教训了一气。不过可能是白薇带回家来的上台发言的消息让他心情好的缘故，他没有像平常训人一样加快语速，也没有露出很严厉的骇人眼神，说话的语气是在责备，更像是安慰。

白龙免遭一次责打。如果没有找回，生气的三元会乱棍责打他的。夜色中，河沟里的水流得特别轻松，白薇舒了一口长气。

的确，三元脑海里一直闪现着白薇站在台上发言的样子。白薇说紧张得发抖，如果是白龙站上去会怎么样呢？如果自己站上去呢？哎哟，羞死了，怎么敢开口说话呀？估计敢站上台当那么多人面讲话的，一个沙园村都找不

幸福的晚餐 | 151

出第二个吧？沙园村村主任也没当那么多人讲过话。每次开村民大会，一个村分成好几个组开不说，听他讲话的也是稀稀拉拉的，总有很多人找借口参加不了。如果不是天黑了，视力不好加上前村后舍的人都关门睡觉了，三元一定会到石头沟去走一遭，沿途将这个消息貌似无心实则有意地大声透露出去的。

第二天父子俩去庙垭口赶场，三元挑了一百斤米，白龙提了三十个鸡蛋。三元一边走着一边盘算着，白薇下午去学校，这新一个月的生活费和资料费，就指望这一百斤大米和三十个鸡蛋卖钱给她撑过去了。生活上少油荤就不说了，白薇懂事，不挑食还节约，吃饱肚子就行了。嗯，能不能这样呢？先缴资料费，如果生活费不够，米缸里舀二十斤米去，每天辛苦点拿米到食堂去蒸饭，交点煤炭钱给食堂炊事员。至于下饭菜嘛，瓦缸里还藏着一些霉干菜，加点油和辣子炒好了装一罐去要吃多久。白薇不是说学校的一些走读生就这样吃饭吗？仅吃霉干菜也不行啊，学习压力还是挺大的。对了，昨晚煮好的腊肉不是还有一半没有切吗，切成碎粒儿和在霉干菜里一起炒，又下饭又有营养。一斤大米二毛八，一百斤大米二十八块钱。鸡蛋十个卖一块五毛钱，三十个能够卖得四块五，昨天老母亲让白龙带回了十元钱，怎么算都够了。噢，还有白薇都作为代表上台发言了，自己这么多年的付出是值得的。三元沉醉在自己的计划和想象里，竟然嘴角都向上扬起来，扬起来，竟然忍俊不禁地咧嘴笑了，露出长着黑斑的四环素牙齿来。噢，再不行的话，苦塘沟的那几拢篮竹、青皮竹、斑竹长得旺盛呢，收竹子的来了好几次了，说好了五分钱一斤呢，一百斤就五块，砍一千斤竹子就能卖五十，供白薇继续读书没问题。想着，三元竟然喜形于色地笑出声来。

路上碰见周三娘，她空着一双手，姣好的身材穿着刻意折叠过的花衬衣黑长裤，袖口和裤腿都是笔挺的，在吴幺娘、郑伯娘等几个背背篓的不讲究的妇人中间，显得格外抢眼。她眼尖，老远就叫着三元噼噼啪啪连珠炮似的说："她大伯，白薇回来了吧？昨天白龙到石头沟来找作料，我估计是白薇回家来了。"

三元大声答应着:"是啊是啊,她说学校'无事'庆祝,她上台当着全校老师同学的面发言呢。"

他把"红五月"说成是"无事",不过这不是他想表达的重点。

跟随周三娘一起的几个妇人,就有人接口说:

"那还真不简单呢,瞎子有福气呢。"

"那不简单,穷人孩子早当家啊。"

"白龙,姐姐都那样了,你要赶上哦。"

周三娘不高兴了,拉长了脸冷不丁地冒一句:"那当然不得了啊,老不死的最心疼的嘛。"

三元悻悻然收起了笑容,默不作声地紧走几步赶到前头去了。没有人再说话。

突然,周三娘提高声调愤愤地说:"再咋样也还是个闺女,有什么值得炫耀的?那个瞎样也培养不出多雄的人才来,狗熊差不多!"

听着刻薄的诅咒,背背篓的妇人们都指责着周三娘:

"再是狗熊也犯不着叔娘这么说吧?"

"积点嘴德行不行啊?人家姑娘就是争气。"

旁人的劝告丝毫不起作用,周三娘的诅咒越发变本加厉了。"呸!"她再次提高声调,冲着三元的背影使劲儿吐了一口唾沫,"争气就不得了?你们怎么都跟老不死的一个鼻孔出气?她总偏心眼让我够受的了!再争气也还不是一个赔钱的货!狗熊还好呢,怕跟她娘一样死得早的命!"

愤怒激发了白龙积聚在内心的野蛮暴力。他不懂得周三娘恶毒的言语里深潜着微妙的婆媳之争。在他此时的心里,姐姐特别好,周三娘特别坏,他不容许坏人侮辱亵渎最亲的姐姐。他放下装着鸡蛋的篮子,捡起一块石头举过头顶,猛地向前一冲,挡在周三娘面前:"不许骂我姐!再骂我打死你!"

幸福的晚餐 | 153

白龙这一举动让周三娘和几个妇人都目瞪口呆地停住了脚步。只见白龙全身筛糠似的颤抖,他瞪着周三娘,眼神中交织着委屈、愤怒和无奈。还是吴幺娘反应快,她一把揽过白龙,冲着周三娘吼道:"他是你亲侄子啊,是你晚辈……赶紧住嘴,赶紧走!"

　　郑伯娘和另一个妇人把周三娘拉走了。揽在吴幺娘怀里的白龙咬紧牙关,嘶叫一声,将手中的石块用力地掷向远处,再飞快冲上去飞起一脚把石子踢向更远处的乱石堆里。

快活的小河

尽管贫穷,尽管没了母亲,尽管受到委屈没处倾诉,温暖和快活也是有的。

家门前的小河是白龙的天堂。水从红旗水库特制的直径粗大的铁管道里流出来,漫过三元的几块冬水田,再居高临下从一块红岩石上瀑布一样异常壮观地往下倾泻,哗啦哗啦,哗啦哗啦,四季喧腾,像无数个淘气顽皮的乡野男孩在肆无忌惮地闹腾。飞瀑过后,小河一下子安静了,变成了干净文静的养在深闺中的小女孩。小河只有两三米宽,没有混浊不清的杂物,河面波光粼粼,像流动的水晶。清清的水底,细黄沙像用竹筛筛出来的金粉,白石子、红石子、黑石子随意地静静地躺着,像莹润的珍珠。

只要放了学,只要天没黑,白龙好像都待在河边,他最喜欢玩水。他用竹筒做成水枪,汲满了水,往墙上喷,往摇晃着脖子的白鹅身上喷,追着大黄狗喷,真爽呀!那是属于白龙一个人的泼水节。

夏天,天气很热,知了在树上嘶叫着:"热死了!热死了!"白龙光溜着身子,在小河里随心所欲地扑腾。他是什么时候学会游泳的,三元不知道,白龙自己也不知道。反正是扑腾扑腾也就会浮水了。早些时候,他不怕来来往往的男人女人,见人家都饶有兴趣地看着他,他会把头枕在石头上,无所顾忌地仰躺在河水里,扬起一双湿淋淋的脚丫子问道:"你会游水吗?"

小河岸边，是三元种的竹子。一丛斑竹，苍翠坚韧；两丛楠竹，高耸挺拔；更多的是青皮竹，竹竿容易折。夜晚刮大风的时候听得到的嘎嘣脆响，那就是青皮竹突然被风刮断了的声音。各种竹子连成片，竹叶尖尖的，长长的，像一把把绿箭。竹叶黄了，随着风簌簌地落了下来，有的随意散漫地落在岸边，有的飘飘悠悠地落在水里，像一叶叶扁舟顺水而去。

青皮竹的叶子上经常都有竹叶虫。一种虫子会把竹叶卷起来，钻在里面吃竹叶。竹叶上还有红色的，个儿很细小，体背两侧各有一块黑长斑的红蜘蛛。白龙玩水够了，就会钻进竹林里，把卷着竹叶虫的竹叶一片片连柄一起摘下来，或者躬下身子仔细翻看叶子背面，专门采摘有着很细很细的红红的能移动的红蜘蛛，放到河里看着它们顺水漂去。有时，他看着远去的战果会怔怔出神：它们会漂到哪儿去呢？它们不会回来了吗？有时，他耐心地把裹着的竹叶子一片一片剥开，把里面的虫子装在瓦罐子里，几十上百条地撒在坝子里，让自家的一群鸡饱餐一顿。

最热闹的还是河里。

在靠近岸边水草茂盛的地方，有很多黑黢黢的会扭动身体上下游走的虫子。三元说，那些虫子都会变成蚊子的。不过白龙自从第一次发现了过后，就不再主动去招惹它们了。他觉得那些虫子很恶心，会让人浑身毛孔发紧冒出泡的。河里有一种甲虫，样子像蝉，有硬硬的光滑的翅膀，有触角，会游泳，还会飞。白龙抓过几只养在透明的玻璃瓶里，水甲虫不像树上的知了，不会叫，他觉得无趣，又把它们都放回了河里。

水里还有螳螂和蜈蚣，水螳螂很有趣，用手捉住它身子的时候，它镰刀一样的前脚就使劲蹬使劲蹬，气力很大。水蜈蚣又叫水夹子，灰褐色的圆柱状的体形，尾巴常常露出水面，样子很凶猛，一看就是害虫。白龙叫它夹夹虫。他最讨厌的就是水蜈蚣。

白龙最害怕的是软体动物蚂蟥。有一次，他从河里起来，小腿肚上紧贴着一条肥肥的黄黑相间的蚂蟥。他用劲儿跺脚蚂蟥都没掉落，赶紧伸手去掸,哪知看似无力的蚂蟥身体像一根拉长的橡皮筋一样跟他较着劲。他捉住蚂蟥的身体使劲拉,鲜红的血液就顺着腿肚往下流。他在岸边扯了一把三七草,嚼碎了敷在伤口上才止住了血。但是蚂蟥的口器还留在了皮肤里,引起了伤口感染,痛痒难忍。三元叫白龙吐唾沫擦,用肥皂水抹,好几天才消肿了。从此,他对蚂蟥有了不可遏制的憎恶,他叫蚂蟥"吸血鬼"。

他还特意到集镇肉摊上去捡拾带着血水的脏兮兮的垃圾肉,切成一小块一小块的,穿在竹签子上,摆开距离后插入靠岸的河水中。然后跳入水中抡起胳膊搅啊搅啊。蚂蟥对水的动静反应极为敏感,听不得水的声响,很快聚集过来叮咬垃圾肉。白龙隔一会儿扯起竹签子,肉团上都粘着好多条蚂蟥。他把蚂蟥放在太阳底下,看它们被晒得黏糊糊地满地打滚。他把蚂蟥恶作剧地丢到正在竹林里觅食的公鸡面前,或许被它们的丑样子吓到了,公鸡飞跳着躲开,连漫不经心地啄一啄的兴趣都没有。他还发现,即使把蚂蟥摆在太阳底下很多天,觅食的黑蚂蚁、黄蚂蚁,长着翅膀的飞蚂蚁来来往往,对它们也没有丝毫兴趣。他用稻草把压住蚂蟥,点起火烧,足足好几分钟后,用棍子在稻草灰烬里翻出一条黑黢黢的蚂蟥,把它放在河水中,蚂蟥扭扭身子居然又游走了。

"吸血鬼,生命力竟然如此顽强!"他为这了不起的发现而吃惊不小。

河里的小鱼小虾,还有螃蟹,它们源源不断地带给白龙乐趣。河里的虾子很小,不足一厘米长的身体上有数不清的脚。轻轻拨开浅水边上的水草,成群的小虾受到惊吓弹跳着四处逃窜。它们游水的姿势很有意思,肚子猛地一收,尾巴拨着水,身子突然伸直一弹就后退着跑了。白龙生吃过一次虾子,也不叫吃,只是用舌头舔了舔。他光溜着身子站在河水里,一只手捏住虾子的尾巴,一只手捏住虾子的头,轻轻一撕,小虾被分成了两段。他好奇这虾子会是什么味道呢,于是就凑到嘴边伸出舌头舔了舔,正奇怪味道怎么是咸咸腥腥的,背着猪草过路的罗二娘见了说:"吃吧吃吧,看你吃下去,会长满一肚子的虾虫来。"白龙羞得扔掉虾子,双手捂住裆部,一屁股坐在浅水里，笑得罗二娘喘不过气。

螃蟹喜欢隐匿在洞穴里，或躲在石砾和水草丛里。白龙撅着光屁股趴着身子不厌其烦地在石缝隙、石窟窿前打探究竟。白天，有的螃蟹躲在洞穴里一动不动，有的在洞口探头探脑。这东西是个机灵鬼，四周平静的时候，它们大多守株待兔捕捉那些自投罗网的小鱼小虾。但是只要感觉到水波震动，或者看到有东西靠近，它们立刻机警灵活地退回到洞穴深处，直到危险消除，才重新慢慢地探出身子来。

白龙练就了一套洞穴里捉螃蟹的绝活。螃蟹洞深浅不一，粗细不同，碰到小螃蟹好捉，一捉一个准。如果洞穴足够宽，里边躲着的一定是蟹壳又大又黑的老螃蟹。他就直接将整只手臂也伸进洞里去一直掏到底。他把肩膀斜斜地侧靠在洞口，半边脸挨在石壁泥巴上。这种方法需要勇气。因为看不清情况，螃蟹的大钳子就会紧紧地把手夹住，夹得很疼，有时甚至还会夹出血。有一次，白龙被一只老顽固螃蟹夹住。他顺势把螃蟹拖出洞来，甩也甩不掉。白龙急中生智，俯身张口咬牙下去，"咔嚓"一声，直接把螃蟹的钳子咬碎了。他把这事拿到同学中间去炫耀，惹来众男生的啧啧佩服声，为此他暗自得意了很久。

白龙有一样捉螃蟹的工具，是用细铁丝弯成的钩子。如果洞穴很窄，他就用细铁丝钩子往洞里搅动。螃蟹承受不住钩子的鼓捣，往往会逃离洞穴，被钩子"扎"了出来。有的螃蟹躲在水中的砾石下，只要咕咚一声，把砾石掀个底朝天，螃蟹就无遮无掩地暴露出来了。

白龙还差点抓到过一只母螃蟹。当时那只母螃蟹蟹盖打开着，小螃蟹们都在周围玩耍。小螃蟹密密麻麻的，壳很软，身子很小很小，比大黄蚂蚁大不了多少。它们感觉到了风吹草动，便一窝蜂地朝母螃蟹的盖里钻，一会儿工夫蟹壳里边全是螃蟹。不等小螃蟹们回来完，惊慌失措的母螃蟹便合上蟹盖，扬起两只大钳，沙沙沙横着逃进洞穴中了。看着螃蟹妈妈和她的孩子们，白龙惊呆了，也动了恻隐之心。他轻轻站上岸，尽量离得螃蟹远一点，还说着："慢点慢点，我不会伤害你们的，都回去吧。"

经常捉螃蟹，白龙还发现了一个不为人知的秘密。那就是每个螃蟹洞外边都会有一堆松松的呈泡沫状的泥土。他研究了很久才得知，那是螃蟹的领土界碑，表示此地其他螃蟹不得侵犯。捉到螃蟹后只要把这堆泥巴弄走，过几天洞里一般会重新住进一只螃蟹，从而出现一堆新鲜的泥土。

小河是生龙活虎的，小河是无忧无虑的，小河是美不胜收的。

河里水草上常常贴着细小的尖尖的田螺。有时白龙会突发奇想地拉起一笼水草在岸边干净的石头上抖啊抖，抖落下很多小田螺。离开了水的小田螺将头、足伸出壳外惊慌失措地爬啊爬，白龙就在它们后边拍着巴掌加油，好像他是一个将军，正在指挥着一支数量庞大的军队。

雨水稀少的年份，夏天干旱，烈日像泼了油的火球一样炙烤着大地。地里的苕藤、高粱、蒿草干得都像要烧起来了。知了中了暑似的躲在大树的肘腋下，有气无力地嘶鸣着。此时的红旗水库就是人们的希望，就是庄稼和牲畜活下去的希望。

把守水库闸门的是一个很大很大的铁龙头。长年累月的，水就从铁龙头流出来，流到小河里。平常是细小的一股，开闸抗旱的时候，会有好几个大汉用很大的扳手将龙头拧开。水就从柱子一样的大管子中喷涌出来，哗啦啦，哗啦啦，冒成一大朵唱歌的花。

近水楼台先得月，开闸闭闸都是少不了白龙的。他见证了水库的无限忠诚无私奉献。

河水涨高了，畅快淋漓往下流去，一湾湾浅浅的水田灌满了水。乡邻喧喧嚷嚷地搬来打水机，往玉米地里浇水，往枯竭的水井里灌水。田地松软湿润了，田里地里又绿油油地充满了生机。

水库里放养着鱼儿。鱼儿都是自然生长着，平常有专人守护，没人下食喂养，在水库里待了一年半载的，很多鱼儿顺着闸门游出来了。大的两三斤，游出来的很多，小的更是多得不计其数。水流得很快，鱼儿也游得很快。

白龙经常站在冬水田边看着一条闪着粼光的大鱼溜过田埂了。他嗷嗷叫着追着跑，闪着粼光的大鱼跃下瀑布不见了。紧跟着后面又来一条，白龙又一次嗷嗷叫着追着跑。

白龙在田坎缺口布下竹号，那是三元用竹篾编的。一个大喇叭拖着一个椭圆形的尾巴，鱼儿一旦进到号里，就不能逃掉。白龙还用稻草将号口四周的缝隙严严实实堵住，他要让经过这里的鱼儿别无选择，只能游进那个有进无出的大喇叭里。布下机关后，白龙就不停地捞起竹号尾巴看，看有没有鱼。号里都是有鱼的，只看是大鱼还是小鱼，鱼多还是鱼少。每一次捞起，白龙都会迫不及待解开号尾的绳索，将里面的鱼儿一股脑儿倒在大木桶里，然后看着鱼儿摆着尾巴在水桶里游来游去。

白龙喜欢鱼，只是因为鱼是快活的，自由自在的，看着水里的鱼儿也跟着快活，跟着自由自在。白龙喜欢捕鱼，却不喜欢吃鱼。三元只会开膛剖肚去鳞甲，老婆在的时候倒是煮酸菜鱼的高手。她去世了以后，三元也试着用泡菜煮过鱼，吃着有一股怪怪的鱼腥味。白薇不吃，白龙不吃，三元自己也不吃，后来就索性不再弄鱼吃。

大木桶里的鱼怎么办呢？去石头沟孝敬老人吧，白老太会做鱼，也跟着解解馋。三元前边提着桶，后边白龙跟着，白薇跟着，爷仨浩浩荡荡地去石头沟了。一路上，不停地有人问有人看，去往石头沟的路上是充满着炫耀和满足的。奶奶煮好鱼端上桌子，一大家子人多，白龙也吃不上几嘴，可就是说不出的欢喜。白薇也是欢喜的，爷仨都是受欢迎的，在石头沟不必看人脸色，有做客人的感觉是难得的。奶奶也是欢喜的，生怕大家不知道，反反复复念叨着："托福托福，托放闸的福，托白龙的福，又吃到鱼了。"

小河真是白龙的乐园，给了他数不尽的快乐。

有时，白龙躺在瀑布边的石滩上，双手枕着头望着天空发着呆。

一只白鸽飞到小河对岸的电线杆上，踢踢腿就蹲着固定不动了。接着又来了一只，又来了一只，接连来了一群。它们的动作滑稽极了，有时头对头，一动也不动,让白龙紧张地以为它俩准备厮杀,正在试探敌情呢。有时这只尾巴对着那只的头,那是一只鸽子在向另一只求婚吧?像在竹林里黏在一起的两只黑狗一样。有时两只鸽子各自东西朝向,互不理睬,白龙就想着这是一对朋友吵架闹别扭了。

让他惊奇的是,一只鸽子飞走了,另一只也会跟着飞走,接着一群白鸽也飞走了,在空中排成了一个"人"字。它们飞走时无声无息,白龙只眨了一次眼睛,只眨了一次,它们已经烟消云散了。

正琢磨着它们会飞到哪里去呢,那群白鸽又一声不响地飞回来了。

白龙喜不自禁,撅着嘴巴吹起了响亮的口哨。嗬,奇怪耶,领头那只鸽子突然掉头飞走,后面一群紧紧跟了上去。没想到领头的那只突然回头,与紧跟后面的一只来了一次碰头。因为速度快,撞得急,后一只白鸽晕头转向,"砰"的一声落在地上,摔了个"嘴啃泥"。白龙兴奋得爬起身跑过去,白鸽却抖抖翅膀,飞身一跃,飞走了。

晴朗的夜晚,累够了一天的三元喜欢把家里唯一的一张竹席躺椅搬到瀑布滩旁,然后躺在上面摇着老蒲扇眯着眼睛乘凉。夜里热气褪去,河水很凉,三元不允许白龙光溜着身子下河洗澡。白龙要么搬张小木凳坐在一旁,要么就躺在一旁的石头上数星星。

白薇没上中学的时候,是爷仨都在的。虽然是暑假,但是渐渐长大的白薇更喜欢待在自己的房间里,捧着课本预习和做作业。有一个假期,她各科第一单元的预习被老师作为榜样在全班示范后,她更是在预习功课上下足了功夫。她在预习的时候,是很专注的,是自觉排除任何干扰的。预习够了,她就躺在床上看着窗外的月亮星星,看着看着就睡着了。

月光朦朦胧胧,像一片轻柔的白纱,将苦塘沟包围起来。小山、竹林、小河都沐浴在安静的月光里。月光在小河里流动,整个世界都那么安静。河水潺潺流淌,田野里,蛙声、虫声此起彼落,"呱呱呱""唧唧唧",一浪高过一浪。偶尔从远处传来几声狗叫,连提着一闪一闪灯笼的萤火虫也来凑热闹。

清凉的夜风轻轻掠过，将静谧的竹林、小山上的青杠林唤醒。它们摇摆着，发出欢快、活泼的"沙沙"声。多么好听！在这样静谧的夜晚里，三元的呼吸是充满希望的，白龙的心跳是无比快乐的。

夜色越来越浓了，周围更加寂静了。青蛙和虫停止叫喊，只有青杠林和竹林在应和着潺潺的流水。月光下娇嫩的夜来香在开放，浓郁的花香在风中飘散开来。此时，三元和白龙都睡眼蒙眬了，爷俩收起凉椅和凳子进屋睡觉。

那样的夜晚里，白龙经常梦里都在笑。

白龙还在竹林里进行过野炊。那天，他从屋里拿出米、油、锑锅和打火机，用石头搭好灶，在小河边用竹叶烧饭吃。被隔壁罗二娘撞见了，还笑骂他真玩疯了，没玩法了。

隔壁罗二娘是个好人。

罗二娘是高家二媳妇，就是高老大的弟媳妇，跟泼妇王是妯娌。罗二娘家的独生女儿叫高英，小名英子，跟白龙年龄相仿，读的也是同一个学校同一个班。罗二娘没什么文化，就只读过小学一年级，但是人很善良。白薇娘去世之后，白龙经常往她家串门。有时候是自家条凳饭桌上只有泡菜豆豉，没有合胃口的下饭菜，端着一碗干白饭就过去指望能蹭菜吃。

罗二娘是出了名的俭省。娘家人好不容易来一趟，过年过节的才来走亲戚，她会当着她母亲、哥兄弟嫂的面将煨炖好的猪头捞起放在盆子里，锁在柜子里，然后张罗出一大盆猪头炖的萝卜汤作为一大桌子人的晚餐。她娘家大哥喜欢喝酒，责怪她连一只猪耳朵也不肯切出来下酒。她就会唠叨说："正月间客人多，几下子吃完了拿什么招呼其他客人？自己人就不能将就一点儿！"于是大事小事的，她自己娘家大哥也不见来了。等到娘家夫家其他客人来了，她又会精挑细选地先从味道膻膻的槽头肉切起，最大方时也不过再切三五片猪耳朵。至于猪鼻子、猪下巴、猪脑花，还有猪头骨里面的核桃肉是她家客人从来就尝不到的。

乡下人有新婚夫妻拜新年的风俗，就是夫妻结婚后的第一个年，给夫妇双方的近亲长辈家挨家挨户送礼，然后长辈们给新婚夫妇红包。高老二的幺妹出嫁以后，携着新夫婿回来拜新年。罗二娘光槽头肉舍不得切出来也就算了，连油煎菜都没有，就是一斗碗凉拌圆白菜、一碟泡咸菜待客。似乎觉得吝啬过头了，她就找借口说英子肠胃不舒服沾不得油腥。那时高英才七八岁，口无遮拦地反驳说："我没有不舒服，我还想吃肉呢。"沙园村很大，辖地面积至少三平方千米，但是沙园村又很小，口口相传的，人人都知道了罗二娘爱财、小气、吝啬、抠门。她也成了这个村子爱财、小气、吝啬、抠门的代名词。沙园村的人如果要指责谁小气吝啬的，不会直接说出小气抠门吝啬的，而会说"罗二娘""罗二娘转世"之类的。

但是她心痛白薇和白龙没娘。英子和白龙同龄，相邻隔壁，又读同一个班，俩小孩形影不离。或许是爱屋及乌的缘故，罗二娘对白龙特别偏爱。她一年才做一次猪油汤圆，英子吃一碗，白龙也有一碗。有时罗二娘带英子回娘家，也把白龙带上。她甚至舍得将柜子里珍藏的一段白布给白龙缝了一件褂子。白龙穿着它去上学，到石头沟去，学着画画书里的孩子蹲马步，舞红缨枪，好不神气。为此，石头沟的叔叔们还开玩笑说罗二娘说不定是在心疼未来的女婿呢，近水楼台先得月，等到时机成熟了就去把关系挑明了。此玩笑逗得三元呵呵地笑个不停。

其实，罗二娘有她自己的算盘。说出来没人相信，对所有亲戚都吝啬，唯独对白薇和白龙那么慷慨，其实是羡慕姐弟俩个子长得快长得高。罗二娘个子矮小，跟人斗嘴的时候被当面羞辱过，被说成是"矮墩瓜"，说她还没有三坨牛屎高。高二爷比她高半个头，在男人堆里也算个子矮的。为此，高英无论遗传哪家的基因注定都不会长得高，何况在沙园村流传着"女人高高一圈，女人矮矮一窝"的说法，在家里有事没事的，她喜欢叫高英练习原地往上跳，她就在一边数数加油。她寻思着跳高跳高，不是越跳越高吗？

快活的小河 | 163

乡下有小孩子跟谁玩就像谁的说法，谁由外婆带言谈举止就像外婆，谁跟奶奶长怎么看怎么像奶奶，还有像舅舅、姑姑的，三姑六婆能够举出几大箩筐的例子来。甚至还有怀孕的女人经常盯着贴在墙上年画上的大胖小子看，就会生下同样伶俐的娃娃一说。既然如此，经常跟爱蹿个子的孩子一起玩，说不定高英就长高了？爱女心切的罗二娘自然不会把心里这个小九九说出来。白薇倒是女孩子，但是在外读住校，不经常在家。只有白龙和高英一般大，还读同一个班，那就使劲对白龙好吧，管他那些乱七八糟的闲话。

好歹，罗二娘让白龙多少尝到了母爱的味道，让他的童年时光除了那条小河外，多了一份美好的回忆。

心明眼亮的小孩子，最清楚谁喜欢自己，谁不喜欢自己。因此，在白薇一个劲儿地往石头沟跑的时候，白龙才不稀罕呢。在石头沟，他说什么话都没人听，谁都看不起他。他最喜欢去的地方就是隔壁罗二娘家。英子喜欢跟他说话，罗二娘也就没话找话跟俩小孩子说。

"什么时候去张家园摘桃子了？"

"张家园的老七他妈凶不凶？"

"白龙，你在河沟里看到过蛇没有？"

…………

"有一天放学，我背着书包追着一条黄狗，不知不觉追到了张家园。你不知道那桃子白里透红，香气扑鼻，谁见了都会流口水的。哪里知道我刚刚伸出手去，老七他妈就举着火钳骂骂咧咧地出来了。她的火钳气势汹汹倒下来的时候，我已经咬着桃子跑不见了……"

"蛇啊，河沟里没见过。我在家里烧火的时候，从灶缝里钻出来过。乌黑乌黑的，尾巴甩出来，我还以为是一只胶鞋底呢……"

每一个问题，白龙都比画着回答得夸张生动。英子的表情配合着白龙的故事，也听得夸张生动。只有在罗二娘家，他才这么随意和轻松。

英子心里一直有一个愿望，就是也像白龙一样到河里游泳摸鱼儿。她向罗二娘提过要求，罗二娘不答应，只说："姑娘家的，哪有那么不害臊？"

盛夏，地里的玉米棒子成熟了，像插在玉米秆上的一个个手雷。这个季节是丰收的，也是忙碌的，掰玉米棒子、割红高粱、收大豆之后，紧接着就是收稻谷了。下地掰玉米是最累人的活儿。玉米秆密密麻麻，走进玉米地就像走进了十八层地狱。被太阳烤焦的玉米叶子划在裸露的手臂上、脸上、耳朵上，还伸进脖颈里，把皮肤划出一条一条红印子。汗水浸透了衣服，浸在被玉米叶子划伤的皮肉上，黏黏糊糊，生疼生疼的。

三元和白龙在地里掰玉米棒子，罗二娘和英子也在地里掰玉米棒子。两家的玉米地仅隔了一条土埂。大人一边掰玉米一边有一搭没一搭地说闲话。俩小孩似乎在互相较着劲比能耐，能听到他们背着背篓穿梭在玉米叶丛中哗哗作响的声音，还听得到他们啪啪掰玉米的声音，甚至听得到他们呼哧呼哧的喘气声，就是听不到他们说话的声音。

背篓装满了。俩孩子从玉米地里走出来，像是刚从水里钻出来一样，头发湿透了，特意穿上的旧衣衫湿透了，额头上不停浸出的汗珠水晶一样在阳光下闪烁着。白龙朝着苦塘沟努努嘴，英子就会心地笑着。原来是他们早就商量好了，趁大人忙碌，英子和白龙到河里游泳去。

"妈，我把玉米背回去再来啊？"

"爸，我先背回去啊？"

跟大人打过了招呼，白龙和英子的脚下像生了风，背篓里的玉米棒子随着脚步的节奏抖动着，呼啦啦地唱着歌。

他们没有回家，直接到了河沟边，把背篓放在瀑布旁。白龙像见到水的鱼儿，三下五除二脱掉衣服、长裤，他习惯性地要脱下衬裤时，突然又有所顾忌，脸腾地一红，扑通一声穿着内裤下水了，嗖，嗖，像鲨鱼一样一下子从这边射向了那边。

英子犹豫了一下，那个潜藏在心底的愿望太强烈了。她躲在竹丛中，很快脱掉了罩在身上的衣衫，也穿着衬裤下水了。毕竟是第一次下水，刺激和恐惧战胜了羞涩，慢慢地试探着往深水处走。

白龙在不远处露出脸来，用水抹了一把，说："不用怕，往前走，最深地方的水才到你肩膀。"说罢，又一个鲨鱼潜水，不知道游哪儿去了。

突然，白龙从英子身旁冒出来，伸出手说："不用怕，我教你游水。"他叫英子身子扑在他的手臂上，然后用手托住英子的身子，要她努力地用脚向后蹬。英子刚一蹬脚，他把手一松，英子像石头一样沉入水中。白龙赶紧把她拉起来，英子被呛了水，眼睛睁不开，弯着腰不停咳嗽。白龙拍打着英子光溜溜的脊背，连说："要憋着气，要学游泳得憋着气才行！"说着，他一个深呼吸，把头埋进水中，咕咕吐着泡，然后猛然把头抬起来。英子觉得有趣，学着白龙的样子，一个深呼吸，把头扎进水里。毕竟她没有过这样的经验，憋不住，连忙抬头，满脸紫茄子一般呼哧着喘气。

"英子！"

这时，一声猛喝吓住了他俩。罗二娘站在瀑布旁，怒气冲冲看着白龙。英子直起腰来看着妈妈，嘴唇哆嗦、牙齿打战，她想说："是我叫白龙带我游水的。"但是呛了水憋了气还难受着，并且被妈妈从来没有过的威严震慑住了，她什么话也说不出来，被罗二娘又气又疼地拉走了。

走了几步，罗二娘还转过身，恶狠狠地瞪了白龙一眼。

从此，罗二娘不再允许英子和白龙在一起玩了。那条孤独的小河仍然属于白龙一个人。

野 炊

白薇回家的次数越来越少了。"努力学习，跳出农门，改变命运"的愿望越来越强烈。如果能找得到人去家里带来生活费，她甚至每月一次的归宿假也不回家。小学同班同学中，顺利读完初中的不多，跟她同在鲤鱼石中学的有四人，是被老师称为有前途、被乡邻认为有出息的好学生。有一大半同学留在了七星镇庙垭口的"五七"中学，在这里读书等于是扫盲学习，混个中学毕业证而已。学校的老师多半都是没有编制的代课老师。有的同学读着读着不到毕业就辍学了。白薇的堂哥白前，二叔的大儿子，就只读了初一。还有一小半同学在小学毕业时就辍学了。白薇的另一个堂哥，白前的弟弟白果就是这样。

在接连七周不见白薇回家后，三元答应带白龙去鲤鱼石中学探望。星期六晚上临睡时他才想起该给姑娘带点牙祭。他都躺下了疲惫的身子，但仍赶紧把白龙叫起，父子俩满心欢喜地给白薇准备了一盅"登板肉"。三元端出木梯，支使白龙爬上墙头取下一块腊肉。白龙生火，三元用火钳夹着在灶膛柴火上烧得油花滋滋地响。然后白龙支着手电筒，三元把腊肉拿到河沟边认真刷洗干净了，再放在锅里煮熟，切成一块块的，实实地压在大瓷盅里。盛不下的肥腻的肉片爷俩在昏黄的白炽灯下掂着嚼着吃了，吃得满脸油光发亮，满心畅快。

那晚，去见姐姐的兴奋和不安占据了白龙全部的睡意，他翻来覆去睡不着。沉寂的秋夜，瀑布有节奏的哗哗声响，一遍遍敲击着他的心房。蝇虫在帷帐外嗡嗡作响，他想象着那是姐姐在哼唱。月光穿过木格子窗户，照进屋子来。他似乎看到满屋子都是姐姐的身影在晃动。他想象着姐姐在淘米洗菜，想象着姐姐在提潲喂猪，想象着姐姐在接受爸爸的批评委屈得站定不动，他想象着姐姐叫他把脏衣服脱下来……他想象着姐姐的学校会是什么样子呢，他担心着姐姐的学校那么大能找着姐姐吗，他担心着如果找不着姐姐怎么办呢。

快天亮时，白龙睡着了。他做了一个梦。他正在急着赶路，好大一片流水突然挡住了去路。姐姐在河那边，他在河这边，姐姐不停向他摆手："危险，回去！危险，回去！"然后姐姐转身走了。他举着手里装着"登板肉"的瓷盅，急得跺着脚。突然，一个浪头打来，他被惊吓得手一松，瓷盅掉进水里了。他伤心地沿着河边追着跑："姐，姐！"

他含泪醒来时，天已大亮了。他一骨碌从床上爬起来。三元已经到坡上去忙了。白龙顾不得洗脸，甚至觉得拿碗筷都是浪费时间，索性直接用手在锑锅里一把把抓起红苕饭往嘴巴里塞，填饱肚子后抓起毛巾在脸上胡乱擦了一把，赶紧端起瓷盅出发了。

白薇班上这周组织去江边野炊。

进入初中二年级，梅老师依然教白薇班级的数学课，但是不知什么原因不当班主任了。新班主任是刚刚从师范院校毕业不久的一名男教师，姓解名水清，就是之前提到过的教物理的解老师。解老师人年轻，有时间有精力，他相信凭着自己的干劲、激情和力量足以给他从教生涯的第一届学生带来影响和变化。

解老师的宿舍就在正对教学楼的那栋办公楼上。那栋办公楼很老旧了，跟学校的建校历史一样久。砖木结构，有两层，上下层都有很多独立的小房间，各房间沿走道两侧并列布置，房门都开向走道。楼下是印务室、保卫科、教导处等，楼上就是单身教师的宿舍。

　　学校的住校生寝室在教学楼的后边，是一排简易的泥瓦结构的平房，中间以泥巴围墙隔断，男女生各占半边，分别叫男生院和女生院。寝室房间不多，每个房间的面积都很大，几乎就是一个教室的容量。一个寝室要住下同一年级三个班的四五十名女生，靠墙壁四周密密麻麻摆满了简易的高低单人床，寝室中间也是床挨着床。一大堆床挤在一起，只留了一条窄窄的仅容一人侧身通过的过道。寝室里没有厕所，整个就寝区都没有，男生院没有，女生院也没有，要方便只能到围墙外面教学楼西侧面的大厕所。

　　条件虽然艰苦，鲤鱼石中学集中了七星镇五个乡最优秀的学生却是事实。这些来自各个乡的住校生家庭境况参差不齐，从单人床上挂的遮蚊子的帷幔上可见一些端倪。白薇对面上铺的紫玲，帷幔是化纤做的，有立体感，柔软轻巧，透气性好，雪白飘逸，就像紫玲瀑布一样的头发，简直是一道打眼的风景。白薇铺上挂的就不同了，是镇上亲戚家不用了准备扔掉的棉布材质的蚊帐，色儿都变了，黑一块黄一块的。老旧还好，寝室里用家里的旧蚊帐改做的单人蚊帐多的是。夏天不透气也能承受得住，最让白薇感到不自在的是那是一顶用在大床上的蚊帐，因为没有改制过，挂在不足一米宽的单人床上，帐顶坠下在床单中间兜成一大团。白薇是三班的，床铺都靠在进门一侧。一班和二班的同学一天进进出出好几趟，哪怕不经意看一眼那个兜顶，白薇都觉得难为情。当然，聪明的白薇用绳子将兜下来的那一大团棉布像扎头发一样扎起来，虽然看起来不清爽，但总比乌不溜秋兜下一团强。

　　解老师起床很早。在学校起床铃声响起之前，他已经端着一个透明的玻璃杯子刷着牙绕过教学楼走到寝室围墙之外的花坛边了。学校的起床铃声之后是喇叭里奏唱歌曲，他几乎总是在喇叭响起的同时走到女生寝室围墙以外，那是男生女生去往厕所的必经之路。他一边刷牙一边等待班上的同学走出围墙门来，借此对学生的赖床磨蹭或者行动迅速了如指掌。还有，

野炊 | 169

边远农村出生的他自己是奋发图强通过考试跳出农门改变命运的,他相信天才出于勤奋,他还相信即便是天才也需要鞭策,不然伤仲永的故事会永无止境继续发生。他想以这样的方式将勤奋以身示范给他的学生。所以,将最后一口漱口水吐到花坛里后,他会背着手,端着空杯子,经男生寝室绕一圈,走到教学楼与办公楼之间住校生做早操的空地上。这样绕一圈,早操的集合号角差不多就吹响了。

青春年少的解老师热爱着这一群活力四射的少男少女,又常常为他们恶作剧式的叛逆伤透脑筋。

这天,他把漱口杯随手就放在了花坛的石头边上就踱步去绕圈了。不知道是哪位同学动了坏心思,将插着牙刷的杯子搁放在了女生院的围墙门楣上。进进出出的女生都会仰头奇怪地看着那个杯子那把牙刷惊讶不已:"谁的呀?"几天过去了,全校各年级的同学都知道了那是解老师的专用牙具。白薇所在的三班同学都心照不宣,窃窃私语着依然在黎明起床铃响之前准时出现的解老师:

"这些天他就没刷牙?"

"他嚼在嘴巴里的碎肉渣子都在上课时随着激情飞扬的唾沫飞出来……啊,好臭!"

白薇同情这个年轻的班主任。

解老师同时上了三个班的物理课。为了检验自己任教的这三个班的教学效果是否有区别,或者弄清楚各个班级的尖子生之间的差异,教完了《声音与环境》这一章过后,他设计了一套测试卷子,突发奇想地在每个班上找了几个代表到他的宿舍里去做。为了不耽误其他学科的上课时间,他把时间定在了午休时,白薇也在代表之列。

那天午饭后,各班代表如约到了解老师的宿舍,梦媛也在其中。房间很小,不足十平方米,十来位同年级不同班级的同学面对面、背对背、肩并肩地伏在宿舍里当作饭桌书桌的旧课桌上、简易木床沿上做卷子。解老师还没吃饭,他把从食堂打回来的饭菜分成两份,分别盛在大小两个盘子里。这时白薇才发现,解老师的房间里还站着一个挂着鼻涕的五六岁的小男孩。解老师把小盘子搁放在门边颜色发黑的小竹椅上,朝着门外叫了声:"桂桂,来吃饭了。"

后来知道,桂桂是解老师姐姐的儿子,是他的小外甥。因为他家里穷困,是姐姐和姐夫慷慨解囊供他完成学业的。为了报答这份恩情,他参加工作后,主动提出负责外甥的教育。

估计是太饿了,解老师的小外甥双膝跪在地上,趴在小竹椅上狼吞虎咽吃起来。鼻涕眼看要滴落到干白饭里了,呼啦一声又吸回去了。年轻的解老师是负责任的物理老师,却是不合格的孩童监护人。他对桂桂的鼻涕视而不见,只管一边吃着饭,一边叮嘱大家:"看题要仔细,确定读懂了才下笔。"

在那么小的一个房间里,大家再怎么专心,要不注意两母舅(重庆方言,意为外甥和舅舅)的吃相是不可能的。不知怎么的,白薇突然就怜悯起那个被称为"桂桂"的小男孩。有一阵子,她竟然眼睛盯着试卷心神飘忽,她想到了弟弟白龙。

那一次,母亲去世后不久,三元叫她跟着七叔去城里大姑家背挂面。虽然已经是八十年代中期,自由贸易市场已开始扩大了,不再有"投机倒把"和"黑市"的说法。不过凭粮票购买仍然是当时城里人买挂面的主要门路。当然不用票证也随时买得到,不过那个小作坊的面条色泽不好看,黑不溜秋的不说,轻易就煮成一团糨糊,口感极差。但是在物质匮乏、普遍贫穷的乡下,在吃穿问题上没有哪个家庭敢任性奢侈,即使是吃一顿糨糊般的黑面条也像过节一般。沙园村里,有一户人家吃面,跟有一户人家炖鸡一样都是大事,会惊动一个湾子,逗引一个村庄。家里但凡吃面,一家人会极其郑重,谁烧火,谁往开水锅里丢面是不能含糊的。乡下人不讲究和面的作料,一筷头猪油,加上盐和醋,再加把葱花,就是绝无仅有的上乘美食。下锅后的面条如何

野 炊 | 171

迅速翻搅，如何加柴加水才能煮得柔软不腻，如何识别面条是不是煮熟了，是那个年代人们吃着面条议论得多的话题。三元告诉过白薇不知是谁告诉他的判断面条生熟的诀窍："用筷子挑起两根摔在墙上，贴紧了不掉下来就是熟了。"

不过三元的诀窍白薇一次也没尝试过。她有自己的办法，筷子夹起一根面条，用指尖掐断，看是否有又硬又干的白心，如果没有白心了，那么就是熟了。

大姑家人多，面票多，总有吃不完的面条。

大姑慷慨地在白薇的竹箢里装了五把挂面，共有十斤重。七星镇的滩盘设有船码头，开往县城的揽载船每天固定时间来回一次。白薇和七叔是上午坐揽载去的。七叔有事要在城里待几天，按照三元的嘱咐，下午送白薇到县城码头，让她独自坐揽载回去。

下了船从七星镇回到家还要走二十多里的公路。算好了白薇在回家的路上，三元叫白龙去接白薇。白龙刚从玉米地里割猪草爬出来。他光着脚丫，裤腿卷起来高过膝盖，满头满身都是泥巴，连手脚的指甲缝里也塞满了泥垢。他的头发很长时间没理过了，乱蓬蓬的就像一个鸟巢似的。乱发下面的脸上也零星地沾着泥巴，鼻子下面还挂着两串黑乎乎的鼻锅巴。只有那双企盼接到姐姐的眼睛是晶亮晶亮的，在他脸上成了最耀眼的星星。

白龙背着背箢出发了。

从七星镇下船回到苦塘沟的公路中间要经过滕芳坝。路过滕芳坝时，白薇碰到了沙园村小学的田老师，也就是代课的筲箕老师田中能的姐姐，她刚从乡里开完会准备回家。她的家在沙园村甘家坝，要经过苦塘沟，正好与白薇同路。田老师一路跟白薇拉着闲话，走到滕芳坝场口上时，碰到了眼睛里蹦着欢喜的白龙。

见白龙背着背箢，田老师热情地说："知道来接姐姐，真是好弟弟。来，我帮你拣两把面在背箢里。"

哪知，刚从城里回来的白薇见白龙脏得像黑泥鳅，跟她身边穿着洁净的田老师完全是两回事，做姐姐的失职的愧疚与害怕田老师笑话的虚荣立即蔓延到她的脸上。她满脸通红，似做了错事一般，冲着白龙发作："看你浑身好脏，还跑这么远也不嫌丢脸。"

白龙用手抹一下眼睛和鼻子，就扭捏着握着背篼的稻草背带不知所措。

事实上像白龙那个样子，在当时的农村就是普遍的形象。田老师自然不明白白薇发什么火，再次拉着白薇的背篼说："拣两把给他背吧，你背着也轻松一些。"

"我不稀罕他背！不稀罕他来！"白薇提高了音调，脸涨得更红了。她往前急走几步，挣脱了田老师拽着背篼的手。

后来，田老师也不再坚持，仍然与白薇有一搭没一搭地拉着闲话一直走回到苦塘沟水库。白龙走在马路边上，一路埋着头不敢说话。事实上，白薇比先前更愧疚了。她的谈吐已经不像先前一样自如。她的心底里是希望弟弟干干净净地出现在田老师面前。田老师是筲箕老师田中能的姐姐啊，田中能糟践弟弟那一幕像根针刺在白薇心尖上啊。但是她怎么就蛮横粗鲁地让好心来接自己的弟弟受到轻视呢？

那次，与田老师刚刚道别，白薇就对弟弟和颜悦色起来。但是她的心里久久有挥之不去的阴影，总觉得自己对不起弟弟。

想到这些，再看桂桂时，白薇动了恻隐之心。

后来，就从那间宿舍里走出来过后，对解老师的不屑与嘲弄就在几个班里欢欣鼓舞地传开了：

"看那副吃相，青筋暴露满脸大汗，毫不忌讳地当着我们连打好几个大饱嗝，完全就是梁山好汉填饱肚子的遗风。"

"真的啊！像饿死鬼投胎一样，两个乞丐一大盘白干饭和土豆丝炒肉吃得干干净净，别说米粒，连油汁都不剩一滴，盘子像舔过一样白净。"

"都做老师了，吃东西那副样子，我敢说有损老师的尊严。"

其实这些议论也不奇怪。在之前，同学们来自各乡村各生产队，物质连同视野和见识一起匮乏，局限在那块狭小的同村人天地里。如果哪家有亲戚在县城，得以偶尔溜达一圈后回去，带回去的所有消息都是爆炸性的。白薇的大姑在县城，她祖母一年半载去那么一趟，回去时村里的老太们都会聚集在石头沟，听她讲城里新鲜的人和事。如果哪家有亲戚在省城，全村人好奇的、羡慕的目光定会让人飘飘然得要飞上天去。

才普及几年的黑白电视机，就是连通世界的唯一通道。透过那十几英寸的黑白屏幕，人们已经了解了很多知识，体验了电视剧里的很多酸甜苦辣。一部《上海滩》，让很多人熟悉了上海的十里洋场，也误认为上海就是那样的刀光剑影。周润发饰演的主角许文强，牵动着多少没走出过村子的年轻姑娘们的心。

在来自十里八乡的这群初中生眼里，七星镇是仅次于县城的大场镇了。虽然从东往西，只有一条不超过五米宽的主街，街道两旁的建筑都是砖瓦结构的楼房，至少两层楼，高的有七八层，找不到一间泥巴墙茅草顶的房子。朝向街面向阳一面的房子阳台上挂满了花花绿绿的衣服，在空气中飘散着花香牌洗衣粉的味道。窗沿上色彩缤纷的破瓷盆里种了各式各样的花草，不名贵，但被侍弄得好看。背阴的北面阳台上经常可见鲜肉腌制的咸肉，沾着零星的花椒粒，有的还盖了一层油纸防止雨淋。油纸在风里哗啦啦地飘，昭示着城里人让人羡慕的体面生活。街道两旁还有法庭、邮局、财政所、派出所、旅馆、电影院、书店、理发店等很多部门和服务设施。沿街底楼门面居多，卖百货的、卖副食的、卖五金的、卖馒头稀饭的，应有尽有。建设的政府大院更是威武雄壮，院门口竖立的"七星镇人民政府"的牌子白底黑字，庄严、神秘，让人肃穆。即使不是赶场天，街上也是人来人往，比乡下热闹多了。

尽管已经来这个中学一年多了，从来没有人明说过，但是大家心里都有一种模糊的崇拜：七星镇中学的老师应该跟还种着庄稼的没脱农的村小教师不一样,他们的身份绝对要高贵许多。

自从进了解老师宿舍,看见过解老师和他流着鼻涕的小外甥共进午餐后,同学们的认识发生了颠覆,那样的崇拜也发生了动摇:有城市户口的名校毕业的人才贪吃的样子跟农村人并无差别,大地方的老师跟小旮旯的混混一样需要填饱肚子。

议论解老师的话题多起来,关注解老师的同学多起来,关于他的不良信息多起来:

"笑死我了,解老师腰上系了一条花裤腰带,老土死了,不知道哪个售货员怂恿他买的?"

"那个四环素牙齿再天天刷也还是四环素牙,装什么洋气?"

尤其是镇上的几位走读生,居然在解老师的名字上做起了文章。一天晚自习前,教室黑板上堂而皇之写着"扯不清"三个字,解老师的别称就这样诞生了。

刚刚听说解老师喜欢学校教初中一年级语文的李桃瑶老师,梦媛立即就表示出不屑的神情:"那个蛤蟆样,还想吃天鹅肉?人家出身名门,血统高贵,气质非凡,马勃老师追求她还差不多。"

解老师和马勃都是刚刚从学校里毕业步入社会的热血青年,都执教同一年级。马勃出身教师世家,他的祖父母从教几十年退休后住在城里,他的父母是城里知名重点中学的在职老师。将教育事业干出一番名堂的志向,将两位不同出生背景的年轻人紧紧团结在一起,由此生发出不同凡响的情谊来。

这世上有很多关于青春的比喻:初升的太阳般的,激情燃烧的火焰般的,波涛汹涌般的,这些在白薇看来都是虚张声势的。她说不清何为青春,只知道其中一种,敏感、孤独、无助。那是要强的自尊伤害过白龙后的愧疚和对解老师的同情联系在一起的,那是隐隐约约将个人身世命运与另外的人交织着,对比着,感同身受地存放于每一个晚自习过后的昏黄白炽灯下的宿舍里，静置在那张挂着厚重旧蚊帐的单人床上。

白薇自卑地发现，同学轻视的其实不是解老师，而是跟解老师一样没有显赫家世和背景的贱种卑物，轻视的是他们吃惯了粗粝的糙米饭，掺上一点点残汤碎菜也嚼得味蕾开花的馋样儿。她是那样追求上进，渴望生命中充满阳光，想在每次考试中取得好成绩，成为班上第一批戴上团徽的共青团团员。也许，这些努力原来本就不是为了自己的前程，而仅仅是为了让家世优越的同学们对没有母亲、家庭穷困的自己多说几句话，多微笑几次。也许解老师当初也跟她一样，之所以从穷乡僻壤走出来成为一名光荣的教师，依靠成绩优异自不必说，白薇更愿意相信他是争得尊严的同时的顺便而为。

鬼使神差的，在过了好多天之后的早晨，白薇将解老师的漱口杯子从女生院的围墙门楣上取下来，众目睽睽之下端进了教室，递给了一脸错愕的解老师。解老师当众举起握住白薇的手说："跟调皮捣蛋的那些人比起来，白薇不知道要懂事多少倍。"

这个举动足以让她在班上陷入众叛亲离的境地，她被同学们视为异类和胆小鬼。她在寝室里的日子并不好过，各种排挤、不堪入耳的讥讽开始风吹瓦砾一样砸向她：

"哼，势利鬼。难怪各科老师都喜欢她，原来就是这样巴结的。"

"尖儿，你也太不识时务了吧。"

"简直是叛徒！"

"解老师长得那么丑，你到底喜欢上了他哪点儿呢？"

只有对面上铺的紫玲，似乎被孤立的是她自己一样，坐在床沿上，吊着两条腿，大眼睛无辜地看着白薇。那双无辜的大眼睛给了白薇无穷的力量。

小小的杯子导致的舆论让白薇陷入深深的痛苦中。虽然自小学以来，这不是第一次被孤立。她第一次焦灼地认识到，一个人做事情哪怕是对的符合自己的良心的，也不一定会得到所有人的认同甚至拥护。不，甚至会适得其反，会让任何人都嫌恶。既然不可能赢得每个人的满意，不可能让所有的人都成为你的朋友，那么何必要虚伪地迎合呢？何不努力做好自己呢？她安慰自己，没事没事，把时间和精力花在该花的地方，没有好人缘固然是一种失败，可是不是也像古人说的"人生得一知己"足矣？

就在白龙端起那一瓷盅登板肉去鲤鱼石中学那一天，梦媛组织住校的部分同学去江边野炊，但是没有邀请白薇参加，得以让她对白薇好成绩的嫉妒再一次有机会不露声色地发泄出来。白薇是那么渴望去参加野炊。她满怀钦羡地看着分工讨论的同学们，羞怯又讨好地对紫玲说："我会切菜，我还会做饭……"但是刚刚说出口就被梦媛无情地回绝了。梦媛不假思索地说："你跟我们不是同路中人，你就不去了吧。"

当同学们哼着小曲儿，吹着口哨背着柴米油盐、锅碗瓢盆走出校门口时，站在教室窗前默默目送他们的白薇再也不淡定了，她伏在窗台上抽泣起来。这时，紫玲来了，体贴入微地挽起了白薇的胳膊。善良的紫玲做了努力，瞒着梦媛为白薇争取到小组同学的勉强同意。白薇慌忙擦擦泪眼蒙眬的眼睛，抬起头来，委屈和感激让她的泪水再一次夺眶而出。

刚走到校门口，白龙端着瓷盅远远走来，他腼腆而开心地叫着"姐"。白薇惊喜地接过了那个单纯的装载着想念和关爱的盅子。说也奇怪，对不能参加野炊的委屈突然像在旷野燃起的稻草烟雾一样飘散得无影无踪，留下的是对眼前弟弟的愧疚与不安。

紫玲开心地邀请白龙也一起去野炊。

一群白鸽像一片流动的云彩从天空飞过来，瞬间飞到了江面上，越飞越远，成了一个个白点。紫玲、白薇和白龙仰着头，目光追随着它们。"姐，它们飞过去了，飞到山那边去了。"

涩涩的苦楝树

  白薇习惯了听鸟语，在花园里的矮树枝上，在操场空泥地上，在任何地方看见飞鸟，有时是鸽子，有时是麻雀，有时是画眉，只要是孤孤单单的一只，她都觉得是在给她说那些伤感的话。

  有一天中午，她在女生院门口定定地看着一只落在墙头叫喳喳的麻雀，微微蹙着眉，双眸中泛起的同情与孤独显而易见。恰巧远志去教室里打这儿经过。

  这个叫远志的少年是白薇班上的班长，爱打排球，阳光帅气，白皙的皮肤，脸上总是挂着柔柔的笑意，圆圆的脸上嵌着一双总是眯缝着的小小的眼睛，两道眉毛浓浓的，弯弯的。敞开的球衫外衣给他的形象加入了一丝顽皮和不羁。一头乌黑的头发，带着顽皮的神色，眼睛很小，但是特别有神。他打招呼的时候，轻轻地摇晃着脑袋：

  "嗨！白薇，看什么呢？"远志晃着脑袋打着招呼，眯缝着笑眼天真地看着白薇。

  白薇打断了遐思，回过头来，四目相对，只有极短暂的一瞬，白薇立即张皇地低下了头，脸颊蓦地红了起来。好像她的心中秘密被远志完全看穿一般局促不安，不答应不好，答应又找不到合适的语言，想掉头离开又不好意思。

远志第一次留意到一个女同学的不自在和脸红，一种莫名的拘束突然使这对少男少女都变成了哑巴，一个慌了阵脚，一个乱了心跳。

人真有这么奇怪，在一个班上相处了三年，听同样的课，做同样的题，考同样的试，白薇和远志，一个班长，一个语文科代表，在教室里的大集体中相处和如此的单独相逢是完全不一样的。

远志第一次发现，白薇是那样独特，不单单是个子高挑，健康的黄皮肤。别的女孩有的像太阳，比如梦媛，活泼开朗，人走到哪儿笑声就跟着到哪儿。有的像清澈的湖泊，比如紫玲，天真安静，不多言不多语。白薇像什么呢？春天早晨的雨滴？落在草丛里的露珠？掉在水塘里的石子？她的身上有一种与众不同的气质，很难用单一的某种性格下定论。她忧郁着又坚强着，期盼着又隐忍着，宛若神话般的女孩一样让人捉摸不透。

一种美好的幼稚的想法在这个阳光男孩心里萌生，了解她，帮助她，这个忧郁又坚强着的白薇。

月考完后老师要求换座位，恰巧远志和白薇同桌。那天，教室里很乱，大家都忙忙碌碌的，跟往常似乎没有什么不同。远志和白薇却因有过一次短暂的近距离接触和眼神交流，让他们彼此深深铭记。白薇抱着一摞书从后一排过来了，远志刚刚整理好自己的书本桌椅。像预先约定过似的，他很自然地接过白薇怀抱里的书来，小心搁放在旁边的书桌里。倒是白薇很不自在，她不敢抬头看远志，只是有种心跳加速、脸上火辣辣的感觉。

似乎有了一种默契，他们之间开始频繁地示好。在课堂上远志被提问的时候，白薇比远志更紧张。她的思维飞速地旋转，只为了给远志嘀咕出提示性的答案。远志是走读生，他的父亲是七星镇上有名的刀儿匠，杀猪卖肉，为人实诚，又有学问，生意做得特别活。远志每天上学从父亲的摊位前经过，都能得到三毛两毛的零花钱。

一天中午，教室里空无一人。远志像做贼似的用攒了半个月的零花钱偷偷买了一个粉色封面的硬面抄笔记本，放在白薇的数学书底下。他想了想，又匆匆写了一张纸条：喜欢吗？送你的。同桌。

他把那张纸条压平夹在粉色硬面抄的扉页，重新塞在白薇的数学书底下。两三周的同桌，他已经清楚，在所有的学科中，白薇的数学要弱一些，每天总是先对付数学作业，然后再完成其他学科的。他坐在位置上看起书来。此时的远志，虽然表面平静，若无其事，其实内心是按捺不住的喜悦。他不明白为什么要这么做，但是他的内心召唤着他必须要这样做。

白薇进来了，是和紫玲一起说笑着进教室里来的。作业很多，语文积累、数学练习、英语试卷，她要抓紧时间一样一样完成。她顺手拿过就摆在眼皮底下的数学书，那本漂亮的硬面抄赫然出现在眼前。

"这谁的？"她愕然叫起来。

"嘘！"远志慌忙竖起食指制止。

白薇疑惑地翻开粉色笔记本，拿起纸条，她的脸红了。一直是乖乖女的白薇，抿着嘴羞涩地微笑着。她不敢看远志，但是她深潭似的双眸里燃起了火。虽然班上有男生女生在递着纸条递着青春的爱恋，但是她从来不敢奢望有人会对自己动感情，何况是逗很多女生喜欢的远志呢？远志也在看着她，像平常上课时不经意地在侧面看着她的剪发头，课间操集合时在队伍的后面看着她的剪发头一样，傻里傻气地笑着，一脸诚恳的样子。此刻，他们的内心都涌起了轰轰烈烈的波澜。他没有说什么，她也没有说什么，心中早已连成一片欢喜。

自此以后，他们偷瞄对方的眼神不再战战兢兢，随时的一眼对视都会漾出蜜浆。他俩小心翼翼地，心照不宣地掩藏着自己的小心思。为躲避同学们的猜测，往往在相视会心一笑后立即转回头，心虚地环视四周紧张一阵，又惊魂未定地收拾好神色表情，生怕会被其他同学看出异样。

像是坠入了某条不知名的暗河，远志和白薇沉浸在这种胆战心惊又亲密甜美的交往里无法自拔。有时，在早自习结束去食堂早餐以前，远志会变戏法似的偷偷递给白薇一串糖葫芦。白薇一脸冰霜地接过来，心里早开出了一片花海。

　　有一个星期天的下午，远志邀约了几个要好的男生一起去骑自行车。他们顺着公路骑得远，一直到了白薇家附近的苦塘沟水库。就在第二天的晚自习前，远志告诉白薇他们的这个壮举，还告诉她站在苦塘沟水库的堤坝上眺望寻找猜测哪儿是白薇的家。白薇听得脸蛋红扑扑的，一直红到脖子、耳根，突突的心儿也似乎跳出来跟着远志一起骑车，像电视镜头里那些快乐的镜头一样，她坐在了远志的自行车后座上……

　　一个月以后，座位调整了。白薇和满丘妹同桌，往后挪了三排，远志和紫玲坐在了一起，靠前一排，中间隔了整整四排，他们再不能那样一左一右转头就能对视一笑了。

　　于是，在每一个晴天的课间操集合铃声响起后，他们会默契地磨蹭着，有意走在全班同学后面。一个在教室的前门口向教室的后门口看，一个在教室的后门口向教室的前门口看。每当发现有其他人之后就故意扭头跟上队伍，但是又时时在相互注意着。偶尔偷偷对上一眼，也要在心里欢呼雀跃。有时在下课的间隙，远志会故意抱着本子来到白薇桌前，问一些早就明白的问题。

　　他们一直以为，再无第三者知道这属于他们的秘密。

　　有一个晚自习没有老师，老师们都在开会。教室里唱歌的唱歌，聊天的聊天，一个叫化荣的男生在讲台前走模特儿步，他夸张地挺胸收腹和装模作样的猫步让教室里疯狂起来。班上有人带了一本《神雕侠侣》，好多男生起哄要看。他就把书扔给了远志。远志手贱呀，接住了书。然后有人大叫："远志像不像杨过？"

　　全班齐声吆喝："像！"

　　"小龙女呢？小龙女在哪儿？"

　　"在……"教室里传来一片唏嘘声。

　　同学们的目光齐刷刷地射向白薇。

早就被看破的秘密像窗户纸一样终于被戳破了。在男女生的共同鼓噪下，一下子教室里沸沸扬扬的，更加热闹非凡。

就像无数只重锤敲打着，白薇的脸丢了魂似的煞白。怎么办？这下出名了，不光彩地出名了。

远志不愧是有魅力的班长，他站起来，很有见识地大大方方地招呼着："大家安静，大家安静听我说，不要胡搅蛮缠乱开玩笑了。白薇是尖儿啊，小龙女哪里敢跟她比啊！"

白薇窘迫着，有些不知所措，有些感激，有些失落。眼泪在她的眼眶里打着转。她努力控制住，不让眼泪流出来，但是任凭怎么控制，不听话的眼泪还是任性地坠落在课桌上摊开的粉色硬面抄上，一滴，两滴……圆圆的，亮晶晶的，随即调皮地隐去了身形。

纸张湿透了……

像刮起了一阵风，几乎无一例外的是，不管城里的，还是乡下的，女生们都疯狂地迷恋上了琼瑶，偷看琼瑶的言情小说成了校园时尚。她们最幸福的精神生活，就是在某一个星期天，把从少得可怜的生活费里节约出来的零花钱在手心里捏出汗来，拿到学校旁边的租书店里，在齐齐整整地码在一块儿的琼瑶面前，挑选出一本来。甚至根本不用去租书店，一本还没看完，不知谁手里的那一本已经预约好，也不知道是从哪里来的，反正琼瑶的书在宿舍和教室随处可见。

白薇是不看小说的，人家看小说的功夫她都用到了读正经课本上。即使是在星期天，她也是在教室里踏踏实实完成各科老师布置的作业。但是沉浸在琼瑶小说里的同学不在少数，他们哼唱着《在水一方》之类的琼瑶电视剧主题曲进进出出，在书本上贴满林青霞的剧照贴纸，晚上寝室熄灯过后都要兴奋地讨论着要么愤世独立，要么清雅脱俗的女主角。她还在大家的议论中想象着才貌双全、一往情深的男主角，常常耳热心跳地把他和远志联系在一起。

既是好奇，也是为了跟上时尚，一个星期天，白薇忍不住也从同学那里借了一本《几度夕阳红》，躲在教室里悄悄看起来。

教室里零星地坐着几个同学，赶作业，记笔记，发着愣，看着书，都在自己的座位上忙着。解老师不知哪个时候溜达到了教室里。他在第二排课桌上翻看着一个白色封皮的硬面抄，那是一个叫古幽草的女同学的日记本。估计里面写着一些不太正统的话语，解老师咬咬嘴唇，说：

"古幽草长大了。"

沉浸在琼瑶里的白薇像个贼似的赶紧把书塞到书桌里，恰好被抬起头来的解老师看见了。他走到白薇面前，伸出一只手：

"什么书？给我看看。"

白薇脑海里一片空白，涨红着脸不情愿地拿出书来。

解老师拿过书背在背上，也不看白薇，叹了一口气，不紧不慢地说：

"琼瑶的书是毒草，专门玷污少女的心灵，让人沉迷而难以自拔。"

像突然被人轻而易举地看穿了心思，赤裸裸地站在大庭广众面前，白薇不知所措，紧张着，自责着，又惶惶然。

她蓦然想起卷起被子离开家到学校报到那天，七叔对她的提醒。她还想起了青黄不接的时候归宿假回家，父亲难过地跟她说喂养的母鸡遭遇鸡瘟，一只也没剩地死了。庄稼没出来，没有鸡蛋卖，那个月生活费成问题。她当即自作主张地说到石头沟去借。大男人都有一股子要强的倔劲。三元一直争硬气，在两个娃儿的学费问题上尽量不给弟兄姊妹们增添负担，他也不想让自己的孩子长大了也要背负沉重的人情债。确实没有办法的时候，只有这样硬着头皮让白薇去借了。

爷爷奶奶不在，去县城大姑家都一个月了。七叔家光景好一些，白薇满怀希望地进了七叔的堂屋，跟七叔和周三娘说借一个月的生活费三十块钱。七叔是妻管严出了名的，坐在桌角吐着烟卷不吭声。周三娘站在门边"啊呀"一声，说钱刚刚被娘家兄弟借去买猪娃了。

白薇坐在幺叔对面,一下子希望落空忍不住就哭起来。周三娘见状,双手在腿上搓了搓,很不自然地说:"我进屋去看看呢。"

那天,白薇哭了一场借来一个月三十元钱的生活费。这个经历非同小可,她让白薇对自己的境遇和目标更加清晰起来。是啊,她的成长只能是一条封闭的逼仄的单行线,不容许她心有旁骛。她没有资格做琼瑶书中的女主角,坐在命中王子的自行车后座,幸福地穿越长满绿树开满鲜花的小路,躺在阳光浸润的草坡,闭眼倾听飞鸟从昏黄的天空欢叫着掠过。

那样的场景属于文静温婉的紫玲的,属于冰雪聪明的梦媛的。

又一周的星期一,当远志披着黎明的晨光走进教室,跟往常一样笑盈盈的满脸阳光。白薇没有如约抬头,她正在默念单词,表情如雕塑一般冰冷。

课间操时间,磨蹭着落在班级最后的远志,后门口那属于他心中的秘密天地里却不见了白薇的身影。他一路小跑到了操场,正巧看见白薇站在桂花树下和新同桌满丘妹有说有笑。他走过去大大方方地冲着白薇打招呼:

"嗨!说什么呢?"

白薇抬起头,大胆地打量远志脸上傻里傻气的笑容,无比朴实的笑容。她的心里也甜甜的,却瞬间把头扭向一边,冷冷地说了一声:"有事没事干什么呢?神经病!"说完径直站到队伍里去了。

远志愣愣地站在那儿,脸上的阳光在瞬间崩塌。

这个晚自习,在白薇的粉红色硬面抄里,夹着一封信,是远志写的:"我给你写信都不知说什么,我的心里很乱。今晚我妈做了最好吃的馒头,我犹豫着要不要给你拿来两个。一整天看着你对我不理不睬的样子真难受。我真想静下心来理理头绪,我很在意我们之间的友情,以为我们之间是最纯洁的友情,但是你的冷漠让我伤心,原来我们的心相隔很远。我不得不说再见了,我的朋友。"

偷偷读着信,白炽灯橘黄色的光映照着白薇的脸,她的眼中透出宁静、宽宏的光,也饱含着无奈、坚定。她在心里默默地说:"谢谢你,远志。"

不要笑话他们的扭捏作态。这就是二十世纪八十年代末青春最真实的模样。那时候城乡差别非常明显，即使是思想相对开放的七星镇，姑娘们也总是穿得很朴素，言行举止规规矩矩。她们像青涩的苹果，连偷窥一眼帅气的男生，都会拘谨得汗毛收紧手心发潮的。

这就是那个年代的初恋，确切说是那个年代白薇们的初恋，贫穷和跳出农门的强烈愿望导致她们心中苦苦培育的那棵苦楝树来不及萌芽，就注定夭折。

童年的不幸、家庭的不幸，让早熟的白薇更像一片无力的叶子在风中挣扎。琼瑶的小说自此被她视而不见，置若罔闻。她把远志送给她的粉红硬面抄和两封短信锁入箱底，一并锁入的，还有她的碧玉芳华。

从此，白薇将所有的激情投入到学习中。

晚自习下了后教室要关灯，寝室也要统一按时关灯，她就把课本和笔记抱到教师办公楼去学习。她早就瞄准了，办公楼上的教师办公室基本上都是不锁门的，电灯也是自由开关。她为自己找到这样一个安静宽敞的学习场所激动不已。每晚不到十二点她不会归寝睡觉。当她轻轻悄悄推开门进到寝室，里面黑黢黢的，鼾声四起，有人在磨牙，有时还能听到同学的梦中呓语："碗柜里的烤鸭还有吗？"烤鸭是什么？于是，白薇会下意识地咽咽口水，然后蹑手蹑脚摸回到自己床铺和衣躺下。

为了能够挤出更多时间学习，她与临铺的同学石榴约定：凌晨三点一刻钟起床，仍然到教师办公楼去学习。如果起不来怎么办呢？石榴有一个闹钟，就放在枕头边上，闹铃就设在三点一刻。往往是石榴被闹醒了，白薇却醒不来。正值青春少年，正是长身体的时期，一天两三个时辰的睡眠怎么能够？

不光白薇，我们有充足的理由相信那刺耳的闹铃不是声音把石榴叫醒的，而是对耳鼓膜的震动的作用将她叫醒。因为，二十多人住在一间大寝室里，高低床铺密密麻麻，竟然不见一人翻一下身子，或者嘟囔一声。石榴弹簧似的醒来，第一件事就是掀开白薇的蚊帐，拍打着白薇的身子低低地喊着："起来了！起得了！"有时白薇迷糊着答应着，等石榴回头去梳理头发、收拾书本，白薇翻身又睡着了。石榴就会回过来拉起白薇，直到白薇起床。然后两个人轻轻悄悄地拉开木门，迎着湿润的晨风往教师办公楼奔去。

很多办公室都是开着门的，那是规定学习时间以外最安全最有吸引力的学习场所。白薇想，凿壁偷光的故事一定是真的，因为，往往，很多间教师办公室都是通宵达旦亮着灯，因为刻苦的人不止她们两人，各年级都有。

白薇的学月考试越来越在状态了，基本稳居在年级一二名不变。尽管她还没有明确清晰的学习目标，比如毕业了考师范学校呢还是中专学校好？技工学校需要城镇户口，她是没有资格参加考试的。读重点高中吧？好像老师一直为他们树立的榜样就是哪一届的谁谁进了哪个水电校中专，一个鲤鱼打挺，前途怎么样光明，从来没有跟他们说过谁考上高中值得欣喜的。

老实说白薇没有自己的主意，觉得一切听大人的，听老师的。当然，白薇的生活圈子只有那么大，虽说姑姑在城里，仅有的那么几次进城也没有谁对她今后的人生有过规划和引领。老实说，对大学和中专，她真的没有太多的概念。她的亲人中也没有人懂，来自老师的建议是上中专包分配，是城市户口了，还是国家干部，有自己的铁饭碗，可以从此改变自己的人生，实现从农村到城市的梦想，还能早拿工资，早上班，上高中考不上大学，什么都没有，还得回老家种地。隐隐约约地，白薇还含沙射影地接收到一个观点，对于女孩子来说，考上了中专，国家饭碗搁平了，今后找对象的层次就不一样了，绝不是现在一锅骡子没有比较无法选择，然后就稀里糊涂地把自己嫁了。

流火的七月

流火的七月，白薇以无比激动和欣喜的心情，迎来了她人生第一次绚丽。班主任特意请人传呼带信地告诉她，她以全区第一名的成绩考上了中师。每天早中晚一日三次响起的广播里反反复复播报着鲤鱼石中学上线中专中师的名单。七星镇场口上、汽车站旁、船码头等醒目的位置，都张贴着中考胜利的大红榜，引得坐车乘船的、赶场买卖的都忍不住围观驻足，欣羡的，嫉妒的，若无其事的，啥样表情都有。

考得第一名的白薇赫然列在红榜最醒目的第一排。郑老师去了一趟县城。据他说，回到七星镇，刚一下船就有人喜颠颠地跟他报信："哎呀，不得了了，你教的学生考取了中师，还是头名状元呢！"从不串门的郑老师专程到石头沟有声有色地转达这话，像喉咙里冒烟花似的，以表示他带来的是不同凡响的令人顶礼膜拜的好消息。贵客临门，石头沟的男女老少都洗耳恭听。白薇奶奶又是泡茶递凳子，又是张罗煮荷包蛋，对郑老师的启蒙培养深表感谢："这怎么感谢老师们的培养才好？我们家白薇命苦，但是处处遇到好老师，好老师就是贵人哪！"说到动情处，她忍不住喉头哽咽了。

"是她自己刻苦。"郑老师当然不是贪图吃俩荷包蛋。他是有知识有文化的人民教师，是真心来表示祝贺的，"我老早就看出白薇这娃有出息，打小看她走路都是不一样的姿势。这不，真出息了，我的脸上也沾光。"他报了一口茶，抹抹嘴唇，发表了一通恰如其分的见识后就客气地告辞了。

来报信的岂止郑老师一个呢，熊家堡的吴百通，张家园的黑嘴都去石头沟报过到。大家都是乡里乡亲的，一家有喜事也是大家的喜事。乡亲们有时候也会送一些钱物，这算是人情往来。按理，他们应该去苦塘沟跟三元一起高兴才是。但是他们清楚，三元苦憋穷酸老实巴交，去讨了好除了得到那副毛孔都乐得开口笑出声的样子，老实说，水都可能得不到喝一口。倒不是说真口渴找不到水喝，是三元脑袋里根本就缺那根筋。石头沟白老太太讲仁义讲大方是出了名的不说，跟她交流也是趣味无穷。

好消息传开来，尽管在淳朴无争的乡村，也很可能是大家暗地较劲的战场：

"白三元臭瞎子有什么能耐？偏偏人家闺女争气。"

"有什么办法呢？只怪自家婆娘没那个聪明种。"

也有另外一种更坦率的表现，就是无论城市和乡村，无论在哪个年代都随处可见的诚实人，他们看到白薇具有自己孩子没有具备的会读书的长处，非但不羡慕，反倒怜悯别人以显示自己的优越感。他们会说："那可怜的孩子，也许只有这样发奋读书才对得起她小时候受过的苦。"

还有另一种诚实的人，他们说："可惜了那读书的天分。换成我家的闺女，砸锅卖铁也要让她读高中，再上个好大学。"这是有见识的人才说得出口的，说这话的人往往有一个在乡下人眼里非常了不得的城里亲戚。

苦塘沟就在苦塘沟水库公路边，三元得到的酸言辣语多着呢。幸亏他眼神不好，估计还有一些嫉妒仇恨得想剥他皮的都有。那时候乡下人，尤其是处于偏远封闭山区的乡下人眼光狭窄，容不得别人家强，庄稼多收成了那么两担，牲畜顺顺利利地长出了槽，都是红眼病的根源，何况别人家的子女冒出了从此改堂发迹的端倪来。

等吴百通、黑嘴心满意足地吃完开水蛋走了，白薇奶奶缺牙的嘴唇一瘪一瘪地说着，声音洪钟一样有力："看吧，当初白薇读书的时候没得人奉承，受不完的欺负。这下有出息了……也好，他们带来的确实是天大的好消息，这样的好消息就是一天来一打也不算多，这是咱白家兴旺发达的兆头啊。"

　　白老太太忍不住兴奋，在忙过家务活儿的傍晚，她还专门到苦塘沟走一遭，跟大儿子三元分享扬眉吐气的喜悦。她拄着拐杖噔、噔、噔走在弯弯拐拐的山路上，夕阳洒在她的满头银发上，显得特别神采奕奕。

　　在一个冒着暑气的傍晚，七星镇的广播里通知白薇到鲤鱼石学校教导处去领取录取通知书。镇政府的女广播员用脆生生的七星镇方言一字一顿地接连播了两遍："下面播送通知。请沙园村一组的白薇到鲤鱼石中学校教导处去领取录取通知书！再播送一遍：请沙园村一组的白薇到鲤鱼石中学教导处去领取录取通知书！"完了再加上一句，"请听到通知的转告一下白薇，沙园村的白薇！"经广播这样一嚷嚷，别说沙园村了，整个七星镇都炸开了锅。连续几个赶场天，三元只管昂首阔步，一路都是艳羡的眼光。

　　录取通知书只是一张薄薄的纸，背面是红底黑字，印着"录取通知书"几个黑体字，正面是白底黑字，正文内容中白薇的姓名、学校和报到时间都是手写的。正文右边是入学注意事项，特别注明要带箩筐、扁担等劳动工具，其中第二条是"凭此通知书迁户口和粮油关系"。

　　三元眯缝着的眼睛将整个脸庞贴到通知书上，逐行逐字地看着读着，寻找到白薇的名字，喜不自禁，竟然挥舞着录取通知书走出门去，在一群洗衣妇面前没头没脑地大声嚷嚷："转了粮油关系了，转了粮油关系了，咱白薇跳出了'农'门，吃上了国家皇粮了。"

　　那些压抑、那些委屈和那些妙龄少女特有的伤感，都在激情的七月沦陷，渐渐远去，留下一抹抹抓不住的残影。

　　白薇的前途在二十世纪九十年代的一个七月瞬间绽放，五彩缤纷！

　　白龙这年也从沙园村小学毕业了。

　　之前，三元在路上碰到过陈老师几次，得到的信息都是白龙脑瓜子灵活，只要肯努力成绩不会亚于姐姐白薇，定会前途无量。看问题太过简单、对未来过于乐观的三元就一股脑儿地设计好了这个七月的辉煌丰收：白薇考上中师，白龙考上鲤鱼石中学，顶多再辛苦三年，儿女双双成才……

哪里知道白三元的如意算盘却落空了。白薇考上了中师，白龙却没有如意考上鲤鱼石中学，只能读末流的五七中学。

人前的风光是白薇带来的。好消息带来的热血沸腾渐渐冷却下来，男尊女卑的思想作祟加上生产队邻里间有意无意地挑拨，三元陷入深深的矛盾焦虑中。是啊，女孩子长大了终归要嫁到别人家，读再多书也是别人家的人。白龙只能读五七中学，跟成绩末流的学生混在一起能有什么出息？虽说三元没文化，说不出郑老师那样文绉绉的话："与善人居，如入芝兰之室，久而自芳也；与恶人居，如入鲍鱼之肆，久而自臭也。"但是类似"随着好人学好人，跟着巫婆下假神"的道理他还是懂的。在他们眼里，凡是早恋都是见不得人的荒淫无耻。店子塝上的水莲才刚刚读初中三年级，被人好几次撞见在松林坡跟后湾头的石家儿子搂搂抱抱。呸！鲤鱼石中学的学生都有远大的志向，才不会有这种龌龊呢。

眼见开学的日子越来越近了，夜晚在坝子里乘凉，三元抓着脑袋，向白薇传递着她的焦虑："白龙只考上五七中学，怎么是好呢？"他更希望有什么办法能够让白龙入读鲤鱼石中学。但是他的希望局限在他自己的忧虑和跟白薇的交谈里，他的见识还没开放到要去求助家庭以外的任何人。在他的眼里，女儿能以全区第一名的成绩考上师范学校，说明鲤鱼石中学的教学质量非同一般，镇上没有第二个学校可以相提并论。他的眼里，凭借全区第一名的成绩考上师范学校的白薇已经是能够拿主意的大人了，是能够想出什么绝妙的主意的。在那个年代，思维和眼界的局限让在山旮旯里生活的人们没有学位的概念，没有优质教育资源的观念。他们只知道好成绩的读鲤鱼石中学，成绩不好的读五七中学。

白薇理解父亲的焦虑。妈妈离开快有七年了。这么些年，父亲独自一人辛苦劳累不容易，她都清楚。这个晚上，懂事的白薇开导父亲说："爸，放宽心，我先想想办法。实在不行让白龙到五七中学报名读书，兴许今后能够转学呢。"

聪明的读者，只要稍微动脑筋想象一下，就知道那句"我先想想办法"，表现出了白薇与一个十六岁少女年龄极不相称的担当。人的成长经历是一面魔镜，照出灵魂的自立自强、敢作敢当。面对跟种庄稼完全不一样的子女的教育问题，三元茫然无措。白薇其实也没有办法，但是此时她的言语对三元来说就是承诺，就是希望，就是弱小肩膀的勇于担当。这个晚上，坚强的姑娘是在承诺，她已经成为这个不幸残缺家庭的顶梁柱。

三元没有往深处想，白薇虽然以高分考上了师范学校，但是她也不过是一个只有十六岁的孩子，她的阅历和经验都不足以为弟弟的学业做出明智的谋划。她唯一的渠道就是在去学校领取录取通知书的时候，问过她的班主任解老师有没有什么办法。年纪轻轻、满怀同情的解老师两手一摊说："如果我能说话算话你让他直接来报名就是了，问题是我说话不算话，那就是我真没有办法。如果我是教导主任或者我是校长，这个问题就是小菜一碟了。"

白薇肤浅的阅历和单纯的社交经历使她在这个问题上仅限于向班主任询问，还没有胆量向鲤鱼石中学和蔼的教导处张主任求助，更不敢向当过部队干部、身材粗壮、皮肤黝黑、表情严峻的田校长那里去求助。中学三年，她就没有跟学校的领导说过话。有那么几次直接的交往，就是被评为优秀学生干部、三好学生后，在台上接受田校长颁发奖状。她都不敢确定田校长是否能够认得自己。

但是这次升学，她取得那么瞩目的成绩。她不一样了呀，她是全区第一名了，第一名仅此一个，还有能比全区第一名更风光的人吗？白薇觉得田校长肯定记得自己，肯定会看重她的请求。为了弟弟，为了解脱爸爸的忧虑，白薇决定尝试一下。她的语文成绩好，擅长写作，为什么不给田校长写一封信表达愿望呢？或许田校长长相凶悍，但是特别善良，读了全区第一名的信就会同情他们姐弟，就会对白龙开恩，让他新学期就去鲤鱼石中学报到呢。

美好的设想让白薇激动起来。想到立即做到，她立即进屋，在昏黄的白炽灯下摊开作业本写起信来。

尊敬的田校长：

您好！

我是刚刚毕业的鲤鱼石中学学生白薇，我以全区第一名的成绩考入师范学校。我的奶奶、我的爸爸、我的老师，乃至我们整个村子的人都沉浸在无以名状的喜悦中。为此，特别感激学校对我三年的培养。

我的家庭很特殊。我的妈妈因为生病永远离开了这个美丽的世界，丢下了爸爸、我和弟弟仨，还有因为妈妈医病欠下的一大笔债务。我永远记得那一幕：爸爸扛着装着妈妈骨灰的小木头去坟场，我和弟弟号哭着跟在爸爸身后……

田校长，学校这么多学生，您一定不会认得白薇，但我一想到您就特别熟悉，特别亲切。我在鲤鱼石中学三年六个学期。每学期您都要亲自给考试成绩优异的同学颁发奖状奖品。第一学期、第三学期、第五学期，我都是我们年级排名第一的那一个。第二学期、第四学期，我在年级中排名是第二。还有每一年的"五四"青年节，我都无比激动地从您手里接过鲜红的优秀共青团员的奖状。这一次升学考试，我一举跃到了全区第一名。老师说我为学校争了光。其实这都是老师的心血，还有您的关怀和鼓励，让我得以实现鲤鱼跳龙门，从此改变命运。谢谢您，尊敬的田校长。

我鼓起勇气给您写信，是因为我的弟弟。他之前一直梦想着像我一样到鲤鱼石中学读书，将来也能鲤鱼跳龙门，去做科学家改变家乡的面貌，去做战士保卫祖国。但是这次小学毕业考试，他发挥失常，没能进入鲤鱼石中学，只能就读五七中学。但我相信他的实力，完全可以在鲤鱼石中学，在您和老师们的教育关怀下，成绩突飞猛进，再过三年，像我一样为学校争光的。您相信他吗？您一定会相信的。

我的爸爸是识字不多的庄稼人，这几年来，他当爹又当妈真不容易。这些天，眼看着离开学的日子越来越近，他眉头紧蹙，对弟弟前途的焦虑完全大过了因我考上师范学校带来的欣喜。

尊敬的田校长，开开恩吧，让我的弟弟到鲤鱼石中学读书吧。我，您的学生白薇对您跪下了。致以

敬礼

您的学生：白薇
8月10日

白薇字斟句酌地把信写好，含着眼泪她又仔细地读了几遍，然后满意地把信从作业本上撕下来，用剪刀小心地把信纸边缘剪整齐，再把信纸认真地折成一只千纸鹤。她认为校长是文化人，会明白千纸鹤承载的意义。

夜已经很深了。透过木格子窗户看出去，深蓝色的天幕上挂着一轮皎洁的明月，河水哗啦啦哗啦啦唱得好欢。白薇在灯下双手合十默默祈祷：千纸鹤，带去我的心愿吧，带去爸爸的心愿吧，带去弟弟的心愿吧。田校长，好校长，您会开恩的，您是菩萨，您有菩萨一样的好心肠……

第二天，白薇没有跟三元说千纸鹤的事，她以赶集为借口到庙垭口邮局买了信封，郑重地把那封带着他们父子仨希望的信投到了邮筒里。

走出邮局，白薇觉得自己做了一件大事。她想象着田校长正在拆开信封展开信纸读她的信，她想象着田校长为她的自强不息所发出的赞叹，她想象着田校长对学校的优秀学生的求助特别重视，她想象着田校长已经开始着手安排白龙的入学事宜。她为自己有能力改变弟弟的学业命运而自豪。

沙园村和庙垭口都隶属于七星镇，同在一个邮局辖区。事实上，只要不出意外，那封信顶多一天时间就能送达鲤鱼石中学。白薇每天都往庙垭口

邮局跑，她担心有白龙的补录通知书或者田校长的回信什么的。但是，很多天过去了，白薇没有盼来她想象中的消息。

最初几天，白薇认为会不会是田校长没收到信。但是都过去半个月了，别说想象中的好消息，就是一点拒绝的回音也没有。白薇开始在心里咒骂田校长的铁石心肠，咒骂田校长不把自己的信当回事。

但她仍然忍不住往邮局跑，她希望有好事发生。这样的等待完全是煎熬。对着镜子梳头的时候，白薇发现前额上又增添了几根白发。不过她并没有对此黯然神伤，她早就长了白头发了。妈妈走后那一年，她总是蒙着被子睡觉，后脑勺上就被同学发现有了几根白头发。小学毕业那一年，每天在煤油灯下演算七步八步的应用题，那一年白头发就有了几十根了。

自我安慰着，咒骂着，企盼中，眼看就要开学了。太过自信的对立面是极度自卑，白薇对自己有了新的认识：自己只是一个初中毕业的白薇，没什么了不起。鲤鱼石中学上百年的历史，培养了多少莘莘学子，自己湮没其中，什么都算不上。自己只是每年升学考试获得第一名中的一个，第一名在沙园村是惊天动地的，在校长眼里只是不屑一顾的小事。白薇能认识到自己是个微不足道的初中毕业生，真是一个大进步。莫大的希望过后是莫大的失望，极度的自信过后是极度的自卑。白薇庆幸自己做这件事前前后后都没有跟三元以外的任何一个人说过，如果被人知道了，不屑的眼光还不把她羞死。

一个十六岁的少女，经过自己的刻苦换得命运之神的青睐，突然享受了太多的颂扬，享受了太多她从来不曾想象过的待遇，难免骄狂，仿佛天下事无所不能为。当然，还因为个性因素和成长环境的局限，人世浅薄，她的擅作主张只是停留在自己单纯的想象里，即使是求助也是单方面的间接的，她还不会直接表达，遭受挫折和失意太正常不过。

这些都是成长必须经历的，岁月中就应该多些风雨。

三元没有再过问白龙读书的事。一方面，他忙于秋收，割谷收稻是大事。另一方面，也是迫于无奈，他已经接受了白薇的建议，先在五七中学读，再想办法转学。顶多再辛苦三年，到时白龙读高中，白薇衣食无忧，还会帮衬弟弟读书。闺女能干体贴，能为他分忧，他甚感安慰。

谷子成熟了，无规则的、成片或零星的金黄镶嵌在苍翠的山岭沟壑间。家家户户磨刀霍霍。很快，黄澄澄的稻谷将堆满在各家各户的堂屋或院坝。

这一季是大收，割谷子搭谷子晒谷子全靠人力。漂泊在外面的男人们能回来的都回来了。这是忙碌的季节，忙得男女老少都没有喘息的机会。跟春播插秧一样，搭谷子时节也是各家各户相约换活路，排好日子，今天西家帮东家，明天东家帮西家。毕竟是收获，主家的伙食往往是一年中开得最好的。各家各户都会在水稻扬花后就开始筹备大收的开销。且不说纸烟和茶水得供应充足，午餐和晚餐有酒有肉，而且还是市场上买的新鲜猪肉。农村人谁稀罕一年到头灶沿上熏得黑黢黢的腊肉？一日三餐之外，上午和下午还各有一顿"腰锣"。大方的人家打腰锣都是吃鸡蛋，一人一顿至少两个，一人一天两顿就要四个。如果哪家舍不得拿钱买新鲜肉，打腰锣不给鸡蛋吃，不出三天，整个沙园村都会议论那家人小家子气。

有一年周三娘收谷子，换活路的还都是石头沟白姓本家兄弟。她本是图稀奇，费劲巴力地磨了几大盆米凉糕，用来收谷子打腰锣。结果被石头沟几兄弟私下哝着算吝啬账，说是一斤大米可以做多少碗凉糕，远远低于鸡蛋的成本。

毕竟还要再辛苦三年，三元的确舍不得拿钱买酒买肉。虽说三个人的田地只要跟石头沟换活路一天就能收割完，但是吃饭的人多，往往是搭谷子的正劳力白家几弟兄，还有各家婆娘儿女家眷，以及白薇的爷爷奶奶，算起来就要坐足足两桌。

晒谷子也是抢时间，如果不及时，偏东雨还好，来得快去得也快。就怕阴雨连绵好几天。要知道谷子要晒好几天才能装仓的。偏偏那年不少田里的水稻都出现了倒伏，如不及时收割，倒伏的水稻会发芽、发霉，只能烂在田里，收成将会受到严重损失。一季的辛苦白费不说，交公粮、一年人畜的口粮哪里拿钱来买呢？

三元盘算着，跟石头沟几弟兄换完活路再晒稻谷进仓也要好几天，不换活路父子仨自己割自己搭那些天的时间一样够了。自己人搭谷子就不必要买肉买菜买烟买酒，打腰锣的鸡蛋拿去卖还可以变成钱。

于是，凌晨四五点钟，白薇和白龙就被父亲叫起跟着下田割谷了。天亮的时候，田里都摆了好大一片割好的谷子了。然后白薇和白龙继续割谷子，三元就去搭谷子。搭谷子算得上农村一件很苦很累的活，劲儿要大，但是仅用蛮劲儿不行，得巧。搭第一下、第二下要使劲用力，然后要顺势将手中的谷秆翻过身在木制搭斗的边沿抖几下，让被搭落的夹杂在稻秆上的谷子抖落到斗中，不然的话，既费力又搭得不干净。姐弟俩在前面割，三元在后面搭。稻把子一下一下落在木搭斗斗沿上，"啪，啪……"抖索了几下，又是"啪，啪……"，像音乐节奏的四分之一拍，沉重而缓慢，伴随着三元因咬紧牙关用力，不由自主从唇缝里发出的有节奏的沉重的"吱吱"声响。

附近水田里是泼妇王两口子和她娘家的四个兄弟在搭谷子。像故意显示他们家的威风一样，他们是两个人割，四个人轮流着搭。前面两人搭完了，退到后边把草把子扔在谷桩上，举着稻把子等待的另外两人赶紧上前。他们搭谷子的节奏不是一下一下单调费劲的四分之一拍"啪、啪"，而是欢快的四分之二拍"啪、搭，啪、搭"，像学校鼓号操激动人心的鼓点，一击起来就让人心荡神驰！使人仅仅听闻那声音就如此鲜明地感受到他们的存在、活跃和强盛。四个轮番击鼓的壮汉，胳膊、腿、全身都有力地搏击着，急速地大起大落，让人惊诧于那光着膀子的古铜色躯体，居然可以释放出那么动人心弦的能量，如元宵之夜呼之欲出的龙灯，狂舞在金浪翻滚的稻田里；如夏日午后的骤雨，急促地从天而降；如森林的旋风，挟带着烈火飞扬；如傍晚池塘的乱蛙，在青青荷叶上蹦跳；如强健的猎豹，每一寸肌肤都闪射着火花。

更远一点，是熊家堡黄精灵家的稻田。跟泼妇王那家比起来，黄精灵家的一点不逞威风，不疾不徐，完全把收获的过程当成是慢条斯理的享受。他们家的幺儿子最悠闲，搭几个把子端起脚下的大瓷盅喝口茶，再搭几个把子又坐到田埂上抽支烟，草帽檐下吐出好多青灰色的烟圈圈来。

此时，放眼看，苦塘沟水库沿下的整条苦塘沟正在沟田里劳作的人中，妇女寥寥无几，妙龄少女几乎没有。女人们要煮饭，要喂猪，要晒谷子，要烧茶水，要给男人们热洗澡水。白薇这般如花似玉般的少女，哪家都舍不得做苦力，如果被晒得脸如死灰，粗活做得皮如刀挫，想择个乘龙快婿嫁个好人户都难。至于白龙这般小娃儿能做的事情，主要是给田里送送茶水，拿撮箕或箩筐扁担什么的，顶多在收工回家的时候顺便用背篼背上一些谷子回家。

烈日当空，夏蝉在水田一边的青杠林间不厌其烦地扯着嗓子嚷叫。这是姐弟俩第一次下田割稻。别看姐姐白薇平常能干，在下田干活这件事上确实不是那块料，蹲在田里吧手臂使不上劲，弯着腰吧害怕镰刀割着小腿。白龙就不一样了。他学着大人的样子，挽起裤腿，卷起袖子，低着头弯着腰，一镰一茬，一镰又一镰，一茬又一茬，有节奏地割下那金光闪闪的累累硕果。他汗如雨下，脖子、手臂都被稻叶刺得满是血道道，经汗水一浸，疼和痒交织在一起，滋味虽不好受，但是从旁路过的庄稼人却对他赞不绝口，夸他是白三元的接班人和顶梁柱，安慰三元说苦了半辈子，终于后继有人。至于白薇，人们却说："三元，哪个家庭有让细皮嫩肉的丫头下地的？即使有下地的顶多帮着打打下手做做散活，白薇的那双手怎么会是做这等事的呢？"

白龙第一次被人这么戴上高高的帽子，内心的快乐超过了肉体的难受。

三元第一次没要人帮忙收稻，往年仅用一天就搭完谷子早早收工，今年整整搭了三天。随后就是太阳下曝晒，用风车风去碎禾页片、不饱满的尾谷，再进仓储存，最后就是筹备交公粮。

说到交公粮,出生于二十世纪六七十年代的人感受颇深。电影《车轮滚滚》里,耿东山和他养女冒着生命危险将粮食送往前线,助力解放军一举打过长江的情节激发了无数观众的爱国情怀。二胡曲《喜送公粮》非常喜悦非常欢快的曲调让人倍感荣耀。

所谓交公粮,也叫皇粮国税,是指农民按照集体田地亩数,给国家缴交一定数量的粮食。它也是一种古老的、传统的国家税种,其历史渊源要从战国时期的商鞅变法说起。在秦孝公的支持下,为了实行兼并战争的需要,作为法家的商鞅在秦国变法。主要内容就是围绕耕战,制定政策法规然后坚决实施。交公粮就是其中一种。秦国民众除了到军队服役的,绝大多数要种粮,而且根据收成好坏也可以评功授爵。后来的汉代也沿袭效仿,对农民的税收往往是粮食,以后各朝代沿用。中华人民共和国建立前的征收公粮主要用于战争,简单讲就是军粮摊派到每户种粮人手里。但是和历代不同的是革命者发动了土地革命,剥夺了地主的特权,将土地分给更广大的老百姓。新中国成立后建立了粮站系统,继续征收公粮。交公粮这一制度至少在中国维持了两千三百年以上。一直到2005年12月29日,第十届全国人民代表大会常务委员会第十九次会议通过了《关于废止〈中华人民共和国农业税条例〉的决定》。也就是说,全中国农民从2006年开始不再需要向国家交公粮了,国家还给予亿万农民种粮补贴,给农民带来的这一福祉由此载入光辉史册。

缴交公粮有非常严格的工作流程。交公粮的头一天,三元将精选的黄金亮色的稻谷倒在桌子上,下面接着箩筐。白龙按照三元的要求一点点地将稻谷拨到箩筐里去。他目不转睛,一双手不停地拨动,时不时捡出碎石子扔掉,这是交公粮前一道必需的工序。粮站工作人员要察色观泽,确保金黄稻谷的颜色;要验收过秤,保证足斤足两;要用手搓抓,看是否颗颗饱满,有无石子砂砾;要抽出谷子样品来,一粒一粒地用牙齿嗑咬,保证晒干,不然粮站不收。斤两不足还好,如若颜色黯淡走样、颗粒不饱满或者晒干不合格，需要返工就麻烦了。

白龙嫌麻烦，抱怨着："爸，好麻烦，不如把上品谷子放在麻袋最上面，底下马马虎虎得了。"他抱怨的口气俨然一个大人。

三元说："你个烂主意，公家是那么好哄的吗？"然后，手脚麻利地将筛选过后的稻谷装在蛇皮麻袋里。

第二天刚蒙蒙亮，破晓的晨光将沉睡的生灵陆续唤醒。一些小麻雀在摇曳的竹叶丛中兴奋地鸣叫。

这是一个特殊的早晨，十几个皮肤黝黑的壮年汉子，戴着草帽，脖子上挂一条汗巾，踩着一双赤脚，肩上挑着两蛇皮麻袋沉重的稻谷，集合在桥坡头的公路边。昨天生产队长就挨家挨户通知了，每家出一个人，早上六点钟集合，由生产队组织货车统一送公粮到粮站。

负责开车送公粮的是沙园村二组的胡老幺，绰号叫"狐尾巴"的小伙子。"狐尾巴"当过民兵，学会了开车。他才新婚不久，新媳妇是另一个镇上嫁过来的，人很漂亮不说，娘家家境殷实，老丈人慷慨地出资为他买了一辆小货车。

虽然立秋已过去几天，但因秋老虎发威，火辣辣的太阳烘烤着大地，地球仍然像是要着火似的。粮站一棵树都没有，石灰坝子在太阳底下闪着白花花的光。

从各个村庄赶来交公粮的人很多，庄稼汉们满脸大汗站在屋檐底下，手里拿着草帽，一边扇着，一边议论着今年的收成。因为人多天热，其实屋檐下和太阳底下没什么两样。粮站工作人员拨拉算盘的，过磅秤的，各自都在忙碌。沙园村不少人交完粮拿着收条，收好自己的扁担、箩筐、口袋、绳子，有的喜滋滋地找阴凉地抽烟去了，有的逛街去给婆娘儿女买二两糖。既然是集体花钱雇车来的，还得集体坐车回去，二十几里路走回去得走多少时辰？

就要轮到三元称粮了。他吃力地把两麻袋谷子往磅秤旁挪了挪，叫身旁的莽子跟着帮忙在后面推一把。

"快点快点,我们快下班吃饭了!"粮站工作人员一边叫着,一边擦着汗,一边拿着个尖刀样的东西往麻袋里刺进去,那神态有点像画画书里的鲁智深。那尖刀中间有个槽,拉出来时,槽里带出了些谷子。工作人员熟练地往手心里倒了出来,拿几颗塞到嘴里,咯吱咯吱地咬咬。三元直着身子,大气也不敢出,提心吊胆地看着他们。

"好了好了,搬下去吧。"工作人员一边指着粮仓,一边把咬过的谷子朝磅秤边的地下吐出去。三元这才记起了拿起系在腰间的粗布汗帕子擦擦汗。

已经是正午了。集体租的东风货车已经启动了,生产队的其他人已经爬进了敞篷车斗里。卸掉了公粮,车斗里宽敞轻松多了。大家一边闹闹嚷嚷地打趣着"狐尾巴"的新媳妇,一边等着三元。

三元上了车,汗腻腻的身子挨着其他庄稼汉汗腻腻的身子。车子颠簸着,这些身子偏偏倒倒的,甚至都被震动得双脚离地跳起来再落下去。心情大好的庄稼汉们,荤玩笑仍然禁不住地开起来,笑声在颠簸的车子里一晃一晃的。

突然,在一个急弯处,一辆小货车出现了并顺着坡道疾速地驶过来了。"狐尾巴"心里一慌,往路侧猛一打方向盘。车子一个趔趄,侧翻在了公路旁边的稻田里。

等到三元醒过来,已经是两个小时以后的傍晚了,他在自己家里的床上躺着。原来,货车侧翻时,一车斗的庄稼汉倾倒在稻田里。幸亏是刚收割的稻田,泥土还没有板结。难得坐一趟车的汉子们被惊吓得来不及呼爹喊娘,就滚在稀泥里了,脸上、身子或多或少有擦伤,至多是皮肉之痛,伤痛并无大碍,唯独三元被甩出几丈远。等到大家七手八脚将车子扶正,重新爬上车时,才发现三元直挺挺地躺在一边人事不省。狐尾巴也犹豫着要不要把他送医院。大家七嘴八舌地说:"不见哪儿流血不会有问题,把他送回家睡一觉就醒了。"于是,人们拉膀子的拉膀子,护脑袋的护脑袋,抬腿的抬腿,两个人在中间搂着腰,将三元抬到了驾驶室。到了沙园村后,又将三元抬回到家里，放在他那张木架子床上。

翻车这样的大事已经在整个沙园村传遍了。亲历事件和没亲历事件的好心人接连去了石头沟几拨，添油加醋地告知三元的老娘和弟兄们车祸大事。白老五正打点行装准备第二天出门去打几天短工的，闻讯后也和白老太太在匆匆赶往苦塘沟的半路上。有人还咋咋呼呼地告诉他们三元可能熬不过去了。

白老太太是号哭着赶往苦塘沟的。三元家里乱成一团。罗二娘正在掐三元的人中，白薇正在按照罗二娘的指示捶打着三元的脚掌心，白龙俯下身子双手护在三元的耳朵上着急地呼唤着"爸爸，爸爸"。

"我的儿哪，怎么就要了你的命啊？"白老太号哭着进屋来。白薇和白龙受惊吓似的，也哭了起来。

白老五搓着手，气愤愤地说："狐尾巴呢？就这样不闻不问的，将人扔下就了事吗？他要负责任的啊！找他算账去！"

"白薇爸，你醒了！"

"三元，你醒了！"

"爸爸！"

白老五刚刚抬脚跨出门槛，却听到里屋传来惊喜的呼叫。他连忙折回身子。这当儿，三元正睁着眼睛惊讶地看着满屋悲戚的人。

庄稼人命贱。三元身体并无大碍，苏醒过来后咕咚咕咚喝了一大碗凉水，就想下床干活了。晒在田埂上的稻草得赶紧收回来码成堆。别看天气清朗朗太阳火辣辣的，说不定就来一场偏东雨。稻草淋湿了哪怕再晒干也不能做床铺草，不能编草绳，当柴火也燃不起火苗，用处不大了。

白老太太当然不允许他在遭受大难死里逃生过后不爱惜自己。她指使白老五："趁天还没黑赶紧去帮你哥收几担稻草回来。"

吩咐过后，她自己则忙着到灶台前张罗起一家人的晚饭来，那架势这晚她不回石头沟去就在苦塘沟住下了。

流火的七月 | 201

没有人再想起找狐尾巴担责的事，毕竟他也担当不起。那年头，谁都不容易。

爸爸苏醒过来，家里好久没这么热闹了。白薇和白龙自然转忧为喜。白薇乐颠颠地系上围腰，叫奶奶一旁坐下。白龙懂事地坐到灶门前铲灰生火。

白老太太坐下来，心疼不已地数落开了："你爸造孽呀！看那头发没一根黑的，都白完了。都是为你们操心太多了，负担重啊！一个人当爹又当妈，你们读书又要很多钱，能不累吗？要不是心善德高命大，今天准保磕掉命了。你们要争气哟，今后好好孝敬他。白薇的饭碗倒搁平了，白龙啊，你让你爸焦心死了……"

白薇"嗯嗯"地答应着。

白龙若无其事地用火钳拨着灶膛，柴火红朗朗的光透出来，映照在他红通通的脸上。他的内心早已蹿出了红通通的火苗："怎么了？怎么老是我惹的祸？求求灶神菩萨，奶奶千万不要也看不起我，千万不要……"

是的，在这个家族里，白薇一直光彩出众，讨人喜欢。比较起来，长着厚嘴唇和大龅牙的弟弟白龙就常常觉得自己光彩尽失。他以前经历的种种受到谴责和惩罚的反常的事情似乎都是因为遭受到忽视而采取的欺骗自己、沉迷自己的行为。他说不清楚所以然，只是在不由自主地寻找证据来证明自己的潜意识的观点。事实是，一直以来，周围人无意的作为促使他对自己的估价实在是太低了，他只想在捉黄鳝、割稻谷、编箩筐还有挑公粮这些事上占上风。是的，他没这么说过，他也似乎没这么想过，但是他的行为就是这么样的。他在失去母爱的、姐姐疯狂努力的阴影下成长，像出土的幼苗被剥夺了阳光一般。我们在他的童年时代甚至可以揣测他今后行径的基础。

白薇从来没想过自己某些方面的优秀是对白龙的伤害。她是爱弟弟的，爱在骨子里。早年丧母的事实让这样的爱超过了一般意义上的姐弟情谊。此时她也在奶奶的念叨里琢磨着："是啊，白龙读书的问题的确让爸爸操心，一定得让他进鲤鱼石中学才行啊。"此时的白薇,她此时的眼光就单纯地局限在五七中学到鲤鱼石中学这段路上,她把所有的希望都集中地寄托在鲤鱼石中学。尽管再过三年,她自己就要站上讲台,但是依她目前的见识还不足以分析诸多因素:弟弟的心理承受能力,以及男孩即将面对的青春叛逆,白龙的小学知识基础会不会影响后续的顺利学习,他成长的环境、家庭的经济背景会不会从旁影响他的人际关系,进而作用到他的健康成长,等等。

五七中学

8月30日,开学报到那天,很少出门的三元执意送白薇到学校。师范校在长江边津沙古镇的一个小岛上。他们是坐揽载去的。在交通落后的二十世纪九十年代初,揽载是重要的交通工具。三元带着无与伦比的骄傲,白薇带着无限的自豪和憧憬,坐顺水船,再叫一辆三轮车到了学校。下了船,原本三元是要走路去学校的,好歹节约一块钱。白薇看到父亲跟城里人极不协调的一身装束,尤其是缠绕在腰间的那条被汗水浸润过的灰不溜秋的汗帕子和一双光着的指甲缝里满是黑泥的大脚板,还有扛在肩上的掉了红漆的泡桐木箱子特别引人注目,总觉得脸上火辣辣的被针扎一样的难受。她执意叫父亲解下汗帕子,叫三元在码头边一家店铺里买了一双凉鞋穿上。出了店铺门,正巧一辆人力三轮车经过,车夫热情招呼他们:"去哪儿?我送你们去吧。"于是,父女俩就坐上三轮车到了学校。

这个世界上有很多东西,需要努力到了一定程度上,才能接触得到。所以总是会有很多个第一次。而第一次的体验很少不是深刻的、复杂的,到一个新学校读书也是如此。

白薇父女俩到了学校,不懂得怎么办那些繁杂的入学手续。山旮旯走出来的人不自信,相当拘谨。白薇知道可以找大同学帮忙,但脖子都犹豫粗了就是开不了那个口。还好,三元倒不在乎掉面子。他尽管高声大气没头没脑地询问同样送孩子到学校的其他家长,有搭理他的,也有自己也搞不懂懒得回话的,问完也不说感谢,彼此都习以为常。

三元帮助白薇打理着一切,报名、缴费、铺床。一个班二十个女生住在一个大房间里,十个上下铺。住上铺还是住下铺是早就安排好了贴上姓名的。白薇住下铺。这样也好,她的那个装衣服的泡桐木箱子就塞在床底下。整个女生宿舍分前院和后院。公用的一个大澡房和大卫生间都在后院,热水要绕过围墙到女生院外的开水房去打。

缴费时,没人排队。到了窗口那儿,眼睛不好使的三元挤不过别人。他右手趴在窗台上,左手扶着光滑的墙壁,整个身子紧紧贴在墙壁上。因为手续繁杂,人又多,他在窗台上趴了足足半个多小时。天气很热,汗水湿透了他的衣衫。

这个时候,白薇看着父亲的背影,感动得稀里哗啦的,眼泪在眼眶里转了好几圈,都被她强忍住了。幸好周围都是陌生的面孔,没人注意到她的情绪变化。她一点没觉出父亲的寒碜来。相反,此时父亲的形象在她心中很高大。

当晚,她含泪在日记里写道:"从此,我不再虚荣,不再指责爸爸的土气汗帕子,不再指责他的黑泥大脚板。我的瞎眼爸爸最伟大!"

8月31日,白龙报到那天,他是和小学几个同学一路蹦跳着到五七中学去的。他的很多小学同学都在五七中学读书,他们将在这里继续他们的同学情谊。他没有白薇那样好面子的细腻小心思,甚至身上穿着皱巴巴的补丁衣服就去了。当然,柜子里的衣服可能翻遍了也找不出一件特别好的。他的衣服都是城里的姑妈们不知从哪些人家搜罗来的。那个年代的农村普遍不富裕,加上思想不开放,在穿衣服这个问题上,即使富裕人家也舍不得奢侈。有人搜罗旧衣服给你穿说起来还是挺骄傲的事。

三元是想送白龙到学校的,可白龙不让,不就是报名缴费吗?他觉得自己是男人,男人有让人护送的理儿吗?如果让其他同学看见了,今后在他们面前还能抬起头来吗？他觉得自己丢不起这个人。

五七中学离苦塘沟不过几公里路。学校在庙垭口场镇边上，被农田环抱，周围没有村子，学校也没有围墙，很安静。学校规模不大，初一年级到初三年级共六个班，每个年级两个班。一般初一年级人最多，初三年级人最少，因为读着读着，就有一些人不读了。早前辍学的男孩子要么回家帮衬着种庄稼了，要么跟随哪位师傅学手艺去了。辍学的女孩子多半是说了人家有了对象准备嫁人了。后来，中途辍学的男生女生多半跟随亲戚到广东、浙江等沿海地区，要么进厂做小工，要么在工地做学徒。

在学校门口，白龙还碰见了小学班级里的女同学青莲。白龙吹着口哨大声招呼她。青莲却躲在她母亲的身后，低着头不吭声，眼神还躲闪着。青莲的母亲就更奇怪了，一脸嫌恶的表情看着他们，似乎吹着口哨跟她女儿打招呼的就变成了坏人一样。白龙不明白经过一个暑假，大大咧咧的青莲怎么变成了这个样子。其实只要是这个学校的女孩子，在开学报到之前，都接受过大人一番严肃的教导。那就是不要跟男生交往，能离多远就离多远。似乎这个学校的男孩子都是满脑壳的坏水，只知道勾引女孩子一样。

这也难怪。谁都知道，在这五七中学读书的学生，是被鲤鱼石中学选拔过后淘汰下来的。能就读鲤鱼石中学的是七星镇各所小学里成绩拔尖的，都是好学上进的好学生。好学生聚在一起就有好的学习氛围，成天面对好学生的老师们也特别有成就感，勤研乐教的教风与好学乐学的学风共荣共生。每年秋季的开学典礼上，校长都要站在升旗台上掌着一个黄颜色的大喇叭对新生们说："跨进了鲤鱼石中学的大门，有百分之五十的概率考入重点高中。考入重点高中就有考进重点大学的机会了。有百分之十的概率考入中师中专，考入中师中专就跳出农门了。"这样的话，鲤鱼石中学的学生从初一开始到初三毕业，每学期听一次，要听六次。到毕业走出校门，人人都会学着校长的腔调一字不漏地说出来，喊出来，吼出来。这样的口口相传，无异于鲤鱼石中学一张响亮的名片，整个七星镇的百姓如果孩子考上鲤鱼石中学，那一定是无比耀眼的光荣。与五七中学不同，这所学校的每一个班，从初一到初三，学生人数会越来越多。最开始四十人，到毕业的时候可以达到六十人，甚至更多。因为每一学期都有其他地区其他学校的学生想尽办法转学进来。

但是五七中学的学生，自拿到录取通知书那天起，就已经被贴上了差人一等的标签。在升学考试面前，他们确实没有什么竞争力。所以这就产生了一个附带的结果，"升学率"这个指标对这个学校来说，也就没有什么意义，大家自然就不玩命追求那个目标。无论是谁，一旦被贴上了那样的标签，就找不到自信，低头耸肩的，学习就很没劲，越来越没劲。这儿的学生是越读越少，入学时四十人，顺利毕业的顶多三十人就不错了。多数家长认为，认得几个字就算了，念那么多书干吗？在学校学的，毕业后用不上；毕业后要用的，上学又不学。与其如此，还不如早点打工挣钱去。校园厌学之风直接影响老师们的教育信念，每学期开学走村串户去劝学是家常便饭。身为监护人的学生父母或者爷爷奶奶多是不理不睬，有的还给脸色看。教育信念动摇，自然会厌教，无心教书育人是这所中学里教师的普遍状态。

连续几年的时间里，五七中学教师的数量逐年递减。刚毕业的新教师不愿意来，有能耐的教师都陆续调走了。不得不留下来的年轻教师在焦灼中消磨青春，渐渐地梦想也没了。在他们的集体潜意识里，在这所学校里努力探索教育路径根本就是一种错误。他们自尊感低，师生相互影响，大都是不乐意去主动成长的。一般都认为：我就是这样了，没法改变了。跟鲤鱼石中学的老师们努力追求升学率有所区别的是，他们在课余会背着学生做出一些荒唐的事来。

毕竟是在偏僻的乡下，早些年，他们的荒唐事多半跟吃喝有关。

夏天的夜晚，闪烁的星空、飞舞的萤火虫与稻田里的蛙声连成一片。几位年轻教师相约着打着手电筒、拿着编织口袋，半夜偷偷溜出去抓青蛙。

别看白天的青蛙眼睛亮晶晶圆鼓鼓的，一只只活蹦乱跳的，但是一到夜晚就很怕光，只要电筒光一照，就傻乎乎地不跳不蹦了。他们只消在几条田埂上折腾两个小时，就会有很大的收获。回到学校，大家连夜动手，把青蛙剐好，在厨房里烧好，趁天亮前赶紧消灭掉。

事后校长知道了大动肝火，将几位胡作非为的教师好一顿臭骂："你们都是做教育的人，有这么荒唐的吗？学生知道了还怎么了得？一个学校的名声就是你们败坏的！"

年轻人是耐不住寂寞的。过了几天，这群人又开始出击了。不过这一次是正大光明地在傍晚行动，不是去抓青蛙，而是去小河里摸田螺捉螃蟹。大家挤在一家农户里，把田螺炒好，把螃蟹用油炸，喝酒猜拳，美美地吃了一顿。

结果，第二天全拉肚子。原来，螃蟹没有炸熟，无人幸免全都中毒拉肚子进医院了。他们的课都没人上，校长几乎被气得半死。

彼时"读书无用论"甚嚣尘上，随着祖国改革开放和社会主义市场经济不断深化，汹涌南下的打工潮一波接一波。在一列列缓慢南下的绿皮车厢内，过道内挤得水泄不通，就连座位底下、行李架上都塞满了南下的打工者。在工业相对发达的深圳、东莞等地，人才市场、十元店、桥洞下，甚至树杈上，到处都是来自全国各地的打工的人。

多种社会思潮泥沙俱下，各行各业的人在历史长河的旋涡中迷惑着，各行各业的人受着"金钱至上、利益至上"思想的影响。地处偏僻的五七中学也未能幸免。

当时五七中学的真实状况是女教师倒是不愁嫁，但是看不上男教师。男教师讨老婆多半就是临近学校周围的乡下姑娘，容貌差不多过得去就领证结婚了。仅靠男教师微薄的工资收入养老婆孩子，供养双方老人，生活的艰难可想而知。

随着中国改革开放的总设计师邓小平在南方画了一个圈，一曲《春天的故事》唱响，打工的人流从四面八方涌入，南方成为人人向往的天堂。在南下打工潮的激荡和碰撞下，一些教师的老婆也卷起被子行走在南下打工的人流中。

于是有了各种各样的发财讯息：傅老师的老婆在深圳做会计，工资是傅老师的三倍多；陈老师的老婆做资料员，抄写一份资料按一个字多少钱计算；周老师的老婆在理发店上班，除了工资收入还有小费……

各种一夜暴富的神话也从南方源源不断传来。

老婆在身边没挪窝的男教师也不甘落后，在挣钱上纷纷动起了脑筋。李老师自学了家用电器的维修和安装，东挪西借了一笔钱在镇上开了一家店铺，老婆摇身一变成了老板娘，他自己则一下课就骑着摩托东奔西跑。何老师承包了临近学校村子的池塘用来养鸭养鱼。吴老师租用半亩地种起了药材杜仲苗……

脑瓜子活络的教师都在忙着挣钱，整个学校的教学秩序完全被打乱了，不适应时代变化的老校长提出了辞职。

新学年，新提拔的校长正值盛年，血气方刚。他不光肩负着传道、授业、解惑的神圣的教育职责和使命，更有着力挽狂澜拯救五七中学的决心，有着在教育事业上干一番作为的理想。他在整个七星镇广纳贤才。白薇小学时的曾老师育人有方，在整个七星镇已经名气很大，也被他千方百计说服调到了五七中学。校长希望曾老师是一条鲶鱼，能够激活五七中学一池死气沉沉的鳗鱼，或者是来自南美洲亚马孙河流域热带雨林中的一只蝴蝶，偶尔扇动几下翅膀，就会在学校引起一场改头换面的龙卷风。

曾老师的教育理想

曾老师就担任白龙的班主任。

当曾老师微笑的面孔出现在教室里时，白龙带头鼓起掌来。教室里顿时一片欢腾。曾老师知道这是给他的最隆重的欢迎仪式。他在感动之余下决心想实实在在地为他们做点事，无愧于校长的信任，无愧于学生们燃起的希望之火，无愧于自己的教育理想。

在很多人都想着如何努力挣钱，努力攒钱娶媳妇成家时，曾老师却总想着如何让教育变得更好。既然这个学校天然就不适合应试教育，那么自己带领学生们奔的那个教育目标，就不再是分数，而更有可能回到教育的初始目的——育人，让学生成为社会合格的一分子。诸君看，卸下了包袱，教育反而回到了它的本来面目。

课程表还没排下来，大部分课程都由曾老师包揽。他在上课，但更像是摆家常。他以平和的语气跟同学们交流了自己曾在村小学工作，提到了白龙的姐姐白薇当初是如何刻苦。他讲了假期生活以及一些感悟。他告诉孩子们无论自己在哪儿，都得到了很多人真诚的关心和帮助。哪怕是萍水相逢的陌生人，人与人之间也能友好相处。他说：

"比如，暑假里我去了贵州。在回来的火车上，因为我和父亲没买到车票，是上车以后才补的票，当然没有座位了。那是在晚上，天热，车上很拥挤，人又很疲倦，此时谁都会因为能拥有一个座位而幸福的。火车出发以后前一两个小时，我们父子俩都是站着的。后来，陆续有年轻的小伙子、学生模样的姑娘、面容友善的中年大哥给父亲让座。我推辞，他们却硬要让我们坐。之所以有这样的情形，我想很大程度上归功于我自身为人师表的言行举止。我把吃完了东西要扔的垃圾用塑料袋装起来，就这个行为，一个大爷把我看了又看。人与人之间的沟通与信任就从这里开始：自身的良好素质会感染身边的每一个人，自己也会有意外的收获。

"由此可见提高自身综合素质的必要性。我建议大家首先从'关心'和'尊重'做起。在家里关心每一个家人，在学校尊重每一位老师每一位同学，笑对长辈，体贴弱小。

"用心灵来认识身边的人，注意自己经历的一个个细节，只有这样才能培养自己良好的情感修养。能用心灵来与人交流的你一定是会关怀人的，是受人喜欢的。"

因为曾老师并没有太多的大话式套话式的说教，就列举了大家司空见惯的活生生的例子，不留痕迹地把老师对学生的期望融于其中。白龙跟所有的同学一样瞪大眼睛，坐直身子，听得特别起劲。

看到大家的神情，曾老师似乎听到了他们发自内心的呼喊："谢谢您，曾老师。平常真的没有哪位老师这么热情地给我们讲这些。我们听到的是'学习''学习''再学习'，'考试''考试''考试'。原来，老师也是有不一样的啊！"

曾老师继续着他激情澎湃的感言："伙计们，我们的学习不是为了得到更高的分数作为炫耀的资本，重要的是通过学习学会思考，扩大视野，提升思想境界。由此，我谈到了课外阅读的重要性。一个追求上进的好少年是很乐意与书籍交朋友的。只有与书籍交上好朋友，精神世界才不会空虚，才会丰富和高尚起来。刚才我提到过的，咱们班白龙的姐姐白薇，从小爱好读书，爱好读书让她越来越聪明，今年她以非常优秀的成绩考进了师范学校。"讲到这里，曾老师注视着白龙，全班同学也把目光转向白龙。白龙的脸上显出扬扬得意的神情，似乎被表扬的不是姐姐而是他自己。

"我在假期里去县城的书店里了。我像挑选你们精心雕琢的最珍爱的陀螺一样为你们挑选了课外读物。不超过一周，那些精美绝伦的书籍就会来到我们的教室里。请放心，我没有选择那种纯粹的为消遣为打发时间的一看就忘的低劣作品，那样的书籍不看也罢，看了只能熄灭我们对美好生活的热情之火。"

谈话进行到此，同学们对曾老师已经由最初的喜欢转变成发自内心的敬佩了。因为之前的小学里，没有哪位同学听到过如此神圣有力量的感召话语。

曾老师是教语文的。在语文课堂上，跟做班主任谈话不一样，他真的有一种举步维艰之感。因为他的学生们对语文课堂的理解只有听讲、记笔记和死记硬背。单是这种学习语文的轻浮态度就把他认为特重要的表情朗读训练降到了极其次要的地位。曾老师是有着教育新思想的，他读过苏霍姆林斯基。他知道："表情朗读之所以必要，乃是为了训练。没有这种训练，就不能培养出用眼睛和思维把握住一个长句子逻辑上完整的部分，以及在思考的同时再向后面的部分过渡的这些复杂的能力。"

也就是说，只有同时进行阅读和思考才能进行表情朗读。表情朗读还能加强审美的感受性，加强语言的美感。如"我像一片云，从四季常青的东海之滨飘到了北京城"，只用眼睛不用心灵的话是领略不到作者如云一样的轻松愉快的"飘"的感觉的。在他训练表情朗读的时候，少数学生觉得好笑，多数学生心不在焉，甚至厌烦。这种情况其实也正常，他们还没有领略到其中的美妙。一位叫罗丹的女同学朗读很投入，很有感情，也做到了声情并茂，感染力很强。她读完了，全班同学不约而同地给了她赞许的热烈的掌声。曾老师希望这是一个好的开始。不过要激起大家对表情朗读的重视与热爱还得下一番功夫，他知道要在习以为常的现象中种出另一片绿荫虽然必要但是艰难。不过通过他的努力激励，一周以后就已经初见成效。

学生已经开始专心致志地读书和思考。他似乎幸福地看到了学生灵动的创新思维的火花在绽放。

每天曾老师都要找两位同学谈话。这一天，他找了白龙和建勇。前一天有学生跟他反映，他俩总是在课堂上乘机捣乱，高声尖叫，在过道里疯跑，然后带动班上一大片，班干部简直无法控制，尤其是在没有老师的自习课上更加严重。其实曾老师也有发觉。他的办公室就离教室不远。他一转身离开教室的时候，教室里立即就炸开了锅。尖叫声、手掌使劲拍打桌子的声音、带责备的埋怨、呼吁安静的吆喝声此起彼伏。

曾老师先找的是建勇，就在教室外边的阳台上。

他打了一个比方："如果我现在叫你把你心爱的东西给我，然后我决定不还你。请问你会是什么感受？"

建勇想了想，很认真地告诉曾老师说："我会恨你。"

他拍拍建勇的肩膀赞赏他说："你很坦率。谢谢你。"

然后他很诚恳地告诉建勇："作为一个教师，我最喜欢的是我的工作。我希望在我的努力下，我的班级我的学生是朝气蓬勃、健康向上的。任何蓄意损坏班级形象的行为不光可耻可恶，而且还会引起我的愤恨。就像刚才你会恨我一样。因为他也把我心爱的东西强行夺去了。"

建勇是个好聪明的孩子，立即就听明白了曾老师的所说有所指。他脸红了。

曾老师恳请建勇就班级目前的纪律状况提出改善的建议。建勇认真地表示："老师，你别说了。我知道怎么做了。"

曾老师点点头："好孩子，我不要你做口头上的承诺，希望你以崭新的姿态来实现你现在心底的诺言。"

建勇看着曾老师肃然起敬，他郑重地点点头。

接下来是与白龙的谈话。

气氛仍然很严肃，不过形式有变化。当着他的面，曾老师叫建勇把刚才的谈话内容说给白龙听。开始白龙只觉得好笑，建勇挺认真地提醒他不要笑。说完了，曾老师又重述了对他们的期望。白龙"嗯嗯嗯"地点头答应着，忽然想起了什么，手忙脚乱地扬起右手行了一个少先队队礼，又匆匆站直身子，用特别响亮的声音说："保证遵命！"曾老师笑着拍拍他的肩膀，说："我相信你是认真的，你们都是认真的。我们的班级是一个集体，还希望你们要以实际的行动、实际的变化带动全班同学变化，带动集体风貌的变化。"

没想到当曾老师走进课堂时，白龙和建勇带给了他意外的惊喜。他俩勇敢走上讲台当着全班同学的面表露要改变自己的心迹。从其他同学发亮的眼神，发红的脸庞，端正的坐姿，看得出他们对他俩发言的重视，他们的心灵也真真切切地受到了感染。之后，曾老师也做了声明："建勇和白龙不是在做检讨，他们所说的是他们到了中学以后的一个重要成长宣言。我们有信心期待。"

已经成为习惯的东西不是说转变就能转变的。要改变班上的纪律状况，改变同学们课堂上随便说话的习惯不是靠表表决心就转变过来的。曾老师理解他们的捣鬼不是恶意，纯属无心，是不自觉的一种习惯动作。当然，蓄意尖叫起哄的没有了，这也是一个大的收获。要彻底扭转班级纪律差的局面，还需要强化意识，督促行为。而仅靠他班主任一个人孤军作战是远远不够的。

一段时间以后，他又找了两位班长谈话。这是他着力培养的两个很上进的学生，可是在表现组织领导才能的时候有点畏首畏尾，自信不足。他鼓励他们胆子大起来。他说："你们将来也许要做厂长、经理、校长、镇长、市长，即使不做这些官，你们也要跟家人、朋友、社会亲密接触，需要拿主意的时候不把魄力拿出来怎么行？要改变我们班级风貌还要靠你们的努力。首先你们要以身作则，在发现班上出现了不好的苗头的时候，能勇敢站出来提醒。你，你们充满正能量的行为，相信同学们会发自内心拥护的。"

得到了老师的支持，两个班长的工作效果立竿见影。闹哄哄的课堂，经他们制止后会立即安静。

纯粹的纪律问题还好，调动班干部，寻求各科任老师的支持，平常自己盯紧点也能奏效，但是面对班上的打架、抽烟、逃学等问题，曾老师还真是头疼。

班上还有一个聋哑学生，靠咿咿呀呀、比比画画与人交流。大家搞不清楚他要表达的是什么，他经常比着画着就被急性子的人欺负。在欺负他的人当中，尤其以高岳最甚。

一天课间操完了之后曾老师把高岳留下了。这是一个个子高高、衣着整洁的十四岁的少年。他的体育成绩很棒。他不大爱说话，可能与他嗓音正在变化已进入青春发育期有关。这孩子有特殊的家庭背景：父母离异，随母亲和继父，还有一个非血缘关系的哥哥生活在一起。母亲和继父都在外面打工，一年半载才回家一次，实际上家里只有他和哥哥。孩子曾在作文里流露过对父母的不满。

正处于心理叛逆期的他在很多方面都在尽力彰显自己已长大：不与同学说笑，对其他同学规范文明的言行举止不屑一顾，叫他发言站直身子时偏要歪歪扭扭，老师表扬他人时，他觉得是对自己的糊弄，做操时懒洋洋的爱动不动，即使抬抬手臂踢踢腿也不过在那儿摆摆姿势而已。曾老师知道像他这样早熟叛逆的孩子，是千万急不得火不得的。那样只能让他距离自己所期望的教育目标更加遥远。

曾老师称赞高岳是一个帅小伙子。高岳腼腆地笑笑。

曾老师又问他："是不是心里有许多困惑？"

高岳没有回答，好像在沉思。

曾老师说："如果信任我就把心里的想法说出来，什么都憋在心里对健康不利。我希望这么聪明这么帅的好少年生活充满阳光。"

高岳还是不说话。

曾老师心想他是在揣测自己的真诚吧，那就要给他时间去建立对老师的信任。他没忘跟高岳说出自己的期望："记住，不管有什么困惑，把现在的事情尽心做好。比如课堂发言,比如课间做操,比如礼貌待人,比如多读书,与书籍交朋友……"

高岳依然不说话,不过他点点头表示同意老师的说法。

曾老师一颗赤子之心满腔热情地认为:"我们只要把孩子当成一个个独特的生命,一个个独特的充满无限可能的生命,我们就会对教育怀着无限敬畏虔诚的心。我们就不会觉得高他们一等。"

他在班上做了一个调查:"哪些同学的妈妈没有在家,或者爸爸没有在家,或者爸爸妈妈都没有在家?请举一下手。"

天哪,整整三十几个学生,有的跟着年迈的爷爷,有的跟着多病的姥姥,有的寄养在亲戚家里,有的跟高岳一样就是自己和哥哥姐姐或者弟弟妹妹独自在家。

曾老师一一走到那三十几个学生的座位面前,与每一个同学紧紧握手,对每一个他心爱的学生都要说一句:"相信我,我爱你!"

青春期的少男少女们原本对"我爱你"这个词汇是很敏感的,但是在这样特定的时间、地点和场景里边,没有人有异样的不安,也没有人有惊诧的不自在。真诚的师生之爱是纯净的山泉,很容易让彼此接通心灵,相互理解。

有的同学当场就哭了。

那时还没有留守儿童的概念,但是他们就是实实在在的留守儿童啊。曾老师称呼他们"缺爱的孩子"。

后来,有心的曾老师策划了一场专门针对这一群"缺爱的孩子"的班会活动课。他在黑板上挥笔写下"拉着我的手,温暖你的心"作为班会的主题宣言,又招呼学生们在黑板上主题字的周围画上自己各种姿势的手。那帮青春少年们可热心了,一溜趴在黑板前伸出左手做模板,或张开,或闭拢,用粉笔那么认真地描画着。一会儿工夫,黑板上就排满了色彩纷呈、姿态各异的可爱的手。

几个胆大有独立思考能力的孩子自告奋勇站上讲台做主持。第一个议程是邀请所有爸爸在外地工作的、妈妈在外地工作的、爸爸妈妈都在外地工作的孩子站到前面来。这下，三十几个学生蜂拥而上，在讲台上站了三排。

最边上的是张伟同学，曾老师见过他妈妈，脾气不太好。从张伟平常的日记推断，他常常感受到委屈。

曾老师摸着他的头问他："张伟，告诉我，爸爸今年回来过吗？"

孩子嗫嚅着摇摇头。

"你想他吗？"

张伟红着眼圈抿住嘴唇，拼命点头。曾老师的眼圈也跟着红了。学生的心里是责怪爸爸吗？是呼唤爸爸吗？是同情妈妈吗？是可怜自己吗？也许他无法用言语清楚表述自己的内心感受，但是他实实在在长长久久欠缺了这么一份正常家庭的爱。

一旁的雪霜是个不声不响的女孩。曾老师从她的外婆那里知道，孩子的父亲已经四年没有回家，并且四年没有给过孩子生活费。这四年里孩子就是跟他们一起的。现在雪霜站在一旁只是捂着嘴巴咯咯地笑。问她什么呢？什么都不用问了。说对爸爸的感觉，在这样一颗幼小的心灵里未免太残酷了。

杜在林和两岁的妹妹一直跟随奶奶生活。课堂上随意经过他的身旁，总能闻到一股浓浓的汗酸味。曾老师也曾经在他耳朵旁悄悄提醒他勤洗澡勤换衣，但是看到背着他妹妹的满脸沧桑的奶奶，又于心不忍说不出口了。

何明杰这小子，总是责怪他不按时完成作业。只要想想他的父亲远在北京，母亲目不识丁没有能力着力于他的教育问题，就不得不接受他"懒惰"的现实了。"缺爱的孩子"啊，此刻你们是集中了平常隐藏着的诸多教育问题啊！

打眼一看，虽然挤挤攘攘的有三十多个，不过大多数孩子跟父母亲是经常团聚的，至少寒暑假能在一起。只是平常的生活里就没有应该有的面孔和声音。如果没有这样一次活动，他们对自己的不一样是不会自觉意识到的。此时,他们站在一起,突然就有一种惺惺相惜的怜悯和同情来。而曾老师看着,也在心里陡然升起厚厚的惆怅。

"接下来,曾老师要送给台上的同学们特别的礼物。"

教室里立刻安静下来,所有的目光都充满期待地看着他。曾老师走上前,一个一个把他们揽在怀里,紧紧地拥抱着他们每一个。

他满怀深情地说:"请相信,在这个班里,有我,有我们大家,你们不会孤独。"

"老师,能抱抱我吗?"

是白龙,他低着头咬着指头,踯躅着走上了讲台。曾老师和所有的同学先是惊讶,然后不约而同鼓起了掌。

曾老师的眼泪流下来了,那帮被曾老师称为"缺爱的孩子"的眼泪也流下来了,台下的学生也流下了热泪。曾老师没有说话,只是上前紧紧地抱住了白龙微微颤抖的身子。那一个拥抱,在传递着爱的信息,也在许下一个庄严的承诺。

当白龙和那三十几个同学含泪走下讲台时,台下的学生受到曾老师的影响,主动走上前牵着他们的手回到座位上。教室里响起动人的歌谣:

轻轻地捧起你的脸
为你把眼泪擦干
这颗心永远属于你
告诉我不再孤单
我们同欢乐
我们同忍受
我们怀着同样的期待
我们同风雨
我们共追求
我们珍存同一样的爱

校长没有看错，曾老师正是心怀教育理想的好老师。从他走上讲台那天起，他魂牵梦萦的就是他的学生。他认为，一个孩子学习成绩的不优秀不代表他的人生不优秀，他们的未来还会有无限的潜能。一个真正优秀的孩子，不是由他在哪所学校上学决定的，而是应该有一颗善良的心、一段丰富的经历和一个高贵的灵魂。因为善良的心是幸福人生的源泉，一个会享受精神快乐的人本身就是幸福的。如他自己，在哪里都是发光发热，并且把那样的光能和热能传递给周围的人，比如学生，还有同事们。他给五七中学带来了从来没有过的希望的光芒。这样的光芒已经成为一种宇宙星体般的能量，去照亮感应呼应周围的星体，让周围的星体们爆发出内在深藏的能量。实际上，曾老师自己也是这样天真地认为，太阳系、银河系，就是这么形成的吧？心中盛满爱，盛到成为一个高能量的星体，然后让自己全身发光，照亮并激发出周围的人对生活的爱，让他们也成为像自己一样的星体。如此循环往复，最美的星系就形成了！

他自己也写诗歌，拿到教室里跟同学们一起朗读：

绿叶在灌木丛中欢唱
生活多么美好
日光听到了她的歌声
鸟儿听到了她的祝福
还有我们也听到了
绿叶唱着我们心中的歌

当春天终于蹒跚着步伐赶到的时候，曾老师会在上课前当着全班同学夸张地伸出拥抱的姿势："我爱你，亲爱的春姑娘！"

他组织同学们去春游。每个同学从食堂领走事先预订好的两个馒头以后，他们举着红旗，唱着歌儿出发了。他们去的地方是七星镇以外的华盖山，那是附近一带最高的山。

从五七中学出发，步行一段街巷，再在七星镇的渡口坐渡船。渡口的渡船是机动小船，船头有一台烧柴油的发动机。过渡时，岸上的人解开缆绳，船上的工作人员开动机器。发动机启动时冒出浓浓的黑烟，发出震耳欲聋的突突声，然后逐渐加速，斩波破浪，像一条鲸鱼向着对岸驶去。

那是白龙第一次坐渡船，也是他第一次远足春游，感觉很新鲜。他好奇地看着流动的江水一漾一漾地拍击着船舷，还发出有节奏的"哗，哗，哗"的动听的声响。同学们坐在两侧的长条木凳上，东张西望，指指点点。

下了渡船，他们沿着种满夹竹桃的铁路旁边的小路前进。他们经过了一个又一个干净的村庄，看到修建得漂漂亮亮的砖瓦房，也看到了搭着灰灰稻草的破烂不堪的茅屋。那些村庄里养着鸡，养着猫，养着狗。他们从村庄旁经过，狗就汪汪地叫，他们跟着汪汪地叫，热闹得很。

他们经过一片片油菜花田地，远望金灿灿的油菜花像黄色的地毯一样铺天盖地，近看每一朵油菜花又在似曾相识中彰显着不同的姿色，或高或低，或胖或瘦。太阳底下都是黄得耀眼。

一辆绿皮火车一会儿过来了。曾老师挥舞着红旗，大声招呼着队伍："靠边，靠边，快靠边！靠远一点，注意安全！"于是同学们在路沿最边上站立不动。火车呼啸着过去了，眨眼就不见了。同学们还在原地将虔敬的目光投向火车远去的方向领略它的威力。

然后爬山。顺着弯弯曲曲的小路，一路上可以听到很多种鸟儿的欢唱，喜鹊喳喳，乌鸦呱呱，云雀啾啾，还有野鸡扑棱棱从林中飞起。沿途都是冬青、三叶草、菊花、蝴蝶兰、迎春花！他们在路上看到了蚂蚁窝，有好事的就从绿叶丛中捉到一只蚂蚱，弄得半死不活的，丢在地上，然后兴致勃勃地簇拥在一起看蚂蚁们争抢着食物。

站在华盖山最高峰顶向四周望去，映入眼帘的是千姿百态的大小不等的葱郁的山峰，像波浪一样一直绵延向远方。

同学们情不自禁地将手拢在嘴上，大声地喊着：

"喂，山那边的野牛快飞奔出来吧！"

"你最想去的地方是哪里？"

"大海啊，你在哪里？"

……

欢快的叫喊声此起彼伏，一声比一声高，一声盖过一声，如鸣泉飞溅，如群卉争艳，还夹着鸟语啁啾，彼鸣我和，忽而陡然落到山谷，又极力千回百折，如一条飞蛇起伏盘旋，顷刻之间，绵延到天边……

那一刻，他们真是体会到了"会当凌绝顶，一览众山小"！

教师的一生也许做不成什么惊天动地的伟业，但它应当如百合，展开是一朵花，凝结成一缕香；它应当如星辰，远望像一盏灯，近看似一团火。桃李满天下，那不是收获的最大幸福吗？看着一个个朝气蓬勃的学生们，曾老师完全相信，这个社会是美好的，每一个角色都有自己的价值，只要用心付出，每个人都能够满足于自己所扮演的角色。像他自己，就快乐地沉浸在自己的乡村教育的乐趣中。

他别出心裁，发给每个同学一张梦想纸卡片，他要求每一位同学将自己的梦想写在卡片上。

一位男同学的梦想是当火车站调度员，因为他有个亲戚就是做那项工作的。他觉得火车调度员很牛，哨子一吹，小红旗一挥，让哪趟车走，哪趟车就得走；让哪趟车停，哪趟车就得停。

一位男生喜欢军事。读了曾老师借给他的书以后，对亚历山大、恺撒和拿破仑非常崇拜，动不动就把"保家卫国"挂在嘴上。

很多女生梦想当作家，当诗人，她们觉得那是最浪漫的最接近星空的职业。

白龙的梦想是当火车司机。那次华盖山春游看到轰隆隆而去的火车以后，他就觉得能开那么一个大家伙的司机一定了不起。

曾老师把每一位同学的梦想卡片折叠成一只只千纸鹤，集中放在一个漂亮透明的玻璃瓶子里。他说二十年以后,他要打开来看看,哪些同学实现了最初的梦想。

白龙每个月都收到姐姐的来信。姐姐总是勉励他好好学习,说她一直在给他想办法转学。在给姐姐的信中,他总是含糊着不提转学,而是兴奋地介绍曾老师,介绍他愉快的初中生活。如果不是后来发生了一个意外事件,白龙根本没想着转学的事情。他会愉快地在五七中学读完初中。

班上有个同学叫林奕凡,他爸妈离婚了,又都有了新家。林奕凡只能跟着外公外婆生活。林奕凡的爸爸叫林冲。亏他目不识丁的爷爷想得出来,给他取了这么个与《水浒》里响当当的英雄人物相同的名字。他与《平凡的世界》里孙少安一样善于思考和接受新事物。虽然林冲只读到了中学毕业,但他一直爱读书,且对未来有着远大的致富抱负。与孙少安不同的是他敢于追求自己理想中的爱情生活。他以为彼时靠土地为生的传统已经被打破,进城生活不是有固定工作与吃皇粮的人的专利。奕凡妈妈是世世代代土生土长的庙垭口人。除了勤劳本分,她还孝敬老人,对娘家人和婆家人都一视同仁,不偏不倚。奕凡的爷爷奶奶对这个儿媳妇倒是感到很满意。林冲希望妻子能够有与他一起大干一场的梦想,然后比翼齐飞。奕凡的妈妈并不想离开庙垭口。她熟悉这里的一切,这里的老老少少也都熟悉她。况且,她真舍不得丢下那些亲自侍弄的庄稼和牲畜们。她终于走出庙垭口是离婚以后的事。提出离婚是林冲深思熟虑的结果。因为他遇到了一位愿意助力他实现梦想的贵人,前提是他必须成为贵人的女婿。

想着林奕凡如果能按时完成作业,那么凭借他的聪颖成绩一定能够突飞猛进。为此,曾老师找林奕凡谈话,为督促他深刻自省,还要求他写一份保证书。

这一天,离放寒假只剩下半个月的时间。听说在外打工的母亲今年又不回家过年,奕凡情绪特别低落。晚饭后,家人发现奕凡不见了。

找到他是三天以后的事情了,他在冰冷的池塘里。翻阅他生前的衣物和学习用品、书本，都没有找到他最后留给这个世界的只言片语。

在床上，摆着当天布置的作业，他准备晚饭后继续完成的。语文书的扉页赫然贴着曾老师要求他写的那份保证书：

尊敬的曾老师：

由于我对自己要求不严格，养成一些自由散漫的恶习，作业能拖就拖，能不完成就不完成，导致成绩一落千丈。是您及时发现并指出了我的这一严重错误。

首先，我没有认真记录下作业内容。不是我记不住，是我根本就不愿意记。这是为自己的懒惰找借口。您说得对，要为成功找方法，不为失败找理由。我没有珍惜宝贵的青春和学习时间，真是极其不该。这样的行为，不但是对您的不尊重，也辜负了父母亲人的爱与期望，更是对我自己极不负责。

您说，世上是没有后悔药的。您放心，从现在起，我会提高对自身的要求，加强自我约束，争当一名学习踏实的学生，改变您对我的不良印象。

最后，谢谢您对我的教导。

林奕凡

保证书字迹工整，用语深思熟虑。看得出他在书写时是有决心的。不过，派出所从学校老师和班级学生多方调查的情况是，林奕凡的行动并没有跟上他书写出来的决心。

林奕凡是自己跳进池塘里去的，还是无意间掉下去的，没有人知道。各种各样的猜测和议论都有。偏偏，就有戟指嚼舌之人气愤地质问起了缘由："是不是在学校受到什么委屈才导致他的伤心和绝望？"

得到奕凡溺水而亡的消息赶回来的奕凡父母，他的外公外婆，他的很多亲戚，还有一些乡邻们以那份保证书为凭证聚集到学校，要求给个说法。一些人聚集到校长办公室，一些人聚集到教室里。惊动了七星镇派出所，也惊动了七星镇教办室。

曾老师被派出所带去做调查了。

虽然后来的结果是跟学校没有任何关系，但是曾老师仍然免不了赔礼道歉。校长再三赔着笑脸说："小曾啊，知道你委屈。但是你看哪，人家孩子命都丢了。咱就认个错吧。不要太较真了，别跟自己过意不去……"

曾老师失望了。他想不通，自己一心扑在教育事业上，那么重视学生的心灵教育，给了学生那么多的师爱，却因为一位学生的意外事件遭到这样不公正的质疑和待遇。

对于奕凡的离去他也感到自责，他想了那么多办法，给缺爱的学生努力营造一个有爱有乐的完整的家，却仍然没有能留住自己的学生。

由这个事件，他也认识到传统教育的弊端，在特别注重成绩注重升学的同时，忽略了培养青少年优秀的品格、良好的身体素质、感受幸福的能力，以及对个人、家庭乃至社会的责任感。鲤鱼石中学，包括很多名誉上的一等学校，更看重的是科学竞赛奖、数学竞赛奖、各种乐器表演奖，对于青少年抗挫折的能力、做人的品质、坚韧的毅力则很少关注。

付出有多大，这次事件给他带来的伤害就有多深。不等放寒假，曾老师向学校递交了辞职信，同时与在沿海城市立足的同学联系，忙着向南方的学校递交简历。其实之前他就动过辞职南下的念头。这几年里，每到过年有同学回来邀约他聚会的时候，都再三劝说他放弃公职到南方。他们描述的南方，简直是物质文明与精神文明并驾齐驱的天堂。

最近一次镇里举行联欢的时候，有一个队伍集体亮相，统一的白衬衫扎在藏青色的裤子里，挂在腰间皮带上的"大哥大"亮煞了一群穷教师的眼。那时一部"大哥大"要一万多元，对于每月工资只有两百来元的教师阶层，简直比天上的星星还要遥远，可望而不可即。

坚守教育初心的受挫，和腰间也能有一台"大哥大"的梦想促使曾老师毅然决然地辞职南下。他甚至收拾好了所有的家什：简单的衣物，几大箱子书，还有他在灯下做的几大本笔记和教育点滴心得。

当然他没有忘记与亲爱的学生们告别。一个有阳光的下午，他召集全班同学在黄葛树下席地而坐。他教学生们唱《送别》："长亭外，古道边，芳草碧连天……"白龙一脸崇拜地看着他怀抱吉他，右手拇指、食指、中指、无名指在琴弦上娴熟地拨弄着。他一遍又一遍地弹唱着，全班同学完全沉浸在他所创造的凄清落寞的世界里。女生们控制不住，眼圈红了，掉下眼泪来。男生们也埋下头，也唱走了音唱变了调。最后，所有的人都唱不下去了。黄葛树下安静得出奇，只听到强忍住伤心的哭泣。

白龙在第一时间就给姐姐写了一封信，告诉她整个事件的来龙去脉，告诉她曾老师下学期就要走了，言辞里流露出淡淡的忧伤。

转　学

　　放寒假了。把白龙转到鲤鱼石中学是这个寒假最重要的事。一方面，白薇和三元都希望白龙有一天也能够鲤鱼跳龙门，出人头地。另一方面，沙园村的盛年男女都走出去了。大家都像候鸟一样，有的种完地便离开了家门，有的根本就不屑于种地，过完年就驮着包袱去了北京、上海、广州、深圳，留下来的都是老弱妇孺。仅靠种地供养两个娃读书很吃力不说，举眼一看，村里好多人家都盖起了两层楼的砖房。单凭这一点，几爷子的生活在村里就是最落魄的了。白老太爷和白老太年纪越来越大了，三元作为长子，是逃不脱赡养责任的。还有为着今后的养老做打算，也该走出村子去挣点钱。即使一双儿女今后成才成器，也不至于坐享其成地等待他们赚钱孝顺。

　　他知道自己没文化，视力不好，年纪也偏大了，但是有着一身力气。村里人称呼为"张腮爷"的去山西挖煤，回来大讲那边怎么能挣钱发财，吹得天花乱坠："山西遍地乌黑的煤呀，根本就是金子在眼前晃。你们别以为挖煤费劲，人家全是机械化。人坐在矿车里，只消按一下开关，哧溜一下就到了矿底。吊车隆隆一启动，呵，眨眼工夫煤就进了筐。我呢，就负责盯着，只等着筐装满了就拧上开关，然后将筐搬到矿车上往外运输……"那现代化的挖煤方式，在三元眼里闪着耀眼的光芒。三元在一旁闲听着，不知不觉动心了，想着也出去发一笔财。当然，只要把白龙放到了鲤鱼石中学，他就可以心无挂念地挣钱去了。

白薇跟三元商量："要不，我去找解老师，请他帮忙出出主意？"

三元是庄稼人，跟庄稼打了一辈子交道，他熟悉数九隆冬、三伏盛夏，熟悉春播秋收、五谷六畜，但是在如何才能顺利转学这个问题上，他是丈二和尚摸不着头脑。他不懂如何找人开口，甚至不懂得去找谁开口。乡下有句俗话叫"端起猪脑壳找不到庙门"，说的正是此时的三元。当白薇跟他说起的时候，他只是简单答应着"去嘛"，根本没有多余的建设性的意见，也没有想着女儿也只是十六岁的少女，更没想着她思考的和即将要解决的问题已经超过她这个年纪的承受范围了。

至于白龙，他实际上不是那么情愿转学，他已经习惯了五七中学的生活。白天的课程学习并不轻松，但是每天早晚和同学一路说笑打闹着去学校或回家是最愉快的。哪里有树林，哪里有小山，哪里有河湾，哪家有黄狗，路途上的一草一木，他都一清二楚。英语很难，考试成绩总不能及格，数学成绩也刚刚在及格线上，语文稍稍好一些，也好不了多少，达不到优生的标准。即便这样，没有哪个学科的老师横下脸来批评，同学中也没有人为成绩怨恨和懊恼。

还有，他不愿意说起的，他的厚嘴唇和大龅牙不再被作为笑柄。因为，曾老师跟他说过："男子汉，永远不要为自己的外形担忧。"怕白龙不相信，他还指着自己脸上靠近左耳朵旁边一块褐色的印记告诉白龙，那是他小时候太顽皮被摔倒了擦破了脸皮，妈妈粗心，也不知道如何呵护才不至于让它留下疤痕。他也曾在妈妈面前照着镜子指着自己的脸庞说，自己长得不帅，因为有一块伤疤，成了一个大花脸。没想到自己不经意的一句话，却让妈妈好自责。妈妈偷偷去问过医院皮肤科的医生。他们不是专业美容医师，不敢贸然作答。妈妈也曾留意电视上报纸上介绍的关于祛除疤痕的灵丹妙药广告，还记下一些邮购地址。他的一些朋友建议去大城市大医院整形科诊治。

白龙记得曾老师先是语气温和地谈着，后来竟然是控制不住地慷慨激昂的演讲："可是，我却改变了看法。白龙，你不必为自己的大龅牙和厚嘴唇耿耿于怀，更不能让它萎缩你的自信。你要有自己的理想，让理想纯洁你的气质。要知道，最美貌的女人也会因为庸俗而令人生厌。看我，一个疤痕而已，虽然不尽如人意，但它丝毫不影响我去实现理想。今后你会发现，你在人生途中经受的磨难远远大于这个小小的外形上的瑕疵。男子汉，心怀理想，你尽管自信、大方、从容、勇敢地去努力去争取，理想主义者的结局悲壮但绝不可怜。在那貌似坎坷的人生中，你会结识到许多智者和君子，你会见到许多旁人无法遇到的风景和奇迹。选择平庸虽然稳妥，但绝无色彩。"

白龙听得似懂非懂，但是他的内心很震撼。虽然曾老师的语言他不完全懂得，但是他的表情充满能量，那是一种强大的鼓励。

他担心转学到了鲤鱼石中学以后，成绩跟不上会被人耻笑，木讷的厚嘴唇和丑陋的大龅牙再被人耻笑，担心跟现在的同学分别了就没有好朋友，担心成绩跟不上会惹得新学校的老师不喜欢自己。

还有，他在骨子里是心疼三元的。放学回家他能够帮衬着煮饭喂猪，星期天还能够下地做点农活。他转学走了，只能读住校，留下孤苦伶仃的三元一个人，他于心不忍。

很多很多的担忧，白龙终究没有说出来。与很多缺爱的孩子一样，他不善于表露自己的真实想法。听见姐姐和爸爸的商量，看见姐姐焦头烂额地想办法，他也不想让姐姐为自己的丧气失望。他相信姐姐的能力，但是他更希望这事会泡汤。

不等白龙领取期末考试通知书，白薇就着手转学的事了。去鲤鱼石中学的前两天，她就开始思忖："我去找解老师，谁让解老师当初最信任我呢？谁让他当初最宠爱我呢？一日为师，终身为师，虽然他又接新班了，他的所有的信任和宠爱都给了他的新学生，难道我白薇就不是他的学生了？他会帮我的忙的。再说了，我是以长姐的身份在为我可怜的弟弟啊，难道他不会站在我的立场为我着想吗？"

白薇想着，不停地为自己打气，越来越理直气壮，越来越胸有成竹。

"对了，记得给桂桂拿点鸡蛋去补补身子，可怜的孩子，他该长高了吧？"

白薇就自作主张地准备了五十个鸡蛋，柴草垛上鸡窝里的落窝蛋都捡了，才凑足三十个。她还嫌少。毕竟是毕业以后第一次去看老师，况且是去求老师帮忙，怎么能让老师小瞧呢？她又到石头沟二叔家去借了二十个，揣摩着五十个鸡蛋可以拿出手了。

白薇提着篮子满怀希望地出发了。

鲤鱼石的老师们正在改期末试卷。这次期末考试是八校联考。所谓八校联考，是鲤鱼石中学与县内其他七所重点初中结成联盟，就是把这些学校的所有学生组织起来，统一进行考试。这样的联考每年都要进行一次，各校都非常重视，抽出学科精兵强将研究出题，按照中考的模式，交叉监考，集中阅卷。老师们根据试卷成绩分析比较，找到自己的教学优劣，便于后续查漏补缺。对于学生们来说，这样的联考因为营造了高考时的气氛，有利于学生提前几年适应高考时的紧张。

老师们对联考也非常重视，因为考试成绩将是学校对自己一个学期工作考评的重要依据。所以，这个阅卷马虎不得。尽管是大冬天，这一天，各学校的阅卷老师们都在规定时间之前集中到了鲤鱼石中学。想到要坐一整天，老师们都把自己包装得很暖和，厚棉衣自不消说，平常不戴帽子的男老师们都准备了毛线帽子或者能遮住耳朵的黑皮帽子。爱美的女老师们也裹着围巾，穿着填了棉花的保暖鞋。集中开会强调阅卷纪律之后，就是各学科老师分散在不同的教室里，分题、流水阅卷。一天的阅卷时间里，老师们除了中午吃盒饭和上厕所的时间，都在埋头飞笔走墨翻卷子打分数。

白薇把自己精心打扮了一番。虽然只读了一个学期的师范学校，但是学校的艺术课程让她的审美素养提高了不少。就像音乐老师所说的："一年土，两年洋，三年不认爹和娘。都说农村姑娘进了师范学校再回去就变得洋气了，那是当然的了，如果一点变化都没有，说明你没有受到美的熏陶。"

说打扮，也不过是把仅有的最漂亮的衣服穿上了。小姨从广州给她买回来的黄色外套，配上妈妈留下的橙色的高领毛衣，照照镜子，她觉得不错，就提着鸡蛋篮子去坐公共汽车了。

那天正好赶集，坐车的小商贩多，司机不让白薇上车，理由是"鸡蛋容易挤碎"。正在白薇眼巴巴看着公交车远去的背影时，一辆送鱼的大货车在白薇面前戛然停下了。剪平头的司机穿着灰色的制服，他一脸正色平视前方。除了司机，副驾驶位置上还坐着一位三十来岁的男子，留着八字胡，嘴里吐着烟卷。他打开车门探出头来彬彬有礼地招呼着白薇："妹子，去哪儿？"

"鲤鱼石。"

"上车吧，顺带。"

急于希望解老师拿主意的愿望压倒了对流氓混混的警惕。像遇见救星一般，白薇丝毫没有多想，赶紧拉着那位男子伸出来的手上了车，坐在那位男子的身旁。担心鸡蛋经不住颠簸，她宝贝似的把篮子护在腿上。

车门关上了，车子启动了。驾驶室里满是难闻的鱼腥味，想到人家好心让自己搭车，白薇连说："谢谢，谢谢。"

"谢啥呀？咋谢呀？"男子一改刚才的彬彬有礼，神形狡黠，腔调也变得阴阳怪气的，还放肆地将白薇的鸡蛋篮子挪到自己的腿上，一只手抓过她的一只手握在手里。

面对男子突如其来的举动，白薇心里一阵咯噔。涉世未深的她曾听说过咸猪手的典故，蓦然觉得自己遇到了坏人，霎时整个脑子乱糟糟的，不知道该怎么应对。她奋力想缩回手但是很明显对方反而握得更紧。不仅如此，男子还变本加厉地紧搂着她的肩膀往他身上靠。

"停车，我要下车！"白薇惊慌失措用力推开男子的手大声嚷起来。

这一推不要紧，搁在男子腿上的鸡蛋篮子打翻了。鸡蛋碎了好多，蛋壳破了，蛋清蛋黄流出来。白薇裤腿上、男子的身上、驾驶室座位上、脚踏板上到处都是黏稠的腥腥的鸡蛋黄鸡蛋清。

白薇惊愣了那么一秒,立即疯了一般哭喊道:"坏蛋,你赔我鸡蛋!"刚一说完,她的身子猛地向前一栽,又狠狠地弹回来撞向座椅靠背,原来是司机生气急刹车了。

"姑娘,下车,吸取教训吧,下次不要这么唐突地搭顺风车了。"说完,司机还狠狠地瞪了旁边留着八字胡的男子一眼。

白薇既感激又害怕。她哆嗦着身子提着鸡蛋篮子好不容易打开车门逃了下来。

货车开走了。白薇想着先前的如意打算,而今差点吃亏上当。她第一次感觉到了羞愤,更感觉到了无助。

流着泪,白薇蹲在马路边一条田埂上,把篮子里剩下不多的鸡蛋一个一个拣出来洗干净。想着被流氓握过的手,她觉得脏,抠了泥使劲搓着手,又浇了水搓洗裤腿上的鸡蛋清。内外裤子都湿透了,那湿透的棉质的长秋裤紧紧地贴着肌肤,特别黏特别冰。大冬天的,内心的羞愤和肌肤的寒冷,让白薇的身体哆嗦得更厉害了。她想起了今天出门的目的,奇怪,她的内心一下子冷静了,泪水也没了。只是糟糕,这个狼狈的样子还能去学校见老师吗?

父亲和弟弟还在家里盼着好消息呢,只是运气不好遇到流氓了,又没做什么见不得人的事,有什么了不起的?这样安慰着自己,白薇索性义无反顾地朝着七星镇走去。

憋着劲儿,赶着路,身上越来越暖和了。差不多两个小时吧,到了镇上,她湿淋淋的裤子竟然被身体的温度烘干了。

白薇怯生生地在教学楼一间教室一间教室地打望。在底楼第四间教室里,她看到了熟悉的解老师,她激动得心里一阵忐忑。教室里生面孔太多了。她不敢喊,只是静静地站在走廊上等待。终于,解老师起身出来了,他急匆匆地要去上卫生间。白薇赶忙叫住他:"解老师……"

转 学 | 231

解老师停下脚步转过身子一脸惊喜："是你，白薇，你怎么来了？"

"我……"白薇窘迫着，一时不知道说什么好。她赶忙将搁在地上的鸡蛋篮子提起，往前走了几步红着脸说，"这鸡蛋是给您的……路上摔了一跤，蛋也坏了不少……"

"你想起回来看看就已经很开心了，要当老师了还这么客气了啊？说不定将来我们会是同事。"解老师幽默地打趣着。

"不是……我……鸡蛋……"一脸窘态的白薇舌头打结，不知道怎么说起，竟然面红耳赤地待在那里，然后低首拨弄着自己的指甲。那次独自去七叔家借钱，面对的好歹是自家的人。这次是她第一次正经求人办事，羞口难开也在情理之中。况且她还有一层顾虑，就是毕业以后就没有再回到这里来看望过老师，有事就找上门来，会不会被老师看轻啊？

"这样吧，你先等会儿……我今天也真忙，没时间跟你聊。要不，你先放那儿吧。一会儿跟我们一起吃午饭吧，午饭吃了再回去吧。"

"不了，不吃午饭了……"

听解老师下逐客令了，白薇知道不能再扭扭捏捏地沉默了，不然辛辛苦苦走这一遭，但是还没把事情办好，回去以后怎么面对爸爸和白龙呢？她鼓起勇气快步走到解老师面前，深深地鞠了一躬，赶紧昂起头紧张地说："老师，我是来求您帮忙的。我弟弟白龙在五七中学，恳请您一定帮帮忙转学到这里来。"

说完了，白薇如释重负，又弯下腰深深鞠躬，连声说着："谢谢，谢谢，谢谢您！"

"我就说嘛，这白薇状元无事不登三宝殿啊。"解老师拍着白薇的肩膀笑着说。

"看解老师说到哪里去了。"果然被解老师看穿了，白薇窘迫到了极点。如果有地洞，估计她会像地鼠一样立即钻进去的。

解老师了解自己的得意门生，家庭不易，学习刻苦，也多愁善感，会为丁点儿小事情流泪，小小年纪就承担了本该家庭主妇承担的责任。他也知道自己年轻，在学校还不够说话的分量，但他觉得应该帮助白薇。

解老师沉吟了一会儿，沉稳坚定的目光看着白薇说："放心吧，这事交给我。我想办法。下学期你尽管把弟弟带到学校来报名就是了。"

如果不是解老师拉着她，白薇就差点含着泪跪下去了。

当然了，回去的路上，她想起了爸爸焦头烂额的模样，想起了奶奶的话："是啊，白龙读书的问题的确让爸爸操心，一定得让他进鲤鱼石中学才行啊。"想着能凭着自己的努力解决奶奶和父亲的担忧，给弟弟带来美好的希望，白薇的头颅是昂得高高的，她的脚步是轻快的。

回到家，怕引起爸爸的担心，她没有提起搭货车的可怕遭遇。不过，正像那位货车司机所说，是该吸取教训，不能冒冒失失地搭顺风车了。以她从书本上读到和从别人口中听来的见识，她知道那个男人搂她肩膀的行为叫猥亵，还叫性骚扰。后怕的同时，她也为没有受到更大的伤害感到庆幸。她在心里再三提醒自己：白薇啊白薇，今后遇人遇事千万千万要提防啊，千千万万要多个心眼啊！

很快，解老师捎话来，学校承诺转学没问题，不过要交三百元的转学费。三百元不是小数目啊！三元犯愁了。但是想到只要能进入鲤鱼石中学，像白薇一样，白龙的前途就有希望，三元的眉头又舒展开了。

除夕的脚步临近了，蜡梅在枝头傲然绽放，散发着缕缕幽香。家家户户忙碌着杀年猪了，这可是乡下人准备过年的头等大事。大人们喜上眉梢，磨刀霍霍，烧水，烫猪拔毛，开膛破肚，装香肠，腌腊肉，熬边油，忙得不亦乐乎。小孩子太喜欢这种氛围了，乐颠颠地从村东头跑到村西头，又乐颠颠地从村西头奔到村东头，忙着看热闹。

浓浓的过年气息降临了。

白龙跟着莽子叔跑了一趟熊家堡。一头大黑肥猪被几个壮汉五花大绑着摁在大条凳上。大黑猪踢着腿挣扎着嗷嗷乱叫。二狗子爹和他家二叔死力按住猪头，莽子叔和二狗子姑父一左一右帮着摁住腹部和背部，另有一个人用力摁住猪屁股。只见屠夫明晃晃的杀猪刀抵住猪的咽喉，就势一捅，"突——"的一声，两尺来长的杀猪刀直没刀柄。

"哼，瞧你这副德行，该死的畜生！"屠夫看着在自己的屠刀下垂死挣扎的大黑猪不肯断气，就这般谩骂。那头大黑猪撕心裂肺地嘶号着，很快就变成了哼哼的呻吟。随着红刀子的拔出，猪血似箭一样地喷涌向搁放在大条凳下的撒着盐的大木盆里。白龙和围观的人一起羡慕地看着，兴奋地嚷着。二狗子爹大声地吆喝着，油光满面。

白龙似乎闻到了刨猪汤的味道。那混合着粉肠、猪肝、血旺、瘦肉、菜花、莲白、葱花味道的，用大盆子盛的刨猪汤是杀年猪当天的主菜。他咽着口水飞奔回家，冲着刚从地里回来的三元喊：

"二狗子家杀猪了，我们家哪天杀年猪？看咱家的猪在圈里病恹恹的没精神，不如早把它杀了吧？"

三元的眼睛瞪得像灯笼似的，铁青着脸："杀什么猪？不准去看人家杀猪！我和你姐商量过了，今年不杀年猪了！"

白龙愣住不动了。三元年年养两头猪，从来都是杀一头过年，卖一头存钱的呀。

三元语气缓和了下来，说："你要转学，要交三百元呢，不是小数目。我们只有不杀猪了，两头都卖掉。将来有出息了，还怕没肉吃？"想想觉得刚才说话是狠了点，又朗声补上一句："不杀猪，也照旧过年，过个像样的年！"

正在刷锅准备做午饭的白薇蓦然一怔，爸爸说话的神态和语气好熟悉。她想起来了，三元是奶奶的儿子，奶奶就是这样教他们的："哪怕再落魄，也要'宁说千声有，莫说一声无'！人要有志气，只要志气在，落魄也是暂时的；志气没了，就真没了！"想到这些，白薇捋了捋额前的头发，不由自主地挺了挺胸膛，似乎那就是做出了一副有志气的样子。

三元盘算好了。白龙的转学费三百元，还要交一些学杂费。将年猪卖了，再把几只生蛋鸡卖了差不多就够了。至于该卖的那一头依然卖,存钱做备用,丝毫不影响。幸亏白薇读的师范,免学费,还要供应饭菜票,不然这年可真不好过。信用社里存了点积蓄,他还不想取出来用。他有一个长远的谋划。新来的驻村干部开口闭口"适应市场需求,调整产业结构"活络了好多庄稼人的思想。眼看自家水田就在水库堤堰旁,这样得天独厚的条件哪里去找?明摆起的,养鱼肯定比种水稻强。等白龙安顿好了,他就跟张腮爷去山西挖煤取金,回来就可以修建鱼塘专心养鱼。那时白薇也从师范学校毕业了,当老师吃国家饭了,爷俩供白龙一个人读书还不轻轻松松?

就在三元联系刀儿匠的时候,两头猪却意外地死了。其实两头猪已经病了有一段时间了,不爱吃食,不爱哼哼。三元想着就快过年了,喂了一年的猪就要出栏了,根本没在意。没想到这一疏忽竟然酿下无法弥补的后患,他是何等的后悔何等的绝望啊。

在乡下,猪圈是兼着厕所的功能的。那个早晨,白薇上厕所的时候,首先发现猪死了。她当然知道这意味着什么,大冬天的,她也惊出了一身冷汗。如果有更好的办法,她真不想让三元知道这个事实。那时,她想的是为何不是自己生病,而是那两头寄予厚望的猪死去了呀。她真的不知道该怎么跟三元说,就那么呆望着半天,然后任凭眼泪扑簌簌掉落。

"白龙,拍拍猪圈门,问你姐咋还不出来。"三元发现白薇老半天不出来,以为她出了什么意外。

白龙砰砰拍打着木板圈门,侧着身子歪在门口担心地吆喝:"姐,爸问你待在猪圈里头老半天做啥呢?"

白薇开门出来,擦着眼睛颤抖着声音说:"爸,猪死了。"

三元正准备兑猪饲料。他立即扔下簸箕,几乎是跟跄着奔向猪圈。当他蹲下身子,抚摸着他一勺一勺喂得这么肥壮的黑猪的尸体,他的眼睛蓄满了泪水。当他用沧桑的臂膀把死猪费力地挪出圈门的时候,泪水再也无法抑制地从他浑浊的眼睛里滚落下来。

这一切都被两个孩子看到了。

两个孩子,也只是默默地站在三元旁边。那一刻很悲伤,确实也很无助。想起了三元常常跟村里人说:"你们家的猪一天吃两顿,我家的人一天吃三顿,我家的猪也托福一天吃三顿。虽说我家里没有女主人,没有专人喂猪,跟一般人家比不起,但是我家的猪待遇高哦……"

白龙想起空闲的时间,背着背篼满田野里挖猪草的日子;想起一日三餐,三元从来没有好好吃过一顿饭,总是一边端着饭碗一边煮猪食。两头猪,是三元一年的心血啊。今年更不一样,那是他全部的希望。可是现在猪死了,他心中逐渐升腾的希望也破灭了,给孩子们"过个像样的年"的许诺自然也成了泡影。

他舍不得把死猪填埋在山里。先前舍不得杀年猪,现在好了,死猪卖给谁?何不就当两头年猪?在去找刀儿匠的时候,他步履踉跄,悲伤决绝,仿佛一下子苍老了二十岁。

刀儿匠很有把握地说:"这是肠胃病死的,内脏是不能吃的,猪肉煮熟了吃问题不大。"

在把内脏挑到山里去掩埋的时候,白薇和白龙看着爸爸心疼不已。白薇安慰着说:"爸爸,别哭了。我告诉你,你不要这么伤心。"可是话音刚落,她自己也忍不住掩面嘤嘤哭起来。

白龙狠狠地挖着泥坑,下了很大的决心似的说:"你们都不要哭了!我不转学了!"

白龙的话像下了一剂强心针,三元和白薇止住了哭。怔了片刻,三元瓮声瓮气地说:"说啥丧气话?你听着,死两头猪跟你转学没关系。学要转,必须转!"

就像三元这样,坚强的人之所以坚强,是因为他的心中有着厄运打不垮的信念。在这样的信念的鼓舞下,希望之光总会驱散绝望之云。

送　行

　　一波未平，一波又起。

　　腊月二十三，过小年了。白天，家家都忙着做卫生，打扬尘。男男女女，大人小孩齐上阵，把桌子板凳搬到屋外，用大量的清水冲洗；把蚊帐取下来，被子卸下来，放在盆子里加上兰香洗衣粉和热水泡，再结结实实地摁在背篼里背到河塘里去洗。

　　这一天晚饭过后，人们要在干净亮堂的灶房里，摆上桌子，供上瓜果，向灶王爷敬香，用糖果供奉灶王爷的甜甜嘴，还要边涂边说："又到腊月二十三，敬送灶君上西天。五谷丰登六畜旺，一路顺风平安到。供的糖瓜甜又甜，请对玉皇进好言。"

　　有小孩子的人家，则在大人的帮助下拍手打哇哇："二十三，祭灶神，小孩拍手笑哈哈。再过五六天，除夕春节就来到。猪脑壳，喷喷香，汤圆汤圆甜又甜，五子登科多欢畅，噼噼啪啪噼噼啪，冲天炮升得比天高。"

　　三元也带着两娃打扫着卫生。他用竹枝绑了一把长长的扫帚。虽然眼睛不好，他还是戴着草帽，蒙了嘴鼻，掌着长扫帚在屋顶、墙壁上一歇横扫。他想驱除弥漫在屋内的死猪留下的晦气。

　　过小年的这个晚上，三元念念有词地忙着敬香祭灶神。白龙涂着灶王爷的甜甜嘴。白薇懂得这些是乡下人一直延续的习俗，是表达美好愿望的仪式。她也点着了一炷香。屋子里安静得有些肃穆，只听见三元低低的虔诚的祈祷声，屋外传来的哗哗流水声。

正在这时，隐隐约约传来有人惊慌失措的吼叫："三元，三元，三元……"

最先是白薇听见的，她惊叫一声："有人在叫你，爸！"

一家人屏息侧耳倾听，声音越来越清晰了。

"肯定有什么事情！"乡下人就是这样，有什么事情要传信靠嘴巴吼。从村东头带个信到村西头，从山顶带信到山脚，不用人专门跑一趟。只要从第一个人的嘴巴里吼出来，自然有人听见，听见了就继续吼下去，像嘴巴接龙一样就把信送到了。

三元握着还没点燃的香疾步走到屋外，大声吆喝着："在呀！哪个喊？"

吼信是桥坡头的人，听见三元的回音，又大声嚷嚷："石头沟喊过来的。你爹快不行了，叫你快点过去！"

三元愣了一下，接着自言自语："怎么会呢？昨天还好好的。"

"白薇把香拿去点着，你看家。白龙把我枕头下面的手电筒拿上，快跟我去石头沟！"三元形神慌张地吩咐着。

白龙迅速把电筒拿出来了。三元一只脚刚踏出门槛，想起了什么，迟疑了一会儿，转头瞧了瞧白薇说："白龙把电筒给我，你还是不要去了，和姐一起在家里。你姐一个人会害怕。"

天底下的父亲大抵都是这样，渐渐长大的儿女，也许在很多地方都要强过他。他也乐意在儿女面前沉默着卑微着。随着宽厚的肩膀逐渐瘦削，他的脊背也会越来越弯越来越驼，一直低到尘埃里。但是父亲的爱是最深沉最细腻最清新的，不会随着他年龄的老去而有丝毫的衰减，就像刚刚那一句"你姐一个人会害怕"。

三元独自去了石头沟。一会儿是蜿蜒曲折的山路，一会儿是杂草丛生的田野小路，三元走得快，在下土坡坎的时候一步踩空还滚了一跤。

当白三元心急火燎赶往石头沟的时候，白老太爷正歪躺在床上不停地喘气，握在白老太手中的两只手在不停地抽搐。还好，快过年了，三个兄弟都在家。白老七头一天才回来。几兄弟正在手忙脚乱地用两根长竹竿和一张凉椅绑成滑竿。几个媳妇站立一旁，七嘴八舌地责备着该早些时候送去医院。

原来，上午老太爷背着背篓去赶集，中午顺着马路回家途中，背篓被一位莽莽撞撞骑着自行车的小伙子撵着了。老太爷摔倒在地。小伙子自知闯祸，连忙惊慌失措地下车来扶起他，连连道歉，还问他："老人家，有哪里不舒服没有？要不要去医院看看？"

白老太爷有些头晕，想着不过是摔了一跤，过一阵子就会好的。他朝着小伙子慷慨地挥着手，说："没肿包没破皮的，不碍事不碍事。放心吧，你走吧，我这身子骨哪里就那么小气？年轻人，回去问问你家老爷子，哪个庄稼人不是跟这条田埂那块石坡磕磕碰碰摔打过来的？哪个庄稼人不是铁打的身子不锈钢的心？"

他回家来也没说这事儿，草草吃过午饭就按照平常的习惯睡午觉了。

傍晚，老太爷勉强起床，仍然觉得头痛头晕。他要喝水，但是咿咿呀呀说了半天白老太都不明白。他用手指着水瓶，白老太才一边倒水一边抱怨着老糊涂虫说话也含糊。当把杯子递到老太爷手里的时候，她惊讶地发现老太爷口角歪斜了。杯子里的水不能送到他的嘴巴里，都顺着下巴往下流到脖颈里去了，白老太才紧张地叫儿媳们快来。

白老二夫妇和白老五夫妇都在家。白老七在茶馆里侃大山吹牛皮。说是茶馆，其实就是当道方便的简陋陈朴的民居。室内没有什么典雅的陈设。被油烟熏得黑乎乎的土墙，已过经年的旧乎乎的茶具，经无数个胳膊和屁股磨得光溜溜的桌凳的桌面凳腿已经残缺不全。即便条件如此不堪，这儿却不失温馨亲切。逢集赶街时，过往村民都爱进去坐坐，听听乡村逸事，打打牌下下棋，打二两白酒称半斤花生谈天说地。

老太爷七十三岁，乡下人有七十三八十四是老人难过的坎的说法，意思是说老人很容易在七十三岁和八十四岁的时候出现危及生命的状况并最终离世。现在，老太爷这样的状况，一开始没人想着送医院，只是忙着喊话吼信。白老二的大儿子已经奉命启程往城里赶去通知白家的几个闺女了。后来是见多识广的白老七得到消息从茶馆里回来，果断决定与其等死不如送医院，兴许有救呢。

汽车没有普及，乡下有辆摩托车都是鲜有的风光。送病人，只能由人抬。白老二把白老太爷小心抱着斜躺在垫上被褥的凉椅做成的担架上。正是晚上，那情景就跟电视剧《围城》里播放的滑竿一模一样。

白家四兄弟，老五老七年轻，身体壮实，滑竿自然由他俩抬。老二打着手电筒在前面开路。老大三元视力不好，打着手电筒在后边跟着。

在夜里的山路上，几兄弟深一脚浅一脚。虽然前后都有手电筒照路，滑竿后的白老七是看不见路的。他的视线被挡着了，需要前面的白老五提醒。三元在后面讲着很内行的要领："滑竿不好抬，是个技术活儿。光有一身蛮力是不行的，还需要讲究方法技巧。受力全靠腰，腰力要扎稳，腰杆要挺直。"

"抬滑竿上路时也有讲究，还有一段顺口溜。"白老二接嘴就说起了顺口溜，"脚动身不动，换肩不停步。前后要一致，同起又同落。快慢协调好，点子要踩到。"

三元说："是啊，是啊，联手很重要。否则滑竿颠来簸去，那不仅会让爷坐着滑竿胆战心惊，也会使你们抬滑竿的多劳神多费力。"

正说着，一段水洼地横亘在路中间，白老五喊道："老七，天上明晃晃哦。"白老七打了一个喷嚏，赶紧答应道："阿嚏，莫踩水凼凼嘛。"

水洼地过后就是一段烂泥巴路，白老五赶紧报："水湿泥巴稀哟。"白老七立即接话："脚板踩稳当的。"

白老七右脚没踩稳，向一侧滑了很大一步，冷汗惊了一身："滑得很呢。"白老五立刻喘着粗气回答着："不怕得，踩稳了的嘛。"

一块大条石挡在路中间，白老五停下脚步，顿了顿肩上的竹竿喊："慢，大条石挡路哦。"白老七反应快："晓得了，大跨一步嚯。"说着两人步调一致地迈开双脚，断然从条石上跨步过去。

遇见了弯弯曲曲的窄路，又是下坡。前面的白老二和白老五不约而同停下脚步喊着："弯弯拐！下陡坡！"后面的白三元和白老七便提高警惕，应声接道："两头甩！慢慢梭！"

遇到一棵大树旁逸斜出的树枝挡路，前面的人就提个醒："左边有丫杈！"后面的人便明白了，连忙回应："莫要挂着它！"

四兄弟就这么跌跌撞撞，呼着应着，急着赶着。他们走的是坎坷的夜路，坎坷的山路，更是白老太爷坎坷的人生路。他们当然知道肩上的白老太爷生命垂危，耽误不得。他们似乎不为老太爷的命悬一线深感痛惜。几兄弟都是成家理事为人夫为人父的人，平常都是各自围绕自己的小家转，近几年则在挣钱上动了很多心思。这样团得这么紧，步调这么默契，呼应这么齐心，似乎回到了久违的童年，绕膝在年富力强的父亲身边。而今，父亲年迈，年迈得只剩下粗重的喘息。正是这粗重的喘息将几兄弟召唤在一起，让他们记得血浓于水的骨肉情深。

几兄弟跌跌撞撞把白老太爷抬到七星镇医院，差不多用了一个半小时。而在白天，赶紧一点只要半个小时就能到达。年关了，镇医院除了一名值班医生和几个护士以外，几乎都没有什么人。刚放下担架，穿着白大褂带着白口罩的值班医生匆匆走过来，蹲下身子探了探病人的鼻息，摇着头说："人没了，都已经冰凉了，怎么才送来？"

白老七一把抓起老太爷的双手，的确冰凉，像山泉一样冰凉。他知道，父亲已经离开他们了。就在他们沉浸在呼应滑竿号子乐趣中的时候，父亲从病痛中解脱出来，永远地离开他们了。那时，天很高风不急，鸟在栖息水在流。一路上安静的样子就像宗教艺术画中描述的那样……

一旁的护士着急了，跺着脚说："你们是他的什么人？儿子吗？快哭快喊吧！兴许他还没走远，还能听到你们的呼喊和哭泣！"

可不知为什么,几兄弟竟然一点也哭喊不出来。他们脸上淌着泪,却都执拗地沉默着。虽说在刚刚齐心协力抬着父亲到医院的途中,让他们记起了很多往事。怎么喊得出来呢?"不准哭!""不准哭!""不准哭!"他们似乎听到了父亲不得违抗的厉声呵斥。是父亲,教会了他们勤劳,教会了他们善良,也教会了他们克制生离死别的悲痛。

白老太爷是旧社会过来的人,三岁时与同龄的白老太订下娃娃亲,十七岁那年拜堂成亲,就独立门户成了家里的顶梁柱。有一段时期,几兄弟几乎每天跟着父亲出工劳动挣工分,生产队里什么活都争着干。老太爷很乐观,在最艰难的岁月,家里即使揭不开锅了,只能吃稀薄的玉米糊糊里加上腌制的霉干菜卖掉后剩下的盐卤汁,他也哼唱着《东方红》《南泥湾》,快乐得像神仙。

老太爷一辈子节俭。哪怕生活日渐好了,温饱不成问题,餐餐稀饭变干饭,年年杀肥猪过年,他也是巴不得一分钱掰成两分钱用。起大早空着肚子去赶集卖鸡鸭蛋,一定是空着肚子回来喝冷稀饭。街上的糕点铺是赚不了他的钱的。为此,白老太总笑话他:"老头子,谁都像你这样,街上的小商小贩都没救了。"

老太爷唯一的缺点就是爱唠叨。他与白老太共同读过私塾,先生就是白老太开明豁达的父亲。他的身上有着典型的封建大家庭的长者的风范。他时刻不忘自己是大家庭的长者,是家族文化的集中体现者。他要处处体现自己在整个家庭中的最高权威。他的一言一行都折射出了传统文化对他的影响,包括一些封建糟粕思想。自然,性格是相当顽固的。他以他的守旧观点维护着整个家庭的秩序,在教育孙辈遵循自甘懦弱、谦卑做人的家规上与子孙辈们格格不入。比如,他看不惯白薇和兰姑两个孙女也像男孩子一样拿棍拿枪地跑上跑下,总是严正有力地呵斥她俩言行举止收敛一些,斯文一点。他也看不惯几个孙男爬高上梯地淘气捣蛋。对此,儿女们只要看到他怒目圆瞪、声色俱厉,就会众口一词地反驳:"老套的教育方式培养出来的后代定然不适应时代，不敢想不敢冲不敢干，都改革开放的现代社会了，哪里还需要跟他们的祖辈父辈一样胆小如鼠、唯唯诺诺的呀？"

唠叨归唠叨，白老七也在计划着修建砖房，想着能有那么一天让两位老人开开洋荤，过几天扬眉吐气的舒心日子。老实说，他在心里勾勒过老太爷八十大寿的场景，就在他新修的有着高大的围墙和大门涂着红漆的砖房院子里，把所有的亲戚都请来，把沙园村的伙计们都请来，大碗喝酒，大块吃肉，风风光光，热热闹闹。

现在，宏伟蓝图没有实现，却再也听不到父亲的唠叨了，再也看不到父亲常蹲在门槛上吸着旱烟乐呵呵的样子了。记忆的深处，几兄弟儿时在月夜里托着腮帮子倾听父亲哼唱《东方红》《南泥湾》的情景历历在目。现在，那歌声正越过暗夜的山村，越过暗夜的陇野，越过暗夜的小山头，哀哀颤颤地在他们的心尖上打着旋儿。

欣慰的是，父亲是在几兄弟的簇拥中去的。他把生命的最后时光安排得这样有人情味，这样巧合，这样的自然而然，这样的悄无声息，这样的恰到好处，没有给予医生凸显精湛技术的横加干涉，没有将死亡的过程变得痛苦而又漫长。难道这不是值得庆幸的功德圆满吗？

在整理白老太爷的遗物时，白老太从枕头底下摸到了裹在手帕里的钱。背了人，她颤巍巍地拿出来，小心翼翼地打开。十元、五元、两元、一元的纸币，足足有六百三十块。六百三十块，在当时已经不是一个小数字，相当于一个普通工人好几个月的工资。那是老太爷一生省吃俭用，任劳任怨的象征，是留给老伴、留给子孙的一片深情。

白老太与儿女们商量："那几百块钱给三元吧。他死了老婆，俩娃读书急需要用钱，偏偏又遭遇猪瘟……"

唇齿相依，手足情比金坚。兄弟姐妹一致同意老太太的决定。三元捧着钱，感觉手上是那么沉甸甸。他的手在抖，心在颤。

遂三元和白薇的愿，白龙顺利转入鲤鱼石中学。

开学的前一天晚上，父子仨为白龙即将的住校生活打点着行李。三元捆着铺床的稻草和削好了做床笆栅的竹篾。白薇把她中学时候用过的那顶用在大床上的蚊帐塞在一床发黑的旧棉絮里。她还叫过白龙很有经验地教着他："蚊帐太大了，挂在单人床上会兜下来。你拿绳子将帐顶大大地打个结，虽然难看，能将就用就行。不要怕丢脸，我就是这样用过来的。"

白龙"嗯嗯"地答应着，又忙着去收拾换洗衣物了。其实能够装在箱子里带到学校去的衣服根本就不多。一条两侧有着白色条纹的蓝色运动裤就算所有行当里最好的了。

这些年来，三元基本上就没管理过姐弟俩穿些啥，姐弟俩也从来没向他提过这方面的要求。因为养育儿女观念的差异，白薇一直不愁穿着，总有这个姑姑那个姨妈时不时地给缝一件新衣，买一双鞋袜。加之读师范校了，学校每月供应饭菜票，吃不完的卖给同学，换得的钱攒起来，一个学期也能够买一套廉价的衣物。

白龙就不一样了，所有的衣物几乎都是城里的表哥哥们的淘汰品。洗旧了掉了色的是好一点儿的；裂了线破了洞的，就拿到石头沟去找奶奶缝上补好；掉了扣子的随便找颗大小差不多的钉上就行。姐弟俩都是钉扣子的高手。开始时白龙不会打线结，钉好扣子后打个结头很快就散了，扣子就又掉了。后来他摸索出一个有趣又牢固的打结方法：将针线穿过扣眼，在反复穿过七、八次后，先在尾部弄一个圈，再把尾巴放进去拉紧，再缝一针往回穿，拿线用针绕一个圈，把针从那圈里穿进去，按住线交叉的地方再拉紧针头就很牢固了！

东西收拾妥当，三元与俩孩子盘算着开学的支出。白龙除了三百元的转学费，还有学杂费几十块，加上一个月的生活费至少要四百块才行。白薇不交学费，也不愁生活费。但是女孩子家，零花钱是需要的，加上来去的车费五十块要给的。这么一计算，老父亲留下的六百三十块是经不起几番折腾的。他琢磨着余下的钱作为与张腮爷一起去山西的路费。

白薇明白爸爸精打细算的不容易，体贴地说："就不要给我这么多了吧，反正我有伙食补助，也用不了几个零花钱。"

她想了想，又扭头对白龙说："在鲤鱼石中学可不比五七中学，不要贪玩好耍，你的身边都是勤奋好学的同学，不懂的就要多问，不要怕丢面子。明天爸送你去，我也要去学校了。"

"嗯……"白龙在灯下抠着指甲，含糊不清地回应着爸爸和白薇的话。

白薇一直成绩优秀，一直是老师的宠儿。她不知道，无论是谁，什么时候读住校跟什么时候断奶一样，其实都需要一个过渡期。过渡得好，学校生活就开开心心；过渡得不好，从此视学校为监狱，视学习为苦役。

夜深了，白龙躺在床上，怎么也睡不着。三元的鼾声轻微而均匀。明天，他就要到一个新的学校去了。他想着白薇反复叮嘱的话："遇事要忍耐，不要动不动就跟别人打架，不然就会变成没人喜欢的人。"他想着自己今后会成为什么样的人呢，明天会遇见什么样的老师，又会遇见什么样的同学呢，他们会讨厌自己吗，我的学习会跟不上的吧……还没到学校白龙就已经在怀疑自己了。

白薇倒是很愉快地睡熟了。她不知道，她的叮嘱更像某种暗示，让白龙怀疑自己与人联结的能力，怀疑自己学习的能力。虽然他自己无法觉察到这样的实质，但并不意味这些惶惑不存在。这个时候他需要的是鼓励，需要让他看到自身的价值，但是白龙没有感受到。他的内心除了惶惑，还有一种空空洞洞的感觉。这也难怪，一直以来，他就是自信相当匮乏，自卑充斥整个心胸。

天才蒙蒙亮，白龙迷迷糊糊地被三元叫起床了。白薇也起来了。一家人围着桌子匆匆就着咸菜吃了稀饭。白薇赶紧重复了一遍昨天对白龙的叮嘱，还增添了对三元注意照顾自己的叮咛。这个家里，自从没了母亲，她就是一个女主人。三元吸溜吸溜地喝着粥，白龙唯唯诺诺地答应着。很快的，这父子仨就要各奔东西了。

送 行 | 245

到鲤鱼石中学时，新学期报名已经开始了。解老师带着三元交了转学费，拿了教导处开的一张到初一（3）班报名入学的单子交给白龙。解老师忙自己的事去了。三元也急着回去，他已跟张腮爷约好，两天后就出发往山西。喂养的牲畜在离家前要处理，今天他约了周三娘到家来，价格已经谈妥，亲兄亲弟的，鸡鸭都以六元一只算。一共十二只母鸡一只公鸡，三元只收了十二只的钱，还有一只作为周三娘愿意无偿领养黑狗的报酬。十三只鸡喂饱了仓口（当地方言，指储藏食物的地方，这里指鸡肚子）拿到集市上论斤称，不消说都要多卖好些钱，但是麻烦不说，黄狗交给谁呢？周三娘嘴巴再讨厌也是自家人，毕竟吃亏不在外处。

白龙就这样接过报名入学单，极为胆怯地开始了他的新学校生活。他一整天都没有和周围的人说过话，一直坐在座位上，除了吃饭上厕所，几乎没动过身子。周围的人变了，一切都改变了。他第一次体验到分离、陌生和失落。

三元怀揣着一股子凭劳动挣大钱的激情，跟张腮爷一起上了路。临行前白老太做了一次猪儿粑为他饯行。她知道这个视力不好的儿子不抽烟不喝酒，唯一的饮食爱好就是吃粑粑。这些年她三五几月地要做一次谷芽甜粑，或者蒸一次发糕馒头，每做一次就把一大家子团圆在一起。她喜欢儿孙们那种吃着粑粑各自乱吹一气的其乐融融。

白老太有两年没做猪儿粑了。制作猪儿粑的过程很复杂，要将糯米、粳米搭配混合磨成粉，加以适量的水，揉搓成团制成软糯而不腻人的粉子面。再把粉子面搓成一个个乒乓球，每个乒乓球中间还要捏上一个小小的窝，把混合着油渣、冰糖、炒香的花生和芝麻、陈皮、核桃的馅儿放进窝里去，再封口捏好，一个个像小猪一样的猪儿粑就做成了。然后把猪儿粑用洗干净的桑叶或者粽子叶、蔬菜叶包上，一只只摆放在蒸笼里蒸。出笼的猪儿粑热乎乎、胖嘟嘟、白生生、香糯糯，看着都叫人淌口水。

白老太特意多做了一些，吃不完的都给三元包好让他带上。她活了七十六岁，怎么也没想到，自己的儿子会一个一个离开家乡到很远的地方去做工挣钱，连瞎儿子也要远走高飞。在她的想象中，山西简直像天边一样遥远。从沙园村出发，要先坐车到县城，再从县城汽车站坐车到省城，从省城坐火车经过古都西安，才能到达山西大同，从大同去往挖煤的地方，还不知道要经过什么艰难曲折的行程。老伴刚去世，儿子们要出远门，白老太有一种生离死别的伤感。但是她是有理智的人，觉得儿子们能出外挣钱发家，也是光宗耀祖的事。因此，她强忍住眼泪送三元到车站。她明白为图个吉利一定不能哭，天大的难受也得忍着。她着意打扮了一番，把箱子里那套灰色的盘了扣子的斜襟布衫拿出来穿上，脑后圆圆的发髻上还别了一支亮闪闪的银簪子。路上有人乐呵呵地开玩笑说：

"白四娘，您这是打算带三元去相亲吧？"

"三元，等着你从山西带个媳妇回来哦。"

上车了，三元一只脚踏上车，一只脚站在地上，回头信心满满地对白老太说："娘回去吧，等我回来，买两百斤糯米天天蒸猪儿粑吃。"

白老太拉着即将远行的苦命儿子絮絮叨叨个没完："听说山西冷，要多穿衣……实在撑不下去就回来。我这把硬骨头还能给你做家务。不要惦记我……我明白你惦记两娃，只要有我一口气在，没人敢欺负他们……"

说着说着，白老太突然流下眼泪，滔滔汩汩，堵不住，完全失控。一起上车的都是扛着鼓鼓囊囊编织口袋外出打工的，送行的都是老幼妇孺。听到白老太的失声痛哭，像蓄积已久的感情闸门突然决堤，所有乘车的和送行的都哭了起来。售票员见状，下车把白老太的手拿开，把白三元一把推上车。回头口齿伶俐地说："好啦好啦，老乡们都回去吧。等着大把大把的钞票拿回来修大房子，买大缸的好酒、大包的好糖……"说着，车门关上了。汽车启动了。白老太随着送行的人一起不由自主地紧追了几步。但是汽车加速了，他们追不上。汽车拐了一个弯，不见了。

从此，白老太十天半月地要拄着拐杖到坪上去，满怀心事地张望一下通过苦塘沟水库堤沿上的那条公路。那是整个沙园村唯一一条通往外面世界的公路。那条路的尽头，连接着长江。长江里的船只来来往往，有的顺水，有的逆水。长江对岸是铁路，铁路上载满着旅客的绿皮火车轰轰隆隆。她以前多少次和老伴一起坐顺水船到城里的姑娘们家，又坐逆水船回来。而今，老伴不在了，儿孙们打工的打工，读书的读书，都从这条公路上消失了。家里并不是简单地少了一个人，而是整个秩序被打乱了。目前这种牵肠挂肚的新的秩序，是她活了七八十年也从来不曾料想过的。

小村的山，并不峻高，一座连着一座，连绵起伏。线条不规则但很是柔和，拥抱着沙园村和沙园村里的人家。

那条公路从绵延相连的山坡上经过。白老太惊讶地发现，从坡顶到坡底，已经看不见一座茅草房了。零零落落的墙壁上刷了白石灰的和没有刷白石灰的瓦房中间，开始出现了一楼一底的预制板砖房。她不胜惊讶地感叹道："变化真大啊！别说修补整理茅草房的盖匠找不到活路了，才学会几年翻瓦查漏的捡瓦匠也很快没有他们的事了。难怪我那瞎老大白三元都要挣扎着出去打工。想当初死瘟媳妇万民强遮遮掩掩跑生意，回来被人告密，说是投机倒把，还被公社干部抓去训话，带回来几双翻皮皮鞋都差点被没收。而今，不过十几年的光景，人人都在谈挣钱，明目张胆地挣钱赚钱，还说什么笑贫不笑娼。嗨，呸！哪有这样的歪理？人穷志不穷才是理！变化真大啊！"看到这些美好的变化，她从心底发出一声声心满意足的赞叹。

有时碰到别的老头老太太。是的，年轻人差不多都出去了，年纪轻轻窝在山沟沟里不出去挣钱会被认为没出息，大家会耻笑，至少该走出去学本事长见识。时代不同了啊！留下来的要么是老弱，要么是妇女儿童。白老太会忍不住跟人家炫耀："我们家几个儿子都去打工挣钱了。老大都去山西了。只要有力气，山西遍地都是钱。"

说得听话的人眼珠子一愣一愣。

性格好的会笑嘻嘻地迎合着白老太的虚荣心："您老人家好有福气，儿子个个都挣大钱。"白老太听了就会喜笑颜开，回石头沟时拐杖落地会咚咚响。

　　遇到脾气不怎么好的，会轻描淡写地回敬一句："哪家没有挣钱的能人？我们家女婿虽然不是去山西，但是人鬼精灵，老板赏识他，挣大钱喏，年底就回来，今年修房子估计得行哎。"这样的抢白像硬石块似的把白老太的嘴巴堵住了，她会好一会儿说不出话。但转念一想，天底下那么大，只要是凭本事正当且顺当地挣钱，家家都富起来不是更好？于是就会无伤大雅地继续夸海口："不是吹牛，我家儿子几个，四面八方都是，哪个都是牛高马大要模有模要样有样，走出去都会挣大钱的。"

津沙师范

　　白薇就读的师范学校坐落在长江边一个叫津沙古镇的小岛上。岛上林木葱茏，鸟语花香，清清的驴溪河环绕流过。那个岛因此叫驴溪岛。学校有个绿岛文学社，办的文学报也叫《绿岛》。

　　学校始建于二十世纪初，历史悠久，文化底蕴深厚。建校以来，他们已为津沙地区培养了数万名学子，培训了数以万计的中小学教师。九十年代以来，更是在职前培养和职后教育中都发挥了巨大作用，为津沙地区乃至临近各区县都输送了大量的优秀人才，为地区的教育事业做出了巨大的贡献，在当地享有"红烛摇篮"的美誉。

　　津沙师范建校之初，仅有校舍十余间，在校学生才百余人。现在该校占地已达两百余亩，校舍建筑面积达三万余平方米。拥有理化生电实验室、语音室、微机室、琴房等功能室，图书馆藏书几十万册，在校学生三个年级十八个班八百余人。十八个班都是普师班。所谓普师班即中等师范学校（进入二十一世纪后这种学校陆续被取消，并入或升为大专、本科院校）中普通的师范专业。该专业的学生基础知识广泛，区别于音乐、美术、体育等加强班学生。

　　津沙师范学校从成立之日起，就担负着为津沙地区培养优秀教师的重任，培养的毕业生在津沙地区还成为中小学教育的主力军，有许多荣获"优秀教师""模范班主任""优秀教育工作者""教育能手"等荣誉称号。还有不少学生从学校毕业以后因表现突出被提拔到各级党、政部门领导岗位上，他们在新的岗位上为国家的经济建设和社会发展做出了突出的贡献。更多的毕业生则默默地奉献于乡村教育第一线，不计个人得失，甘做红烛。他们都是母校的光荣和骄傲。

跟很多农家子弟一样，白薇报考师范校，最重要的是可以跳出"农门"，拥有城镇户口，能从祖祖辈辈面朝黄土背朝天的锄头里走出来，按月拿工资，吃国家饭。面试的时候，考官问："为啥报考师范学校？"训练有素的全体考生几乎都是铿锵有力的标准答案："因为老师是太阳底下最光辉的职业！"考前培训的时候老师们这样教，大家就这样回答。至于是不是自己心中的答案，当时没人知道。考试时没人知道也不要紧，一届又一届的师范生用自己的行动诠释了职业的光辉。

全区第一名的成绩不仅让白薇在鲤鱼石中学获得荣耀，还让她在沙园村脸上有光，当她还没有跨进师范校那几根简易石柱做成的大门时，学校里的丁校长已经将她的档案资料研究了好几遍。是的，在一所中专、中师和普高升学率都很高的初中学校，连续三年六个学期都名列前茅，如果不是特别努力，相当自律，非常勤奋，肯定做不到。

师范生毕业后的去向就是农村小学。小学教师虽是城镇户口，但当时地位其实很低下。说起来和工厂工人地位相当，但工资收入还不及车间工人，所表现出来的假冒斯文还极让人瞧不起。尤其在菜市场买菜时的斤斤计较，还不及普通工人洒脱。从工作地点和工资收入，农村小学教师实际是处于农民与工人之间的层次。善于稳定学生专业思想的丁校长清楚，以白薇的成绩，考最好的中专都绰绰有余。比她成绩差的中专毕业后就能够在城市工作，极大的落差很容易令人心生不平衡，不甘心就这样默默无闻终此一生。内在的驱动力一旦出了问题，不但会影响中师三年的学习效果，今后走出校门也不能够安身立命。

丁校长是教心理学课程的。他注重对学生的人文关怀，也善于做学生的思想工作。每年暑假新生录取工作结束以后，他都会拿着新一届学生的档案一页一页地研究。从考试成绩到操行评语，到张贴在档案资料一角的头像表情都不放过。这个暑假，当白薇的档案摆在面前时，超过一般人的优异成绩、笔迹虽不同但都赞赏有加的评语、白薇头像上忧郁的眼神等都让他格外留心。

就这样，当白薇走进师范学校的第一天，从江边爬过一截几十米长的斜坡，还没到达简易石柱的大门口，远远的，丁校长几乎是脱口而出："白薇！""哎！"白薇本能地答应着，抬头看见了个子不高、精神矍铄的丁校长。她奇怪这个老头怎么会认识自己呢？那时她还不知道他就是校长。

学校地盘大，建筑密度不大。以操场为中心，教室是主体建筑，分三处设立。一栋在操场正南边，面向长江，是挺拔雄伟的现代建筑，南北朝向，砖混，共五层，楼下有能容纳两百人的多功能厅和生化实验室。靠近屋顶的墙上挂着白底红字的大幅标语，上面书写着"国家推广全国通用的普通话"。楼上两层是三年级师范生的教室。一栋是古色古香的红楼，在操场西边，有两层，砖混结构墙体，木质楼板。楼下四间教室，楼上四间教室，楼梯由正中间上。十字形的过道将两层房屋分割成两个田字。红墙黄瓦，对称均衡，端正稳重，是中规中矩的中式建筑。楼下门厅墙上用鲜艳的红漆书写着标准的美术字"学高为师，身正为范"。一年级新生就安排在这栋红楼上。还有一处是平房，在红楼后面，东西朝向，白墙黑瓦，前后刚好二年级的六间教室。其余的办公楼、礼堂、食堂、男女生宿舍楼、教师楼等分列在四周，掩映在绿树丛林中。

报道那天吃完晚饭，夕阳还挂在树梢，白薇和同学们兴致勃勃地去游览学校的风光，一边走一边玩，竟然直到天黑都没有走完一圈。学校比十个鲤鱼石中学的面积都要大，七星镇一个场镇竟然都不如这个学校的面积大。这令白薇十分惊叹。

八月三十一日下午，学校安排全校大扫除。操场上茂盛的杂草要清除，阴沟里的污物要冲洗，教室、走廊、公地要打扫，门窗要擦干净擦亮堂。全校同学都行动起来，用热火朝天的劳动迎接干干净净、清清爽爽的开学第一天。这是那个年代每一个学校的传统。

白薇的教室在红楼上，楼下四周是她们班的公地。那天，她正淌着汗和同学们一起埋头清理着杂草，背着手四处转悠的丁校长来到白薇面前说："白薇，抽空来找我。"

没见过世面的白薇受宠若惊地直起身子"嗯"了一声。丁校长微笑着看着她，很和善很慈祥。他冲白薇点点头，又重复着说："抽空来找我，我住在临江楼三栋。"

"他是谁？为什么叫我去找他？"白薇疑惑不解地看着背着手离去的丁校长。

第二天，也就是九月一日，开学的第一天。早上六点三十分，低沉而悠扬的号角刚刚奏响，体育老师尖利紧迫的哨子声也吹响了。白薇从迷迷糊糊的睡梦中睁开眼，匆匆忙忙洗漱完毕，跟着同学们一路小跑到操场参加晨跑。

启明星还挂在天空。高年级的同学自觉勤奋，他们习惯了早起，已经在跑道上跑了好几圈了。寥寥落落的身影在晨雾中若隐若现，仿佛几只贴地飞翔的轻燕。渐渐的，越来越多的同学陆续并入跑道。一些同学一边在操场边上做着扭膝、绕髋、抬腿等准备运动，一边打望着跑道上的情况，觉得差不多了，立即像欢快的鱼儿扎进奔腾的水中，在队伍里不紧不慢地跑着，不动声色地跟着。不一会儿整个跑道都密密匝匝挤满了人。身着五颜六色运动衣裤的同学们像一面面飞动的旗，瞬间在跑道上汇聚成一条缤纷的长龙。长龙有数不清的脚啊，都肆意奔跑着，像敲打着有节奏的鼓点。沿着逆时针方向，四百米的长龙在旋转。猎猎作响的脚步声，给人以力量、自信与震撼。沐浴在鸟语与晨风之中，同学们渐渐忘记了自己的存在。跑道上听不见有人说话的声音，任凭年轻的身体在奔跑中挥汗如雨，任凭少年的思想随着奔跑的脚步天马行空。那不是一个人的舞台，那是一代中师生燃烧的青春，奔腾的生命，悄然绽放的芳华。就这样，就在那片操场上，一届又一届，莘莘学子在津沙师范校园的操场上汇聚着温暖，蓄积着力量，憧憬着梦想。

不知不觉，《运动员进行曲》奏响了。此时启明星消失了，朝晖染红了东方的天际。各班同学立即自觉地列队做早操。"现在开始做第七套广播体操，第一组，伸展运动，预备，起……"随着广播的节奏，看，阳光下的师范生，昂首挺胸，精神抖擞，个个活泼、轻盈、健美，一颦一笑如艳丽的向日葵。

广播操完毕以后，一场隆重的开学典礼在庄严的国歌声中开始了。在热烈的掌声中，校长走上讲台讲话。

"这不是叫我去找他的那个人吗？原来他是校长。"白薇惊诧不已。

"未来的教师们，一专多能很有必要性，也非常重要。今后你们面对一双双渴望的眼睛，一张张稚气的小脸，你们会唱歌、会跳舞、会画画，写得一手好字，有一副好口才，写一手好文章，就不会辜负孩子们对你们的期望……"丁校长在讲台上语重心长地说。

"听说高年级的都私下叫他神探亨特。"旁边有人在窃窃私语。

"尤其是谈恋爱的，无论多隐蔽都逃不过他的眼睛。"有人在抿着嘴应和。

神探亨特？就是那位侦破一桩又一桩大案，足智多谋的侦探亨特？白薇没看过电视剧，但在文化生活不丰盈的年代里，不管看没看电视剧，一部风靡一时的海内外电视剧里的主角经过口口相传，往往家喻户晓。

"校长为什么要找我？我犯什么事了？我没有恋爱啊……今天一定要去找他。"白薇局促不安了。

好不容易挨到下午放学，白薇去了临江楼三栋找丁校长。

临江楼是师范校的教师家属院。说是临江楼，其实是操场北面的三排平房,粉墙黛瓦,面向长江北岸,自西向东一字排开。一排连在一起的有六户,六户共在一个屋檐下。

丁校长笑容可掬地招呼着白薇,白薇拘谨地坐下,把头深深埋在胸前,两膝盖紧紧并在一起,两手并拢放在膝盖之间。

丁校长慢条斯理地说着:"我看了你的成绩,就是考进最好的中专也没有问题。安下心来,农村姑娘读个师范,有了城镇户口,将来找个好对象……"

白薇万万没想到丁校长会给她说这些话。长这么大,还没有谁正面跟她说过将来对象的事。事实上,她也才十六岁年纪,以前大人们给她灌输的从来都是不要早恋的信息。她羞红了脸,不知道该怎么回答,也不敢抬头看丁校长。

确定这是校长说的?沙园村的很多妇人,她们就是这样告诉自家女儿的:嫁个好男人等于得到一张长期的饭票,男人就是自己的钱包。婚姻才是改变命运的门槛。白薇迷茫了。十二年寒窗苦读,学习了各个学科那么多的知识,却从未有人引导她去思考与沙园村里旧观念不一样的人生意义的问题。

当然,丁校长或许被她老成持重的外貌误导了。他把白薇看大了,这近似于先入之见,认为白薇一副心事重重的样子是心有不甘。其实白薇就是那副模样。她喜欢用心观察用心思考,总是心事重重的样子。但是她的心思的确还很单纯。她一天从教室楼下门厅处经过好几次,"学高为师,身正为范"那八个字已经默念了好几十遍,思索了好几十遍了。她甚至能够闭着眼睛想象着那八个字的轮廓,想象着右手正握着一支写美术字的排笔,然后把自己的左手掌想象成雪白的墙壁,再一笔一画地勾勒出来。她并不是一进校就深刻领悟了那八个字的内涵,是进了师范校才知道那些城市、乡村的广告语宣传语,哪怕笔画再粗字体再大,都是用很大的排笔手写出来的。她还听一位来自县城郊区的室友说,她们那里一个镇的大大小小的标语都是出自一位小学校的美术老师之手。她从室友言谈之中流露出的崇拜,认为会写一手漂亮的美术字,那人的才华必定不同凡响。丁校长也把白薇看小了。

一个那么爱思索的女孩子怎么可能目光那么短浅,只满足于找个好对象而已呢?难道女孩实现自身价值的途径唯有嫁个好人家么?她可是肩负着全家人的期望而来,是要学业有成,是要像她敬爱的曾老师一样光宗耀祖的啊。难道女孩子不应该独立吗?不可能成为这个世界上最优秀的人吗?

当然,毕竟只是一个孩子,丁校长的话并没有一直困扰着白薇。她坚持像以前一样努力,并不是因为相信只要这样做了就会找个好人家,而是坚信,这样做是对的。每天晨跑,每周一次的劳动,同学之间互相切磋普通话,练习弹琴,练习钢笔、毛笔、粉笔等三笔字,磨炼讲故事等才艺,师范校浓厚的学习氛围让白薇深受感染,让来自各中学校的优秀学生们情不自禁陶醉其中。

一个周末的早晨,白薇起得早,整个校园静悄悄的。她打听到学校有个阅览室就在大礼堂背后的小山上。当走进阅览室的那一刻,她彻底被震撼了。这里的书刊五花八门,国内国外都有,数量之巨令人目不暇接。《安娜·卡列尼娜》《静静的顿河》《钢铁是怎样炼成的》《野火春风斗古城》《青春之歌》等,都令她爱不释手。在这以前,她唯一着迷过琼瑶的书,现在是大开眼界了。

从此以后,几乎是一到周末,白薇都泡在阅览室里,饱读自己喜欢的书籍。她去学校的图书馆办理了一张借书卡,给自己定下了死规矩,一周之内必须阅读完一本小说,还要做读书笔记。平常要上课要做作业要参加这样那样的活动,怎么办呢?她中午不睡午觉,晚上九点下自习以后再坚持看一个小时的书。一学期下来,她与学校图书馆的管理员老师都混熟了,管理员竟然打破规矩多借很多书给她看。学校规定借书一次只能借一至两本,可白薇要借多少本图书,管理员都借给她。一次,有位语文老师需要参考书籍,去图书馆借书,管理员却叫他找白薇,说书在她那里。

每间教室里已经有电视看,平常只允许看晚七点的《新闻联播》。周末礼堂里偶尔放电影,差不多每月一次。《滚滚红尘》《大红灯笼高高挂》《秋菊打官司》《一个都不能少》都是当时知名的影片。白薇与来自乡下的同学们一样，惊叹那些女演员的漂亮娴娜，惊叹那些男演员的英俊帅气。

不过周末的礼堂更多的时间是在开舞会。舞会代表着青春的思想冲破禁锢，代表着特定时代涌现的新潮流。在没有手机，没有网络，连电话也是稀奇物的时代，舞会是校园里的盛事。女生与男生、本班与外班、本年级学生与其他年级的学生交流，跳舞是重要的途径。通常是星期六晚上，舞会由学生会、团委会的干部组织。场面很大，气氛很热烈。人头攒动，青春飞扬。说是组织，就是在空旷的大礼堂里，将电子琴、架子鼓、镲、钹等乐器摆在主席台上，让喜欢玩乐器又乐于奉献时间的同学在那个晚上尽欢而散。除此之外，礼堂没有陆离斑驳的灯光，也没有随着炫目的灯光旋转的彩球等任何格外的布置。不过对于娱乐活动并不丰裕的师范生来说，这里已经是一个长乐未央的所在。这里流露出的是一种生机蓬勃的青春气息，一种井然有序却又新潮时尚的校园气氛。传统与现代在这里融合，守旧与创新在这里混响。十几人组成的学生乐队演出水平也很高。当时的流行歌曲，像张洪量《你知道我在等你吗》，陈慧娴《千千阙歌》，王杰《安妮》，都是最叫座的舞曲。乐队也演奏《春之声》《蓝色多瑙河》《友谊地久天长》等世界名曲。舞池里全是十六七岁、十七八岁的年轻人，里三层外三层，不管会跳不会跳，跳得好还是跳得不好，都很兴奋地围着礼堂按顺时针方向旋转。一边跳舞，一边欣赏台上的歌手、击鼓手、贝斯手摇头晃脑闭目陶醉的很酷的做派，也是一件赏心乐事。

出于对舞会由衷的向往，一到周末，女生们都把平时舍不得穿的漂亮衣服从箱底翻出来，或者像灰姑娘一样找别人借一身行头穿上，再对镜梳妆，描眉画唇，抹匀胭脂，便相邀着出门。舞会归来，寝室里莺声燕语，争相议论着舞会上的新闻。哪个女生是舞会上的公主，哪个男生频繁地来邀请自己，哪个年级哪个班的男生或女生多才多艺……

起初白薇不参加舞会。她被同学硬逮去过礼堂一次。她不明白那么多面对面、手牵手的舞伴是如何做到步调默契统一，还与其他搭档互不干扰。

当有熟悉的男生向她友好地伸出邀请的手，她又是摇头又是摆手："不会跳，不会跳。"她竟然心慌慌地连连后退到人堆里去了。在人堆里观望了一阵，身旁一位陌生的男生轻轻触碰着她的手臂。她扭头，一个大块头的男生涨红着脸说："能不能请你跳舞？"没有绅士般的低头欠身伸手，还有这么鲁莽邀请跳舞的？或许被他的腼腆矜持感动了，或许也真不愿意伤害他的自尊，白薇鬼使神差地跟着陌生男生踏进舞池。她的心怦怦直跳。哪知，那男生的确是舞盲，舞步不娴熟不说，加上心里紧张，竟然拉着白薇的手四顾茫然，面红耳赤，不知从何下脚。那男生也是第一次邀请女生跳舞吧，除了激动和兴奋，更多的是尴尬和胆怯。意识到难堪的白薇逃也似的挣脱他的手冲出了礼堂。

后来学校有了专门的舞蹈课。毕竟这群中师生将来走出校门以后大多数是要终身与小学孩童打交道的。小学老师就是要通晓数学、语文、体育、音乐、美术，要能说会道，能歌善舞，十八般武艺样样都通。舞蹈老师是艺术学院毕业的，非常漂亮，身材很棒，生活品位极高，身上有一种女人特有的高贵典雅的气质。学校还没有专门的练功房，舞蹈课堂设在露天的操场上或教学楼间的林荫道上，如果下雨就设在空旷的礼堂里。老师总穿着无缝紧身舞蹈服教大家跳儿童舞，把凹凸有致、苗条优美的身材完美地勾勒了出来。

舞蹈课是没有教材的，所有的课程都是舞蹈老师自编自导自行决定。她从芭蕾舞的七个手位开始，带领大家体验舞蹈的美妙世界。真是奇怪，在舒缓的音乐声中，身体保持不动，就靠手臂与手的位置的变化就形成了优美的舞姿。她创编了儿童集体舞《种太阳》《小星星》，她教大家跳新疆舞、苗族舞、藏族舞。与其说同学们都喜欢舞蹈课，不如说喜欢欣赏舞蹈老师好看的身材、优美的舞姿，那是那个年代最能满足感官需求的精神盛宴。同学们虽然喜欢舞蹈课，但是普遍跳得不好。白薇发现，不光男生，很多女生也是动作生硬得像木偶。以前从来没有进行过专业的基本功训练是一个因素，绝大多数师范生来自农村，生性羞涩，肢体表达不自信，太担心出丑是主要的原因。相反，家境优渥的同学即便跳舞也要投入得多，因而舞姿自然得多。投入、自然的舞蹈状态自然得到舞蹈老师的表扬，每堂课都得到表扬，于是越来越忘我投入，表情自然，充满力量。

有时，舞蹈老师会故意留一点时间教大家跳恰恰、伦巴以及慢三、快三、四步、六步、三十二步的交谊舞、自由舞。在舞蹈老师的带动下，学校提出了扫舞盲的活动，目标是"人人懂舞，人人会舞"。一时间，从扭扭捏捏到轰轰烈烈，全校师生都参与跳舞。礼堂周末舞会达到了高潮、巅峰时刻。一到周六下午放学，广播室的音乐就激昂地响起。很多同学也由此爱上了跳舞，甚至有人到书店买了教材在宿舍里勤奋地练习以避免不会跳舞的尴尬。积极的参与带来积极的效应。在舞动的步伐中，白薇看到，曾经鲁莽的那位陌生男生，和很多同学一样，参加周末舞会从容多了，不再胆怯和羞涩，对校园生活产生了更加美好的期许。

随着校园舞会的兴起，同学们的穿着打扮也发生了翻天覆地的变化。就在三元去山西的这一年，男生开始穿高垫肩的西装、牛仔裤、花衬衫。很快，校园里流行起了鲜艳的蝙蝠衫、连衣裙、套裙、背带裙、一步裙、超短裙，女生们的着装越来越多样，越来越有个性。

在不知不觉之间，所有的女生都不约而同地长高了。这种高度不是隐性的，而是明目张胆的、大张旗鼓的。她们的鞋跟仿佛一夜之间膨胀了，大家都穿上了既有高度又很轻便舒适的松糕鞋，人人都变成了大长腿。

几乎是一夜之间，黑色的咖啡色的真丝踩脚裤在校园流行起来。不管胖瘦都裹粽子似的包着臀部，下半身的曲线暴露无遗，大胆而又彻底地打破了传统的审美禁忌。穿踩脚裤不仅仅成为学校的女生，也是当时所有女人们的共同爱好，集贸市场卖菜的大妈、带孩子的嫂子与背着书包的小姑娘，凡女性莫不人人一条踩脚裤。

白薇也想有一条踩脚裤。她去街上试过了，踩脚裤看起来很厚很短，怎么揉都不会起皱，有很大弹性，穿在腿上拉伸后很薄很透很贴身很舒服。白薇个子本就高挑，穿上踩脚裤更衬托出身材的修长。同行的同学选择了一件喊价四十块的中长款的蓝色风衣给她搭上。白薇在镜子前试了很久，真心喜欢。同学竭力夸赞竭力怂恿她买下。想到家里条件不好，一套衣服就要七十五块，白薇咬咬牙还是没买。但回到学校之后，晚上睡觉时，多愁善感的她躺在床上默默流泪了，感觉特别难过。她真的很喜欢那套衣服，至少有一条踩脚裤也好。但是理智告诉她，弟弟在上学，爸爸负担很重，在花钱的问题上她不能自私也不能任性。

那时候学校明令禁止同学之间谈恋爱。一旦有风吹草动总逃不过亨特校长的眼睛。但是，这仍然挡不住情窦初开的十七八岁、十八九岁年轻男女恋爱的步伐。学生不敢明里来就暗里往，借着体育锻炼的时候，借着周末舞会的时候，借着劳动挑鹅卵石平操场的时候，借着节假日一起往返的时候，男女之间微妙的关爱总会显山露水。但是如果弄出什么有失体统的大动作来，还是要被学校不留情面地严肃处理的。

临近毕业的时候，男生们常被早年毕业的师兄以过来人的身份告知以肺腑之言："趁没毕业赶紧交往个称心如意的女朋友吧。走出去分到哪个村小去，环境差不说，工资少得可怜，前途暗淡，谁愿意跟你恋爱！"三年级一位男同学，估计就是受到这样的蛊惑，很急切地想和班上一位女同学谈恋爱，竟然想方设法带她到学校后面的老街去，强吻不成，施以暴力威胁。女生返校后哭哭啼啼找到校长告发。最后男生被学校开除，这件事不仅在全校大会上公布，还贴了通告。通告上白纸黑字写着男生的名字和班级。这事轰动了整个学校，也在短时间内震慑住了那些谈恋爱苗头突出的同学。

班里有一位男同学，暗中喜欢了白薇很久。他的座位就在白薇身后。每天的早餐铃响起，他总是拎起饭盒，以风一般的速度第一个冲出教室，奔下楼梯，一眨眼工夫就到了食堂。食堂早餐最受欢迎的是糖包子，馅里包着黑芝麻、花生、白糖和熟猪油，让人垂涎欲滴。打饭都是要排队的，男生总是跑得快些,自然排在前头。等到女生们慢条斯理地走到食堂排到窗口,糖包子早就没有了,可供选择的只有大肉包和大馒头了。

有一天早晨临近下自习,白薇鬼使神差地转过身子把饭盒和饭票放在后座男生的桌子上,一边作揖一边说:"拜托拜托,吃到糖包子就指望你了。"那天她如愿吃到了刚出笼的糖包子,热乎乎、甜蜜蜜。男生腼腆,羞羞答答的不爱说话,但是从此以后白薇的糖包子早餐几乎被他包了,从此以后他看到白薇时的神情也复杂了些。白薇已经是个大姑娘了,怎么不知道他羞涩的欲言又止的眼神里暗藏的意思?她甚至把他和曾经的远志作为主角比较,把丁校长当初与他的谈话作为参考,他们会是好对象么?远志显然不是,这个见异思迁的家伙。他也在师范校,同年级的另一个班。听说他正在疾风骤雨般地追求他们班上的一个女生。这位男同学是吗?她拿不定主意。但是她不拒绝,也不接近,就是努力地克制着羞涩地想想而已。她收到过一封匿名信,是从学校信箱里转到班上来的。写信人似乎对她很熟悉,尤其对她爱到阅览室借书的事了如指掌。信中表达了对她的爱慕,但是没有署名。白薇想知道是谁写给她的,搞得好几周她都心神不宁。她在观察和猜测,把范围从本班扩展到本年级,再从本年级扩展到高年级。这无异于大海捞针,怎么能够找得到呢?写信的人在暗处,本身就不愿意让人知道。或许是他自己不自信,怕被人知道,只是图个新鲜表达表达感受而已吧。

算了吧,就当什么都没发生过。如果她在学校犯什么错毕不了业被撵回家去,怎么对得起一家人的期望?让家人颜面搁在哪里?她是学生,她是女儿,她还是弟弟的家长。她只能小心翼翼地认认真真地苦读,不敢越雷池一步。

悄无声息地,在下海、第二职业和停薪留职浪潮的带动下,校园里有的老师目光敏锐头脑灵活,经商热情被激发了起来。三年级教学楼后面的荷花池畔一夜之间成了美食街。说起那个荷花池,有其名无其实,圆圆的池塘里一片荷叶也没有,自然也没有荷花,不过里边有鱼。白鲢和草鱼都有,还有色彩艳丽的红鲫鱼。往来翕忽的游鱼和荷花池中央的那个荷花亭,倒是给了师范生们不少的乐趣。

美食街兴起了以后,同学们吃饭的地方不再是单一的第一食堂、第二食堂,还可以三五成群地邀约着过过麻辣烫瘾、酸辣粉瘾。

琴房就在荷花池畔。一个黄昏,白薇去练琴时,看见丁校长背着手蹙着眉头在美食街转悠。顺着丁校长的目光,她看见了一个系着围裙穿梭在青春食客中的身影。那不是英俊洒脱的体育老师吗?平常这个时候他可是在球场上带领篮球队训练的啊。再仔细看,忙碌着招呼、端菜、收碗的还有物理老师、化学老师,还有打扮入时的漂亮师母呢。

很快,不超过两周,一夜之间,这条美食街就悄悄消失了。白薇想,是丁校长那天在蹙眉中就做出了取缔的决定了吧?

但是改变不因为充满着自由繁华气息的美食街的被叫停而中止。在课堂上,老师们不只是讲课本上的知识了,有意无意透露的信息越来越新鲜多样了。文选老师不满足于教材内容,主动拓展徐志摩的《再别康桥》和戴望舒的《雨巷》等现代优秀诗歌作为补充。作文考试趋向于大家想象力和创造力的培养,一个从来没有过的《齐齐游太空》的命题让全校同学哗然。美术老师讲了他去大城市参加高尔夫球比赛时的经历,尤其就餐时能坐三十人的电子旋转餐桌和餐桌上的珍稀佳肴让同学们的眼界大开。地理老师坐火车翻越秦岭去参加学术会议的所见所闻,拓展了一代师范生正常但欠缺想象力的视野。德高望重的书法老师辞职南下了,还带去了他年轻有为的弟子。心理学老师在课堂上传递着 EQ 重于 IQ……

年级里有个女生的确因为 EQ 严重低于 IQ 而被学校劝退回家。女生叫秋菊,她是贫苦的农家孩子。母亲读过中学,相信知识是引导人生到光明与真实境界的灯烛,从小对她悉心教育。秋菊三岁时就会写 1000 多个常用汉字,五岁时能心算三位数的加减法。她母亲相信,丰富的知识能成就超人的智商。秋菊从小接受的教育不是"万般皆下品,唯有读书高",就是"只有专心读书,将来才会有出息"。她读中学的时候,她母亲全程陪读,包办了她所有的日常事务。洗衣服、端饭、洗澡、洗脸、叠被、梳头,任何事情都不让秋菊插手,每天早晨连牙膏都要挤好,漱口水都要放好,甚至还亲自给她喂饭。寒暑假和星期天,总是把秋菊关在家里看书,从不允许她出去玩。因此秋菊不爱说话,周围的伙伴、班上的同学自然而然地疏远了她。

一直到中学毕业,考进师范校,秋菊的生活都是她母亲一手包办。她的想法很简单,考进师范校了,将来毕业了当了老师,饭碗搁平了,嫁个好人家,生活有人服侍,哪里还用做那些繁杂琐事?况且那些事情她长大了再学也不迟,读书学习考试都这么聪明,用不了几天就能学会的。

但事与愿违,师范校不允许陪读。脱离了母亲细致入微的照顾后,秋菊的生活"失控"得一团糟。她完全无法安排自己的学习和生活:热了不知道脱衣服,大冬天不知道加衣服,床铺不整理,早晨起来梳子、镜子、袜子、脏衣服在床中间一大堆。起床铃响了她也不知道该干啥,穿着单衣、披散着头发、趿着拖鞋就往外跑……

性格孤僻内向,又缺乏生活自理能力,老师同学想了无数的办法帮助她,勉强过了一个学期,情况依然是一团糟,她只能被劝退休学回家了。她母亲是在上课期间悄悄到寝室里收拾好东西带着她出校门的。她母亲的心里针扎般难受,怕看到聪明伶俐、活蹦乱跳的秋菊的同学们。

还有一位与白薇同年级不同班的女生新月妮开学没来上学,已经被学校除名了。白薇与新月妮原本并不相识。白薇读五班,教室在二楼。新月妮读二班,教室在底楼。但是两个班负责的校园黑板报却是相接的。白薇是团支部的宣传委员,就是负责主办黑板报、手抄报、宣传校园活动之类的职务。在学校里,宣传委员不算忙也算不上累,毕竟办报和宣传不是每天必需的,适逢国庆、中秋节等重要节日或者学期推普周才会有,频率并不高。但是那活儿很重要,需要才气与创造力相容并存。只会涂抹抒情类小诗文的白薇担任此职事实上有些胆战心惊。原因是班上有才华的人太多,还有同时擅长策划、写字和绘画的高手。入校以来的教师节、国庆节、中秋节板报白薇都不敢上场。因为大家都意识到黑板报是锻炼自己专业本领的重要阵地之一，是通力合作、张扬个性、书写青春故事的"舞台"，它对于开阔视野，丰盈大脑，培养情趣和将来走上讲台的业务能力都有很大的帮助。所以每当要更换黑板报，大家跃跃欲试的自信溢于言表。

那天晚自习，班主任冷不防指定白薇负责主办一期学校安排的"庆元旦迎新春"的黑板报。如同给即将上场的士兵打气，他说："白薇身为宣传委员，得让她体现个人的魅力与价值。"当时闻宠若惊的白薇暗暗高兴，这可是她师范生活第一次主办黑板报啊。"我一定要把它办好，不让老师失望！"通过团支部会议，征得大家同意，板报的题目确定为"新年心语"。她不只是负责安排黑板报的排版、板书、绘画的分工，还充分发挥自己的写作特长，精心构思并策划板书的内容——每位同学设计一句"新年心语"，从中筛选出最动人的五句话，在黑板正中间巧妙地组合成了一个心语花瓣。

二班的黑板报题目是"新年你好！"，绘画的是一位女生，皮肤黝黑，却很光滑，单眼皮，丹凤眼，模样姣好。白薇没有与她说过话，但她知道她叫新月妮。每当有人路过喊着"新月妮"，她都会回过头萌萌地望着别人，然后绯红着脸报以嫣然一笑。她把红色的颜料倒入调色盘中，再加入一些白色的颜料调成粉红色，然后用画笔一笔一画地给板报的图案上色。很快，黑板四周画好的那些灯笼啊、胡萝卜啊、太阳啊、卡通人物啊，都红彤彤的、鲜嫩嫩的、喜洋洋的、活泼泼的，热闹着、喜庆着、红火着，简直跟真的一模一样了。白薇是刘姥姥进大观园长了见识。过往的同学也无不被新月妮的画技深深地折服。白薇不止一次听人赞叹："哎哟哟，新月妮啊，画得太好了吧！"有一个男生还俏皮地把头贴到黑板上夸张地耸着鼻子说："这胡萝卜不是真的吧？我闻闻有没有甜甜的味道。"

与白薇同班的新一民与新月妮是同乡同村的中学同学。听新一民说，他们家在津沙最荒远偏僻的牧羊槽，那里海拔上千米，是名副其实的山旮晃子。四周悬崖峭壁，不通公路，进出村寨唯一的那条临崖石梯笔直而陡峭，有四千多级，就像一条斜倚在山壁上的直通云霄的天梯。晴好的天气里，人们徒手攀着那条石阶进村至少也要两个小时，雨雪天气出行更难，难于上青天。因此，村里的人都叫那条路为仰天坡、手爬岩。通往牧羊槽的天梯半道上因有古人立的以保佑行人平安的石头菩萨，加上村里古木参天，风景独好，还有保存完好的建于清代乾隆年间的丹石寨门等古迹，偶有追新逐异、寻求世外桃源的都市好事闲人慕名前往。他们爬完最后一级石阶进到村中，没有哪一个不是累得近似于虚脱而瘫倒在草丛中的。

村民的日常生活生产物资就靠人力肩挑背驮从十里以外的乡场上购回。赶场卖点家禽蔬果，一般头一天晚饭后就从家里出发，以蓑衣斗笠挡风遮雨在场上凑合过一晚，做完买卖、采购好油盐酱醋再爬上几千级的陡峭石梯，回到家已经是第二天傍晚了。村里的老人生疮害病难受，家里没有备用药，又无法沿崎岖的山路下山就医，要么凭老祖宗的经验找点马蹄草、鱼腥草、柴胡之类的草药捣碎了冲水喝，要么苦苦硬撑到赶场天委托下山的邻居带回点藿香正气液、头痛粉一类的药物。牧羊槽难见羊。野猪倒是猖獗，横行无忌。地里的水稻、玉米、洋芋、红薯等庄稼，从下种那天起一直到秋收进仓，哪一天不加防范就会颗粒无收。于是从春播开始，一直到秋收结束，村民们轮流执守，二十四小时不间断，打锣、敲盆，手持土喇叭追赶吓唬，从早敲到晚，一直敲到天亮。即便如此，也是忧心如焚"与猪争""望猪收"，猪口里剩下的，就是村民的粮食。

平常，村里多半都是些老人和小孩，有劳力的青壮年像蜜蜂一样嗅到了春天的芬芳四处纷飞。有思路开阔的已经着手修建新房准备迁居山下。过年了，下山分散在远远近近四面八方打工的、读书的又如候鸟一样飞回牧羊槽。新月妮约上发小钟小年一起，专门到她们曾经学习过的小学堂看看。那是一栋一楼一底的石砖房子，外壁上的石灰已经脱落了，裸露的墙体凹凸不平。只有黑漆漆的窗棂没有玻璃的一扇扇窗户，像山里孩子们一双双朴实单纯、自然清澈的眼睛，诧异地打量着这个雪白的与世隔绝的村落。看着破旧的校舍，两个姑娘心中感慨万千！

"再过两年，这里就是我工作的地方。师范生虽然逃出了农门，可是逃不脱哪里来哪里去的命运。"新月妮低头用脚尖掀起一块白雪。山上冬天常常下雪。她脚上的棉鞋是她母亲做的，她嫌土，从来不带到学校里去。

"你为什么要一根筋呢？现在外面机会这么多，你自身条件那么令人羡慕，为什么不大胆走出去踏出一条新路来？靠读书，读来读去又回到原地？就这点出息？不行。"钟小年翻了个白眼，满脸不屑。

钟小年比新月妮大两岁，她没有新月妮那样有引人注目的美貌与才华。她的母亲是越南人，是她父亲从广西带回来的。她知道母亲的名字叫邓阿银，但是她不认识母亲，连一张可追念的照片也没有。但人们都说她继承了她母亲如瀑的黑发和苗条的身材。她母亲满怀希望地嫁到异国他乡，怎么也想不到男人家居然穷得就差吃土面包过活了，加之牧羊槽恶劣的生存环境也让她心生绝望。生下钟小年坐完月子后的那个宁静的秋夜里，她失踪了。任凭手脚乱套的钟家人如何焦急地渴望、寻找，她再也没有回来。钟小年从小就叛逆、心眼多，完全没有女孩子的斯斯文文。不读书也就罢了，喜欢围野猪、捕鸟雀也不说，还伙同别的调皮孩子模仿绿林好汉用黑布蒙住面庞在天梯进村道口让客人交过买路钱。

钟小年还有一个伯伯和一个叔叔，也就是她父亲患尘肺病的哥哥和跛脚的弟弟，都没有成家。加上爷爷奶奶，钟家一共有六口人。除了她父亲常年在外做泥水匠，其他人在地里勤扒苦做，也只是勉强维持温饱。钟小年初中刚毕业，她爷爷患急性阑尾炎。虽是小手术，可住院治疗的费用也是东挪西借筹来的。她索性拎着一床被子跟着老乡闯深圳挣钱去了。老乡四处打听，得知布吉一家服装厂招工，就带着她赶过去了。招聘栏上有"划样、裁剪、缝纫、小烫、中烫、大烫"等工种，她什么也不懂，就稀里糊涂地在"大烫"一栏上签了名。招聘主管是个男的，对张皇失措的她感到好奇，拉着她去车间看"大烫"是怎么回事。新月妮一看吓坏了。原来"大烫"就是成衣整烫。握在工人手里的大烫机有四五斤重，成天不离手地烫平成叠成叠的衣料，如果衣料被烫坏了还要赔钱的。正在六神无主的时候，主管问她："怎么样？能不能胜任？"她咬着牙说："行！"主管却同情这位不知天高地厚的小姑娘，只叫她负责车间内工人的考勤。

服装厂实行每日三班倒，每八个钟头换一次班。早班是早上六点上班，中班是下午两点，晚上十点整开始晚班，如果超过上班时间三分钟就为迟到。负责考勤的工作可是得罪人的活儿。不严格吧主管不高兴，实事求是按规定办工友们不高兴。但是初来乍到的钟小年除了一视同仁还能怎么样呢？这样一来，上班都一个月了，除了主管，工友们都不怎么待见她。下班回到大宿舍，姐妹们坐在连在一起的通铺上互相聊着，她搭话也没人理。主管却直夸她干得不错。一个月除了固定的二百八十元的工资，还额外给她包了一个五十块的红包。第二个月发工资，她一数钱袋子，天哪，怎么整整多出了三千元，还是港币？她疑惑地看着主管，主管轻描淡写地一挥手："别问那么多，奖励你的，先拿去用吧。"

第二天，主管神神秘秘地对钟小年说："小年，跟我到宝安区去一趟，厂里有个重要业务。"主管把小年带到宝安区一家高档餐厅的一间包房里。

"这是秦老板，我们的客户，这就是我说的那个清纯的小钟，钟小年。"主管看着上座一个中年男子，殷勤地介绍着。钟小年注意到，主管所说的秦总沟壑纵横的脸上那双深如漩涡的黑色眸子从上到下又从下到上地审视了自己两个来回。

"请坐，这里坐。"秦总拉开身旁的椅子，示意钟小年坐在他的身边。

"客人到了，上菜。"在秦总的招呼下，服务生满脸堆笑，菜肴先冷后热，先咸后甜，很快摆了满满一桌。

"我们相逢就是有缘。小年，干杯。"秦总驾轻就熟地给钟小年斟满红酒。

"这，秦总，我，我不会喝酒。"野性归野性，但是喝酒，钟小年真是外行。

"一般的女孩不喝酒，喝酒的女孩不一般。小年，你喝了这一杯会更妩媚动人，试试吧。"说着，秦总一手揽着钟小年的腰，一手端着酒杯递到了她的嘴边，目光闪烁奸诈，语气里藏着伪装的轻柔，动作是恶劣的果断，几乎是强迫着她喝下去。

"小年哪，上个月的三千元港币就是秦总奖励给你的。"主管的话意味深长，钟小年一脸疑惑。

"三千元算啥？今后要多少都行。"秦总晃着肥硕的脑袋，冲主管摆摆手。

毕竟，在忙碌于生存的牧羊槽村庄长大，还没有那般酒场上推杯换盏的见识。钟小年喝了第一杯，紧接着就是第二杯，第三杯，最后到底喝了多少酒她自己也不清楚，只是头昏脑涨，昏昏欲睡。

半夜，钟小年在迷迷糊糊中醒来，发现自己赤身裸体地睡在宾馆的床上，旁边还躺着依然赤身裸体的秦总。

钟小年蓦然一惊，她明白过来发生了什么以后，又哭又踢又骂："流氓！滚你娘的流氓！"

"干脆，我养着你得了。"秦总不慌不忙地拿出一条又长又重的"K白金"钻石项链戴到她的脖子上说，"与其每月两三百元辛辛苦苦打工，不如跟我，我每月给你五千元的固定工资。"

五千不是小数目，牧羊槽全村老百姓一年的收入也没有这么多。反正已经这样被作践了，不如答应他，从此不受工友们的白眼，还能帮助家里，减轻父亲的负担，家里那些老病号不是都要花钱吗？

人一旦为自己的堕落找到了冠冕堂皇的理由，那就注定是明知错了也无法回头。开始或许是身不由己，结果一定是自投罗网。读书不多、野性而单纯的钟小年就这样把自己的青春不负责任地托付给了这个香港男人。她往家里寄过几次钱，一寄就是几大千。她在牧羊槽有着偌大的名声。当然，她并没有让朴实的家人知道自己被别人包养了。她谎称自己在大公司做销售总管，深得老板信任，业务繁忙，利润也丰厚。她也不知道自己的自欺欺人会种下什么苦果。她甚至幻想有一天浑身珠光宝气地被那个男人迎娶，如此一来失足之恨造成的委屈与辛酸也就不足挂齿。

现在，钟小年与没见过大世面的新月妮正在边走边谈。钟小年说："若你回到这个学校，一个月能挣多少？"

新月妮伸出一个手指，再伸出两个手指。

"三百？"

新月妮萌萌一笑："不，一百二。"

"哈哈哈，别傻了，在这个破地方浪费青春划不来。跟我走吧，去大公司。"

新月妮沉默了，她把目光瞅向了南方最远的山峰，为人师表的崇高理想的地位在陡然下降，虚荣、嫉妒、对金钱的欲望自那山峰上萌芽。

过完年，大年初三，新月妮悄悄收拾好行李，沉默地跟在钟小年身后下了山。她的心中绽放出道旁雏菊一般的光彩。

从没出过远门的她一下火车就被那里的灯红酒绿镇住了。热爱美术的她尤其喜欢花市上迎春接福的盆花、方阵排列的金橘盆景、竞相开放的牡丹芍药、亭亭玉立的海棠百合，还有花卉做成的福禄寿星、锦鲤等花艺，姹紫嫣红，移步见花，处处闻香，应接不暇。

如果说，钟小年是因为涉世不深不知情才被人包养造成失足之恨，那么，她的发小新月妮则是盲目地跟着感觉走，明知是沼泽也要一头栽进去。当她受钟小年的蛊惑下山，做人类灵魂工程师的伟大梦想也被她放逐、抛弃。十年、二十年，更长时间以后，她会不会回头严肃地审视、修改、整理当初的懵懂无知呢？人生没有如果，人生也不是游戏，哪怕一个有艺术天分的师范学校的少女，当技能、天才与价值观没有统一的时候，有人引导她做出离经叛道的选择，没有明辨是非的人为处于迷茫中的她扳回航向，遭遇人生的滑铁卢就难以幸免。

到深圳不到一周，包养钟小年的秦总就带来了一个比他年纪更大的男人,穿戴讲究,头发花白却打理得很干净,看起来像个文化人,其实就是做水产批发的老板。钟小年叫他杨总。杨总直接试探她:"听小年说你在读师范?画画特别好?我就喜欢有艺术修养的人,有空闲的时候我也喜欢读点书,写点字。你要是跟了我,我一年给你十万,怎么样?"见新月妮不接话,钟小年赶紧说:"杨总大方,还说遇到真心喜欢的人即便送个酒楼也不要紧。一年二十万怎么样?"在涉及收入多少的问题上为助发小一臂之力的钟小年俨然江湖老手,语出惊人却神态自若。

半推半就与推波助澜间,新月妮就做了杨总没名没分的二奶。

在津沙师范,眼看已经开学了,新月妮却还没有回学校。她的班主任心急火燎地打电话到她乡里,乡里的干部为此专程上牧羊槽联系她家人,问新月妮在哪儿呢,什么时候回学校,新月妮的母亲支支吾吾的。乡里的干部问了半天才知道,新月妮一放假就受到发小的邀请,一个人扛着包袱去了沿海城市。她没有对家人隐瞒真相。临近开学,她写信告诉他们不准备回学校了,一个老板每年给她二十万,把她给包养了。新月妮母亲语无伦次,哭哭啼啼地对到访的干部说:"一定转达老师啊,丢脸丢到他门下了啊,在同学面前一定要保密啊……人穷不能志穷啊,我们想尽了办法,割裂关系,拿死威胁……领导啊,一定给妮子保密啊,她的人生还长啊……"毕竟是自己的学生,哪有不心疼不爱护不帮助的呢?班主任也动了恻隐之心,硬是口风吃紧,把秘密隐藏得严丝合缝。但是纸终究包不住火,得知真相的丁校长恼羞成怒,不但开除了新月妮的学籍,新月妮的班主任因知情不报也受牵连,被勒令写检查。

后来,白薇走出了校门,见识了很多年轻教师徐徐上升的履历以后,也总忘不了新月妮绯红着脸萌萌地嫣然一笑,还有她笔下红彤彤热闹闹栩栩如生的新年板报。随着城市化在改革开放中的快速发展,新月妮的老家牧羊槽已经今非昔比。村村通已在政府的规划中,与新月妮同时代的老乡都进城买了房。不愿意跟随儿孙下山，情愿留守牧羊槽的几十位老人靠种植蔬果，养殖家禽、蜜蜂，生活也过得有滋有味。那所破旧的村小学早已闲置。她没有再听说过新月妮的故事。秉承善良之性的她真心希望新月妮不管身历何种境遇，都能有艺术的感性与纯真的趣味相伴。

归宿假

白龙进鲤鱼石中学正式上课的第一天，英语课上，老师让同学们大声朗读单词三遍。白龙英语基础本来就差，根本就不敢张口朗读。甭说白龙，天资那么聪慧的白薇一开始进中学的时候，看着来自镇上的同学无师自通、洋洋自得地读着单词，也是自卑得差点崩溃。他看着全班同学都在捧着书本张着嘴，听着他怎么也分辨不出差别的叽里呱啦声，浑身的肌肉僵硬得像从冒着冷气的冻库里拎出来一样。

无法接受自己的外表也是一件可怕的事。哪怕不是在上课，白龙也总是把厚嘴唇闭得紧紧的。他生怕稍不注意就把龅牙露出来。他显然太过注意，已经不是自然地闭嘴，而是有意识地把嘴唇往里瘪，似乎还用了力。如此一来，他越是注意，越是惹得人不由得去注意。有人还会好奇地问："他的嘴怎么啦？"

教英语的是年轻的男老师，姓王。他一个人要上四个班的英语课，有一个班还跨了一个年级。他没有那么多功夫来破解一个转学生是紧张还是注意力分散。当所有的学生读完三遍以后课堂里安静下来，王老师看着讲台上的座次表点名批评了白龙：

"这位叫白龙的同学，别人都在朗读，你倒好，傻不愣登地坐在那里，是怕龅牙张开合不拢还是怕张嘴就被勾魂了？"

"哈哈哈……"王老师俏皮的批评把原班生逗得哄堂大笑起来。尤其是男生，还要扭着身子，动作夸张得近似于放肆。女生们呢，转过头偷看着白龙捂着嘴乐。

对于白薇来说，她的经历和见识让她天真地毫不怀疑地相信，教师太重要，是成长中的最重要的角色，是教给她知识，给予她爱和力量去面对未来的人。她像很多成长中的人一样，没有受到过严重的精神或者身体方面的暴力伤害。她的聪慧乖巧，还有就是女孩子的性别优势，让她即使受到伤害也总是得到保护：在石头沟有祖母，在学校有老师。但也有一部分人，在成长过程中，被他人、家人或者老师有意无意地践踏尊严，没人保护的经历深深印刻在心里，影响甚至颠覆一生。

显然，白龙属于后者。正因为得到的爱太少所以太不自信，鲤鱼石中学有的老师和同学习以为常的冷眼、嘲笑、怀疑、批评，足以摧毁他的一生。而他之所以被摧毁，真不是因为他的脆弱，是正在经历的一切让他无法接纳全部的真实的自己。

这个王老师，点名批评白龙不读书就是了，偏偏还抓住他的龅牙一起羞辱。白龙羞愧得无地自容，脸上红一阵白一阵。他憎恨着自认为优越的同学，憎恨着老师的刻薄恶毒。他觉得自己一无是处，甚至在心里埋怨咒骂着姐姐费尽心机帮他转学就是没安好心。从此以后白龙想到英语课心就揪紧了，看到英语老师就会害怕，总担心老师会批评他。不光是英语课，所有学科的课堂上他都不敢正视老师，一上课就莫名感到紧张。如果老师提问时被叫到了，他会不由自主地身体发抖。他的内心其实有一百个强烈的愿望，张开口来，像别的同学一样直视着老师的目光大声读出声来，哪怕读错了让老师纠正也行啊。但是他站起身子来也不愿开口，嘴唇使劲颤抖就是开不了那个口。他整堂课整堂课地就那么埋着头，别说直视老师的目光了，连抬头的勇气都没有。

没有一位老师愿意鼓励他哪怕是吐出一个字音来。没有一位老师愿意去分析他不开口的根源所在。事实上,这样的情形多着呢。每一届每一个班,都有这样的学生。他们要么来自闭塞的山旮旯,继承了父辈的淳朴、害羞、腼腆,从不善于表现自己,无法从言语中得到他们的任何想法。除了见识狭隘,还有就是要么家庭不健全,缺乏父爱或者缺乏母爱,要么是父母外出打工挣钱了,被寄养在亲戚家而深感孤独,要么就是身体有残疾。鲤鱼石中学毕竟是区重点,进这所学校是多少经过了选拔的,智障的学生还是没有的。不像五七中学,竟然有带着口水巾上学的。家长说就当请学校帮忙照看好不乱跑得了。

既然都是智力正常的孩子,让学生开口说话展示自己应该是课堂教学重要的环节呀。在中学的课堂上也总是死气沉沉,这显然严重不适应社会的人才需求呀。教师要培养合格的接班人,让学生学会生存,必须让学生开口说话。可是不是每一个老师都这么认为。他们或许会盘算,一节课只有四十五分钟,课时计划是早就定好了的,激发一个磨蹭的孩子发言得耽误多少时间。一个班上那么多学生,不是谁都有耐心等待他发言的。没有耐心,课堂就会乱糟糟的,有人带头起哄的话搞不好还会失去控制,不好收拾。谁愿意去冒那个险呢?多一事不如少一事,课堂纪律稳妥妥的就好了。况且学校考核老师讲的是考试成绩,毕业班老师拿出来亮相的是升学率,一个班一个两个不开口不会影响大集体的考试成绩。与其把精力浪费在这样的个别学生身上,不如多分析两张试卷的得分情况更有意义。

事实上,在白龙班上只要第一次被叫发言时保持沉默不语,几乎就没有第二次了。白龙就是这样,因为名字醒目,"白龙",多响亮多大气,老师们琢磨着座次表就想看看这条龙,结果却让他们大失所望。渐渐地,一周过后,没人感觉到他的存在了。白龙反而觉得这样从课堂上"消失"是最安全的,从老师们眼里消失,从同学们的眼里也消失。

他越发感念过去五七中学老师的好来,现在学校的老师都严格得不近人情。他害怕所有老师,感到最害怕的是班主任老师当着同学的面批评他。

班主任老师姓蒋，一个教化学的中年男人，戴着一副黑框眼镜。估计是班主任从其他学科老师那里搜集到一些白龙的不好的信息，在他的课堂上，只要被点名后不好意思开口或者没思考好开不了口的，他就会幽默地来一句："又是一条龙。"他幽默的时候自己不笑，其他同学会放肆地捧腹大笑，一边笑一边还别有用心地回望坐在最后一排角落的白龙。个子矮的坐在前排的同学看不到白龙的脸，还要煞有介事地站起身子来往后看。他们把看白龙的窘态当成了课内放松，跟日本动画片里的一休哥"休息一会儿"达到的效果一样。白龙当然会窘红着脸，任无数双含笑的眼睛像机关枪一样在他身上扫射。学习不好就不好了，现在学校的同学都很优秀，自己比不过他们不比就是了，可是那样无遮无掩的目光扫射简直是奇耻大辱。

不知不觉，一个学月过去了。白龙只与两个与他一样新转来的同学熟悉，其他同学很多连名字都叫不出来。他老感觉胸闷、憋得慌，他想回原来的学校去读书。白龙的表现也许是正常的。他六岁就因为母亲的去世失去了正常的家庭生活和应有的温情。从小缺少家庭和谐气氛滋养的孩子就是这样，在一个突然陌生的环境里，他在心理及适应能力方面表现出的缺陷与他遭遇的经历相当吻合。

学月考试很快就来了。这个考试白龙完全是糊里糊涂应付的。语文还好一点，除了两句古诗的出处不知道以外，其他都能答。他估摸着考个八十分是没问题的。数学难，解决问题根本摸不着头脑。英语就别说了，看着那些毫无规律的字母组合就头大。社会发展简史开头的解释题就不会，等到交卷时间到了，他就做了一道选择题和一道判断题。

考完试就放归宿假了。放归宿假那天下午，白龙回了五七中学一趟。

他是坐着一种"货带客"回去的。所谓货带客，就是货车不载货，经过改装过后专门载人。说是"一种"其实不恰当，因为整个七星镇就只有那么一辆，是敞篷的，车斗后面加了一个铁梯子。坐车的就攀着铁梯子上到车斗里。车斗里人挨人，人挤人，鼻子贴着头发，额头触着胸膛，密密匝匝的全是脑袋。人夹在中间非常难受，身子被挤成肉饼动弹不得，还得忍受周围的人散发出来的难闻的体味。站在车斗外沿的，身子一律向外，胸膛靠在加高加固的铁护栏上，不用与其他人的身体正面触碰，俨然是车斗里的贵宾。至于抢在驾驶室正后方的则是贵宾中的贵宾，他们迎风而立，威风凛凛。

要坐上"货带客"可不能讲秩序。那是一个斗智斗勇的技术活。攀缘技术好的踩着车轮子翻身就跃进了车斗里，然后车上人拉车下人，车下人托举车下人，生拉硬拽的，大呼小叫的，为了能坐上车哪里顾得上什么秩序、斯文、面子。负责收费卖票的是个年轻姑娘，尽管具有鲤鱼石地区女孩典型的泼辣干练的个性，也无法控制住乘客争抢上车的乱糟糟的场面。

白龙身形灵活，别说扒上货带客轻而易举，就是哧溜哧溜爬到树干上没有一个杈丫的桉树最顶端去，任凭树梢尖东摇西晃，他也不会有丝毫害怕。货带客出了镇八公里，穿过一片竹林就到了让他无限怀念的五七中学附近。白龙激动万分地下了车。

学校教学楼有一面墙的窗户开向街路口，他就趴在墙角往曾经的教室里张望。五七中学没有住读生，也就没有归宿假。同学们正在上语文课，讲台上的年轻女老师估计是新来的，白龙从来没见过。在女老师转身写板书的时候，教室里有人扭头看到了他，突然闪亮的眼神引起了更多同学的注意。这下很多人都回头看到他了，朝着他摆着手，挤眉弄眼地打着招呼。白龙傻乎乎地笑着，心里波涛翻滚。转什么学啊？这里才是他如鱼得水的地方啊。正在他感慨万分的时候，女老师转过身来，发现他趴在墙外窗棂前影响了学生的注意力，立即挥舞着手中的书，极有礼貌地驱逐着："请你走开，不要打扰我们上课！"

这下，所有的老同学都转过头来看到他了。

"这不是白龙吗？"

"白龙放假了呀？"

教室里骚动起来，有人噘嘴吹起了口哨。

"安静！"女老师一脸愠怒地招呼着课堂，眼睛却瞪着白龙，下巴一抬，以不容置疑的口气说："这位谁，请你赶紧离开！"

白龙只好在老同学们的目送下讪讪离开，剩下十公里的路途只能步行了。回哪儿去呢？当然只能去石头沟。

三元去山西前，吃猪儿粑那天，特别与老母亲交代了白薇姐弟的事。

他说："平常在学校倒用不着操心，学校管得紧，放假了得有去处。"

白老太说："有我在还没有去处？你就放心挣你的大钱去吧。"

一旁的周三娘也附和着说："就是奶奶不在，也还有我们在。我们虽然是嫁进门的外人，对侄儿侄女从来都当自己亲生的娃看待。"她的话总是那么难听不入耳，棒头棒脑的，让所有人都接不上话。

男人的心思总是粗枝大叶，他想既然周三娘话都说到这个份上了，还有什么丢不下的呢？当然他没忘记叮嘱一双儿女，在奶奶家要听话。毕竟年迈的奶奶跟叔叔住在一起，孤苦伶仃的老人在儿女家是当不了家做不了主的。就不要给奶奶添麻烦，做事情见机一点，主动讨好一些，不要等人安排，万万不能像客人一样等到饭煮好了端上桌来。

白龙一路回想着三元的话，一路期盼着回去能见到姐姐。除了姐姐，还有谁和他有亲切的情感和语言上的交流呢？他太想念姐姐了，在学校越是难受，想念就越是强烈。但是想到自己考试这么糟糕，他又害怕见到姐姐。姐姐肯定要问他考试的事。他能说什么呢？说上课总是听不进去老师在讲啥？说总是被嘲笑？说总是被批评？说自己还没有一个朋友？那样的话，估计除了责备，姐姐不担心死才怪呢。

不知不觉，白龙到了苦塘沟。他这才吃惊地发现自己不是去的石头沟，竟然回家来了。才一个月没人，门前的水泥坝子里有泥沙淤积的地方竟然冒出了好多青草。

"呸！贱！这些草好贱！"他学着三元的口气骂着。

归宿假 | 277

门锁着，门扣上有一张好大的蜘蛛网。一只背部有黑色和白色条纹的大花蜘蛛挂在网中间蜷着八条腿睡大觉，黑白条纹之间还混杂着灰色和白色的小点，看上去好像刷了一层油。"想当把门将军？找死！"白龙一巴掌拍过去，蜘蛛被拍死在泥墙上。他想起了门口台阶下有一窝黄蚂蚁，就随手捡起一根木棍，把死蜘蛛挑起来放到台阶下的石缝里。然后像曾经用肉末或者饭粒逗弄它们一样，趴在地上，目不转睛地看着蜘蛛被蚂蚁的侦探发现，紧接着引来一大群列队整齐的士兵，士兵们又团结一心地把蜘蛛搬运进洞里。

"白龙，这么大个人了还看蚂蚁？该烧火煮饭了。"正出着神，他耳畔恍惚响起白薇的声音。他慌忙抬起头，哪里有姐姐的身影，不过是自己的幻觉罢了。是这样的，假期里姐姐在家的时候，他用肉末或者饭粒逗弄蚂蚁的时候，姐姐这样招呼过他。现在，就在自己家门前，不光姐姐的清脆的招呼，就是三元恼怒的呵斥他也格外想念。

他直起身来，跨上台阶，脸朝外背贴着门，侧着身子往门缝里伸出右手去。他是在摸开门的钥匙。从进了学校读书起他就知道，只要回家来门是锁着的，钥匙一定挂在墙内门边的那颗钉子上。六七年了，小时候他要站在门槛上踮着脚才够得着那颗钉子，后来不用站在门槛上，只消一伸手就摸得着钥匙了。而今，他已经有一米六几的个子了，由于遗传基因的作用，身体也比同龄的人要宽大，要扁着身子用点巧劲才摸得到那个位置。但是，他的手已经摸到了钉子，却没有钥匙。他不甘心，又反反复复把钉子四周的墙壁摸索了好几遍，还是没有。怎么会有钥匙呢？俗话说防人之心不可无，家里虽然没有啥值钱的东西，石仓里好歹还有几百上千斤粮食吧。三元再怎么大大咧咧，也不会在无人进出的门内放上钥匙任人进出吧？

白龙沮丧地缩回手，站在门口呆愣了半天。天色暗了下来，那只蜘蛛已经被蚂蚁搬进洞里去了。"走吧，走吧，走石头沟去吧。"下台阶的时候，白龙踢了一脚坝子里刚才挑起死蜘蛛的那根木棍子，看着它飞到空中翻了几个跟斗，又掉在坝子另一边去。

白老太不在石头沟。白龙不知道，他在石头沟没有可心的巴落（方言，附着，依靠的意思）处。在开学不久，在他们一家父子仨各奔东西不久，白龙城里的姑妈就把白老太接走了，她们担心老母亲失去了老伴心里孤单不适应。白老太倒是挂念着一双没有娘的孙儿孙女，姑娘们责备她："都这么大的两个人了，就让您这么牵肠挂肚？难道回来还会找不着吃的？还会被饿死不成？"

经不住闺女们的软磨硬缠，白老太还是拾掇拾掇往城里去了。

白龙到了石头沟，天已经黑了。去奶奶家要先经过周三娘家。乡下人家关门闭户早，白龙正想着："用不用去跟周三娘打声招呼呢？"三元临走前把乌龙委托给了周三娘。乌龙听觉特别灵敏，听到白龙的脚步声竟然冲他狂吠起来。周三娘先是听到狗的狂叫，后来又听到狂叫声变成了撒欢的亲昵。这么晚了是谁回来了？

"谁来了啊？妈妈？"兰姑警觉地竖起耳朵，她也感觉到不是陌生人。

"谁啊？"周三娘也疑惑着，赶紧开门出来看个究竟。橘黄色的白炽灯光芒随着打开的房门射出老远。白龙就站在光线里逗弄着乌龙。他把双手举高，像乡下人呼唤所有的狗狗一样噘着嘴发出"哑哑"声。乌龙把两只前爪搭在白龙身上，亲昵地叽咕着，鼻子在他胸膛蹭着嗅着，尾巴讨好地使劲摇摆，人与狗一副久别重逢的样子。

"白龙！"周三娘惊叫一声，"你吓我一跳！"

"三娘。"几乎同时，白龙站在灯光里不自在地招呼着他的叔娘。

"进门来吧，还站在那里做啥？个子倒是越发长高了。"周三娘说着不容置疑的热情的话。

"不啦，我去奶奶那里吧。"

"就只有你奶奶？她去城里了。她说到鲤鱼石船码头坐揽载去学校跟你说一声，她没去吗？"

归宿假 | 279

也不知是无意说漏还是有意挑拨，周三娘不冷不热的这句话，无异于给白龙当头棒喝。这完全是意外。他一时傻眼了。他知道父亲去山西了，他也料到姐姐不一定会回家。那天，奶奶是他最热切的盼望，哪知奶奶也不在家。是啊，奶奶怎么没来跟自己说一声呢？没有任何人告诉他奶奶不在家该怎么办。

津沙古镇对岸的凤鸣火车站，是无数江边小站中的一个。红瓦白墙，夹竹桃静静绽放。

师范学校没有学月考试，也差不多一个学月放一次归宿假。像约定俗成一样，津沙镇周边的几所学校都在同一天放归宿假，恰巧与鲤鱼石中学同步。白薇很想体验一下坐火车的感觉。彼时生活节奏没现在这么快，人们也不像现代人这么焦虑。考进师范学校的大都是家境不好的农村孩子，虽然成绩优秀，但是从没出过远门，对眼里的很多新事物都抱着稀奇的态度。没乘过火车的去体验一下，没见过长江坐过轮船的去坐一来回渡江船也是开洋荤。年轻的心灵对新鲜的事物都充满着期待，并且都乐意花时间去尝试。白薇是怀着多么激动的心情与同学们一起在朝天嘴码头坐渡船，欢天喜地地与他们走过蜿蜒的磕脚的满是鹅卵石铺成的路，再走过一小段太阳底下金光闪闪的铁轨，才到达熙熙攘攘的小站候车室。

坐火车的人很多，大多是津沙镇各个学校的学生。一张张年轻的脸庞洋溢着青春阳光的气息。同学们有家在清溪的，只坐一个站就到了；有家在东湖的，也不过两三个站；有一口气经过八个火车站坐到南嘴的。不管经过几个站台，他们的家就在铁路附近，坐火车回家是他们的首选。公路不通，坐揽载慢不说，下午根本就没有下水船。即使可以坐船，到了码头再回家也要走很远的路。不坐船不坐火车就只有数着铁轨步行回家了。

第一学期的元旦节，白薇班上有一个矮个子男生约过要好的几个同学一起去他在清溪的家，他们就选择的步行回家。他们排成一队走在金光闪闪的铁轨中间的水泥枕木上。刚刚摆脱了枯燥乏味的初中学习生活，一群人刚开始还新鲜，抖着松松垮垮的臂膀，吼着流行乐调的嗓子、吹着不成曲调的口哨，可谓意气风发、斗志昂扬！一辆绿皮慢车轰隆隆经过。队伍靠边站定。矮个子男生还扬起巴掌向车窗里伸出的脑袋不停做着飞吻："嗨，嗨，嗨……"开始是他一个人这么做，后来是一个队伍都这么做，引得火车上趴在车窗旁的旅客好奇地回头注目。后来他们的调子越来越离谱，口哨也不响了，原来是枕木的间距并不适合走路的步伐，跨一步太短，跨两步太长，眼睛还只能目不转睛地盯着脚下，不然就会踉踉跄跄着摔跟头。

　　白薇坐火车回家其实是更折腾的路径。坐渡船过江，火车经过清溪、东湖，就到了新家沱。她在新家沱下火车，坐渡船到鲤鱼石，再从鲤鱼石坐汽车回家。如果不是迫切地想体验坐火车的感觉，她直接在津沙汽车站坐公共汽车回家还便捷得多。

　　当穿着蓝色制服的师傅摇晃着红绿小旗走上站台时，有人说："火车快进站了。"白薇跟随在人流中走上站台。不一会儿，油绿的火车真的进站了。人们骚动起来。背着包裹的男人，牵着孩子的女人，扶着老人的中年人，抱成团的学生，都跟随着火车跑动着，有的往前，有的往后，有的一会儿往前一会儿往后。长长的站台上自发地分成了很多拨奔跑的人流。白薇也紧张地跟在一群向前跑的人流中。

　　火车停稳了。白薇随着一小拨儿人流终于站在了一节车厢门前。所有的人瞬间安静下来，注视着打开的车厢门，注视着一脸威严站到门口的列车员。乘客陆陆续续下车了。下车的乘客永远是优越的，不慌不忙的。显然，等候上车的人不耐烦了。当最后一位下车的高个子刚刚露出身子，像有谁发号施令一般，人们一拥而上。狭窄的车厢门口拥堵起来，你拉我拽。列车员的招呼声，乘客的叫嚷声，孩子的哭声混响一片。火车突然"哧"的一声气响，人群更加慌乱起来，更加卖劲地朝前挤。白薇被裹挟在人群中，拼命摇晃着身子，也无法迈动脚步踏上梯子，心想：完了，完了，我坐不上火车了。突然，她感觉整个身子离开了地面，似乎有人把她抱起来登上了梯子。她赶紧双手抓住车门,用力一蹬,谢天谢地,终于上火车了。

　　车轮有节奏地撞击铁轨发出"哐当哐当"声。车厢里全是人,连过道里也是人挤人,人挨人。火车拥挤得犹如沙丁鱼罐头。车厢里人声嘈杂,喧闹不堪。缺氧的空气里混杂着各种刺鼻的汗酸味,臭脚丫子味,拆开包装的花生、瓜子和方便面的混合气息。还有服务员"啤酒饮料矿泉水,香烟瓜子火腿肠"歌唱般的吆喝声……白薇金鸡独立一般将身体重心放在右脚掌心,保持那个姿势好半天动弹不得。火车到清溪站停靠后,车厢里一下子沸腾起来。下车的人都在努力移动身子,不管斯文的还是鲁莽的,都迫不及待地用手扒开人群,急吼吼地吆喝着:

　　"喂,把脚收一下!"

　　"借过,承让!"

　　上车的有抱着小婴孩的,小婴孩不适应局促的空间响亮地啼哭着,车厢里不仅增加了热闹,还增加了烦躁不安的情绪。行李架上早就挤满了行李箱和编织袋,刚上车的人还在使劲推动着,给自己的行李箱或者编织袋腾出空隙来。安插好行李,每个人都汗流浃背。他们一边撩起衣襟擦着脸上的汗水,一边如释重负一般嘘着气。

　　火车到了东湖车站,先前那一幕上车下车的剧情继续上演。

　　好不容易换到新家沱车站。白薇提起脚打算下车,才发现脚和腿肚早就酸麻了,像绑在身上的道具一样不听使唤。更着急的是,她发现过道里更加水泄不通,每一张脸上都挂着缺氧的疲惫,要挤到车厢门口去根本不可能。更糟糕的是,乘务员阻止不了要上车的乘客,也不能有序地组织要下车的乘客,等候在站台上的乘客已经争先恐后上车了。他们拼了命似的往车厢里挤。原本应该先下后上,此时完全乱了章法。白薇不光下不了车,反被挤得像肉饼一样不得不随着惯性往里挪了挪。她和其他要下车的乘客一样着急。乘务员大声吼着:"从另一侧的车门下!"他们好不容易挤到另一侧车门时,该门却没有打开。没办法,他们又费力气返回。但是,停车时间已过,火车又载着白薇和十多名本该在新家沱车站下车的乘客一起，开往县城对岸的中沙车站。

中沙车站在长江北岸，是大站，人流量特别大。正常情况下，火车在此停靠的时间有十分钟至半个小时不等，对岸就是县城。中沙站上车下车的人都多，大家也不慌张。在列车员的组织下，先下后上，井然有序。

下了火车，白薇发现，曾建、雪松、吴冬雨等她班上的好几个同学都在站上。他们坐的是同一趟火车，因为上火车时太拥挤太慌张就散开了。他们聚在一起寒暄了一会儿。天快黑了，白薇要过县城到四姑家去——她不想去大姑家，她对几年前寒假里白龙在大姑家的待遇心存芥蒂。但是她找不到在哪儿坐渡船过江，央求大家送她到码头去。于是，矮个子的雪松走前面，七八个同学列成一队气概豪迈地朝着码头走去。在站台上走着走着，雪松像想起了什么，突然一边朝着列车做起飞吻，一边嗲声嗲气地说着："嘿，我是叶倩文。下面，我慷慨地为大家献上一首《潇洒走一回》……"在他的带领下，一队人马喜形于色地齐声高唱："天地悠悠，过客匆匆，潮起又潮落……"临近的火车厢的窗户里探出了一颗颗乐不可支的脑袋来。

无伤大雅的热情奔放，是那个年代表现青春的方式，恣意、勇敢、激情、率真、振奋、昂扬。

当告别了还沉浸在欢快中的同学们，独自坐渡船过江的时候，在熙熙攘攘的乘客中，一种莫名的孤独袭上心头，白薇发誓再不坐火车回家了，这样的体验一次足够。

四姑家在县城东边郊外的殡仪馆附近。公交车在殡仪馆附近的车站停靠。在下了车去往四姑家的路上，白薇侧脸仰望着殡仪馆高高的烟囱。她在殡仪馆里目睹妈妈被火化的时候还差三个月才满十岁。而今已过七年，她都长成亭亭玉立的大姑娘了。斯人已逝，但是妈妈被烧成一地骨灰的记忆太深刻了。还有好心的四姑将从妈妈身上脱下来的贴身衣服交给白薇，她的手上似乎还留着刺骨般的冰冷和疼痛。

她也有近七年没来四姑家了。三个姑姑中，四姑是嫁得最好的。拿祖母的话说，四姑是嫁对了人。姑爷人机灵，生财有道。姑爷早年在县城粮站工作，他嫌单位束缚太多，干脆辞职。不曾想赶上好时机，正好大展拳脚，把自己的才能和潜力都释放得淋漓尽致。几年时间，他让低矮的瓦房变成了两层小洋楼。沙园村的人还在计较着一年吃整头年猪还是吃半头卖半头时，他们家饭桌上几乎顿顿见肉。单从物质上看，四姑一家俨然提前步入了小康生活，提前实现了很多人毕其一生追求的梦想。

一月俩月的，四姑总要风风光光地回石头沟看父母亲一趟，小住一两晚。嫁出去十多年了，一直如此。不这样她会心里不踏实，她是出了名的孝女。四姑是沙园村嫁得好的女人中的典范。每次回石头沟，沙园村的男女老少都看见她背着大包小包的不同包装的零食。只要她觉得奶奶没尝过味道的，刚好价格也还承受得起，她就不会犹豫花钱。白老太偶尔也把她买回来的那些糖果分发给村里的老人小孩，分发时不忘半是夸奖半是炫耀地说："还不是四姑娘买回来的，叫她甭花那个钱，她偏不听。"

每次从石头沟离开，四姑都会偷偷塞给奶奶二三十块钱。奶奶不要，她不是贪图儿女钱财的浅薄小妇人。四姑就把钱藏在奶奶枕头底下，或者塞在她的衣服口袋里。等到走远了，奶奶驻足不远送了，她才回头告诉这个秘密。她还常常给白薇带回来八成新半成新的衣服。以前白薇一直觉得，四姑家最发财，四姑的心眼也是最好的。

九岁那年的寒假，白薇和白龙在四姑家待过很多天，就是妈妈刚刚去世那一年，在大姑家发生杯子事件时是十岁，不过是在之后的第二个寒假发生的。就是那一次，她幼稚的心灵隐隐感受到了四姑的财大气粗似乎有什么不对。四姑成天在家煮饭、洗衣、喂猪、种庄稼，每过两三天向姑爷伸手要一次一家人的生活开销。往往是在姑爷穿戴光鲜准备出门，或者已经走出了大门口，她才追出去喊："当家的，又没有钱买菜了呀，一家人打算喝西北风呀？"然后姑爷也不答话，从口袋里摸出二三十块钱来，也不往回走,就那么站着向院子里伸出手。四姑也就小跑着去接过一家人几天的伙食钱来。四姑的嗓门很大,但白薇总觉得她的语气和动作里有低声下气的乞求。姑爷说的话就是圣旨,四姑从来不敢有半句违逆不从。

那次在四姑家住了有半个月,姑爷一次都没有正眼看过白薇姐弟,更别说与他们好好说一次话。他给他的孩子,也就是白薇的表弟表妹一人买了一把牙刷。他在厨房里教他们把新牙刷用开水烫过再刷牙,好像白薇姐弟是空气一般不存在。白薇总觉得他是脾气不好的人。那一次,只有那一次,他是非常认真地看着白薇说话的。

一天晚饭后,姑爷把表弟表妹带出去玩了。卖麻糖的驼背老人背着背篓来了,他手上拿着一块一头弯一头平的铁皮,一边走一边很有节奏地敲击:"叮叮当,叮叮当……"在姑爷面前低声下气的四姑立即招呼老人进屋,偷偷给两姐弟敲了二两麻糖。看着侄儿侄女满心欢喜地嚼着,四姑既心疼又可怜:"快吃,等会儿他们回来了就吃不清静了,还不一定有你们的口食福。"

麻糖很黏,嚼起来很费劲,两张小嘴巴都快黏在了一起。白龙更是吃得满脸满腮都黏糊糊的。碗里还剩一大半麻糖的时候,姑爷带着表弟表妹回来了。他推开院门一见到白薇白龙吃麻糖的样子,嫌恶的眉头立即锁紧了,他明知故问:

"哪个给你们买的?刚刚才吃了饭,钱多得没用处了吗?"

毕竟话太不中听,况且伤的是可怜的娘家人,再没地位再低三下四的女人听起来也会刺耳。这事被白薇白龙带回石头沟去添油加醋地描述给娘家人,那她回去还有何尊严有何风光?四姑颤抖着身子壮起胆子反驳:"二两才五毛钱,就伤你的筋动你的骨了吗?"

姑爷阴着一张脸沉默不语。而后,他抬头看着呆立不动的白薇,没好气地以长辈的语气吩咐:"你们该回去了,回去帮你们爸做点事,明天就回去。"看来,他是没有耐心容许两姐弟再多待一天了。

而今已是少女的白薇回想,那是四姑经济不独立。一个女人吃穿用全靠向姑爷伸手,当然没有尊严可言了。也许,四姑频频回娘家只是为了在娘家人那里找到些许安慰和温情。白薇怀疑她带回石头沟的大包小包的糖果,以及偷偷塞给祖母的二三十块钱,是姑爷一次次给的生活费没用完一点一点攒起来的。因为奶奶清点的时候,她看到那些全是一块两块、两毛五毛的零碎的纸币,就没有一张超过整五元钞的。

当初白薇曾想这里已经与她各不相干。这么几年过去了,竟然这么鬼使神差地又来到了这里。

四姑家的院门是关着的,从外面打不开。红漆铁门上挂着橘黄色的椭圆形的门环。白薇叩响门环,金属与金属碰撞出清脆的声响。

"来了。"是姑爷的声音。姑爷正举着水龙头准备冲院坝。家里喂的几只母鸡,白天生完蛋没事就在坝子里昂着脑袋晃悠,到处拉的是鸡屎。不像石头沟的泥坝子,鸡屎弄脏了用竹枝做的杈头扫把唰唰扫两下就了事,四姑家的石灰坝子每天都是要用水冲的。拿姑爷的话说:"用得了多少水?花得了几个钱嘛?"不光用水,就是用电用气,只要姑爷在家,也是尽显阔绰的。

姑爷拖着水龙头打开院门,见是白薇,愣了两秒,然后"哎呀"一声:"你放假了?不回家去跑到这里来干什么?"

本来姑爷说话就是这个样子。一切毫无征兆,他说的也是最真实的最自然的反应,根本不知道自己把可能改善的亲戚关系再次陷入了难堪。三元也说过他财大气粗说话呛人。但是与七年前相比,今天的白薇判若两人。听话听音,白薇听起姑爷的话来总觉得与门环和门的金属碰撞声一样刺耳。她满腹怨气地看了一眼姑爷,侧身从他身边往里走。她不是七年前那个小丫头了。本来坐车过站了就够窝火的,对姑爷语言和语气的敏感让她认为姑爷不欢迎她。但是一个优秀的中师生,是不至于与当年刚刚失去母亲时眼泪汪汪的乡下小姑娘相提并论的,自己多少也算见过世面的人。况且这么晚了,即使不欢迎她也要厚着脸皮进屋来。

听到动静的四姑、奶奶还有表弟表妹都跑到坝子里来看究竟了。

"奶奶……天都黑了。今儿我还走不了了。要不是没下到火车……"白薇突然闭口了。个性、率真、赌气的这些话语,她原本想嚷给奶奶和四姑听听,让她们知道姑爷的恶毒与不是。可是坐火车是最绕的,坐火车不是明摆着不愿意回家吗？ 哪里说得清呢？

"白薇！"早就思念孙女心切的白老太哪里注意到白薇语言里的情绪。她"笃笃"敲着拐杖走上来,亲热地拉着白薇的手:"白薇你来了？你爸可有信来着？"她满目欢喜地端详着白薇,宛若一朵祥云从她那清澈的眼睛里掠过。祖母一点也不年迈不含糊,那双眼睛那句问话就是最好的证明。

"死瘟女,怎么黑更半夜才到啊？快进屋去。饿了吧？来得正巧,顶多一刻钟就吃晚饭了。"四姑对白薇表示亲热的方式总是以"死瘟女"开头。

相互的问候之后,进门时与姑爷紧张到岌岌可危的气氛就此缓和下来。白薇也明事理,其实也没有什么紧张的,姑爷就是那么个人,待人接物少根筋,一切不愉快都是自己想得太多导致的。

饭菜端上餐桌了。除了姑爷,其他人都围坐在桌旁。表弟不冷不热的,没表现出欢迎,也没表现出不欢迎。

"姐怎么老是戴那个压发圈呀？黑不溜秋的,这年头谁还戴这个？不嫌土？"单纯幼稚的表妹无所顾忌地表达着自己的感受。作为奶奶尊贵的外孙女,每年春节与四姑回一次石头沟,她习惯了以有钱人家的优越身份在众人面前贬低白薇,总是当众提醒她这样不是那样不好。她的话还真让白薇害臊。在师范校里,白薇变化了很多,尤其是自觉的意识、自信的内心,和过去那个白薇简直没法比较。她不再是那个见到生人就胆战心惊、语无伦次的山村丫头。唯独那发型……讨厌的白发,让她没法和过去的自己截然不同。戴上压发圈是迫不得已,至少遮住前额,让外人从正面看不出来她是白发魔女——"白发魔女"是她的自嘲。

白薇没有理会表妹的嘲讽,毕竟是自己唐突地闯入了她的生活。他们自小在优渥的家境里成长,与白薇是优劣分明的两个世界的人,自然有着与生俱来的高傲与冷漠。祖母端着饭碗，白了表妹一眼，转头满目慈祥地看着白薇："你爸可有信来着？其他人都不担心，老惦记他……"

"没有。您老担心他做啥呀？他不会有事的。"白薇柔声安慰着奶奶。

"白龙呢？放假了吗？"四姑关切地问着，不等白薇回答，回头又招呼着姑爷，"吃完饭再冲吧，一会儿菜凉了。"

"白龙……还好吧？"像被晴空中的闪电击中，白薇停止了咀嚼。她不能否认自己是惦记白龙的，她确实也不知道他的情况。

"明天回去看看吧。你爸不在，你这个当姐姐的怎么能够只顾着贪玩好耍而丢下弟弟不管呢？男孩子不多念紧箍咒不歪起身子长吗？估计是没钱花了吧？准备要多少……"貌似专心冲洗坝子的姑爷突然高声说话了，他想进一步表示自己毫无异议的关心与着急。

"喊你吃饭……"四姑压住不快，想说什么又忍住了。她太了解自己的丈夫，说话做事从来不是按道理该怎么做怎么说，而是出于他的本心，尤其对她娘家人向来如此。

"姑爷说哪里去了！"白薇把碗筷放下，从饭桌上一跃而起，语气中充满一触即发的火药味。她显然被姑爷貌似不怀好意的羞辱惹怒了敏感的神经。所有的人都惊愕地看着她。

白薇很不高兴地瞥了一眼这个总是令他不快的长辈，尽可能把声音放低放慢，她说道："我今天就准备回去的，本没打算到这里来。我……我不是来要钱的！"最后那几个字她是看着对面的墙壁说的，她头昂得很高，倔强地忍住不让眼泪滚出来。

她一直都是很沉默很乖巧很温顺的，此刻与从前判若两人的骄傲让所有人震惊。

奶奶赶紧放下碗筷，拉住白薇的身子让她坐下，说："呸呸！是不是从殡仪馆旁经过就有魔鬼附身？呸呸！是我和你姑爷、四姑说起要支持你们两姐弟读书的。你问你四姑，是不是今早还说起？"奶奶不愧是进过学堂的聪明的人,她一边说,一边朝着四姑使眼色。

"是这样的,我们都懂……等我们经济好点了……会支持的,就好了……"四姑犹豫着不安地说着,既想安慰心慈的母亲,又不愿得罪老沉世故的男人。

所有的人都不说话了。表弟表妹的表情生硬而懊恼。他们猜透了自己的父亲。妈妈把外婆接到家里来,他也是迫不得已地不好意思拒绝,一个拄着拐杖的老太婆长久地住在家里总不是让人舒心的事。他总怕妈妈贫穷的娘家人,尤其是瞎眼的三元舅舅一家的纠缠,他想的就是如何尽快打发走这个好像要债的表姐。但是他们是那么不情愿掺和到复杂的亲戚纠纷中去。

白薇发现,四姑还是没变,唯唯诺诺地做不了主。奶奶倒好,毕竟也是这家里的外人,她也不过是寄人篱下。

说归说,奶奶终于掩饰不住地抽泣着数落起来:"她命苦……你们能不能不要这样对她说话……她会有出息的……要相信欺老莫欺少!"

"我说错什么了?吃饭就吃饭,说些什么废话!"姑爷已经板着脸坐到了餐桌前。他双眼瞪着四姑在训斥,又转头柔声问起了表弟:"你的感冒好些了吧?前晚听你咳嗽得喘不过气,昨晚没有那么严重了。看来陈医生的中药见效,吃完再去开一副巩固一下疗效。"与七年前一样,他对自己的儿女总是带着旁若无人的疼爱,一种不容亵渎的不会被任何外力左右的温柔。这是普遍的小市民的灰暗的心态,心胸狭窄,满足于自私自利地竭力维护小家庭的安逸舒适。

"是有明显的效果,明天就要吃完了,再去开一副吧。"四姑跟着附和。姑父轻易就拉到了支援,四姑不由自主地偏向了姑父的阵营里。很显然地,四姑家的当家人是有意把谈话的重心转移,仿佛刚才什么都没有发生。

一股被羞辱的热血涌上白薇的面颊,喉咙口像被什么堵住了。她装作没事一样埋头匆匆扒拉完米饭就坐到一边盯着电视屏幕去了。

那晚,白薇和奶奶睡在一张床上。她默默地倚靠着奶奶的肩膀,双臂紧紧抱着奶奶。跟小时候一样,只要在奶奶身边,她就不会感到讨厌的恐惧。

"也不知你爸怎样了?也没个信来?"白老太总惦记着自己苦命的儿子。

"不会有事的。"白薇懂事地安慰着。

"都说挖煤是最危险的活儿,我总是有不祥的感觉……万一掉进矿井里,矿井坍塌了怎么办?我命苦的儿,作孽啊!丢下没成年的你们怎么办?"白老太颤抖着身子说出自己的担忧与害怕,显然她在内心设想过无数危险的矿难以及危险发生过后的场景。

白老太哽咽着淌下泪来。在白薇面前,她总是不加掩饰地表露自己的情感。奶奶的担忧,不受待见的遭遇,以前的种种,所有的情感叠加在一起,白薇也泪眼蒙眬。

当然,相逢不总是伤心难过。哭过后,白薇擦干眼泪,给奶奶讲丰富多彩的学校生活,讲到好笑的人和事,她颤抖着身子咯咯地笑。奶奶也就怜爱地捶打着她的脊背分享着她的快乐。那一晚,两婆孙时而抽抽噎噎,时而絮絮叨叨,时而笑声潺潺,什么时候睡着的也不知道。

清晨,白薇醒来,奶奶已经穿好衣服坐在床沿上了。她正在从贴身衣服的衣兜里,掏出裹紧的白底蓝格的手帕来。白薇认识那张手帕,里边裹着的是奶奶全部的家当,是她存了好久的零花钱。说是白底,其实已经是灰色的了。因为它从担任钱包的功能以来,就一直跟随着奶奶,被奶奶那双青筋凸起、长满老茧的双手反复打开反复裹紧,从来没有被下水清洗过。爷爷还在世的时候,有一次奶奶就是把这张裹着钱的手帕丢了,失魂落魄翻来覆去找了好半天,后来还是白薇在床脚下找到了。那次,白薇和奶奶一起仔细数过,共有两张一百元的,四张五十元的,六张十元的,总共四百六十元。而今,又过去了几个月,这里边的数字应该增加了。

"这个月自己和弟弟的生活费没问题了,奶奶会给的。"白薇想着,突然脸热起来。怎么这么没出息地贪念起奶奶的钱财了?可是,难道这不是自己的意愿吗?除了奶奶,还有谁会无私无怨地关爱他们?无悔无怨地愿意为他们付出呢?

果然,白老太将手帕小心打开,把钱仔细地数了一遍,然后拿起一张五十元三张十元的钞票转过身。她显然知道白薇已经醒来了。她拉起白薇的手,把钱塞到她的掌心里,并对她殷殷叮嘱:

"五十元是给你的,三十元是给白龙的。姑娘家多点钱好……回去看看白龙。男孩子家不要给那么多,养成大手大脚花钱的习惯不好。"

早餐时姑爷是坐在桌上的。白薇一直低着头,脸几乎贴近饭碗,小心回避着姑爷的嫌恶。也许根本没有这样的事,但是白薇就是这么固执地认为。像故意说给姑爷听的,四姑轻言细语地说了几句亲切的话:"回去看看白龙吧,放假了都到这里来落脚。没爹没娘的总得有个巴落(方言,附着、依靠的意思)处。"那几句话使奶奶和白薇的眼睛都再次泛红。

早餐后,白薇向奶奶和四姑告辞后回石头沟了。背着姑爷,四姑匆匆忙忙塞了二十块给白薇,又摇手又递眼色的,意思是不要声张。然后为了掩饰自己对男人的背叛,故意大大咧咧地招呼一声:"自己去车站,好好读书,我就不送你了。"

白老太拄着拐送走白薇。祖孙俩自然又进行了一次贴心的交谈。

"不是亲生的,都不会真心。亲戚再亲,不一定靠得住……"奶奶抱怨着在做总结。

白薇怀着感激又复杂的心情仔细倾听。

"欺老莫欺少! 你要争气,总有一天有他后悔的……要好好孝敬你爸,你爸命苦……"奶奶抱怨着又扯到远在山西挖煤的三元身上去了,她的目光愤怒中充满着怜悯。

车来了,白薇不舍、温顺而恭敬地与奶奶告别。

往下坠的结

且说白龙知道周三娘是不喜欢自己的要强执拗，他早看清了她那一张表里不一的面孔。周三娘也清楚白龙不喜欢自己的心高气傲，况且他们之间还有过一些心照不宣的龌龊。有时间大人与孩子的较量是说不清道不明的，是挑衅的又是隐性的秘密的。最根本的原因在于大人总在孩子面前扮演不可挑战的强权与尊长的角色，任何别的大人也司空见惯、习以为常。白龙知道自己是弱者。太阳完全下山后昏暗的暮色里，他激动不安地、徒然无助地咬紧嘴唇，默不作声地握紧拳头无意识地捶打着自己的额头，感觉自己就是一个被遗弃的孤儿。可是这一晚除了寄宿在周三娘家，他别无去处。他打定了主意第二天一早就返回学校去，至于周三娘要如何待见他，他都无所谓。

"……十五，十六，十七，十八……一共有十八个芭比娃娃耶……"

兰姑正趴在堂屋桌子上兴奋地翻来覆去地数着那些身高不超过 30 厘米的玩具小矮人，那是属于那个年代每一个小女孩的闪闪发光的宝石。正想着与谁分享自己的快乐，猛然昂起头看到了白龙，她扬了扬手里的穿着淡黄色优雅舞裙、上面缀满了蓝色星星的一个芭比娃娃，专注地重复着说："白龙哥哥，我有十八个芭比娃娃耶。"

那些可人的小人都是七叔从东莞搬回来的，有的旧有的新。他第一次带回来的三个别人玩旧了扔掉的芭比娃娃,是他从废品堆里捡起来的。一个裸着身子,一个光着头发,还有一个缺了一只胳膊。尽管如此,兰姑依然宝贝似的喜欢。新的十五个芭比娃娃都是他最近一次回家特意到商店买了带回来的。黑头发的、金头发的、盘发的、卷发的、直发的,身着各色艳丽的衣裙,有的手腕和食指上还戴着亮晶晶的手镯和戒指,有的微笑着,有的噘着嘴,个个俏皮可爱。

"白龙哥哥,看她们……"说着,兰姑把芭比娃娃的用品都翻了出来,有衣服、衣柜、小床、梳妆台、鞋子、假发……还真不少。她给这个娃娃换上不同款式的衣服,给那个娃娃配上不一样的发型,玩得不亦乐乎。她在一个白皮肤的娃娃腰上调整一条带花边的鹅黄色饰带,随即又将饰带解开了,给她换上了一条套着蝴蝶结的腰带。

"可惜我们家……可怜的姐姐!她说过的兰姑的乖娃娃就是这玩意吧……"白龙在心里偷偷唤着"可怜的姐姐",是姐姐在他心里的分量太重了。在他记忆里,他和姐姐从来就没有过什么像样的玩具。

白龙抬起手,拿起一个娃娃轻轻抚摸着,情不自禁地说:"多漂亮!妹妹有这些漂亮的娃娃多好啊……我姐姐就没有过……"然后他学着兰姑给娃娃换起衣服来。不料,他的指甲太长,加之动作粗鲁,将娃娃身上的蕾丝裙刮破了,从颈部一直到裙摆,生生刮开了一条缝。他的脸色骤然大变。

"我不是故意的!"白龙赶紧解释。

匆忙道歉也于事无补。从小泡在蜜罐中的娇贵的兰姑哪里能够忍受心爱的宝物在眼前被破坏。她"哇"的一声哭了,声音嘹亮而伤心,就像一个深受宠爱的孩子受了点委屈那样的伤心。

"怎么了?怎么回事?刚才还好好的。"在厨房忙碌的周三娘已经旋风般站在面前了。她一边问着话,一边用冷冷的眼神审判着白龙。她以为白龙是存心弄哭兰姑的。

"裙子坏了……就是你,恶心!滚开!"兰姑抹了一把泪,指着白龙愤愤地向母亲告状。

"坏了就坏了，大不了叫爸爸重新买过。别哭了，哥哥不是故意的。"周三娘嘴上这么说，声音是热的，隔膜却在加深。她丢给白龙一个嫌恶的眼神，然后在围裙上擦擦手，把那些摆放整齐的芭比娃娃三下五除二收在盒子里，牵着兰姑就去了厨房。

一阵战栗，白龙的身子绷紧了。一个似曾相识的被责怪的记忆，再一次袭击他的心灵。那些不被允许解释的误解造成的孤单是做梦都不会梦到的，也是解释不清楚的，是解释清楚了也没人站在他那一边的。白龙就像被抛在了一个广阔无垠的荒原上，伤痕累累，茫然无助，孤苦伶仃。

"姐姐……"他不由自主地在嘴里念着姐姐，此时只有想着姐姐才能给他无与伦比的慰藉。乌龙无比体贴地在白龙的腿上蹭来蹭去，喉咙里模模糊糊地嘀咕着什么。现在，那条寄人篱下的狗，却是白龙情感唯一可以寄放的温暖小世界。白龙蹲下身子，把阴郁的脸庞靠在乌龙的身体上。

第二天，白龙很早就回学校了。什么时候离开的，周三娘不知道，反正她散乱着头发穿过堂屋，再经过白龙房间去厨房生火时发现床上没人，她立即就懊悔自己作为长辈的怠慢失职了。

"哎，真不是一盏省油的灯……"她一边懊悔着生火，一边思索着如何向包括白老太在内的旁人交代白龙的不辞而别。

像所有被激怒的叛逆的青春期的男孩一样，白龙并不是两手空空地离开。他早先其实并不知道周三娘买油盐酱醋的零钱是放在堂屋另一边卧室的电视柜旁边的抽屉里，阴差阳错被他碰巧看到了。一方面，他希望自己的委屈得到补偿；另一方面，他的确生活费没着落了。男孩脆弱敏感的自尊让他不能向不待见他的周三娘开口要钱。他隐隐约约知道姐姐白薇借钱的故事，哪怕是开口借，即使周三娘慷慨地答应，也会把怀疑他们几父子的偿还能力写在脸上的。那等于是再自讨一次羞辱。既然看到了，他就顺手拿了几张十元的票子放在裤兜里。

毕竟是孩子，他是在周三娘牵着兰姑进厨房去以后，被旁边卧室电视机里动画片的声音所吸引而走进去的。那个抽屉被拉开了一半，那些五元十元两元一元的钱币就散乱在里边。白龙犹豫了一下，很快，报复与需求的双重心理占了上风，他偷拿了周三娘的五十元钱。

之后，他尽可能地挺着肩膀走路，小心翼翼地保持着沉默。晚饭时他只管老老实实地埋头吃饭，因为心事重重，当额头周围浸出了汗珠，他还像演戏一样扬起衣袖擦了擦，趁机偷瞄了周三娘的神情是否正在意着他。而周三娘每一次不由自主招呼他吃菜的手势和叹息都让他心惊肉跳。

那一整晚，因为紧张，他其实一宿没睡。怎么办？万一当晚被发现了怎么办？现在拿回去会惊动她们，周三娘和兰姑就睡在那间卧室里。他一直在思索着。他想不出来更好的办法，多在床上躺一秒钟就多增加他一分痛苦。最后，男孩简单的思维做了决定：要结束这种痛苦，只能离开。

白龙匆匆逃离了那个感觉不到温暖的地方。去车站的路很长，乌龙悄无声息地跟在他身后，直到吐着舌头扬起三角形的脸庞，带着不寻常的忧伤看着白龙坐早班车离开。

赶场天的车里比平常更拥挤。白龙本能地摸摸装着偷拿的钱的裤兜，被幼稚的不光彩的冲动折磨的痛苦奇怪地减少了许多。

"是的……我除了这么做，还能怎么样呢？今后爸爸挣了钱会还她的。就是爸爸没有挣到钱，我自己也有能耐还她的……对，我得挣钱！"他激动不已，被自己突然有的宏伟志向打动了。昨晚的焦急与不安随着车窗外朦胧的风景往后退去。

"好像是五十，具体几十我也不清楚，反正是丢了钱……就当是我这三娘对他的资助吧。他可以理直气壮地告诉我的，我可以给他更多一点。招呼也不打一声就走了……少不更事，养成这不干净的手脚，这传出去一大家族脸上都无光……我对他这么好，却要以这么作恶的方式……"

白薇中午以前到了石头沟。她身体僵直地站在堂屋里，听周三娘讲述

往下坠的结 | 295

白龙的恶劣行径。

"传出去别人还以为我这婶娘不会当。我有那么恶毒吗？……就开口吱一声有这么难为情吗？"

暮春的阳光闪着和煦的光，照在周三娘家坝子边像小船一样的新叶子上。白薇的眼睛却渐渐空洞了，她的眼里是一片荒漠。她恍惚看见撒欢的白龙突然陷进了长满灯芯草的沼泽地里，正伸长手臂声嘶力竭地向她求救。

"白薇你去哪里？这都晌午了，吃了午饭再走吧。"周三娘走下台阶，向白薇匆忙离开的背影招手呼喊。

"哎！对不起……三娘忙您的事情去吧。"白薇挥手向周三娘做了个告别的手势。那"对不起"三个字她自己也不知道是不是代替白龙说的。她已经是一个有主见的姑娘了。在周三娘述说的白龙偷拿钱的问题上，虽然她感到震惊，但肯定是丢脸的事，她觉得自己有必要亲自到鲤鱼石中学去过问。

中午没有坐到车，白薇空着肚子火烧火燎地赶到鲤鱼石中学。校门口的圆形花坛里的康乃馨开得正艳，一朵朵像抹了胭脂一般招摇着。老教学楼一侧的小操场的篮球场上，一群男生正在打球。一个穿着黑白相间套装的高个子男生正蹦起来往篮圈里投球。"他要是白龙就好了。"也真是凑巧，白薇正寻思着，就看见白龙一个人正从老教学楼背后的男生宿舍里出来了。他上身穿着一件小学时候就有的夹克外套，下身是一条旧的裤腿两侧带白色条纹的蓝色运动裤。那样一身装扮与球场上活蹦乱跳的同学相比是那样格格不入。她的突然出现让白龙惊喜不已，他老远就叫起来："姐——"他很快走近了，在对视白薇的眼神里，流露出些许游离。他的神色真诚地向白薇坦白了一切。

"白龙，三娘……我从周三娘那里来……来看看你。"白薇并没有揭穿钱的事，她的心在隐隐作痛。现在，是骨肉亲情的体贴和怜悯，而不是道德，将这两姐弟紧密地连接在了一起。所有人都不同情他们，但是他们必须惺惺相惜。尤其是白薇，她突然觉得自己的弟弟就是做了那样过分的事情也无须指责。

　　白薇摸出奶奶给的三十块钱，想了想，又把四姑偷偷塞给的二十元也拿出来一并递给白龙。她像母亲叮嘱着儿子一样："拿去吧，饭要吃饱，别乱用就行。"

　　白龙的身子微微颤了一下，好像姐姐突然拍了他巴掌那样。他的心里漾起突如其来的罪恶感。因为紧张，他的鼻孔和上唇之间的人中部位的肌肉像兔子嘴巴一样颤抖不停。他害怕地低下了头，又谨慎地仰起脸看着姐姐温柔如水的脸庞，立即放下心来，边伸出手边接过钱，边盯着姐姐看。"姐姐从来没有玩过那些芭比娃娃。有什么关系呢？姐姐就是芭比娃娃。"他深吸一口气，姐姐那么爱他，浸润着花香的空气似乎也更加好闻起来。

　　白薇隐忍着心疼着，如果此前她还有狠狠咒骂白龙一通的念头，但是看到白龙，她的心像熟透了的柿子软成红彤彤的一团，骂不出来了。

　　别了白龙，白薇想起应该再回石头沟一趟。她是姐，无论周三娘的指责是不是真的，她都有义务回去为白龙不光彩的事做个了结。她不愿意白龙被自己的长辈认为是卑鄙下流、不可救药的，更不希望不光彩的事被放大扩散让沙园村人尽皆知。当然她解决的办法很简单，就是把奶奶给的五十元给了周三娘。她目光镇静地对周三娘说："白龙知道错了，他叫我把钱给您送回来。"

　　还有什么好说的呢，体现一个好长辈的姿态就是原谅和鼓励。几番推辞过后，为了让自己良心上过得去的周三娘不仅没有收回失踪的五十元钱，而且再给了白薇五十元。好像在为自己辩解一样，她说得动容又在理："又不是外人，你爸不在，总得应付生活……够不够？不够我再拿。"

　　觉得周三娘不喜欢自己，对兰姑优越生活的嫉妒，出于报复之心，是导致逆反期的白龙做出偷窃行为的根本原因。虽然白龙不知道这些，但是他的内心确实不好过。大概因为紧张，加上前一天脱了外套赶路，走得一身汗，又回到苦塘沟去晃了一趟，受了风，这一晚，白龙病倒了。他吃不下晚饭，面颊烧得滚烫,头重脚轻,全身都在疼,头更是一阵阵地疼得像要炸裂一样。

宿舍有人给班主任报告了。晚自习时,室长带着班主任来了。一起来的还有校医和负责生活指导的张美净老师。张老师是女的,四十岁左右年纪,中等个子,黑发束在健康肤色的脸后。她脚步轻盈,校园操场上,宿舍楼前,常常看到她像长着翅膀一样奔跑的身影。她伸出手来摸摸白龙的前额,又用摸过白龙的那只手摸摸自己的前额。

"烧得厉害,如何是好?"张老师说。在背着白炽灯橘黄色的光影里,她朦胧的脸上露出让人舒心的担忧。

"我看看。"见惯不惊的校医拿着温度计过来了。最后,他开了几粒常用药。张老师坐在床沿上扶着白龙服了药,给他披好被子,一行人出去了。出门时,班主任要关灯。张老师用眼神请求着:"开着吧,寝室里只剩下他一个人,开着他不会害怕。"白龙心里再一次温暖起来,妈妈离世以后,似乎都没有体会过与人肌肤接触带来的兴奋了。妈妈的怀抱都成了遥远的记忆,逐渐被遗忘,所以张老师一个触摸他是否发烧的动作让他十分感动。

白龙一时睡不着,这两天太混乱了,好像一团一时抽不出线头的乱线。五七中学、乌龙、周三娘、兰姑、姐姐的欲言又止、生活指导老师的温柔体贴,还有那五十元钱,太多太多了,不想不行。还有挂在门上的蜘蛛啊,台阶前的蚂蚁窝啊,芭比娃娃啊……他似乎看见一个穿着浅绿蕾丝裙的芭比娃娃来到他的面前,站在他的胸脯上一个劲儿地乱跳。那张光彩照人的脸孔一会儿变成兰姑的,一会儿变成姐姐的……他觉得脑子彻底混乱,越来越不听使唤,渐渐感到眼皮沉重。他闭上眼,想睡又睡不着,就这样昏昏沉沉地胡思乱想。

闭了眼他也能感受到白炽灯橘黄色的光,像闪亮的幕布挂在天际。他自己变成了一颗飘在空气中的小气球,无依无靠,孤孤单单。天幕很大,无边无际,他不知道该飘向哪儿。他着急得满身是汗,一激灵竟然睁开了眼。

张老师不知什么时候又悄悄进来了。她正低下头来,用她健康的冰凉的前额抵一抵白龙的头,耳边的发梢触碰得白龙的脸颊痒痒的。

"还难受吗?谢天谢地,你出了一通汗,烧得没那么厉害了。"张老师打量着白龙轻轻说着。

白龙的眼睛里充满着泪水。视线从张老师亲切的脸上再转到床顶吊下来的那个结上。

"谢谢您……谢谢您……"不知哪儿来的勇气,他竟然结结巴巴地说着从来没有说过的话。

"可怜的孩子,不要哭。你妈妈呢?要不要告诉她?或者回去休息两天?"

"我妈……死了很多年了。"

"你爸呢?"

"我爸去山西打工去了。"

"哦,看我多嘴。"张老师握住了白龙的手,她的脸上含着微笑,"一切都会好起来的。不要怕,就是小感冒而已……今后,你有什么困难尽管来找我。"

白龙不由得把张老师的手握得紧紧的。那个时刻他觉得张老师像妈妈,他闻到了久违的妈妈的味道。

却说三元随着张腮爷几经辗转终于到达山西"凤仙"煤矿。当张腮爷把三元带到老板何凤仙面前时,何凤仙眼睛都瞪圆了。这个张腮爷,要带人也该带个靠谱的吧?三元虽然身强体壮,但是视力不济,显然不适合需要额头顶着光亮下到井下进行飞檐走壁的作业。

可一个大男人,既然好不容易出来了,也不能两手空空就回去了。三元向张腮爷伸出那双粗糙的表皮沟壑纵横的手,信誓旦旦地保证他有的是力气,只要有躺下睡觉的地方,有口饭填饱肚子,任何苦活累活都不惧怕。张腮爷沉吟了半晌,他原简单地以为三元来了就可以和他一起下井上班,矿上管吃管住,就没料到老板不要人,三元还要赖上他。可既然是自己把三元叫来的,也只好答应在三元找到事情做以前,与他同吃同住。他还当着三元的面把内裤上的口袋拆开，把藏在口袋里的不多的钱拿给三元，说："拿着，早晚会派上用场。"

"必须得找到事情做！"三元暗自鼓励着自己，他鼓起勇气跟陌生人交流。尽管浓重的乡音让人鄙夷，他也跟着张腮爷一样说起了不分平翘舌，不分前后鼻音的普通话。开始很难为情，说一句话要憋半天，虽然夹带着乡音，后来越说越顺溜，他不禁为自己突破语言的阻碍沾沾自喜。但是临近的煤窑走遍了，大大小小的建筑工地也走遍了，人家一看他年龄偏大还可以接受，但视力不好，直接就拒绝了。他们怕的是万一磕磕碰碰摔坏了胳膊摔坏了腿还要吃官司。眼瞅着口袋里的钱只出不进，三元难受得锁紧了眉头。他打好了主意，实在找不到事情做就回家去。于是，他分出六十块钱放在贴身的内裤的口袋里，留着作为回家的路费，像捍卫生命一样捍卫着。

这期间，三元认识了一位好心的河南工友，他带着三元去矿上伙食团蹭饭。那顿饭是三元在山西记忆最深刻的一顿饭，包子馅儿多，回锅肉管吃饱。他称赞的其实不仅仅是包子的味道，也不是回锅肉的分量，还有身在异乡最落魄时陌生人给予的温暖。

像念咒语一样，三元总摸他那六十块的路费，想着千万不能花掉。可是有一次，他被一位差不多年纪的男子拦住。男人说他本来与同伴一起的，后来自己没搭上车，钱和车票都被同伴带走了，希望三元借他三十块钱。三元犹豫了下，想着同是天涯沦落人，该帮就帮吧，就找出了三十块钱给他，还带他去一家饭馆买了一碗饭给他吃。

"你呀，真没社会经验，你就相信他？要饭要钱的几乎都是骗子！"张腮爷鼓着腮帮子看着三元，眼睛都瞪绿了。

三元却觉得自己没有受骗，他据理力争："河南老乡还带我去吃大肉，我帮他也是在还债。"

"你呀，你呀！真不知道说你什么好！"因为激动，张腮爷嘴唇上那颗黑痣不自觉地抖动着。他拿固执的三元无可奈何。

为了补上那三十块钱，三元白天去帮人搬抬，晚上捡破烂。他把废纸烂铁瓶瓶罐罐塞满了床底，张腮爷满脸不高兴。三元嘴上答应着不再去捡了，可是等到张腮爷和工友们睡着了，还是打着手电出去了。

在煤窑打工的多半是没有专长仅有一身蛮力的汉子。他们独身在外，最大的乐趣是下班后去澡堂洗个澡后，邀约上三五个工友一起去喝酒。这天喝酒，张腮爷把三元也叫上了。

一开始，三元推开了盛满了无色液体的杯子。

"我不会喝这个。"

"喝呀，怎么不喝呢？"

"还从酒乡来的，抿一口总行吧？"

在众工友的起哄中，三元先是喝了一小口，然后不停有人跟他碰杯。他就一小口接一小口地往下喝。喝到后半段，他们开始做一个游戏。那个游戏是他们自己发明的，就是念一个名字喝一口酒。有人念自己的妻子，有人念自己的孩子，有人念自己的父亲或者母亲。念着喝着，最后语无伦次也要把所有想念的人的名字念个遍。那是他们排遣思念的方式，也是他们坚持下去的动力。然后，一个个就酩酊大醉，东倒西歪了。很快，在酒精的作用下，三元的脸颊发紫，鼻头发红，虹膜周围的白色眼仁上也出现了一缕血丝。

"酒是一包药，酒是魔法水。"三元像念台词一样，双眼模糊了。

"嗝……不就是一时半会儿没有找到工作吗？还有就是惦记你那双儿女……嗝……不担心，大家伙一起帮助你。大家说是不是啊？"张腮爷也喝得走路不稳，但他心里清楚，不停地拍着三元的肩膀，打着酒嗝说着真心话。

三元喉头滑动了一下，端起酒杯说了一声"干"，咕咚一声喝了一大口，突然咳嗽了起来。无疑，他喝得太猛了些，被呛到了。

工友们说话算数。半个月过后，终于有包工头接受了三元，是值夜班守工地兼白天打扫一次厕所卫生，免费吃住，每月工资八百元。虽然工资不及张腮爷的一半，三元的压力也一下子减轻了。他像换了个人似的，眉头舒展开来，与张腮爷说话也笑个不停。他甚至在想以哪种方式立即给石头沟报个喜讯。有人提醒他找个移动电话，问他拨给谁，他却一下子蒙了。是啊，整个沙园村固定电话都还没有一台，更别说移动电话了，拨给谁呢？去邮局发电报又嫌麻烦，他想着什么时候写封信回去报平安。

可是才上班两天，三元就听到接班的工友抱怨，两个月没发工资了。刚听到这个消息，三元呆了半晌，好不容易找到的工作，就是这样的吗？或许从现在开始情况有所好转了呢？总不能就这样一分钱没挣到就回去吧？俩娃还指望着他不用说，他的心思里也隐藏着一个致富梦呢。男人的自尊，还有爱，让三元像鼓足勇气走上独木桥的山羊一样，坚持了下来。

忐忑不安地过了几天，三元偷偷打听才得知，原来是那个工友故意抱怨，用意在让三元主动离开，他自己一个人就可以包揽白天和黑夜两份工作，得两份工资。原来如此，三元终于松了一口气。

白龙生病这天，晚自习刚刚结束，张美净老师又来到寝室里，她在白龙床沿上坐下，再次摸了摸白龙的额头，确定高热已经退了，拿出一封信来，亲切地对白龙说："白龙，看，是你的信。"

成绩这么糟糕，平常这么受冷落，有他不多无他不少的这么个人，张老师却这么温柔地对他说着话。陆续归寝的男同学们本就疑惑不解，谁还会给他写信呢？受到好奇心驱使，大家都围到白龙床前来。白龙紧张地赶紧坐起身子来。他疑惑地看到信封上落款是山西，他的心猛地咯噔一下。爸爸不是在山西吗？他写信来会有什么事呢？顾不得与张老师说话，他撕开信封，随着信笺飘出一张五十元的纸币来。爸爸的笔迹歪歪扭扭，他写道：

"白龙，爸爸找到工作了，已经上班了。你在学校要好好读书，不要打架惹事，饭要吃饱，三天两头也要吃肉，千万不要饿肚子。告诉奶奶，爸有工作了，有工资了。"

其实，三元一口气写了两封信，一封给白龙，一封给白薇。两封信内容都差不多。读信的人能从字里行间想象着他写信时殷殷嘱咐与捍卫尊严的种种神情。是啊，只要是父亲，在儿女面前就永远是强者。

张老师看着白龙，微笑着发问："谁写来的信？"

"我爸。"白龙的声音很轻，他低着头，不敢看张老师和大家的眼睛。

"爸爸不是在山西吗？看他多爱你啊！一个人在外打工这么不容易还牵挂着你。"从第一次与班主任一起进来时，白龙打着结的蚊帐就引起了张老师的注意。

"是。我爸，我姐……啊！不！"突然，一种负罪感袭上白龙的心头，他丢开钱币和信笺，突然大吼一声，然后把瘦长的身子蜷缩进被子里。因为激动，他裹着被子的身子颤抖得很厉害，伴随颤抖的还有伤心的哀号。蜷缩在被子里的白龙，脑子里混杂着爸爸的牵挂、姐姐的关爱、老师同学的关心、自己偷拿周三娘钱的无耻行径。这一切都来得那么突然，猝不及防。

班主任也来了。他是例行查寝，见那么多人围住白龙，不禁严肃地命令他们赶紧洗漱睡觉。他探头看到了张老师拿在手里的那封信，不明就里也见惯不惊地说着："白龙，好些了吧？不发奋学习如何对得起你的父亲啊。"说完就背着手在那些单人床中间的过道里走了一圈，不时与几个中考苗子说几句，然后与张老师打了一声招呼就离开了。他就是那样，教学工作本身就很忙碌，感冒生病是很平常的事情，的确用不着大惊小怪。他哪里知道白龙除了身体生病，他的内心也在波涛起伏。

有人轻轻拍打着他的脊背，白龙知道那是张老师。渐渐地，他平复了情绪，身子不再颤抖，只有低低的啜泣。张老师轻轻揭开他的被子，只见白龙满头是汗，满脸泪痕。这时，有人递过来了干毛巾，有人端来了温水。张老师为他擦干了额上和头上的汗水，用手把他凌乱的头发捋了捋。

"有什么难过的就对我说吧。答应啊？"张老师柔声说。

"嗯。"白龙停止了啜泣，用沉默的目光当作是对老师的感激。

这是白龙进鲤鱼石中学品尝到孤独和落寞的恐惧以来，第一次感觉到温暖的滋味。这突如其来的感冒发烧,使得他享受到张老师母亲般的关怀和室友们兄弟般的亲近。

张老师忧郁地抬起她那双善解人意的眼睛看了一眼站在身边的疑惑不解的男生们,然后以近乎命令的口吻嘱咐着:"都去睡觉吧,同学们。白龙有你们的关心我就放心了。如果他病情严重的话,记得来敲门把我叫醒。"

"放心吧,我们会的。"有人顺从地答应着。张老师总是叫人亲近,她那有分寸的关怀实在讨不在父母身边的学生们喜欢。

"白龙,不舒服就大声呼唤,没有力气呼唤就使劲咳嗽。"有人在给假想中病重的白龙出主意。

白龙泪眼模糊,整个人晕晕乎乎地处在这热情的关怀中,不知道自己该说什么,甚至不知道自己此时的感觉到底是内疚、悔恨,还是感动、幸福。

半夜,白龙从沉睡中醒来。他是被噩梦惊醒的。他梦见自己被人放狗追。那些狗龇牙咧嘴,朝着他凶猛地咆哮。他拼命奔跑,跑到一处悬崖边上,一只狗拽住了他的不合身的裤脚,另一只狗咬住了他的脚踝,血淋淋的。他纵身一跳……他从暗夜中醒来,额头上、脊背、手心脚心,还有心窝都是汗涔涔的。他花了很长时间张开眼睛。寝室外橘黄色的白炽灯光从木门框上方的缝隙里射进来,第一眼看到的是他蚊帐顶上坠下来的结。大家都在熟睡,有人在均匀呼吸,有人在梦呓,有人的偶尔呼吸声又长又重,有人打着鼾。他说服自己不要害怕,只是做梦而已,做噩梦是因为自己生病了。然而,他的头脑渐渐清晰,他想到了父亲的信和五十元钱,还想到了姐姐,姐姐给的五十元钱,还有自己偷拿周三娘的五十元钱……他想上厕所,厕所在男生院外边,出了院墙还有五十米的距离。他不由自主地打开寝室木门。

怎么回事?内裤这么湿,满是黏糊糊的东西。白龙解完便,对着灯光翻开裤子。"天哪,我尿床了吗?我都这么大了,我都十四岁了。"他弯下腰去仔细看,那湿东西又白又稠,像教室讲台上用来粘卷子的胶水,黏糊糊的。"也不像是尿啊?这,我是不是得什么病了?"他凑拢鼻子嗅嗅,还有点腥。

在透着冷风的厕所里，白龙阴郁着的眼睛像黑暗中的幽灵。

白龙不知道，他这是遗精了。与女孩来月经一样，完全属于正常的生理现象。随着性发育的进展，睾丸产生精子，前列腺和精囊等分泌液体，两者组成精液，达到一定量后，体内已无处可容，就以遗精的方式排出体外，这就是所谓的"精满自溢"。也可能是因白天过于疲劳或兴奋，内裤过紧，仰卧入睡后被子过重、过热或脚心受凉都可能引起反射性遗精。男孩出现遗精是走向成人的标志，意味着他从此具有了生育能力，进入了青年时代，应肩负起家庭、社会的责任。

就那么褪着裤子，白龙呆立了半天。他想弄清楚到底是怎么回事。可这时……

"啊，你在这里耍流氓！"有人惊乍乍地叫起来。

白龙猛然一惊，转过头，这时他看到了同班同寝室的小男生李焕昌，正缩紧臂膀捂着嘴巴瞪着眼睛站在他的身后。原来，白龙开门出寝室时，破旧木门的吱嘎声惊醒了李焕昌，他也是起夜解便。

白龙赶紧提起裤子，他当时的惊恐与无地自容真是难以形容。他裸着下身，在那里摸摸嗅嗅，被另外的同学撞见，这样的惊恐是如此可怕地落到白龙的头上。当然，他并不是被惊吓得浑身乏力倒在地上，或者闷头闷脑地因那样的姿势羞愧得不知所以。他以闪电般的速度意识到了难以解释，得赶紧离开。

发生遗精后，白龙处于一种比偷拿周三娘的钱更紧张更羞涩的状态，甚至有犯罪感，毕竟被人看见了。当晚他没有再睡着，就那样厌恶地睁着眼睛。那些鼾声啊，或轻或重的呼吸声啊都像在嘲讽他，连柔和的白炽灯光他也觉得那么刺眼，一直到起床铃响。

出操时，李焕昌就站在白龙身后。他不敢转过头去，他害怕与李焕昌对视，害怕别人知道。他祈求李焕昌忘记昨晚的事。可当做侧身运动时，他不经意看见李焕昌朝着他右侧的同学努嘴挤眼。感冒未愈，加上思想紧张，白龙脸色煞白,只想找个地缝钻进去躲起来——不,一死了之,永不见光。他简单的男孩的意识里,认为只要这么一结束生命,自己的所有害怕就可以灰飞烟灭。

早操结束往教室走去时,一位男生友好地把手搭在白龙肩膀上。

"你想干什么?"白龙竟然脸色煞白,一下子把他的手拂得老远,弄得人家目瞪口呆。本来因为生一场病换得了温暖,换得了同学们对他的关注、同情与接纳,却因为他沉重的思想负担将这些一下子拒之千里。

就在那天的英语课上,白龙的惊人之举惊动了全校:

在老师让听写英语单词的时候,他径直走到李焕昌座位前,掏出三元给寄回来的五十元钱递给李焕昌,一脸严肃地说:"我是西部英雄,我不是流氓,你不能瞧不起我。"

英语老师惊讶地招呼:"白龙……"

"再说一遍,我是西部英雄,我对他仁至义尽,他却在暗中害我!"白龙提高了音调,像个真正的英雄一样挺直着胸膛。

在所有人惊愕的目光中,白龙号叫着飞跑出了教室。等到大家反应过来,跟着追出教室,已经不见了白龙的身影。

接到消息的白薇第一时间赶到鲤鱼石中学,她是多么无助和急切。当晚,班主任、张老师和白龙的同学们一起,江边、街巷、街边的台球室,找遍了每一个角落,哪里有白龙的身影。

几天以后,三元收到了白薇寄来的信,信里只有简单的一句话:"爸,赶紧回来吧,阿龙不见了。"料到情况紧急的三元匆匆收拾行李,还有什么比自己的儿女更重要的呢?他们就像肝、心、肺一样,长在自己的身体里。如果他们其中一个坍塌了,那全世界都坍塌了,挣再多的钱又有什么意义呢?

白三元心急如焚,连软件衣物都不要了,立即买票坐火车打道回府。刚回到家,如晴天霹雳,接到派出所的消息:白龙在与人打架的过程中,被人用水果刀捅死了……

原来，自认为负罪累累的白龙逃离学校以后，坐渡船过了江。他认为自己不受欢迎、不被欣赏的原因是自己不够强大。他逆着江沿着铁路走，他要去证明自己。

白龙舍不得花掉身上的钱，他尽可能节约，也不坐火车，困了就睡火车站，饿了就在垃圾箱里翻捡乘客丢掉的食物。到底要去哪儿呢？他不知道。他一直在想象自己多么勇敢，多么出类拔萃。他没有带换洗的衣物，头发油得拧成团，就像一个浑身臭烘烘的叫花子。"我是世界上最强大的人。你们看我不顺眼，我可以离开你们，离得远远的。"他根本不知道现实为何物。他逃避生活，由此生活在他臆造的勇敢迷梦里。

在一个火车站，他正想在候车室的椅子上躺下睡觉。突然一个十五六岁的少年挡住他，一把拉住他的衣领，随即恶狠狠地说："你有没有钱？给我们点儿钱花！"身处困境的白龙，完全没有意识到危险来临，回答说没有。话语刚落，几个男孩走上前来把他团团围住，其中一个从口袋里掏出一把水果刀抵着他说："敢说没有？给我搜搜看。"

怎么会把身上不多的钱给他们呢？像所有被激怒的叛逆少年一样，白龙的自卑和懦弱霎时被唤醒。他唯一想到的解决方式不是就范，也不是赶紧逃跑，而是战胜他们。

他一脚踹过去，从椅子上一跃而起，身上有一种被激发出的男儿的骄傲和炫耀，怒骂道："滚你的蛋吧！恶狗！"

"妈的，敢挑衅老子！"为首的少年情绪亢奋，不屑地谩骂着，"给我往死里打！"

场面立即混乱，双方扭打在一起。只是片刻的撕扯，白龙的脖子被水果刀刺中，颈动脉破裂，血流如注……

肇事的几个少年很快被绳之以法。在刑警队，白龙被白被单包裹着，好像睡着了……

"白龙……"一声呼唤过后,白三元老泪纵横,整个身子瘫软在地上。

白薇淌着泪,轻轻地抚摸着白龙的脸颊,一遍遍地喃喃自语:"你没有错,你没有错,你没有错……"

尾 声

弟弟白龙走了。

走了，就再也不会回来了。

这个蹒跚着来到人世间，从小生活在离太阳太远离寒冷太近的地方，没有母爱，遭人白眼，受人欺负，抓到一条黄鳝就欢天喜地，得到一颗糖就心满意足的小男孩，就这样走了——走了，就再也不会回来了。

一年后，刻苦发奋的白薇从师范学校毕业。在选择未来的工作岗位时，她完全可以凭借优异的成绩到离县城较近的学校去，但她毅然回到沙园村做了一名乡村教师。山区贫困，学校里留守儿童多，单亲儿童多，特殊儿童多。弟弟白龙的离去，她内心有多痛，她就有多理解这些儿童的不易，她希望力所能及地用爱为他们撑起一片晴空。

哦，生她养她的石头沟，您的女儿又回来了！

有太阳落下去，有月亮升起来。

有山风吹过去，有雁儿飞过来。

光阴倏忽。白薇如花的岁月，全部献给了她深爱的这片土地。秋去冬来，晨霜染白了她的鬓角，朔风吹皲了她的脸庞。2017年教师节，山村女教师白薇被评为"全国师德楷模"。沙园村沸腾了，石头沟沸腾了，人们兴高采烈奔走相告。

"在偏远艰苦的南部山区,她用心用情用爱为山区留守儿童撑起了一片晴天,用青春写下的是她生命中最动人的童话。她是'全国师德楷模',她是'最美乡村教师'!"县里的表彰大会上,主持会议的郑县长动情说道,"下面,请大家用最热烈的掌声,欢迎白薇老师介绍她二十年如一日扎根山区的心得体会!"

"啪啪啪啪……"台下的听众像触了电似的对这位山村女教师报以雷鸣般的掌声,他们的思想感情与台上白薇的思想感情交融在一起——他们怎么不知道呢?南部山区近80%的学生都是留守儿童,许多孩子从一年级起就开始读住校。学校的老师们手把手地教他们穿衣梳头,不厌其烦地教他们整理床铺;慷慨地从自己微薄的工资里拿出钱来买洗发水和香皂教学生洗头洗澡;不辞辛苦地每天晚上几次起床巡查寝室掖被盖褥;不管学生何时生病就送医院,甚至多次代替家长守护孩子输液……假日里,她作为"代理妈妈"精心为孩子们举办生日派对;端午节和孩子们一起包粽子过节……说不清楚谁影响了谁,谁是谁的榜样,一棵树摇动另一棵树,一朵云推动另一朵云,一个灵魂唤醒另一个灵魂,沙园村、佑才村、七星镇、易水镇,放眼望去,教育的晴空下开始茁壮长起一片充满关爱和温暖的森林……

夜色渐渐浓了。

石头沟的夜,入耳的只有风吹树叶的呢喃,山涧舔石的私语,偶伴一两声狗吠牛哞。回到学校,白薇孤坐良久,起身推开窗门,举目远眺,峰峦叠嶂,树影摇曳,山风轻拂,一弯月牙恬静地依偎在黛色的山岚。风是新的凉的,夹杂着些许山中的草香和药香,漫沁全身。此时此刻,白薇的灵魂和肉体仿佛都变得纯净而透明。

哦,石头沟,我遥远的石头沟!

2019年10月28日于重庆江津

后 记

"你弟弟短暂的人生为什么会是那样的结局？……"6年前，面对才华横溢的律师朋友的不解，我一时无言以对。他的询问也是我竭力想摆脱的痛苦自责的根源。似弟弟的灵魂，经由律师朋友的口附着在我的思想里。我越想摆脱，越是日夜不得安宁。很长一段时间，我的头脑一片混沌，生活与工作也一团糟糕。尤其在深夜惊醒，那样的询问会一遍一遍地萦回于耳。

有一天晚上，我先是梦见了尚且年幼的弟弟和我风姿绰约的母亲。梦中的他们母子亲昵的神情一直是我求之不得的幻影。我一度错误地以为，因为重男轻女的落后思想，小时候，弟弟不管做什么，即便做错了，母亲也是欣赏他的。而我不管做什么，似乎总会被母亲指责打击，即使做得对，母亲也似乎从来没说过一个好。母亲陪伴我们的时间很短，但她在世时我一直活得战战兢兢。我的早熟早慧、刻苦发奋与其说是没有了母亲后的觉醒，不如说是母亲在世时就在竭尽全力地达到这个目的。直至后来，写了一些怀念母亲的文字之后，那胸前晃着向日葵的连衣裙、在全校同学中炫耀一时的红书包，还有别人从来没拥有过的益智书籍等，让我确信母亲其实是深爱我的。

我在梦中疯了似的叫着他们，不知道有没有叫出声来。总之，我被本能地惊醒，瞬间便弄清刚刚只是做了一个梦。那特定地域、特定岁月的人事场景，一切的一切，在黑暗的天花板上狰狞地跳着舞。我开始失眠、淌泪不止。我呼唤疼我怜我的祖母，我心疼命运多舛的弟弟，我诅咒上天不公不法，让我一而再再而三地痛失亲情。直至凌晨疲惫至极又有了睡意。

当我再一次醒来，阳光已经透过紫色薄纱窗帘斜照到了我的脸上。迷离恍惚中，我似乎看到祖母慈祥的笑颜就在温暖的光影里。就在那时，我做出了书写童年梦境的决定。我要书写出遥远记忆里的浮光掠影，用书写的方式救赎我孤独无援的痛苦。

6年了，祖母和弟弟，一位寿终正寝，一位英年早逝，我生命中至爱的亲人辞世6年了。我悲痛却并不沉沦。在他们离开这6年里，我刚好教满从一年级到六年级整一届小学生。作为语文教师和辅导员，作为学校负责宣传工作的中层干部，我书写了大大小小的经验总结、报告讲义、领导讲话稿，撰写采编了几百篇新闻稿件。其间，我还被抽调到区教委负责党建外宣，与人合作为区教委精心打磨过一台师德楷模报告会。在这6年里，我继续着热爱的教育科研，参编过两册作文指导类书籍，撰写的作文教育专著《春暖才能花开》已于2017年底出版，散文集《风中的祖母》也于2019年冬天问世。这部近30万字的小说就是在上述诸多工作的间隙，利用无数个晚间、周末和寒暑假见缝插针完稿的。因为人物有生活中真实的原型，其间经历了多少挣扎、孤独、伤痛与迷茫等艰辛，我已经含糊不清。庆幸的是，虽然有过无数次因悲伤难抑的暂时搁笔，但我没有想过放弃。在写到两万多字的时候，担心我沉溺于失去亲人的悲伤不能自拔，好心的朋友劝我别再写下去了。但我认为，我就是要一边写一边寻找，知道自己的痛点所在，并找出与之有关联的依据。

像剥笋一样，我回忆着种种经历：丧母后像野地里的孩子渴望疼爱的经历，青春期的迷茫、早恋的欲罢不能、人际关系的紧张、对生死的漠然、因性教育的缺失导致的自我保护的无知……以及26年来扎根教育基层，从村小、农村中心校、城镇小学、支教等不同的从教经历中所见到的因母亲出走父亲也置之不顾的女孩、寄养在亲戚家里常年见不到父母一面的女孩、因父母离开家里感受不到女性温情的成天蓬头垢面的男孩，也有主动帮奶奶做家务的懂事努力的男孩、性格腼腆力争上游成绩优异的女孩……

我有一个熟识的女孩，在她刚满周岁时父母外出打工，这一去就是整整5年。回来以后女儿都读小学一年级了，再一次回来时女儿已经读到了三年级了。从小到大，整个成长阶段就没有与父母完整地待过几天。而今女孩大学毕业已经工作，每每谈及此事，她都是声泪俱下。

我还有一位女学生，在四年级以前，父亲就是压在玻璃下的照片上的存在。我不知道在这些孩子幼小的心灵里，没有父母陪伴与关爱会发出什么芽结出什么果来。

我是一名教师，在我从农村小学到城区小学，辗转调动了几次，与不同环境的学生、家长和同事打过交道以后，我发现了一个令人欣慰的事实。那就是我所记叙的都是过去，我们的物质文明在呈几何级数增长，我们的生活越来越好，房子越来越漂亮，我们的儿童也越来越幸福，越来越有梦想。他们被很多人的爱包裹着：家庭的、学校的、社会的。亲情是陪伴，成为越来越多家庭的共识。不缺爱的孩子们的见识越来越宽广，他们的思维越来越活跃。他们没有我们曾经所经历的物质的匮乏带来的心灵空虚和迷茫。

我为因关爱留守儿童出色被评为"全国师德楷模"的山区女教师打磨过演讲稿，我深入过不同的农村学校了解过他们精心打造的温暖的"留守儿童之家"。剥笋般的深入书写，使我生命中的许多层面和见识打开了。关爱留守儿童，那本只是父母的工作，却越来越被无数的教育工作者、商人、大学生和社会义工接力了。他们是组成温暖祖国大家庭的一个个个体和一个个组织。我，当初不谙世事的一个黄毛丫头，而今年届不惑，亲眼见到了祖国的物质文明在发展，精神文明也在发展，人们企盼的幸福指数也在增长。过往岁月里的往事，一桩接一桩，既各自独立，又互相制约，搭建起了我看到的社会变化的支架。而今的每一天，在城市霓虹璀璨的万家灯火里，我看到，团聚着的无数个家庭，孩子们在鼓掌欢呼。

这本小说，在挣扎、孤独、伤痛与迷茫中写了几年。我坚持书写下去的意义不单是为了用这些文字纾解我心中的块垒，也不单是为了缅怀，更重要的是让一个年代永恒，提醒我们一代孩子成长的痛在哪里。没有比较，就不知道珍惜。这是我们与下一代倾心交谈的最好方式。由此，我总是感到责任在肩。书写没有让我变得更加脆弱无助，反而让我变得更加勇敢。

倘若这些文字能让社会对留守儿童的成长多一些关注，让那些远离孩子的父母，让只注重纸面成绩的教育工作者和家长们，能从这些文字中更细微地了解孩子的生存境况，能倾听到他们从心底里发出的一丝呼喊，听到他们在孤寂的黑夜里那无声的啜泣，从而为这些孩子创造一个更加健康的成长环境，则余心足矣！

最后，感谢为此书出版付出心血的每一个人。

2019 年 11 月 4 日于重庆江津